今年夏

爱看天 著

Summer

完结篇

天地出版社 | TIANDI PRESS

CONTENTS

目 录

001	第 一 章	少年秘密
013	第 二 章	共渡难关
047	第 三 章	不想长大
065	第 四 章	后青春期
091	第 五 章	年年有余
115	第 六 章	一路向北
143	第 七 章	如诗如梦
161	第 八 章	傀儡进攻
185	第 九 章	雪地慢行
221	第 十 章	白雾散尽
249	第十一章	平行时空
265	第十二章	阖家团圆
289	番 外 一	温馨日常
319	番 外 二	弟弟的创业

第一章

少年秘密

从年初开始,全国就洋溢着喜庆的气氛,大家都在盼着八月份的京城奥运会。

沪市某重点中学初二某班教室里,同学们也在热烈地讨论着,认真为自己喜欢的奥运吉祥物投票。班上的一个小姑娘在认真地收集投票,她走到窗边座位旁轻轻敲了敲桌面:"唐瑾瑜,你投哪一个呀?"

趴在书桌上的男孩动了动,微微抬起头,露出一双眼睛笑了一下,伸出手指点了点她拿过来的一张图片:"我投这个,我觉得贝贝不错,有水有鱼,很好看。"

女孩看他一眼,脸上红了一下,收走图片装作不在意地道:"我也投的贝贝,我最喜欢鱼了。"

男孩点点头,坐起身打了个哈欠,软蓬蓬的头发略微翘起来一点,一张白皙漂亮的脸上带着少年的柔和。他五官精致,笑起来的时候颊边有浅浅的酒窝,特别容易让人产生好感。一看就是可以放心告诉他心事的那种好脾气的人,只坐在那儿安静听或者微微笑一下,就能安抚人心。

女孩又跟他说了两句话,心里雀跃不已。这是班里最好看的男生,也是全校的校草,班里偷偷喜欢唐瑾瑜的有好几个,但是那种喜欢又跟想谈恋爱的喜欢不太一样,她们瞧见唐瑾瑜考了第一名会开心,知道他去参加音乐比赛拿到奖也会开心,可以算是"事业粉"了。

唐瑾瑜在学校上完课,放学走出校门就看到路边等着的车,他三两步小跑过去,先敲了敲车窗,等里面的人摇下车窗才伸出手,笑道:"哥,给你!"

夏野挑眉,看着他伸过来的拳头有点疑惑,伸手问:"什么?"

唐瑾瑜把攥在手心里的东西放在他哥手上,笑得更开心了:"上次参加校庆我去弹琴来着,发的小奖章,你看,上面还有学校的校徽!"

夏野接过来摆弄了一下:"我又不是你们学校的。"

"上次你帮我们班录像来着,也是一分子,嘿嘿!"

夏野笑了一声,收起来道:"上车,回家了,今天晚上早点练琴,不许睡那么晚了。"

夏野正坐在后排用一台笔记本电脑,他穿了白衬衫和西装裤,身材很好,即便是最简单的衣服也衬托得人格外挺拔,骨节明晰的手腕从挽起来的袖口露出,修长的手指落在键盘上敲击几下,回复信息。

他肩上略微一沉,上车之后的小少年歪头枕在了他的肩上,夏野看他一眼,笑道:"累了?"

"有点。"唐瑾瑜挨着他,蹭了蹭,"哥,咱们今天吃什么?"

夏野合拢了笔记本,问他:"今天回哪边?"

他这么问也是有原因的。原本几年前他就安顿好了小朋友上学的学区房,但是没想到还没搬来沪市,滇省那边就传来消息,陈老爷子的矿山出矿了,而且产量很大,还伴有贵重金属,实在是天大的好消息。出矿的不是别的山头,就是当初唐瑾瑜挑中的那一个,合同上还有小孩按下的小手印。

陈老爷子高兴得不得了,一直夸小外孙命里带财。老人的矿山赚了钱,自然少不了小孩的一份,当初投进去的八十多万车钱,当真当作投资分给了他,而且每年都按时把红利打到唐瑾瑜的账户上。

陈老爷子发了大财,唐瑾瑜也跟着发了一笔小财,家人问他要做什么,小孩想都没想就说要买房。

没等搬家,唐家就用红利先在沪市买了大房子。

唐瑾瑜想了一会儿:"哥,去你那儿住吧,楼上的花该浇水了。"选好了他又来了精神,"对了,路过超市时咱们去买点菜好不好?"

夏野点头答应了。

去超市买了几样菜,夏野推购物车,唐瑾瑜在前面挑,他拿什么夏野都点头。夏野至今依旧只会煮些简单的东西吃,厨艺上唯一的长进是学会了包小馄饨,勉强可以丰富一下早餐。

超市里有一些年龄相仿的少年,不是穿着校服就是穿着一身黑灰色的衣服。这个年纪的少年好像格外喜欢装成熟,喜欢酷一些,即便和家人出来逛超市也故意大步走开一些,以彰显特立独行。

唐瑾瑜完全没有这方面的意识,他现在一米六几的身高,在夏野面前还是一个小孩,每回都要仰头去看他哥,拿着两根玉米认真比较的样子也特别乖,混在一群初中生里特别显眼。

小孩穿什么衣服都行，不挑剔，小树抽芽一般，慢慢舒展身体长成一个少年，正是稚嫩又充满朝气的时候。因此陈素玲还是按自己的喜好给他置办了许多粉嫩亮色系的衣服。

夏野去付钱，买好之后提在自己手里，他长得高，唐瑾瑜跟在他身边只到他肩膀位置，外面人多，夏野习惯性地去牵着他："跟好了。"

唐瑾瑜乐了，晃了晃被他哥牵着的手，和小时候一样跟在他身侧。

晚上做好了饭菜，兄弟两个一起吃，然后夏野辅导他功课，盯着他练琴。别人家的不知道怎样，他们家小朋友每次弹琴都会忘了时间，不小心就弹到半夜，第二天精神不好，老打瞌睡。

夏野不懂音乐，但他知道时间。

眼看时间到了，他喊了"停"，也不管唐瑾瑜怎么耍赖，把人带去洗漱了。

他站在门口："给你五分钟，刷牙动作快点。"

唐瑾瑜："哥……"

夏野看表："还有四分五十秒。"

唐瑾瑜不敢磨蹭，立刻老老实实地刷牙去了，赶在最后时间刷完牙，没等夏野喊他，又低头挤了一次牙膏。

夏野道："干什么呢？"

"给你的啊。"唐瑾瑜把牙刷放在夏野杯子上，里面已经倒好大半杯温热的水，他拿了毛巾挂在脖子上，模仿夏野的语气道，"我去小浴室洗澡，你先刷牙，我一会儿回来检查……"没等说完夏野的巴掌就拍了过来，他躲开了，笑嘻嘻道，"哎，别打，哥，我跟你逗着玩儿呢！"

夏野拿了他脖子上的毛巾，又端过漱口杯："快去洗澡。"

夏野洗漱速度很快，自己在小浴室洗完，想了想还是过来检查了一下，大浴室空无一人，只有沐浴后的温热水汽还在。夏野去阳台看了一下，顶楼有一个阳台，他布置了几十盆花建了一个小花园。

唐瑾瑜果然在那里，他穿了宽大的 T 恤和短裤，拿了水壶在细心地给花草浇水，头顶的三角梅长得旺盛，已经在夏日里攀爬成一小片花棚，长出玫瑰色萼瓣。

夏野摸了一下他的胳膊，问道："冷不冷？"

唐瑾瑜摇头："五月了呀，一点都不冷。"

夏野带他去一旁的藤编沙发上坐下，问道："再过几天就是你的生日了，有什么想要的没有？"

唐瑾瑜想了一会儿，试探道："什么都行吗？"

夏野挑眉，缓缓点头："我尽量。"

唐瑾瑜立刻高兴起来，小声道："哥，你给我点钱吧，我想请同学吃饭。"

夏野怎么都没想到他会要这个，问道："请谁吃饭？去哪儿？"

"就过生日的时候，好多同学送礼物给我来着，我就想请他们一起吃顿饭，你看要不再给我点零花钱……"

夏野道："你如果找到什么好地方，回头跟你宋哥说一声，我让他给你安排，要车接送吗？"

唐瑾瑜支支吾吾的，还是想要钱，不过他小心地看着夏野脸色，瞧他开始疑心，立刻道："宋哥找的不一样啊，哥，我想在学校附近吃，我们学校附近有一家火锅店特别好吃。"

夏野弹他脑门："大了一岁确实胆子也大了啊。这次想自己出去吃，不在家过生日了？"

"没啊，我就中午跟同学聚餐，晚上还回家，咱们一起吃。"

夏野道："行吧，你挑地方，回头告诉我一声就是了，我都给你安排好。"

唐瑾瑜说了半天，依旧一分钱没拿到，不过第二天一早他哥心情好，唐瑾瑜赶在出门的时候送他，夏野就从钱夹里拿了几张大钞给他，说是给他补的零花钱。

唐瑾瑜接过来特别高兴，磨磨蹭蹭地还想问他再要一些。

夏野合上钱夹，问："你到底买什么，这些还不够？"

唐瑾瑜道："那什么，我想买个挺贵的东西。"

"买什么？"

"……买个滑板。"

夏野失笑，揉他脑袋："我当是什么，昨天晚上还给我倒水挤牙膏讨好，要多少？"

唐瑾瑜想了想："一千块？"

这个数目说多不算多，但对于一个初中生也不算少了，夏野没多问，从钱夹里拿了一千给他。

唐瑾瑜的生日在5月20号，刚好这几年商家在炒作各种节日，这个日子很快就成了一个特别适合情侣的纪念日，不少商家把这天叫作"小情人节"，每年这天玫瑰花都卖得很好。

唐瑾瑜生日那天，宋益果然联系他了。

宋益听夏野说过之后，就来问："小瑜，你学校附近有三家火锅店、一家烧烤店兼火锅，你要吃的是哪一家？"

唐瑾瑜都忘了这茬儿，随便挑了一家自助火锅，宋益那边答应了一声，让他中午带同学们过来吃饭。

唐瑾瑜其实就是缺钱，他名下房子不少，存款也不少，但那些都不能动，只能从零花钱上打打主意。原本以为能借过生日的由头多弄一点零花钱，现在看来，也没什么指望了。

他跟班里同学说了一下，原本只想邀请几位男生，但是等到中午几乎全班同学都在满心期待地看着他，等他发出邀请。

校草跟谁交情好，就看今天了！

有些小姑娘不甘示弱，纷纷用殷切的眼神示意，他们平时可是一个学习小组的呀！唐瑾瑜现在只请几个也不太好，挠了挠头，干脆把全班都请去吃自助火锅了。

火锅店里，宋益已经包场了，他还亲自过来给他送了双层奶油蛋糕。

夏野中午有重要的会议没能过来，宋益全权代表，把店里也布置了一下，简单放了点彩带和气球。他之前想着唐瑾瑜人缘不错，可能来的同学不少，但也没想到来这么多，不过宋益第一反应还很自豪，有种自家小孩在学校里人气高的骄傲情绪。

这也不怪他，公司里就他们几个高层，除了夏野这个外冷内热无限溺爱小孩的，就是韩亦辰那个妹控狂魔，老猿在这么多年不懈追捧小殿下的努力下，终于得到了唐齐先生的青睐，成为旁听门生了，对小殿下更是死心塌地。

宋益还没孩子，就已经代入了当爹的心态，更何况他是看着小朋友长大的，情分更是非同一般。

宋益帮着一起切了蛋糕，笑道："我一会儿还有点事，留了秘书在这边，你要什么只管和他说。"

唐瑾瑜道："宋哥，你不吃块蛋糕再走吗？"

宋益看了一眼时间："那就吃一块。"

宋益三十来岁，鼻梁上架着一副细边框架眼镜，人看起来斯文儒雅，在一帮中学生聚会的自助火锅店里坐下实在有些不合群，他吃了一块蛋糕，叮嘱了唐瑾瑜两句就走了。

等他走了，唐瑾瑜这桌的同学才松了口气，慢慢热闹起来。

一旁的男同学问："小瑜，这也是你哥哥？好像不是上回校庆来录像的那个。"

唐瑾瑜点头，拿了一旁的羊肉卷给大家下到火锅里："嗯，这是我宋哥，他人也可好了，你们多吃，宋哥把钱都交了，咱们要吃回本来！"

这句话一出口，几个男生撸袖子道："你放心，有我们在，绝对没问题！"

唐瑾瑜这边坐着的有男有女，他因为身体关系不太能吃辣，所以和身边的女同学一起吃番茄牛尾汤。唐瑾瑜很会照顾人，家人对他细致体贴，他有样学样，在外面也是一贯如此，帮同学们拿肉和蔬菜。有女同学吃不到水果，他还拿了小盘子分装了一些放在她们那边，笑着让她们多吃一些。

在一帮只顾大口吃肉的初中小男生中间，这一举动简直太绅士了，不少小姑娘一颗心又开始"扑通扑通"直跳。

趁校草去帮她们拿西瓜的时候，全是女生的那桌有人捂着胸口小声道："完了完了，刚才差点动心，怎么办啊？"

立刻有人警告她："不行，你忘了我们之前说好的了吗？校草是大家的，谁都不能碰！"

几个女孩郑重地点头，再次警告了一下心里乱跳的小鹿，不准动歪心思。

不过等唐瑾瑜端了几盘西瓜笑着给她们拿过来的时候，女孩们的脸上又开始泛红。她们的校草虽然矮了一点，但真的又帅又亲切啊！

唐瑾瑜班上男生多些，十来岁的年纪特别能吃，等他们走的时候冷藏柜里的肉卷都被拿空了，给老板心疼得够呛。

全班四十几个同学，也得亏是宋益安排好了，已经包场付了钱，不然唐瑾瑜手里那一千块钱全拿出去都不够，还要倒贴五百多。

另一边，夏野开完会没有直接返回公司，路过商场的时候让司机停了车。韩亦辰跟他一辆车，看到老板下去，也跟着一起过去。

夏野在商场里挑了一个小孩玩的滑板，最近不少学生都喜欢这个，卖得不错，售货员一看到他就热情介绍："先生，这是今年最流行的款式，材料是枫木和高强度玻璃纤维……"

她还没说完，夏野就放下了手里这个，换了另一个更厚实的。

售货员立刻道："这个也非常好，只是价格要稍贵一些，上面的油墨图案是现在最受欢迎的，它是七层加厚的，是环氧树脂融合材料，比枫木材质的更结实，弹性也好，不容易踩断，特别适合做一些动作，比如快翻、劈台阶……"

夏野拿在手里，微微皱眉，看了滑板一眼，又抬头去看售货员："劈台阶？"

售货员大概给他解释了一下动作，夏野眉头皱得更深了，他从来不知道滑板还有这么危险的动作，他以为跟他弟小时候玩的那个让人推的滑轮车差不多。

"其实有护具和专业指导也不会有危险的。"对方也看出他的顾虑，顺带推荐他看看旁边的配套护具，"您是给多大的小孩买？"

"十四五岁，男孩。"

夏野虽然不太放心，但想着昨天小孩求他的样子，还是买了一个中等价位里最厚实的滑板以及最贵的一套护具——从头到脚都有了防护。

韩亦辰在附近走廊打电话，尽管压低了声音，还是能听出他的愤怒，说了好几遍"不可以"。

"我跟你说，韩亦星，绝对不可能！除非你踩着我的身体过去，你才多大，追什么星，要去京城看演唱会？不允许！音乐节？那更不行了！"韩亦辰语调都升高了，"那都是什么乌七八糟的地方，你才多大，十来岁的小姑娘不好好学习，去什么音乐节！"

电话那边气鼓鼓的："哥，你就说给不给钱嘛！"

"不给，一分都不给！"

那边小姑娘"哼"了一声就挂断了电话。

韩亦辰"喂"了几声，追着打过去人家也不接了。

韩亦辰气到胸口发闷，拿着手机道："老夏，你看到没有，这就是叛逆期，太可怕了，我妹都学会追星了。"

夏野把手里的滑板拿给他看："小瑜也是，这两天闹着要滑板。"

韩亦辰道："要个滑板算什么啊，好歹他出去的时候你都能跟着，也就在附近玩一下，我妹这都要出省了，真是姑娘大了留不住，喜欢什么破明星！"韩亦辰虽然嘴上这么说，但还是给她拿了个毛绒玩具，一边付款一边道，"你也要小心啊，现在星星和小瑜这个年纪的中学生很容易受到外界诱惑，一定要严防死守。"

夏野道："只是去看个演唱会而已，不至于吧？"

"你根本不知道事情的严重性，初中！早恋！绝对不允许啊，我刚问她跟谁去，她支支吾吾地都说不出来！"韩亦辰比他想得多，愤愤道，"那要不是她一个人去呢？要身边再跟个小男生……我这么说你没代入感，就说小瑜带个小女孩一起跑京城听演唱会，还去看什么音乐节表演呢？"

"小瑜不会。"

"话别说这么绝对啊，反正一句话，严防死守就对了。"

夏野看他一眼："你应该给星星自由，管太多，对你们的关系也有影响。"

韩亦辰看在他是老板的面子上才没和他当面掐起来，他们老韩家这一代就星星一个女孩，他可就这么一个亲妹妹啊。

晚上，夏唐两家凑在一起给唐瑾瑜过了生日。唐泓俊掌勺，做了小孩最喜欢吃的几道家常菜，陈素玲给他买了游戏机，夏老师送了一些钢琴类的书籍，两家人热热闹闹地凑在一起吃了顿饭。

唐泓俊和陈素玲平时有空也常来这边，陈素玲从儿子小时候就一直把他带在身边，至今办公室还跟以前一样，留了一个小沙发的位置给他。

除了家里人送的礼物，夏野还从公司带了几份礼物回来给他。老猿和往年一样，送了一个小金牛给他，纯金打造，扎实厚重。韩亦辰送了一双限量款球鞋，上面绣了小孩的名字和生日日期，费了不少心思准备。

唐瑾瑜拿着小金牛把它放到书柜里，老猿每年都送一个，也难为他每年都能找到一个姿势不同的金牛，现在一字排开放在那里，还挺有气势。

放上去之后，他又拿下来摸了摸。他抬头看看书柜，少了一个确实挺明显的，也只能依依不舍地再放上去。唐瑾瑜在那儿比画半天，一回头就看到了夏野。

夏野倚靠着门，抬手随意地敲了两下："我进来了？"

唐瑾瑜的房门没关，他有点不好意思，也不知道刚才他哥在门口看了多久。

夏野看他一眼，拿了一只盒子给他："打开瞧瞧，喜欢吗？"

盒子里放着一块名牌手表，沉甸甸的，瞧着就很贵重，唐瑾瑜拿出来戴上，晃了晃手腕，笑道："好看，谢谢哥哥！"

"我挑过了，这是最结实的。"

"我一定不弄坏……"

夏野握着他的手解开手表卡扣，松开弄下来一点，让手表落在他的指节处："你攥紧了，对，就这样护着手指，要是遇到什么突发情况应付不来就用手表挥拳，我问过了，它的力度不比指虎差，而且还方便携带，去哪儿戴着都成。"

唐瑾瑜："……"

唐瑾瑜低头看着手表，表盘泛着淡淡的蓝色光芒，只是这会儿这表在他眼里已经不是什么艺术品了，是行走的凶器，他以为这是装饰用的，谁知道他哥教他怎么用这个打人。

夏野带他试了一下力度，让他砸一下桌面，唐瑾瑜吓得不敢用力，夏野在一旁轻笑："不碍事，坏了再给你买一块就是了。"

唐瑾瑜道："那多可惜，好多钱呢。"

夏野轻笑："小财迷，刚才摸金牛的时候都舍不得放下了。"

唐瑾瑜的脸红了一下，但也没反驳。旁边书包里还有同学们送的礼物，唐瑾瑜收拾得慢，夏野走过去帮他，有同学送了一本书，夏野帮他放到书柜上的时候就看到从书里掉出来一封粉色的情书。

夏野抖了抖，书里还不止这一封，夹了三四封，难怪刚才拿在手里就觉得不对劲。

夏野没动，白天韩亦辰提早恋他还没当回事，现在发现他弟书里的小情书，脸也黑了。

他没碰那些信件，喊了一声："小瑜，你来瞧瞧。"

唐瑾瑜正在拆一串风铃，听到声音后走过来，弯腰捡起情书："给我的吗？"

"不然呢？"

唐瑾瑜更奇怪了，情书上没有写是谁给的，只留了一个他亲启的字样，三四封信字迹各不相同，他拿过夏野手里的书翻看了一下，疑惑道："不对啊，这书是我们班一个男生送的，怎么会有情书呢？"

夏野视线落在小孩手里的那几封情书上，犹豫了一下，道："我不该干涉你的隐私，但是你现在年纪还小，有些事情可能还无法做出判断……你需要我的帮助吗？"

唐瑾瑜想了想，还是打算自己先看，夏野点头答应了，说随时提供援助。他没离开房间，坐在离小孩几步远的床上等他拆信看完。

唐瑾瑜拆开信，好像是隔壁班的女同学送的，有人留了名字，也有人写了"知名不具"，约他明天放学后在校门外的冷饮店见。

信上写的都是怎么欣赏他的学习和喜欢他弹钢琴，也没什么不能给人看的，唐瑾瑜跟夏野说了一下，夏野重点落在那个"知名不具"上，点了点信封，问他："这是谁？"

唐瑾瑜也很茫然，他也不知道这是谁啊！

夏野换了一种更委婉的说法："你明天去冷饮店吗？"

唐瑾瑜立刻摇头，他也不知道怎么处理，就去看夏野："哥，你以前收到信都怎么做的？要给她们回信说明吗？"

夏野道："不用，你放一边不用管，几次之后就好了。"

唐瑾瑜还在看他，凑过去好奇道："哥，你以前没谈一个吗？"

"谈什么？"

"谈对象……"

夏野照他脑门上不轻不重地弹了一个脑瓜蹦儿，冷声道："我那时候忙着学习，所以才有今天，你也要好好努力，知道吗？"

"可是韩哥说你那时候老去网吧……"

"你听他胡说八道，他数学只考 59 分。"

夏野隐晦地敲打了一下，让他好好学习，不要过早接触太复杂的同学关系，等唐瑾瑜收拾完礼物还特意多停留了几分钟，尤其是唐瑾瑜玩电脑的时候，夏野用余光扫了一眼，看到了群聊的标记。

他也没吭声，出去后关了门，给小孩独立空间，然后立刻打开群聊。他一直都在萝卜群里，这会儿翻看了一下刚才的聊天内容。今天晚上群聊消息挺多，大部分都是生日祝福，挺热闹的。

郭小琥留言刷屏，被韩亦星禁言五分钟，之后他就老实了很多。

唐瑾瑜挨个回复了大家，又打字问："星星，你暑假来沪市吗？"

过了一会儿，韩亦星才道："不去了，你回来吗？"

"回去。"

"好，我们等你！"

说完又聊了几道数学题目，大家就安静下来了。

季元杰上线很晚，这次只在群里匆匆留言说了一句"生日快乐"就下线了，好像他这段时间很忙，没怎么看到他在线。唐瑾瑜在群里跟他说话，小季也没回应，估计只来得及冒下泡，又去复习了。毕竟快要中考了，大家都忙，季元杰成绩一般，要想进好一点的高中还是有点难。

夏野琢磨着小孩差不多写完作业了，就倒了杯水给他，还切了一盘水果。

唐瑾瑜还差最后一道习题，他怕弄脏了手，仰头让夏野喂了一块菠萝，笑道："哥，你切的水果好甜！"

夏野笑了一声，视线落在小孩的手腕上，那里戴着他送的手表，大小正合适。

情书的事让夏野警惕了一阵，他小心地寻找着蛛丝马迹，也没找到什么其他的，唯一的发现就是他弟在偷偷存钱。

公司中午吃饭的时候，韩亦辰又在提青少年的教育问题，宋益劝他："你放松心态，我觉得星星挺懂事的，就算找了小男朋友……我就是打个比方，你别急，也不算什么大事，你跟她好好谈一下就可以了。"

韩亦辰食不知味，叹气道："老宋你不知道情况，我担心我妹被人骗了。她最近跟家里人要了不少零花钱，可也没见她花哪儿，还偷着卖了几件自己的衣服，要不是我入侵了她的电脑，我都不知道她挂网上去卖了。"

宋益道："你连你妹妹的电脑都入侵？"

"就这么一回，只看了售卖平台，我妈都觉出不对来了，这不是怕她年纪小受骗嘛。"

韩亦辰这么说着，夏野也忍不住皱眉，他弟最近跟他要了几次零花钱，按理说滑板已经替他买了，请同学们吃饭也没用到钱，应该不至于手头这么紧才是。

韩亦辰和宋益已经从青少年教育问题谈到婚姻家庭问题，宋益大龄黄金单身汉一枚，看着温和但嘴皮子上下一翻特别厉害，谈判从来就没吃过亏，韩亦辰吵不过他，面红耳赤道："你老让我妹谈什么，你有本事自己去谈啊！你都三十多了，你让青少年自由，你自由恋爱一个我看看！"

宋益道："单身也是我选择的自由。"

韩亦辰转头对夏野道："老夏，你说说他！"

宋益道："你可以喊老板，他比你还小一岁，怎么好意思喊人家老夏。"

夏野严格来说还未满二十四周岁，普通人这年纪从学校毕业没两年，还非常青涩。

韩亦辰道："老夏，你说老宋讲不讲道理，我的观点是十来岁早恋不好，那么小的孩子什么都不懂，万一冲动做错了事后悔一辈子怎么办？就应该配合学校老师把一切早恋的苗头都掐死在萌芽期，真有能耐，一起考入同一所大学再好好谈恋爱，多励志啊……"

"不可以。"

韩亦辰愣了下："什么？"

夏野皱眉："上了大学也不行。"

韩亦辰顿了一下："你这个有点过分了啊，我觉得上了大学成年之后就差不多了，不然按你说的要等到多少岁才能谈啊？"

夏野绷着脸，好一会儿才吐出几个字："至少三十岁以后。"

韩亦辰："……"

他只是霸道，这位简直是暴君，还讲不讲道理了？

第二章

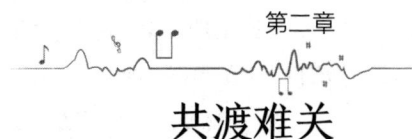

共渡难关

唐瑾瑜收到情书后当作没事发生，依旧和之前一样跟同学们相处，反倒是那个送书给他的男生主动过来跟他道了歉。

"唐瑾瑜，对不起啊，我不是故意的，就是刚开始的时候我有个发小在隔壁，她一直求我，我也不好意思拒绝，就答应了。"男生挠了挠头，在走廊一角小声跟他道歉，"我也不知道她还跟其他人说了，一下就塞了三四封，她们也不是真的喜欢你……不是，我的意思是，她们其实挺崇拜你的。"

唐瑾瑜拍了拍他的肩膀，宽慰道："没事，我知道，大家都是好同学，不过我现在只想好好学习，还要准备钢琴比赛，没时间想这些。"

男生笑了一声，心里松了口气。

他吃了人家一顿火锅，吃人嘴软，心里一直过意不去。

等到要中考的时候，不少同学家里请了家教。

唐瑾瑜相反，他没请家教，只是把钢琴课暂时停了，专攻文化课。

夏野亲自给他辅导，唐瑾瑜的教材和他那个时候用的不太一样，但是知识点万变不离其宗，尤其是数理化，基础永远都是那些。远在齐州市的唐老爷子更是隔三岔五地打电话来问，特别关心小孙子。

唐老爷子听到是夏野在给小孩辅导，笑道："那我就放心了，小野底子扎实，小瑜也听他的话，他带比我带还好些。"

唐瑾瑜确实听话，他一心想要考出当年他哥那样的成绩。夏野瞧出来了，没让他挑灯夜战，亲自押着去休息了，第一天晚上还好，第二天小孩偷偷拿大手电筒在被子里看辅导书，被夏野查寝时抓了个正着。

夏野直接按亮了房间里的灯："你眼睛还要不要了？"

唐瑾瑜干脆坐起来，抱着辅导书道："我就想再看一小会儿……"

夏野头疼道："你刚才就这么说的，放下书，睡觉。"

小孩仗着受宠不肯撒手，第一次反抗："哥，我就再看一小会儿，哥你最好了，好歹让我看完这道题吧。"

夏野从他手里抽出书，把书扔出去，自己坐在床边道："你平时的成绩你自己也知道，进重点很有希望，不用给自己这么大的压力。"

"……我要是考不了第一怎么办？"

夏野笑了一声："谁规定你必须考那么好了，这几天好好复习，考场上稳定发挥就行了。"

唐瑾瑜嘀咕了一句，夏野耳朵尖听到了，敲他额头一下："我是我，你是你，比这个做什么。"

第一天好歹安抚好了，但是第二天小孩明知故犯，再一次被夏野抓到的时候，夏野决定这次直接跟他睡在一张床上。

韩亦辰在公司和夏野除了谈工作就是聊孩子，他实在不想再聊职场话题了，就转到育儿问题，对夏野说："星星不是也要考试了吗，她这段时间好多了，家里给找了辅导老师，她还跟同学成立了学习小组，每天都特别努力地复习，昨天跟我视频的时候还探讨了一道数学题……"

夏野抬眼笑道："你会？"

韩亦辰道："过分了啊，我好歹是清北毕业的高才生，初中数学还是没问题的。"

韩亦辰问起唐瑾瑜，夏野随口道："还好，也是忙着复习，这段时间不加班了，我得提前回去盯着点。"

韩亦辰心里说了一声"果然"。每年他们公司最轻松的时候就是唐瑾瑜考试期间，寒暑假之前夏野必定早退一周，年会也都安排在寒暑假，一般都是他和宋益、老猿带着员工一同出游，夏野这个大老板神龙见首不见尾，年会那几天肯定要去陪家人。

虽然感慨过无数次，但小韩同志忍不住又感叹了一句："老夏，你对你弟可真是太好了，但凡你能拿出对小瑜十分之一的耐心去追女孩儿，早就成双成对了。"

夏野目前感兴趣的只有两件事：一是发展事业，再就是陪伴家人。

他对他弟好是多年来养成的习惯，已经变成了和喝水吃饭一样自然的事。他根本想不出自己弯腰给别人系鞋带的样子，那太奇怪了。但是如果是他弟，哪怕十来岁了，他也没觉得有任何不妥。唐瑾瑜今天早上还差点迟到，在门口一边揉眼一边打哈欠，一副没睡醒的样子，鞋带松了都不知道，就是他亲手系的。

从公司提前回去，夏野买了菜，又叮嘱阿姨做了一些糖醋口味的菜。

保姆阿姨笑道："有糖醋味的菜，唐先生那边送来一些，还有楼上夏老师也送了一道汤过来，夏老师还说了，让你这两天多陪着点，不要让小瑜弹琴，怕他分心。"

夏野道："那就炒几道青菜，分量小一些，多做几道。"
阿姨答应了一声，进厨房去忙了。

夏野开车去校门口，他在马路边敲着方向盘等，隔老远就在一群中学生里看到了他弟，不过他弟身边跟着一个梳马尾辫的高挑女孩，两个人在校门口停下说了几句话，他弟一直挺有礼貌，隔着两三步的距离，说完还跟人家摆摆手才小跑过来。

夏野一直在车里看着，等人上车问道："那谁？"

唐瑾瑜道："我一个同学。"

夏野直觉很准，看了那个女孩的背影一眼："就是那个'知名不具'？"

唐瑾瑜从后排凑过来，笑嘻嘻道："哥，你可真厉害，这也能猜到。"

夏野道："我看她有点眼熟。"

"就上次校庆，我弹琴她拉小提琴来着，上次说了几句话，她觉得我挺不错的。"

夏野转身看他，皱着眉头要说话，唐瑾瑜赶紧举起双手："我没早恋的意思啊，哥，我跟她说清楚了。"

夏野问："你怎么说的？"

唐瑾瑜道："我就鼓励她好好学习，争取考上重点高中啊。"

"然后呢？"

唐瑾瑜摇摇头。

夏野道："你应该直接拒绝。"

"临考试了打击她多不好，万一考坏了怎么办啊！我说的其实她也明白，还跟我约好了好好考试，这样就挺好的。而且我不可能跟她在一起……"男孩犹豫了一会儿，小声道，"她比我高。"

夏野看他一眼，从刚才的情绪瞬间转变为另一种不满："她嫌你矮了？你是正常男孩身高。"

唐瑾瑜有点不好意思："我觉得自己有点矮，哥，我们班今年好多人都长高了。"

夏野安抚他："晚上回去多喝点牛奶，过完暑假就长高了。"

唐瑾瑜听话地点点头："我要努力长到这么高。"他比了比夏野的下巴，自己乐了，"哥，要是我能跟你一样高就好啦，肯定特别帅。"

夏野觉得他现在就挺好，他们家小孩身体一直不太好，能长到现在这样，全家都已经很惊喜了，毕竟才初中，高中再长三年，一米七几就挺不错。

突然冒出一个"知名不具"小提琴女孩，夏野对唐瑾瑜的学校生活多关注了几分，不过情书的事只有他们兄弟两个知道，没跟家里长辈说起。

在唐瑾瑜心里，夏野和爸妈、伯伯不太一样，是介于朋友和家长之间的一种存在，他基本什么都不瞒着夏野，对他哥是满心的崇拜。

夏野顺便还关注了几次萝卜群的聊天内容，不过和群名一样，这里讨论的绝大多数都是和学习有关的话题，特别积极向上，群里的小朋友们一点早恋的端倪都没有。

就连韩亦星都一心刷题，完全看不出小姑娘和平时有什么区别。

唐瑾瑜中考那几天，全家特意抽出时间来给他加油，他之前钢琴比赛拿了几个颇有分量的奖，有加分，家长们虽然紧张，但信心也足。考试当天唐瑾瑜吃得很好，鸡腿都啃得干干净净，陈素玲看他吃得好，猜着考试应该挺顺利。

成绩下来了，他果然顺利进入重点高中，成绩排名全区前十，全校第一，算是非常不错的成绩了。

夏野本来还想安抚他一下，但是唐瑾瑜比他还放松，夏野问起的时候，小孩还诧异道："我不是拿了个第一吗？"

"全校就行了？"

唐瑾瑜乐了："当然啊，我肯定没你厉害，有个第一就行啦，说出去我和哥哥当初考的一样，都是全校第一！"

换了别人夏野要挑眉反问一句，但是面对他弟，他只跟着笑了一声，觉得他弟心态是真的好。

唐瑾瑜的学校组织了初中毕业旅行，他没参加，想跟陈素玲回去探望以前的小伙伴。

陈素玲答应了，毕竟小孩的这个暑假很长，正好可以好好放松一下，接下来就是高中三年冲刺，家里大人们都希望他好好享受初中最后一个自在的假期。

连夏老师都特意让他减少练琴的时间，对他说："等你读高中我就不能带你了，小瑜，这个暑假先给你放个假，我去给你找一位更专业的老师，你呢，就放松去感受一下外面的生活，老闷在房间里也弹不好琴，演奏其实也是表达感情，多接触外界，对你以后有好处。"

出发前，唐瑾瑜找出自己的辅导书带上，衣服也多带了两三身，他这次要跟陈素玲回去多待一段时间，住将近一个礼拜。

唐泓俊给他把书搬到车上，问："小瑜怎么带这么多书？看得完吗？"

唐瑾瑜道："哦，那些是给小季带回去的，他考得不太理想，我把以前用的给他，重点不一样但也差不了太多，让他多看看吧。"

唐泓俊也对他的朋友熟悉，问起季元杰近况，唐瑾瑜就岔开话题道："爸，我来搬这个，这个沉！"

唐瑾瑜不是第一次跟陈素玲回那座北方小城了，但每次回去都有不一样的感觉。

他看着车窗外的景色，总有一种奇怪的熟悉感，像是旧画涂上了新彩，每看一遍，记忆就加深许多。

陈素玲在副驾驶戴着耳机跟人通话，后排就他一个人。唐瑾瑜低头看了手里一眼，他握着一个小铁皮盒子。

铁盒上的彩漆还在，印着五颜六色的气球和蓝色包装瓶的牛奶，大概是他以前吃过的某种零食的小盒子，他记不清了，但是他第一次瞧见里面的那张字条时，脑海里涌入了很多画面——

有他小时候费力站起来的样子，也有五六岁能跑能跳的样子……刚想起坐在琴凳上颤抖着双手弹钢琴，紧跟着想起他在食堂捏着一小块萝卜笑着喊"爷爷"，他喊得特别清晰，对方回应得也响亮，老人弯下腰给他笼上一片阴影，入目先看到的是他下巴上的花白胡子，还有常年笑呵呵的唇，不知道他在说什么……

找到这个小盒子的晚上，他发了低烧，但是没跟以前一样失去意识，起来吃了药片，出了一身汗。他一晚上没睡，生怕自己忘了那些浮现在脑海中的片段，可能是因为这几年长大了一些，那些画面在第二天清晨也没有消失。

凌晨，他一遍遍看手里小字条上歪歪扭扭的字迹，不可否认，这就是他小时候写的字。

"夏野，药，爷爷，去平城，不要坐飞机……"

后面的字迹很模糊，但依稀能辨认出几个地名，有"徽城"的字样，还有用粗线圈出来的三个大字"要记得"。

唐瑾瑜用手指摩挲着小铁盒，当初刚看到它时的那种情绪依旧回荡在心里，焦急、迫切，鼻尖微微发酸。可是他不记得为什么写这些了，他只知道字条上写的都是家人，字条上那个"爷爷"，好像不是齐州市的教授爷爷，但他怎么都想不起来他的样子，想不起他在哪里了。

唐瑾瑜把头靠在车窗上，若有所思地看着外面。他已经跟家人回来好多次了，长大后他不爱坐飞机，陈素玲宠他，每次都让司机开车送他们。他买了一份地图，认真标记了路过的地名，但是两座城市并不在经过的路线上。

平城很远，在更北一些的地方，而徽城，临近一处名山，依山傍海。这两座城市都是他无法独立去的地方，好几次他都想跟家里人说，但每次要开口的时候，话到嘴边就像被堵住了，说不出来。

试了几次，他就放弃了。

他想，或许这是一个只有他自己才能知道的小秘密。

这些时不时浮现在脑海里的信息，好像他曾经都经历过一遍，但记忆并不真切，他只对脑海中一些北方地区特别有名的社会新闻有印象，也能通过记忆预测一些未来。只是按照他的预测，互联网商业和智能手机要在一两年后才能如现在这样发达，不知道为什么，这些技术都提前发展了，已经不是他记忆里知道的那个样子了。

唐瑾瑜对这个多少有些心虚，因为他哥夏野就有一个最大的社交平台，这个社交平台比他预测的提前出现了三四年，如果他没记错的话，还是他小时候不懂事提了一嘴，他哥就真的按他说的做出来一个类似的。

如今这个网站已经是国内最大的社交平台，因为同期没有可以与之匹敌的平台，现在除了赚广告费，平台还直接开了带货渠道，不少大V（微博上获得个人认证、粉丝众多的用户）都在上面十分活跃，也因此成就了一批草根明星。

夏野和陈素玲的公司每年都有年会，唐瑾瑜也会趁这个时候提出让家人带他出去玩，后来他去过徽城两趟，平城今年也去了一次，他用几天时间找遍了能找的地方，但是毫无线索。

今年暑假，他原计划再去一趟平城，但是老家有点特殊情况，他还是跟着陈素玲回了小城。唐瑾瑜刚到小城，韩亦星和郭小琥就来找他了。

韩亦星比去年长高了一点，现在和唐瑾瑜差不多高。小姑娘皮肤白皙，一双眼睛和小时候一样清澈明亮，模样也灵气漂亮，是个小美女了。郭小琥站在她身后一步，他初中几年发育得很好，现在已经快一米八的个子，小麦色皮肤，穿了一身球服，倒是比小时候帅气了几分。

韩亦星嘴甜，看到人就先来问好："陈姨好，我们来找小瑜玩儿！"

陈素玲笑着点头："你们好，这次去哪里？要不要我让司机跟着，坐车方便？"

韩亦星摇摇头道："不用啦，我们就去以前的小学看看，特别近，晚上就送小瑜回来。"

陈素玲这边还有工作，就让儿子和小伙伴们去玩，有韩亦星和郭小琥跟着，她也放心。

唐瑾瑜走了两步，又折回来道："妈妈，我拿一个玩具熊过去。"

他这次回来带了不少东西，陈素玲让人开了后备厢，笑着看了儿子一眼："怎么出来还带玩具，给谁的呀？"

唐瑾瑜支支吾吾的，随口道："我给星星的。"

韩亦星听到他点名，立刻帮忙道："对，给我的，我没有，就让小瑜帮我带了一个，哈哈哈！"

陈素玲看了一眼，那玩偶都不怎么新了，还是很久之前小瑜玩的东西，不过他们小孩子古古怪怪的她也懒得猜，又招手让小孩过来，给了零花钱，叮嘱道："中午在外面吃，不要吃太多，晚上回家妈妈给你做饭。"

唐瑾瑜点头答应了，抱着玩偶跟韩亦星他们去了小学。

他们以前念的那所小学扩大了一倍，以前的教学区成了老校区，后院的铁门藏在院墙和花藤中间，他们这些老校友一下就能找到。郭小琥对这条路尤其熟，很快就带他们进去了。

韩亦星在这边藏了一个袋子，唐瑾瑜帮忙拖出来，瞧见里面都是她的衣服。

韩亦星随便拿了两件衣服放在石阶上："你们坐啊。"

郭小琥"哦"了一声，听话地坐在她的衣服上。小姑娘立刻就恼了，推了他一下道："谁让你坐我衣服了？你坐一边台阶呀，帮我叠一下衣服，我太急了都没弄好，一会儿还要送去干洗店，这些我都已经卖掉了，你们帮我打包，咱们先邮出去。"

郭小琥讪讪道："你也不说清楚，我还当你铺在地上让我坐。"

韩亦星"哼"了一声："你想得美。"

话虽这么说，她还是拿了一件外套放下，让唐瑾瑜垫着坐："台阶凉，你别生病了。"

唐瑾瑜摇摇头笑了一下，他还没那么娇气。他帮韩亦星整理好衣服，三个人又凑在一起算了一下身上所有的钱。唐瑾瑜的钱都藏在那只玩具熊里，他打开拉链在小熊肚子的棉花里掏了一会儿才拿出来。

郭小琥从兜里掏出厚厚一沓钞票，新旧都有，他皱眉道："我卖了几双新球鞋，还有一些别的，凑了五千多。"

唐瑾瑜也尽力了，他从家走的时候把存钱罐都掏空，毛票硬币都凑上了，再加上之前跟他哥要来的零花钱，大概拿出来三千块。

韩亦星最多，小姑娘每年的压岁钱都自己拿着，她哥心情好的时候也给她许多零花钱，再加上她卖了一些个人闲置衣物，凑了有八千块。

郭小琥挠了挠头："我压岁钱不在自己手里，不然肯定能凑够，我妈说压岁钱都给我攒着娶媳妇……"

韩亦星把所有的钱收集起来，拿出之前准备好的袋子分门别类装好，不死心地数了一遍，还是有点失望："怎么办啊，这些也不够，我去医院问了，季元杰他爸吃的药特别贵，而且要长期吃，离出院还有好长时间，第二次修复手术也要钱啊，至少两三万。"她说着难过起来，忍不住用手背擦了一下眼角，眼泪滚落下来，哽咽道，"小季也太难了，根本不是他爸爸的错，对方司机酒后肇事……"

唐瑾瑜叹了口气，这事他从中考之前就一直在关注，起起落落，最终还是成了他们最不想看到的结局。

季元杰他爸出了很严重的车祸，季妈妈为了救丈夫的命卖了家里的商铺给他做手术，钱花光了不说还背了债，最后好歹把命救了回来，但是季叔叔手术之后打了十几块钢板，人躺在床上基本废了，后期治疗的钱还没有着落，全家一下陷入非常困难的境地。

季元杰两个月前还努力提高了十几个名次，很有希望冲进市重点高中，但是家里出事后，他一直在家和学校两边跑，勉强撑到中考结束，就不再去学校了，连成绩单和毕业证都是韩亦星给他送去的。

韩亦星还在哭，闷声道："小季说他不念书了，要给家里帮忙，他妈现在要照顾他爸，都是他在赚钱。我上次去看他，他在菜市场给人杀鱼，他以前特别胆小，我拿只虫子给他他都害怕啊……"

郭小琥听了也难受，闷头坐在那里不吭声。

唐瑾瑜沉默片刻，问她："星星，我这边衣服也很多，要不你把我的衣服也挂网上卖一下试试吧？好多都是新的，我都没穿过。"

韩亦星想了想，摇头道："你的衣服不行，你的衣服都没有吊牌，而且上面都绣了你的名字，回头被夏野哥哥和陈姨看到怎么办？"

唐瑾瑜想想也是，他身上穿着的都是他妈给他定制的，从小到大独一份儿，太明显了，卖都卖不掉。

郭小琥拧眉道："要不我再去家里拿点东西？"

"别了，小季本来就不想要，是我一直跟他说就咱们几个凑钱想帮帮他，他这才点头的，别从家里拿了。"小姑娘的声音小了几分，"小季已经够难了，别让他觉得我们看不起他。"

唐瑾瑜还在思索："要不我们去打工，赚的钱借给他应急？"

郭小琥立刻道："这个好，我暑假就留在这儿打工，我自己赚的钱给兄弟总行吧？"

韩亦星纠结道："咱们能干什么呢？"

郭小琥哑然，他力气挺大，但是这些年除了读书和玩耍，真的没做过别的事，偶尔拖拖地他妈都喜出望外。韩亦星跟他情况差不多，她考虑得更细致："我们还未成年，只干一两个月，人家店里都不要我们的。"

郭小琥道："那要不让小瑜去弹琴卖艺？小瑜钢琴比赛得了好多奖，肯定很多人听到都喜欢！"他自己喜欢，就恨不得全天下都喜欢唐瑾瑜。

这次唐瑾瑜摇头了，无奈道："不行，你们不知道今年有个特别出名的钢琴艺术家已经在街头测试过了，他搬了最贵的钢琴放在街头，亲自演奏，一上午只有一个人停下脚步听，根本没有人在意他。"

郭小琥不太理解："他特别厉害吗？"

唐瑾瑜点头："特别厉害，是俄罗斯的一位钢琴大师，去街头演奏前一天他的个人独奏会刚结束，演奏厅都坐满了，要一千美金一张票。"

郭小琥咂舌，一脸不可思议，不过很快又惊喜道："小瑜，你以后弹钢琴的票也卖这么贵啊？"

唐瑾瑜道："我还差得远，而且以后的事也帮不了现在。"

几个人又垂头丧气起来，最后韩亦星招手，让他们帮着拿了衣服去干洗店，又弄来一些快递袋子开始分类打包，都弄好时已经下午四点多了。郭小琥不禁饿，但是兜里也没钱了，他买了两个馒头回来三个人分着吃。

小姑娘也饿狠了，一边大口吃一边问他："好香，我觉得还能再吃半个，你怎么不多买一个啊？"

郭小琥道："没钱啊，我最后的钢镚儿都花出去了。"

唐瑾瑜胃口小，把自己的馒头又掰了一块给她："我的给你。"

韩亦星看他真的饱了，这才接过来三两口吃了。

郭小琥刚才故意给唐瑾瑜多掰了点，现在忍不住心疼他："小瑜你吃得也太少了，你这么吃难怪不长个。"

韩亦星立刻护着道："你说谁矮呢！"

"我不是那意思，我就是想让他好好吃饭，多吃一口……"

"你种过花吗？懂不懂厚积薄发？你怎么知道人家这不是积蓄能量！没准小瑜高中一下就长到一米九，跟夏野哥哥一般高！"

唐瑾瑜一句话都没说，俩人已经吵了几个回合，他站在一旁看着直乐，还给韩亦星纠正了一下："我哥现在一米九五，他又长高了。"

小姑娘下巴抬高了道："听见没！小瑜家基因多好！"

郭小琥道："夏野哥又不姓唐！"

韩亦星摆摆手："他们两家不分彼此，是一家人，这你都不知道！"

几个人忙活完了，一起去看季元杰。

季家的房子已经卖了，他们在老城区租了一间小房子住，那边鱼龙混杂，韩亦星身上带了不少钱，一时有些害怕，郭小琥和唐瑾瑜一前一后护着她，三个人找过去的时候，正好碰到季元杰下来提水。

季元杰瘦了一些，穿着一件洗得半旧的宽大汗衫和一条短裤。他刚从学校毕业不久，皮肤还白皙，只是这会儿肩上有磨红的印子，一看就是扛东西留下的。他瞧见他们几个人来也有些错愕，不过很快就笑道："星星，小瑜，你们来了啊，欢迎过来，要不要去我家坐坐？就是有点乱，要让你们见笑了。"

韩亦星路上挺能说，跟郭小琥拌架也没反过，但是见了小季就安静了许多。这边一栋房子里住了四五户人家，季元杰家租了三楼靠边的一个房间，还有一个小杂物间，东西很多很乱,是刚搬过来的状态,还没有来得及整理。房间放了一张书桌,还有一张大床,几把椅子摆在一边。季元杰拿出椅子来给他们擦了一下,不好意思道:"你们坐啊,家里最近一直挺忙,还没抽出时间整理。"

几个人坐下,韩亦星一句话不敢说,一旁的郭小琥也坐在那儿四处打量,被唐瑾瑜碰了一下膝盖才立刻收回视线,也不太敢说话的样子。

唐瑾瑜叹了一声,先开口道:"小季,我们想帮帮你。"

季元杰道:"以前的街道还有学校都给我们捐过款了,我爸的手术已经做完了,还挺成功的,星星上次来问,我跟她说来着。"

唐瑾瑜心里不是滋味,他还记得刚开始和小季做朋友时的情景,现在这个人还和以前一样,友好又和善,哪怕吃了苦也依旧只记得大家对他的好。

唐瑾瑜道:"我们三个凑了些钱,都是自己攒下来的,你先拿去应急吧。"他喊了韩亦星,小姑娘赶忙把钱从背包里拿出来递过去,动了动唇角小声道:"小季,这些可能还不太够,不过你别担心,我们再凑凑,一定能帮你想到办法……"

过了好一会儿,季元杰才接过小姑娘手里厚厚一袋钱:"这些就够了,当我借你们的,以后还。"这句话他说得很郑重。

韩亦星磕磕巴巴地还想说什么,小季笑了一声:"我们家已经渡过难关了,我爸昨天醒了,以后会慢慢好的。星星,你不用再帮我筹钱了,把钱留给更需要帮助的人吧。"

小季说的话大家都明白,但是没有人愿意这么放弃。

其实他们都知道救急不救穷,但是他们看不下去最好的朋友陷入泥潭。

从季元杰家里出来,韩亦星情绪低沉了好久,出了巷子终于忍不住哇哇大哭起来,她从来没这么伤心过,委屈极了:"小季那么好,那么好……的人,为什么要遇到……这样的事啊!太不公平了!"

唐瑾瑜也皱眉没说话,他来之前不知道情况这么严重,想先看看再做打算,现在看来季元杰家里真的太困难了,已经不是他们能帮忙的了,还是需要求助家里才行。

他们走到附近的商业街,唐瑾瑜打了电话让家里司机来接他们,几个人又累又饿,实在走不回去了。

郭小琥家以前的房子还在,先送他回去,韩亦星和唐瑾瑜顺路,在车上小姑娘还在哭,司机都忍不住从后视镜多看了一眼。

唐瑾瑜抽了纸巾给她,小声安慰道:"别哭了,星星!你再哭,大家要以为我欺负你了。"

韩亦星拿纸巾很响亮地擤了鼻涕,抽噎道:"不会,你从小就不欺负人。"

唐瑾瑜送走了她,回家后有些恍惚。

家中干净整洁，推开门就闻到了饭菜的香味。他一边换拖鞋一边走神，陈素玲喊了他两声，他才反应过来，抬头去看。

陈素玲笑道："想什么呢，这么入迷，快去洗手吃饭，今天做了你爱吃的糖醋鱼，平时都是你爸在家做饭，今天也尝尝妈妈的手艺。"

唐瑾瑜答应了一声，洗了手坐在餐桌上，吃了两口，又问道："妈，你们公司还招人吗？"

陈素玲夹了一块鱼肚，蘸了糖醋汁放在他面前的小碟子里："招什么人？"

"就是给钱多一点的那种岗位的人……"

陈素玲乐了："你说设计师吗？是不是最近小丁叔叔又跟你说什么了？别听他的，他就是想跟你那边的设计要布料，故意逗你的。"

唐瑾瑜长大了，陈素玲把以前的童装部改了，又挖了新的设计师过来，待遇依旧优厚，在公司里有优先选择当季面料的权利，出去考察市场的次数也比其他部门多。丁彦召一直深深"嫉妒"着这个部门。大家私下管这个部门叫"东宫"，毕竟专门伺候"小太子"。

"不是设计部，留在这儿的有吗？"

"你要帮谁介绍工作？"

唐瑾瑜把季元杰家里的事说给她听，还提了工作需求："最好是夜班，能轮班的那种，小季和他妈妈可以轮着来，不过不要太重的活，他们力气很小……如果白天空余时间多一点，小季还能去学校，他这次考试成绩提高了很多，真的比以前好多了，能进重点的。"

陈素玲问："他打算去复读了？"

唐瑾瑜吃了两口，小声道："我们希望他去，但是小季家里太困难，他要留下来帮家里，星星说他现在打好几份零工，去菜市场给人家杀鱼，有时候还去工地帮忙。"

陈素玲叹了口气，他们这些做家长的对孩子们常说的一句话就是"现在不学习以后怎么办"，如果现在都不能再提高一点，以后的竞争只会更难。更何况季元杰家中还发生了这样的变故，那孩子能保持善意，自立自强，就已经是一个很好的小孩了。

陈素玲想了一下，道："这样，妈妈好好想一下怎么安排，你先吃饭，明天给你答复好不好？"

唐瑾瑜冲她笑了下，点点头，胃口好了许多。

他晚上吃了不少，糖醋鱼一气儿吃了整块的鱼肚。陈素玲把鱼头上有营养的部分给他，问道："这么喜欢吃啊，下次妈妈再给你做，你中午都跟星星他们吃什么了？"

唐瑾瑜道："吃了好多，星星他们吃了汉堡可乐，我吃了一个牛肉堡，还吃了一对烤鸡翅。"

陈素玲看他一眼，她家小孩从小到大很少撒谎，只要口不对心就会立刻转开视线。她也没拆穿，笑道："明天妈妈再给你点零用钱，不要去吃快餐，有家素斋还不错，你带星星他们一起去吃，不能老让女孩子请客，我们也要当个小绅士，对不对？"

唐瑾瑜答应了一声，又埋头吃饭了。

等到晚上，心虚的唐瑾瑜给陈素玲泡了水果茶端来，又围着她转圈，还主动给她按摩了肩膀。陈素玲手里拿着一沓图纸，一边享受儿子的照顾，一边笑着继续工作。

陈素玲行动很快，第二天就安排好了一份工作。她公司搬到了沪市，但是工厂和部分库房还在这里，存放面料的库房还需要一个负责人，活儿也不累，就是白天晚上检查一下货物，注意电路检查、消除环境的火灾隐患就行了。但是季元杰家里情况不允许，他爸刚脱离危险，还需要人时刻看护，他妈妈留在医院陪护没有办法过来，谢了她的好意，同时也婉拒了陈素玲送去的钱。

季妈妈说了和儿子一样的话，不想平白接受大家过多的捐赠，他们现在还能撑下去。

陈素玲只能暂时先送了些营养品过去，再想其他办法。

"爱学习的萝卜"群里大家也在想办法，他们另组了一个秘密小群，除了小季和家长们其他人都在，大家凑在一起也在商讨办法。

有人说："我这次中考成绩挺好，我妈说省了升市重点高中的一万块'赞助费'，她奖励我去旅游，我不去了，大概能要个五六百，我把这钱给小季吧！"

也有人建议："给钱也不是办法，我们还是要帮小季找一个好点的工作，不太累的那种，这样他就能抽出时间学习，明年就能跟咱们一起读高中。"

"对，找个好点的工作，最好还能解决一下住房的问题，租房也要钱。"

"安全也要考虑好，我上次想帮小季，特意让我姥姥去市场多买几条鱼回来吃，那老板好坏啊，一直催小季，刀又不好使，我姥姥都心疼了，说那老板抠门，让小季用破剪刀刮鱼鳞，小季手都伤了……"

说来说去，大家能想到的办法就那几个，还是不能解决实际问题。

唐瑾瑜道："我觉得还是要从源头想办法。"

"什么办法？"

"找那个货车司机，让他赔偿。"

唐瑾瑜打字很慢，大家都习惯了，都在耐心等着。如果说韩亦星是班长，那么唐瑾瑜就是他们的总指挥，大多数时候班长也按指挥说的来，大家拧成一条绳，有劲儿一起使。

唐瑾瑜总结了几点，让韩亦星和其他人去报纸和网上找招聘短工的消息，郭小琥跟着小季，去看他现在在哪里打工，他则去家里的公司问问看能不能找律师，想办法让肇事司机尽快赔偿。

"还有将近三个月的时间，大家一起加油！"

"好！"

喊完口号，"秘密的萝卜"小群里又安静下来，大家纷纷去干活了。

唐瑾瑜把这个想法跟陈素玲说了，陈素玲很赞同，交代秘书帮着去找律师，但是也给他打了预防针："这事很难，你要做好心理准备，不一定能成功。"

唐瑾瑜点点头："妈妈，我知道的，我们就是想再试试，万一有希望呢？"

陈素玲摸摸他的头，嘴上说好，心里却轻轻叹了一口气。

这个社会很复杂，不是所有人都像这帮孩子一样这么单纯。

唐瑾瑜还给夏野打了一个电话，他挑在中午打的，一般这个时候都是他哥吃饭的时间，但是这次打过去，那边挺长时间都没有反应，连着打了几遍才有秘书接起来，秘书小声说夏总在忙，稍后给他回复。

唐瑾瑜有点失望，不过还是问道："姐姐，我哥这几天很忙吗？"

"夏总最近是有点忙。"秘书跟在夏野身边时间长，也知道唐瑾瑜的重要性，对他语气温和地道，"你有什么事可以先告诉我，我会第一时间转达给夏总。"

"哦，没事，姐姐你帮我说一声就好了，我晚上再给我哥打电话。"

秘书答应了。

沪市，高尔夫球场。

夏野正在陪重要客户，换了其他人，他是不会出来的，但是来的人是乔佐，乔少来了之后点名要见他，他也只能出来应酬一下。

陪着乔佐一起来的还有一个英俊的男人，乔佐热情地介绍道："来，夏野，这是我最好的朋友黎舟，上次你在京城合作的那位小黎总的哥哥。"

夏野跟对方握了握手，简单地客气了两句。

他不是爱说话的人，对应酬也没什么兴趣，全程都是乔佐在带动气氛。乔佐也不是故意在为难这二位，他是真的高兴，他觉得身边这俩冰山总裁都是他最好的朋友。

黎舟跟乔佐认识的时间长，会搭上几句话。夏野坐了片刻，有秘书过来在他耳边低语几句，他立刻点点头，对他们道："我有事先去一下，让宋经理陪你们打球，他球技不错，比我好。"

乔佐道："很急？要不要帮忙？"

夏野道："不用，家里的事。"

宋益过来接替了他，很快就和乔佐他们谈笑风生起来，比起夏野，他更长袖善舞，适合这样的社交活动。

夏野去了外面，接过刚充好电的手机问秘书道："什么时候打来的？"

秘书道："大概五分钟前。"

夏野不满："你应该早一点去叫我。"

秘书不敢吭声，她穿着高跟鞋能在五分钟时间里跑去场内已经很快了。

夏野拿过手机拨打了几遍电话，这次换成唐瑾瑜那边不方便接听了，小孩挂断了几次，给他发了信息："哥，等一会儿，我跟我朋友在一起。"

夏野给他回复："刚才手机没电。"

他发完紧跟着又发一条："有什么事？"

过了挺长时间，他弟那边回复了一个笑脸，外加一句特别甜的话："没事，我就是想你啦。"

北方小城。

唐瑾瑜拿着手机看了一会儿，轻轻叹了口气，收进衣兜里。

郭小琥看着他，小声道："小瑜，你没事吧？"

唐瑾瑜愣了下，笑道："没事啊，我跟家里说好了，今天可以跟你们一起外出，咱们先去哪儿？"

郭小琥立刻高兴起来，摩拳擦掌道："我这两天跟着小季都探好点了，他还挺聪明的，找的都是结现钱的零工，白天给人送快递，晚上去饭店打零工洗洗盘子，我们今天先帮着一起送快递怎么样？"

跟着一起来的几个人都是萝卜群的成员，大家从小玩到大，对这一带的小区太熟了，立刻就答应了。

唐瑾瑜低头分完了快递，把几个容易丢的小件抱在怀里。

他现在长大了，也不能什么都依靠哥哥。

唐瑾瑜和郭小琥他们一起送了一下午快递，人多，送得快，但到手的钱却没有多少，一件几毛钱，攒下来百十块。

唐瑾瑜数了一下，把钱收进口袋里："我先拿着，等晚上一起放到星星那里，让她集中保管。"

周围的人都答应了，唐瑾瑜让离家远的几个人先回去了，自己给家里打了电话，说在外面吃，晚点回去。

郭小琥听到之后，没急着走，站在一旁问："小瑜，你去哪儿啊？"

唐瑾瑜道："昨天我妈说有家素斋不错。"

郭小琥磕磕巴巴道:"我跟你一起吧,我也喜欢吃素,我请你吃……"

唐瑾瑜笑了一声,点头道:"我请你吧,吃包子,不过可能还要干点活才能吃,可以吗?"

郭小琥立刻说"好",特别兴奋。

唐瑾瑜带他去了荣华路的一家素斋馆,那里装修高档雅致,服务员穿着统一的旗袍,端菜动作十分熟练,光是瞧着服务就足够赏心悦目的。不过价格也确实昂贵,一小屉金丝花卷也就五个,开价要二十多块钱,昨天郭小琥买的馒头才两毛钱一个,按现在的物价来算这里绝对属于高消费。

素斋馆楼上有几个雅间,楼下摆着不到十张桌子,现在大概坐了有一半客人,还有人陆续进来,瞧着生意还可以。

郭小琥家里有钱,但也都是糙养,平时买名牌球鞋,买运动服会多花一些钱,上千块的酒店吃过,几块钱的盒饭也一样吃,这样的馆子也来过,现在他兜里真没什么钱,一时有些局促。

唐瑾瑜没在大厅久留,他带着郭小琥穿过小门直接去了后厨。

后厨的大师傅正在摆盘,弄好了之后瞧见他来,笑道:"小唐是吧?正好,我这边马上就弄好。"

唐瑾瑜笑着在一边等,还跟大师傅搭话,什么都能说上一两句,夸得大师傅满脸堆笑。

大师傅擦了把手,走过来问道:"你会包小笼包?"

唐瑾瑜道:"会啊,我从小就练,手上功夫好着呢,拿手绝活就是这个。"

大师傅道:"那好,你跟我过来,包几个试试,咱们这边晚上就包子卖得好,先包几个大的,我瞧瞧你手艺。"

郭小琥听得云里雾里的,凑近小声问:"你不是从小练钢琴吗?"

唐瑾瑜举起手在他眼前晃了晃,跟着压低声音:"适当包装,反正都是手上功夫,放心吧,我真会。"

郭小琥一肚子疑问,他从没听过唐瑾瑜还会做饭。

唐瑾瑜跟着大师傅过去,换了围裙洗过手,一气呵成包了一排包子。

他动作太快,大包子馅儿多面软,难度不小,大师傅是故意想看看他手艺有几分,等他包完了大师傅乐了:"哟,你这还真是从小就练啊,挺熟练,这褶捏得也不错,收口也利落,那今天就先干着……你这同学就是跟你一起勤工俭学的那个吗?"

郭小琥不知道该怎么说,唐瑾瑜替他道:"不是,他来帮忙的,大师傅您放心,我带着他,几天就学会了。"

大师傅拍了拍郭小琥胳膊，顺手捏了两下，道："我瞧他一身腱子肉这么结实，也不像勤工俭学的，哈哈！"

郭小琥闹了个大红脸，他平时营养不错，确实身强体壮。

唐瑾瑜继续包包子，他动作快，嘴又甜，没一会儿工夫大师傅就让他去捏小笼包了，那边属于点心类，要做得更精巧一些，当然给钱也多，都是当天结现钱，还管一顿饭。

唐瑾瑜是找了陈素玲那边的秘书，让秘书给介绍来的，没说自己是谁，只说是勤工俭学的学生，他想替小季来探探路，这边活儿相对来说更轻松一些，还包一餐，忙活三个多小时就收工，晚上还能有时间照顾家人，顺带自习。

他计划周全，把路线都安排好了，穿过这条街再走一段就是学校，赶路快一点，不耽误上课。

郭小琥一身力气，捏包子却不成，他试了一个就不敢再试了，转头去帮后厨的师傅搬了几趟菜，还给扛了两袋米。

等回来的时候，唐瑾瑜已经跟周围的人都混熟了。

"小唐啊，你这边反着捏，对对，咱们这边最有名的就是这豆腐包，反过来扣在笼上蒸了端上去，风味跟别的不一样。"

"大师傅，这样？"

"可以啊，一遍就成了，一点都没漏！"

"是大师傅这面发得好，一瞧就又白又松软，面皮筋道，包多少馅儿都成，我回头一定跟您多学学，这独门手艺可要学到。"

大师傅被捧得心里舒坦，没半个小时俩人已经开始谈知心话了。

唐瑾瑜跟他提了小季的事，倒是引得大师傅一番感慨："我说你们这么小就出来打工做什么呢，原来是这样。早些年我们这辈人东奔西跑想混饭吃也不容易，我这手艺都是慢慢磨炼出来的，以前都没机会念书，十四五岁就出来单干了。我听着，你那同学也是个老实孩子，这样，你让他来吧。"

大师傅想了想，又补充道："早晚两个小时的活儿，就做跟你一样的工作，我包他两餐，工资按我跟你说的来，一个月我给他开一千五吧。要是迟到了就扣一点，干得多我给他加点，钱不多，学费是足够了。咱们先试几个月看看，学生就得去上学啊，不上学怎么行！"

唐瑾瑜特别高兴，点头道："我明天就带他过来，谢谢您！"

大师傅笑呵呵的，这会儿还不忙，他指点唐瑾瑜怎么拌馅儿料，一老一少相谈甚欢。大师傅突然意识到独门秘方都要透露出去了，便干咳了几声，背着手晃悠着走了。

唐瑾瑜继续捏小笼包，动作特别快，大师傅不在，还有其他人，他喜欢笑，又是干干净净、清清爽爽的半大小孩，动作麻利，没一会儿就跟后厨的人都混熟了。

郭小琥搬菜回来看得目瞪口呆，觉得他这老同学有点厉害。这才多大点工夫，不但事情办成了，连后厨的小八卦都套出来不少。

唐瑾瑜忙活了两个小时，没收大师傅的钱，他笑道："我就是来提前练练手，您也瞧瞧我们成不成，说好了第一天不收钱，您管一餐饭就行。"

大师傅觉得这孩子太实在了，更喜欢他了，让人装了两盒包子给他们带着，都是招牌的豆腐包，两盒赶上好几屉的分量了。

唐瑾瑜从素斋馆出来，分了郭小琥一盒包子："忙累了吧，给，请你吃。"

郭小琥接过来拿了一个放嘴里，豆腐包有些烫，不是南方那种薄皮的小包子，是北方外皮特别软的那种，麦香很浓，咬起来带着一丝甜，吃到馅的时候都不会觉得这是素包，豆腐、鲜香菇和冬笋混在一起，香气扑鼻，吃一口唇角都是油印子。郭小琥刚把嘴里的咽下去，忍不住又咬了一口，一边吃一边用力吸了一下鼻子，包子的浓郁香味都弥漫在空气中，顺着鼻腔钻入体内，勾得人馋虫都出来了。

他一口气吃了五个，还抓着一个继续啃："小瑜，你做的这个太好吃了。"

"是吧，大师傅调的馅儿好，我学得差不多了，明天后天再来两趟就会了。"唐瑾瑜也吃了三四个，舔舔手指，心里想着他哥肯定爱吃这个，回去可以做给他哥吃。

郭小琥忽然呛了一下，转过头去咳了好一阵，唐瑾瑜吓一跳："你没事吧？"

郭小琥摆摆手没回头看他，好一会儿才面红耳赤地回过头来，含糊道："没事，没事，我就是吃太快……呛着了。"

唐瑾瑜给他买了瓶水，郭小琥现在知道节俭了，没有自己先喝，推给他道："你先喝两口，剩下的我喝。"

唐瑾瑜乐了："不用啊，你喝吧，我一会儿就回家了。"

郭小琥还是不肯，推过去让他先喝第一口，他们俩在这边让来让去的，听到马路边有汽车喇叭的声响，"滴滴"两声，还挺急促，光听就知道车主现在脾气不太好。

郭小琥让了让，他都已经站到人行道这边了，那车却停在了离他们更近的地方，又是两声喇叭的声响，这次车窗放下来了，驾驶座上的人脸黑得不像话，转头看他们这边，冷声道："小瑜，刚才给你打电话怎么不接？"

唐瑾瑜眨眨眼，立刻就惊喜起来，也顾不上郭小琥了，跑过去弯腰道："哥，你怎么来了？"

夏野看看他，又看了眼旁边那个高个子男生："你中午不是给我打电话了？"

"是啊，可是你不是这几天忙吗……"

"不忙。"夏野简短道，"上车，我带你回家。"

唐瑾瑜答应了一声，又问："哥，我同学家离咱们家也不远，先把他送回去吧？"

夏野点点头。

唐瑾瑜喊郭小琥一起上车，郭小琥坐在后排先喊了一声"夏野哥"，他们这帮小孩从小见了夏野就发怵，一路没敢吭声。

唐瑾瑜就放松多了，他从小坐他哥的车，从自行车到汽车，比坐自己家的车还自在。他手里还捧着一盒包子，夏野看见问了一句："哪儿来的？"

"哦，我下午在素斋馆自己包的，哥，你尝尝？还热呢！"他拿了一个包子递到夏野嘴边，趁红灯的时候喂他吃。夏野咬了一口，似乎是想起什么，又叮嘱道："车上有水。"

唐瑾瑜立刻开了一瓶，递到他哥嘴边。

夏野："……"

夏野："你自己喝，以后出门带瓶水，知道吗？"

唐瑾瑜答应了一声。夏野开车不吃东西，让他自己先垫两口，送了郭小琥之后俩人回家吃饭。他们到家时，陈素玲已经吃过了，给他们留了一份放在餐厅。

小城的家中还和几年前一样，找了人照看着，除了院子里的花没有修剪，枝叶长得有点野，其余的都和以前差不多，院内的几棵果树长大了不少，葡萄架上藤叶今年依旧一派郁郁，已经隐约能瞧见青色的小葡萄了。

夏野热了饭，把他弟带回来的那份豆腐包也一起热了，摆了一盘，掀开门帘直接站在门口台阶上喊了一声："小瑜，回来吃饭了。"

唐瑾瑜正踮脚摘小葡萄，听见后答应了一声，摘了一小串过来。他晃了晃手里碧绿的小串，讨好地递过去："哥，我去洗洗，一会儿咱们一起吃！"

夏野瞧见皱眉道："怎么不用剪刀？"

"一着急给忘了，我看着这串上面有几颗红了……"

"去洗手，葡萄一会儿我去洗。"

唐瑾瑜嘴上说好，但跑去厨房洗手时顺便把葡萄一起洗了，吃饭的时候先挑最红的几颗放到他哥那边："哥，你吃，今年第一份葡萄。"

几颗酸不溜丢的小葡萄，说不上好吃，夏野吃得倒是挺有滋味。

他抬头看了对面吃饭的小孩一眼，果然瞧见唐瑾瑜在他吃了葡萄后就放松多了，跟小时候一样，做错什么事先讨好，但凡家里大人们吃了他手里的糖或者喝了他倒的水，小孩就觉得差不多能混过关了。

唐瑾瑜心里确实是这么想的。

他看夏野在吃桌上那盘豆腐包，就把盘子往他哥手边推了推："哥，你多吃点，这是我亲手包的，我再去两天就能学会了，你要喜欢以后我天天做给你吃……"他小声又加了一句，"我这次没贪玩，真的，我就是想帮我同学，他家现在太困难了。"

他把季元杰家里的事跟夏野大概说了一下，把自己都说难过了："哥，你说小季人这么好，怎么好人都遇到坏蛋啊，那个货车司机现在又找不到人了，法院的电话都敢不接，胆子可真大。"

夏野看他一眼，道："你胆子也很大，自己还敢去打工了！"

唐瑾瑜道："我已经很小心了，我都没碰火炒菜……"

"你碰什么？"

"嘿嘿。"

"少装傻，吃完饭跟你谈话。"

夏野说得严厉，但唐瑾瑜不怕他。家里人他最怕的其实是他妈，他妈倒是不会说重话，只是在他不小心受伤时会跟着一起难过，他最看不得妈妈伤心，因此在外面格外注意，去找打工的地方也都找不会伤到手的——伤了手，估计夏老师也要担心年底的钢琴比赛了。

夏野吃完去楼上自己书房，唐瑾瑜端了一小盘葡萄跟着，夏野在书房坐下一抬头就瞧见他弟小狗似的眼巴巴地看他，要是他有尾巴的话，这会儿估计都摇起来了。

夏野心里想笑，但面上不显，对他道："过来，我跟你说两句。"

唐瑾瑜端着葡萄过去，面对他坐在书桌上。

夏野："……"

这确实是唐瑾瑜从小到大坐习惯的地方，但看他这么坐下他到嘴边的话却训不出口了。

夏野看他一眼，唐瑾瑜误会了，立刻剥了一颗葡萄凑到他嘴边，讨好地要喂他，小模样特别乖，一副"我错了，会好好表现"的样子。

这葡萄其实挺酸，也就刚才餐桌上吃的几颗带点甜味儿，但他弟现在坐他面前笑得很甜，夏野犹豫了一下还是吃了，摆摆手对他道："坐好，我跟你说两句。"

唐瑾瑜老老实实地坐好，端着盘子听着。

"不是不让你打工，是你现在还小，之前身体又一直不好，跟其他人不一样，万一生病了怎么办？而且你不止打了一份工吧，我下午问了陈姨那边的秘书，怎么还去送快递了？"

唐瑾瑜连连摇头："没啊，哥，我就跟他们搭把手，今天下午才去的，去素斋馆也是，我今天刚干完出来就被你抓到了。"

夏野好笑地看他："那我要是没抓到呢，你打算干多久？"

"就几天，我先去帮小季探探路。"唐瑾瑜小声道，"小季现在真的挺困难的，我们人多，大家说好了这个暑假都出出力。而且我跟他们都说好了，绝对不做违法的事，他们今天下午本来要用电动三轮车送快递我都没让,那个要考驾驶证才能开,咱们家家规第一条,一定要注意安全……"

夏野问:"他们都听你的话?"

坐书桌上的人喜滋滋道:"还行,有那么一点分量吧。"

"那暑假之后有什么打算?"

"还不知道。"

"你就自己琢磨这件事?"

唐瑾瑜点点头,看着夏野在沉默,忍不住小声道:"我知道挺不成熟的,但是,但是我也不能眼睁睁看着不帮一把呀……"他说得已经很委婉了,用郭小琥的话说,就是总不能看着小季穷到翻不过身来。

夏野问他:"要是我今天没来,你打算干多久才肯跟我说?"

唐瑾瑜笑笑,又给他喂葡萄,但是这次夏野没吃,他拧着眉头一直看着唐瑾瑜。

唐瑾瑜的视线移开一点,拨弄着盘子里的青葡萄,岔开话题道:"哥,你公司不是特别忙吗?怎么突然回来了?这边出什么事了?"

夏野点头:"是。"

"什么事啊?"

"家里的存钱罐都空了,你说呢?"

他一说这个唐瑾瑜又开始心虚,眼神都发飘,夏野抬手捏住他的下巴摆正他的脸:"你中考之前就知道小季家出事了吧,那个时候怎么没跟家里说?你要是不想给家里添麻烦,也应该来找我。"

唐瑾瑜小声嘟囔:"你忙啊。"

夏野气笑了:"谁说的?"

"我看得出来,今天中午打电话过去,秘书姐姐还说你在谈事,而且我也不能什么事都找你啊……"

夏野对唐瑾瑜道:"你别惹事,我就不忙了。"他拍了拍小孩的腿,让他下去,从抽屉里拿了纸笔,对他道,"我帮你同学找律师,姨那边忙,这事我来就好。"

唐瑾瑜眼睛亮了一下,凑过去看:"哥,你还认识律师啊?"

夏野不认识,不过宋益肯定能找到合适的人。他问了唐瑾瑜,把季元杰家里的情况大致写了一下,给宋益打了电话,那边回话很快,不到一个小时就给推荐了一位齐州市有名的大律师。

宋益道:"律师从齐州过来要一点时间,他手头还有一件案子,需要和其他人交接一下才能过来接这一桩,不过已经跟对方商量好了,三天之内就能来。"

夏野道:"好,辛苦了。"

宋益笑道："这有什么辛苦的，不过是联络人的事，对了，这次年会你还是不跟我们一起吗？这次可是出国去海岛度假，有阳光和沙滩，你不来太可惜了。"

夏野道："你们去吧，我陪小瑜。"

唐瑾瑜一直在旁边等着，夏野瞧见之后，跟他说了一声。唐瑾瑜听到律师要来，松了口气，不过听到他们公司组织去国外又紧张了一下，握着夏野的手道："哥，你别去。"

"我不去。"夏野道，"我哪次不是在家陪你？不然有人又要控诉我'忙'了是不是？"

唐瑾瑜心跳得厉害，有点闷闷地难受，夏野不知道他为什么突然情绪低落，给他倒了一杯牛奶，让他坐在沙发上喝："怎么了？你不会是想出去玩吧？你想去的话，我可以……"

唐瑾瑜摇摇头，小声道："哥你别出国，你走那么远我受不了，心里难受，特别想哭。"他好像不但自己不能坐飞机，还特别不愿意他哥坐飞机，也不知道是什么原因。他张口想解释但是一句话都说不出来。

夏野摸摸他的头发，轻笑了一声。

他也是。

小孩离开这几天，他心脏都有点不好了，总是乱跳，想东想西，那个没接到的电话成了最后一击，他实在没撑住，下午坐飞机就来了。他叹了一声，唐瑾瑜听到后问他怎么了。

夏野把手放在他的脑袋上揉了一下："没什么，下次别出来这么长时间，有事就给我打电话，别让我担心。"

接下来几天，唐瑾瑜帮季元杰在素斋馆安顿打工的事，夏野虽然嘴上说得严格，私下还是帮了他们一把。

这份零工比季元杰之前找的那些好多了，虽然集中几个小时干活，但能腾出大把的时间做别的，给的钱也挺多。

季元杰学得很快，他比郭小琥悟性高，做事又认真，跟在唐瑾瑜身边一下午就学得像模像样，第二天就不用人带，可以独立完成了。

唐瑾瑜不放心他，这几天都来陪着，他在后厨已经混熟了，大家也都知道他们几个孩子是勤工俭学的好学生，对他们都很好。

唐瑾瑜跟小季说了一下律师的事，季元杰很感激他，但是有些疲惫道："上次我家也找了律师，能做的都做了，那个货车司机家里也很困难。我妈本来还想去告，那个司机家里的人来了……"

小季说得很委婉，实情比他说的要过分得多，那个货车司机的家人原本以为季元杰他爸是轻伤，因此还来看了看，买了水果和礼品，但是一看伤得这么重，再加上季家那辆面包车上百十箱贵重酒水全都砸了个稀烂，光是货款就是一笔不小的数字，吓得立刻找不到人影了。

季元杰家里这两年生意也不太好做，季妈妈想进一批货转行卖酒，谁想到会突然遇到这样的事。

季元杰他爸的单位还组织了捐款，但是为此说三道四的人也不少，毕竟他家前些年就搬出了筒子楼，那会儿就说他们家发了大财，发财了没给大家分一毛钱，遇到事了就让捐款，接到那几千块捐款，季妈妈没少受冷言冷语。

但不管怎么说，这些人还是在最难的时候帮了他们母子一把，医药费用光了，去跟亲戚借才难，季妈妈从没让季元杰跟着，但小季心里也清楚。

季妈妈是一个很要强的人，要不然也不会出来自己做小生意赚钱，她给所有借钱的人都打了欠条，打算以后慢慢还，尽管如此还是被骂做戏，慢慢地她也不说什么了，只一声不吭地受着。

屋漏偏逢连夜雨，季家不但尝到了人情冷暖，还被那个货车司机家里闹了一通。对方的老婆抱着一个三四岁的孩子过来哭闹了一阵，还砸了他家的一个水壶，指天骂地地说是他们一家害得自己没了丈夫，现在守活寡一个人拉扯孩子，要过不下去了，让他们出生活费。

这简直是无理取闹，季元杰一个老好人第一次动怒，他想把对方推搡出门，却被他妈抱着拦住了，哭求他别冲动。

"别去，你让她闹，咱们家现在还能有什么不能砸的啊，都是些破破烂烂的东西，你让她去……你不能出事，咱们家不能再有人出事了。"

季妈妈是做小生意的，平时也见过这样的人，这种人是故意来碰瓷的。他们只能忍，如果小季冲动犯了错，她真的分身无术，救不了这个家了。

季元杰听话，他忍了。他第一次尝到生活的艰辛，他原以为吃苦不过就是身体累一些，他去工地搬砖、扛水泥，或者省些饭费，多喝水就是了……他现在才知道，有这样一种苦，是闷在心里说不出来的。

货车司机一样家徒四壁，穷得叮当响，据说家里还有一对年迈重病的父母，就算是判了，对方也拿不出一分钱。

季元杰说完，唐瑾瑜气愤道："那就让他坐牢！"

季元杰轻笑道："对，我也这么想过，判他刑也好，毕竟他把我爸撞成那样。小瑜，不管最后成不成，我都很感谢你。"

唐瑾瑜手上有面粉，就用肩膀轻轻撞他一下："这什么话，咱们都是好兄弟，你忘了吗？以前班上大家都画'三八线'，就咱俩没画。"

季元杰还在笑："那是和女生同桌才画，咱俩都是男生，画那个干什么。"

唐瑾瑜也笑了："你跟他们不一样，换了女生你也不画，都让着她们呢，我就打个比方，换了星星你也不会画线啊……"

季元杰低头包了一个漂亮的小笼包，放在一旁摆好，换了星星，他肯定不会的。

他会把最好的都给她。

郭小琥从外面搬了两箱菜回来，依旧精神奕奕。他力气很足，以前放暑假每天都要打半天篮球，现在这点工作量简直小意思。他也不图钱，就是纯粹来帮忙。

大师傅今天做了素炸什锦丸子，唐瑾瑜好奇，凑过去跟着想偷师。

郭小琥也赶忙过去，唐瑾瑜隔着他都得踮脚去看，最后也没瞧见什么，只能回去帮着拌馅儿料了。

郭小琥看到又跟了过去，接过他手里的筷子道："我来，我来，小瑜你坐着休息，指挥就行了。"

调料都是大师傅现搭配了放好的，郭小琥有的是力气，按唐瑾瑜说的顺时针开始搅拌。

"别那么用力，一会儿豆腐要化了，嫩豆腐不能用太多力气，不然会出水，得轻轻的。"

郭小琥小心地控制手劲儿，他们以前一起玩的时候就是这样，什么重东西都是他来拿，他觉得唐瑾瑜的手是弹钢琴的，怕伤了那双手。

到了饭点，点素包的人多了，小季一个人忙不过来，唐瑾瑜就卷起袖子帮忙，包得又快又好。郭小琥这会儿在一边帮不上什么了，就坐在那儿看，也不知道在想什么。

唐瑾瑜转头问："我包得不好吗？"

郭小琥连忙摇头："没有没有，你包得特别好。"

唐瑾瑜笑道："是吧，我也觉得，以前在家的时候包饺子和包子都是我弄的，我爸负责和面，我妈调馅，我哥擀好了皮就甩我这边，他动作可快了，我得快一点才跟得上。"

旁边俩人想象出夏野穿着西装擀面皮的样子，怎么都觉得怪异，季元杰觉得唐瑾瑜他哥手里拿着钢笔签几百万合同更合适，而郭小琥一想到夏野手里拿着擀面棍就忍不住脑补成棒球棍，寒毛直竖——他觉得唐瑾瑜他哥打人的时候一定也是面无表情，戴着口罩下狠手的那种。

唐瑾瑜说起做饭话就多了，他还挺喜欢下厨，一连说了几个拿手菜："这些我都会，等下次我做给你们尝尝。"

郭小琥道:"你在家还做饭呢?"

唐瑾瑜道:"对啊,我哥就特别喜欢吃我做的东西,昨天那些豆腐包他都吃了。"

郭小琥"哦"了一声,想了半天,不知道该怎么继续搭话。

素斋馆很忙,不过小季忙了一阵就稳定下来,跟得上趟了。唐瑾瑜看了一会儿,跟郭小琥走了,他和他哥约好了,每天最多忙到六点半,到时候他哥就来这边接他。

郭小琥跟他一起走出去,走到路边的时候,郭小琥忽然喊了一声:"小瑜!"

唐瑾瑜正在看手机,被他吓一跳:"怎么了?"

郭小琥用脚踢了踢路边的小石头,低头小声道:"小瑜,这几天吃的包子,是我这辈子吃的最好吃的包子,你做什么馅儿的都好吃,青椒丝的也好吃……"他从小就不吃青椒,但是唐瑾瑜做的他一口气吃了三四个,是真的喜欢。

郭小琥双手揣兜:"我这辈子都忘不了这几天。我们打工的事,特别有意义。"

唐瑾瑜笑笑,点头道:"是,我也觉得挺有意义的。"

唐瑾瑜手机响了,他接起来一边应声一边抬头看四周,瞧见那辆熟悉的车就跟郭小琥挥挥手,跑去车那边了。

郭小琥一直看着唐瑾瑜和他哥走远了才收回视线。

季元杰在素斋馆干完活准备下班,大师傅对他非常好,给了他两盒包子让他带回去吃。大师傅嘴上说只包一个人的晚餐,但给的足够一家人吃了。季元杰收下后认真道谢,在背包里装好了带回去。

他先去医院送了一份,又带着自己的去了工地。附近有一处小区在进行路面改造,很小的一段工程,由于上面要来检查催得很厉害,就多招了几个小工来干活,一晚上给将近一百块。

季元杰过来跟工头打过招呼,把自己的东西放下,换了件破T恤,就去干活了。

今天晚上工头对他的态度比之前和气几分,没干一会儿,就招手让他过来:"小季啊,今天不用搬料了,这些够用,路面也差不多弄整齐了。"

季元杰不知所措,以为自己丢了这份工作。

工头道:"这样,你去把两边的花坛整理好,之前有人偷懒,在里面扔了碎砖,这不市政绿化要来检查吗,可要弄仔细了,给你两三天时间吧,一点点弄好,别贪快啊。"

季元杰听到立刻点头:"好,我这就去弄。"

施工路段不长,也就是小区外面的辅路而已,两边花坛有一些零散的碎砖和水泥车搅拌留在边角的水泥,还都是半干状态,很好铲下来。

这比他之前搬料扛水泥轻松得多。

工头说要仔细，他就认认真真做好，当天晚上粗略翻捡了一遍，第二天趁下午提前送完快递的工夫，他又去施工路段再清理了一次。白天看得更清楚，顺带把花坛里那些枯枝和垃圾也清扫了。

等到下午郭小琥他们来的时候，小季才明白是怎么回事。

郭小琥他爸是在这边做建材生意发家的，认识不少人，承包市政路段的公司老板就是以前跟着他爸的小兄弟，这两年出来自己单干，但一直跟郭家挺热络。郭小琥是受唐瑾瑜启发，见他能利用陈素玲那边的秘书找一份素斋馆的工作，自己也跟家里问了一下，要了这个叔叔的电话，一个电话打过去，那边立刻给小季安排了一个轻松点的活计。

郭小琥不但帮他求人，还亲自带着一帮男孩过来一起帮忙。五六个半大小伙子动作很快，没一会儿就帮小季清理了一半。

还有一个男生乐呵呵道："哎，你们说这像不像打扫学校的卫生区啊，我们班上次分的就是花坛，我做这个最拿手了。"

郭小琥的视线不敢和季元杰对上，看着前面道："大家分片，动作快点啊，听说提前完成还有奖金。"

几个人故意大声附和，埋头干活去了。这几个人演技太差，季元杰一眼就瞧出怎么回事了。他在工地上，可从来没听说过奖金的事。不过他也没说破，跟他们道了一声"谢谢"，埋头继续卖力工作。

郭小琥一边干活，一边想办法鼓励他，问他要不要复读。

季元杰摇头："我不去了吧……"

"为什么啊？"

"挺贵的。"

"小季，我跟你说啊，我转学的那个学校有个勤工俭学部，帮食堂和政教处干活，一个学期能赚出生活费，真的，我们班有个同学家里条件特别一般，他妈还常年生病，就是半工半读考上的高中，九月开学就能去报到……"郭小琥说了一阵，嘴皮子都干了，"小季，去念书吧，你上次摸底考成绩多好啊，比我分数还高，就是考场上没发挥好，复读一年一定能上市重点。"

郭小琥说了很多，但小季一直没吭声，郭小琥最后撑不住了，气道："到底为什么不去啊？"

"我不能丢下我妈一个人。"

小季说得平淡，但这几个字实在太让人难受了。郭小琥骂了一声，转头红了眼圈，胡乱抹了一把脸，回头道："我们帮你。"

小季笑道："你们帮我够多了，真的，我特别感激你们。学校的事，我妈其实也跟我商量过了,她想让我去,但是我打算等两年,以后还有机会的话我再……"

"等什么以后!"郭小琥指了指那边几个帮忙的,"你不去,也得先问问我们答不答应,我们可都说好了,暑假这两个多月一起帮忙打工,给你凑学费,小瑜不是让他哥帮忙找律师了吗?你放心,夏野哥特别厉害,他一定能帮你们家解决麻烦!"

郭小琥胸口起伏几下,哑声道:"到时候你复读一年,也上市重点,跟我们一起读高中,咱们几个不是说好了吗?你,我,星星,小瑜,咱们几个考一个城市的大学,等开学了咱们还能一起坐火车,到时候放假了还能一起回来。"

他说了很多,语气特别坚定,好像那就是他们说定了的未来。

大概是盛暑天气,太阳又刺眼,小季戴着一副粗线手套正在铲花坛边沿留下的水泥印子,没几下额头上的汗就滚下来,滑落到眼角,眼角受刺激都红了,再滚下去的也不知道是汗还是泪。

他们几个干得热火朝天,路边又有人过来了,这次来的是个小姑娘,推着一辆电动车站在路口招手喊他们。

郭小琥身边有人瞧见了,下意识应了一声要过去,被郭小琥拦住,故意道:"小季,你去吧,我们这边还没弄好,他得和我一起搬这块大理石板,太沉了一个人不行。"

季元杰答应了一声,放下手里的铲子过去了,他路上擦了一把汗,站在那儿看着小姑娘笑道:"星星,你怎么来了?"

韩亦星是来给他们送水的,她带了不少自己制作的冷饮,还提了一小桶冰块:"我爸单位分了好多西瓜,我提不动,想着干脆给你们榨成西瓜汁送来。小季你看,我还带了冰块,这边是纸杯,我拿过去给你喝……"

她说着要下来,却被季元杰连忙拦住了,施工路段前面放了隔断路障,还有韩亦星那个电动车停放得有些勉强,季元杰现在站着的地方都是刚修平的土路,有石灰和煤渣,隔出一道黑白明晰的界限。他看着小姑娘干净的凉鞋,笑道:"星星你别下来,这边脏,你递给我就行,我来提。"

韩亦星"哦"了一声,把那一兜冷饮递给他:"你等一下,我还给你买了杯子,特别大,你带着喝水吧,夏天太热,你一定要小心别中暑,要多喝水才行……"

季元杰拎着冷饮站在那里,小姑娘动作很慢,看他一眼,还想和他说话。

小季先开了口,斟酌了一下对她道:"星星,你以后不要再给我送东西了。"

韩亦星急了:"为什么啊?"

小季看着她,眼神柔和道:"我不能一辈子依赖你啊。"

韩亦星道:"你为什么不能一辈子依赖我啊?"

小季笑了,他站在路段分界线上看着干干净净的小姑娘,施工路障把这里划分成了两个世界似的,一边绿柳成荫干净明媚,而他脚下却踩着泥土,手套破破烂烂,里面是一双磨起水泡的手。他的声音和以前一样清澈,对她永远充满耐心:"星星,我这个暑假过得很快乐,你们对我真好,我会一辈子都记得你们。"

韩亦星有点慌,她觉得小季在把她推开似的,小姑娘很怕,又不知道该怎么办。她看着眼前的男孩,快要急哭了:"小季,你别这么说,我帮你好不好?你让我帮你吧,肯定能好起来的啊……而且,而且你不是说,等这次中考结束就告诉我一个小秘密嘛!"

小季站在那里挠挠头,有些为难,但还是笑着拒绝了。这是他第一次对小姑娘失约,他低声跟她说了一声"对不起"。

小姑娘哭了,把买的水杯给他,自己推着电动车走了。韩亦星难过得不得了,但还是一边哭一边送完了今天的快递,她做事向来有始有终,确定了目标就不回头。

这次送快递也不顺利,到了一处新开发的商业区,写字楼附近不好停车,连送了几份后她不小心蹭了一辆放在那儿的高档轿车。小姑娘简直要崩溃了,她一边哭一边写了她哥的电话号码,抽噎着把字条贴在了车窗上,上面还写了名字和道歉的话。

小姑娘简直太难过了,她今天实在有点承受不了,一会儿觉得自己惨一会儿又觉得小季太惨了,坐在地上哭,也不去送快递了,掏出手机来给她哥打电话。

韩亦辰接得很快,听到她大概说了一下,立刻道:"你在哪儿?"

韩亦星抽噎道:"我在这边广场……停车场等着了,哥,这破广场怎么这么抠门啊,车都停不下,我可怎么办啊?"

电话那边道:"你就在那儿等着,哪儿也别去,听见没有?"

小姑娘答应了一声,挂了电话老老实实地等。从小到大,她有什么麻烦都是她哥第一个出来骂她,但也都是她哥第一个挺身而出帮忙解决,她还是很信任哥哥的。

原本以为等来的是她哥找的保险公司的人,没想到来的人是她哥。

韩亦星愣了一下:"哥,你跟夏野哥哥一起回来了?"

韩亦辰脸色不太好,过去看了一下,看到他妹身上一点伤都没有这才放下心来,问她:"我来这边有点事,刚到没多久,还没来得及回家……哪个车碰了你?"

小姑娘摇头,指了指旁边的黑色奥迪:"不是,那车就自己停着,我刚推电动车想穿过去,蹭了人家的车。"

韩亦辰看了一眼,也就拇指大小的很浅的一道痕迹,起身又瞧见车窗户上的那张字条,都给气乐了,伸手就把那字条撕下来。

小姑娘看到吓了一跳:"哥,你干什么啊,做错了事要负责,我刚把人家车蹭了。"

韩亦辰问她:"你知道我来这边干什么吗?"

"干啥?"

"我来给新车上保险。"

"那和你撕我字条有什么关系？"

"废话，这就是我新换的车！"

"……"

小姑娘看看她哥，又看看那辆崭新的汽车，忍不住又蹲下身大哭起来。韩亦辰吓了一跳连忙哄她，但是越哄她哭得越厉害，他简直莫名其妙："星星，我换个车你哭什么啊？不是，你蹭了我的车，该哭的人是我吧？"

"我同学都要穷死了，哇啊啊啊啊！"

小姑娘哭到不能自已，一个暑假的心酸和委屈当着亲哥的面都哭了出来。韩亦辰刚开始还不知道怎么回事，哄着她慢慢说出来之后，拼凑出一个大概，他哭笑不得道："就为了这个？行吧，你起来，哥帮你。"

"你怎么帮啊？"

韩亦辰把她扶起来，打开车门开了空调让她坐着休息，想了想道："你夏哥那边开口了，律师的事应该问题不大，那就剩下凑学费了是吧？我给你们换份工作，在室内干。"他看了眼妹妹晒红的小脸，有点心疼但又故意捏了一下她的脸，皱眉道，"晒得这么丑，小心以后嫁不出去！"

韩亦辰给他们找了一份新工作，是打扫他在这边的办公室，他拿了调令，要回来开一家分公司，他现在主要负责网络安全。分公司地址就选在这边的写字楼里，刚好就是韩亦星碰他车的地方，抬头就能瞧见那栋高楼。

小姑娘对他回来的事很震惊，她一直以为她哥要在沪市干十几年，奋斗成功还要迎娶一个漂亮的嫂子，才会衣锦还乡。她问的时候，韩亦辰道："夏野把他弟弄沪市去读书，你不去，高中三年都在这边，我可不就得回来吗？"

韩亦辰嘴上这么说着，伸手给他妹擦了眼泪："行了，别哭了，都多大了丢不丢人。"

回来的调令得之不易。他跟夏野闹了几个月，又去宋益那边死缠烂打，磨得嘴皮子都要破了，他这么懒散的一个人，连军令状都立了，宋益让他签字画押才放行。

宋益放他走的时候还附加了许多苛刻条件，韩亦辰觉得自己简直割地赔款卖出去未来好几年劳力，但咬咬牙也都答应了。

宋经理压榨得心满意足，抬手放行。

老猿昨儿还来找他，唏嘘感慨："宋益也就是试试，你要是再坚持两天，没准可以少答应一两条。"

韩亦辰道："算了，早晚都是我的活儿，而且我不放心我妹，还是回去看看好。你不知道，上回我妹还哭了，你别看她平时虎了吧唧的，但是小姑娘，心思都细腻，她这是真委屈了，我得去哄哄。"

老猿笑着呲呲嘴:"你这说辞好耳熟,往年夏野不去年会单飞的时候也这么说。"

韩亦辰得意道:"我说得有感情多了!"

老猿道:"这样也好,你走吧,反正留得住你的人也留不住你的心。"

韩亦辰工作这么多年,要说跟在夏野身边学到什么,那绝对多了去了,但是最重要的一条就是夏野对工作和家庭的重视。这人看着是个工作狂,后来他才明白,维护"家",就是他最重要的工作。

韩亦星蹭了车,韩亦辰为了教育她,最后让她赔了四百块。换了平时小姑娘肯定二话不说就给他,但是她现在一分钱都舍不得,往外掏的时候心疼得又要掉眼泪。

韩亦辰没容忍她,从听说她去了工地他就变得铁石心肠了,抽走妹妹手里的钱对她道:"星星,你记住了啊,以后一定要小心,不能轻易犯错,社会上哪儿那么多好心人。"

小姑娘难过地点头,她赔了钱,但得了一份新工作。韩亦辰给他们这帮学生找了活,正好季元杰在工地上的活也干完了,就让小姑娘带他们来打扫办公室的卫生。他在这边租了一层写字楼,弄得还挺气派。

到了说定的那天,韩亦辰特意在写字楼门口等他们,带他们坐电梯进去。他西装革履,连头发都特意打了发蜡,举手投足间都是成功人士的气场,对几个特意穿运动服过来干活的学生们来说确实挺有压迫感,一帮学生乖乖给他让出空间,全都缩在电梯一角,安静得像鹌鹑。

也就小姑娘没觉出来,她跟在她哥身边还挺兴奋。韩亦辰看了后面那帮男学生一眼,挑了最高的一个问:"你缺钱?"

郭小琥左右看了看,见韩亦辰还在看自己,立刻老实地点点头:"嗯,我们帮小季攒学费。"

韩亦辰想了想,道:"行吧,星星你一会儿去帮他们签字,把所有人名字写好,其他人跟我来,我告诉你们打扫的区域。"

出了电梯,韩亦星就去找秘书签字去了,其他同学跟在韩亦辰后面走。韩亦辰绷着脸,心里却轻松雀跃,很好,第一个傻大个说是为了帮小季,不是因为星星,看来没什么威胁。

这边一层楼都是办公区,没有搬家具上来,还空荡荡的,韩亦辰给他们大概指了一下,这帮半大少年们就开始撸袖子干活,韩亦辰监督了一会儿就先走了。

他走了大家也放松了一点,有同学抽空看了下这边划分出的办公格子间,一边打扫一边感慨道:"这么大啊,还有茶水间,像电视里的大公司一样,可真气派!"

郭小琥道:"这有啥,咱们以后也能开公司!"

那同学挠了挠头，笑道："我能有这么一个位置就特别高兴了，戴着胸牌，刷卡进来，穿一身西装多神气啊！"

大家都笑了。

临近中午的时候，唐瑾瑜也来帮忙了，夏野亲自送他来，顺便来探望老部下。韩亦辰心眼多，说是走了其实故意躲到一旁的大办公室透过百叶窗偷偷看一帮小孩干活，夏野进来之后，他还招呼道："老夏，小声点，来这边看。"

夏野过去看了一眼，视线很快就盯在自家小朋友身上。

唐瑾瑜在这帮学生里人缘极好，他一来就有人给他拧了一块抹布，还有其他几个男孩跑过来听他说话，他弟低声说了几句什么，对方点点头，又跑走了，看起来小孩跟他说的没错，他在这帮孩子里说话是有点分量。

韩亦辰一边看一边感慨道："小瑜过来我就放心多了。"

夏野道："放心什么？"

"你不知道，刚才我妹进来的时候有俩小男孩过去帮她抬水桶，都差点碰着她手了！现在好了，有小瑜看着，我放心多了。"韩亦辰唏嘘道，"这么多年看下来也就小瑜我还能放心点，这帮小兔崽子我全都得盯着。"

夏野没吭声，还在看着外面。

小季和这帮学生们干得不错，韩亦辰干脆连搬家公司都省了，办公家具也不是很沉，电脑桌可以拆分，转椅也有滑轮可以推着，干脆就让这帮学生帮忙搬东西。

一帮半大小子蚂蚁搬家一样，一点点搬好了，比搬家公司用的时间长，但做得细心，大件小件的，弄得还挺规整。

唐瑾瑜也和他们一起搬了东西，但主要负责指挥队伍。

唐瑾瑜跟楼下保安借了拖车，大大节省了体力和时间，他露出一口白牙笑得特别甜，跟谁都能搞好关系，加上来帮忙的同学很多，一路上细心安排妥当了，很快就把东西搬上来放好，还顺便清理了一下灰尘。

韩亦辰隔着百叶窗看他们，笑着用胳膊碰了碰旁边的夏野："哎，老夏，你弟可以啊，指挥得不错，进度比我想的快多了，卫生打扫得也挺好，都不用我再找保洁弄一遍了。"

夏野也很意外。

中午吃饭的时候，韩亦辰有意打入小团体内部，给他们买了盒饭，自己也拿了一份过去，一边吃一边打听。

这帮小孩涉世未深，哪里知道藏话，再加上他是韩亦星的哥哥，立刻就你一言我一语地都说了。不过他们也没什么不能说的,他们"爱学习的萝卜"群,是真的特别爱学习。

韩亦辰只问到一些零碎的消息,这帮孩子除了学习刷题,再就是参加科技社和电脑社。有个戴眼镜的男孩腼腆道:"韩哥哥,星星说你以前拿了全国计算机大赛的一等奖,我们都特别崇拜你,群里一多半人都加入了电脑社,希望以后也能去参加比赛,争取拿到好成绩。"

韩亦辰完全没想到自己在妹妹心里这么厉害,感动得差点就要把那四百块钱还给妹妹了。

"韩哥哥,我们也玩儿 Yava 游戏盒子里的游戏,每周组织一次团战,都是小瑜指挥。"

韩亦辰乐了:"怎么,星星肯让出指挥位了?"

对面几个人点头,跟着乐:"让呀,她打战士,冲第一排。"

"小瑜呢?"

"他是辅助兼总指挥,我们打团战的时候,都是他指挥的!"

"对,听小瑜的一准没错!"

韩亦辰心想,难怪他们打扫卫生也全听唐瑾瑜的,敢情是好几年练下来的,大家各司其职已经习惯了。他跟这帮孩子开玩笑道:"你们这两天的工作做得不错,比保洁还厉害,等以后周末有空了,还找你们啊,到时候一人一天给一百五十块。"

一帮小孩眼睛都亮了,他们有十来个人,加起来很多了啊!

唐瑾瑜也挺高兴,他又问道:"韩哥哥,如果以后有需要的话,可以介绍其他同学来吗?学校里还有很多勤工俭学的同学,到时候可以让他们和小季一起来打扫。"

他们群里的其他同学也就这个暑假有空,以后念高中了忙着学习功课,大家肯定没什么时间,家里也不会答应,还是提早做两手准备的好。

韩亦辰也和他想到一起去了,笑道:"当然行,小季在哪儿呢?"

小季在那边擦转椅的滑轮,饭都没来得及吃,唐瑾瑜叫他的时候才过来。

韩亦辰看了他一眼:"小季是吧,这样,你记我一个手机号,以后有什么零活我通知你,咱俩多联系。"

季元杰赶忙答应了,不过他没有手机,就用纸笔记录了电话,撕下字条珍而重之地放好:"谢谢韩哥哥。"

韩亦辰摆摆手:"没事,你们好好学习,将来回报祖国,回报更多的人就成。"

小季笑了一声,点头说"好"。

韩亦辰没往心里去,在这边也问不出什么,问了半天他妹的事,这帮孩子说的都是"仗义执言""侠肝义胆",他一边觉得星星是个好孩子,一边又气恼这帮臭小子不会说话，他家小仙女能这么形容吗？这都哪儿找的乱七八糟的形容词。

唐瑾瑜和小伙伴们在一起吃饭，等他吃完了，夏野没让小孩在这边多留，说让他跟着一起去咨询律师，带他走了。

宋益介绍的律师果然专业，对付货车司机这样的老赖也极有经验。因为交警部门已经出具了交通事故责任认定书，划分了双方的责任，货车司机酒后驾驶又是追尾，是全责，这一点毋庸置疑。

根据季元杰他爸的伤残鉴定结果，又综合考虑了小季家里现在的收入水平，律师向法院提交了具体赔偿项目和金额，接下来的协商，又变成了难题。

货车司机承认应负全责，但对于赔偿拒不履行。对于律师的诉讼，他一会儿说自己右转的时候被旁边的车挡住了视线，一会儿又说季家的车从侧面突然闯出来，找各种理由推诿，不肯赔钱。

货车司机显然对法院的一套追责非常熟悉，躲避手段很熟练。不但如此，他家里人也和滚刀肉一样，软硬不吃，律师来讲就跳起来骂律师，甚至还去季家门口又哭又闹，自己拍了照片发到网上，编辑了一大段混淆视听的话，说小季一家吃着大家的补助，还要逼死他们一家人，现在老公车毁了，工作丢了，一个家庭就要破碎了。

大概也是有人在背后指导，货车司机的老婆把这段话放在了时下最火的社交平台上，编造了一段凄惨故事，顺带拍了家中老人长期卧病的照片，还把自己在季家门口凄惨的样子也一同放了上去。

帖子迅速火了，转播量近万。有不明真相的网友帮他们转发，闹得很大。

有网友带着仇富心理，看到季家面包车上还有整箱的茅台酒，就出言嘲讽道："都有钱喝整箱的茅台了，还在乎这么一点医药费吗？"

网友"红罗北小星"立刻跳出来指责他："你有没有看这件事的真实报道？没看凭什么这么说啊，受害人家里是开商店的，这是进的货好不好！犯了错不想赔偿还倒打一耙，还要不要脸了！"

也有人说："哟，酒驾的撞了卖酒的，也算是因果报应了，愿天下少一个卖酒的人，就会少一个喝醉的人，也算是为社会积福了。"

这次不只是"红罗北小星"，其他"萝卜"也气愤了，纷纷上去留言：

"你天天用电，电死你了吗？"

"错的是喝酒的人，而不是酒，是人的责任。"

"懂不懂法律，张口就胡说，叔叔你放心，我以后好好学习，你要是出事了可以找我帮你打官司，收双倍的钱。"

当天晚上，Yava社交平台通过相关部门认定，贴了一条网站警示，上面明确标注货车司机老婆发的那条是"假新闻"，还附带一条真实报道的地址，让网友点进去看。这条警示是亮红色的，非常显眼，当初有多少人转发，就有多少人能看到。

大家对这种老赖深恶痛绝，骂他们的人不知道有多少。而货车司机老婆发的那几张照片，也被网友扒出来有疑点。起先有人分析照片是摆拍，一看就是对方自己在地上乱滚，根本没人推她。

后来又有网友说图片上的老人是他们认识的人，根本就不在北方，都在南方老家养老，老人家里贫困，卧病在床多年，绝不可能一夜之间去北方，受不了这样的路途颠簸。

紧跟着还有人提出更多疑问，有人认出了货车司机的老婆，疑惑道："这女人我见过啊，过年的时候还显摆自己老公和朋友合伙开了饭店，家里挺有钱的，而且她家老人根本没病，我妈前天遛弯的时候还遇见过呢。"

这位网友还放出了一张背影模糊的照片，来证明自己没说错，虽然只能看到老人的背影，但是扶着老人的年轻女人的侧脸看得清楚，确实是货车司机的老婆！

夏野这边的律师一直密切关注着这件事，迅速联系了这个网友，事情出现了转机！

经过多方调查取证，律师发现肇事者与朋友合伙开了饭店，而且收入状况还可以。没想到这家人一点底线都没有，当初法院调查时也敢弄虚作假。

最终审判结果：由货车司机赔偿季家的损失和医药费用，并追究货车司机的刑事责任，被告人货车司机隐藏、转移财产，拒不执行判决、裁定罪，因此被定了罪，判了刑。

结果出来那天，是那个夏日里最热的一天，蝉鸣阵阵，季元杰在大楼门边的阴影下脚步都有些发软，耳边嗡嗡的，只能听到心脏"怦怦"跳动的声音，一下下，仿佛又活过来了似的。

他看到远处一帮小伙伴跑过来，小姑娘跑得最快，马尾辫甩得欢快，她跑过来先握住他的胳膊晃了晃，脸上的笑容特别灿烂，其他人也在笑着跟他说话，他听不清，但也忍不住跟着笑。

一帮小伙伴拉着他的手，热情洋溢地带他一起往前走。小季跟着迈出几步站在阳光下，环视四周，觉得肩上都轻了几分，他现在可以跟小伙伴们一起去太阳底下看看更大的世界了。

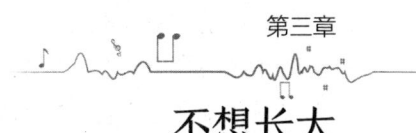

第三章
不想长大

季元杰家里拿到了赔偿金，大部分困难得到缓解，季元杰他爸的第二次手术也很成功，小季和他妈一直在医院陪着等人清醒过来，医生说能恢复走路能力的希望很大，让他们乐观一些。

季妈妈咬牙坚持了几个月，从来没有在孩子面前软弱过，听到这句话第一次落了泪，小季抱了抱她，又搀扶她坐到一旁的长椅上，让妈妈靠在自己肩膀上痛痛快快地哭了一场。

发泄了心里的伤痛，季妈妈很快又恢复过来。她是很利落的人，这笔钱支付了医药费还有剩余，她留出了给儿子上学的钱，找了一家小卖部租下来，一家人搬了过去，工作居住都在那里。虽然条件艰苦，但是这样她可以一边照顾丈夫，一边做生意赚钱养家，小季也可以去上学了。

季元杰开始为复读做准备，唐瑾瑜给他介绍的素斋馆的活儿也没落下。

素斋馆那边分早上和晚上两班，早上五点多就要过去，季妈妈心疼他，不让他去，自己去做了早上的那份工。晚上小卖部忙，她也要照顾丈夫，小季就继续做晚上那份工，母子俩分工合作，再加上素斋馆距离他们家小卖部也不算远，不会特别累。多了这么一份兼职的钱，家里条件也能再改善一些，比起前两个月简直不知道好了多少。

季妈妈知道了这帮孩子做的事，特别感激他们，小卖部开业那天还特意让小季请朋友过来一起吃了顿饭。

虽然只是一桌家常菜，但是大家吃得特别开心，把季妈妈准备的两锅米饭都吃光了。

小卖部里的铃铛轻轻响了，季妈妈赶忙进去，问小隔间里的丈夫："怎么了？哪里疼了？"

季元杰他爸躺在病床上，一张脸消瘦了许多，但是精神还好，他指指外面，笑道：

"给孩子们拿饮料喝,让他们吃得开心点。"

季妈妈也笑了:"拿了,我特意放了一箱在桌边,结果小季那几个同学还以为是没放好的货箱,直接给我扛里面去了,我拆开他们都不肯喝,你不知道,星星和几个女孩还自己榨了果汁带来,说家里分了好些西瓜,都吃不完……"她给丈夫倒了一杯温水,放在床边小桌上轻叹道,"都是一群好孩子。"

季元杰他爸也跟着点头,他看向外面,珠帘遮挡了一些视线,勉强看到穿梭在餐桌旁帮小伙伴盛饭的儿子,他的唇边带着笑意,眼里不再暗沉,而是带了一份充满希望的光。

季妈妈给他喂了水,笑道:"你放心养病,会好起来的。"

季元杰他爸喝了水,心里想的也是这句话,一定都会好的。

吃过饭,大家还帮小卖部发了传单。这是韩亦星帮忙印的,数量也不多,几个人很快就发完了,小姑娘瞧着比小季还高兴,蹦蹦跳跳地发完传单还不想走。

路边有车停下,按了按喇叭。她瞧了一眼,跑去喊道:"小瑜,你哥来接你了!"

唐瑾瑜正在帮小季收拾,听到声音抬头看了一眼,季元杰也看到了,笑着催他:"快去吧,别让夏野哥等急了,小心他进来抓人。"

季元杰跟唐瑾瑜从幼儿园起就是同学,没少见这样的场面。幼儿园放学,大家排队等家长来接的时候,唐瑾瑜的家人永远都冲在最前面,有时候是唐泓俊,有时候是夏野,甚至连夏老师都抢了一次头名。幼儿园毕业的时候他们家来的人也是最多的,唐瑾瑜站错了队差点走去别人家的座席,还是夏野毫不犹豫地站起来把小孩拎了过去。

夏野长得高,提着小孩的后衣领越过人群回自家座位的时候,全场都笑了。

小学一般是在校门外接,周末老师布置的作业多,需要带回家的书也多,唐瑾瑜的家人就会去教室门外接他,一路上帮小孩拎着书包。

季元杰瞧见过无数次,唐瑾瑜他哥站在教室外面,戴着口罩,见了他们也只是淡淡点头,抬手接过唐瑾瑜的书包,动作特别自然。

不过这回夏野要接的不是一个人,他还顺便把韩亦星一起接回去了。他们两家现在住在一个小区,来的时候韩亦辰一再叮嘱一定要把他妹妹平安送到家。小姑娘走得有那么一点不太情愿,不过还是摆摆手跟大家告别,去了夏野的车上。

黑色轿车停在路边没急着走,没一会儿,唐瑾瑜又从后排下来上了副驾驶,车子才开走了。

夏日的夜晚注定漫长,另一边,唐瑾瑜正跟夏野散步。

晚饭是在季元杰家里吃的,小季那边人多,同学们说话也热闹,他跟着高兴多吃了小半碗饭,有点撑着了。兄弟两个一边走一边小声说话,他们也没去别处,就在小区里面溜达。

这里几年来都没有变动,他对这里的一草一木都很熟悉。他可以轻松指出哪棵树上最容易抓到蝉,又或者哪里会在夏天雨后冒出一小丛结果的龙葵,紫色的浆果微酸中带点甜味,他小时候偷吃来着,被他哥抓着当场抠出两颗,还逼他好好漱口。

龙葵的小果子带一点点毒性,少吃几颗没事,但是他身体不好,是不能碰的,从那以后他哥看得更严了,散步也都跟他一起。

他家小朋友一向和他亲近,这次要不是中考,他可能早就要跟小孩谈话了。早在几个月前他就隐约有些察觉,心里一旦有了猜疑,就觉得到处都是破绽。

尤其是那个存钱罐,唐瑾瑜从小时候就一直用着了。那是一个很大的粉色小猪存钱罐,他们最初给小孩奖励的是糖果和玩具,后来这些太多了,就换奖励零用钱,还是唐泓俊先开始的,如果小孩特别听话,或者做了什么值得表扬的好事,大家就往那个小猪存钱罐里丢一枚硬币或纸币,都是随手奖励小孩的。

这么多年下来,都快把存钱罐塞满了。

唐瑾瑜暑假回来,夏野无意识地往里扔了一枚硬币,"叮当"一声脆响,实在太过明显——他家小孩心眼实在,全都掏空了,硬币落下去都能听见回响。

那个小猪肚子里的几千块,可以说是每天一块钱一块钱积攒起来的,夏野打开看了下,果然空空如也。

夏野觉得应该是发生了什么事,他弟有意瞒着他。所以他开始等,等他弟打电话过来。他等到那个未接到的电话之后,实在受不了,干脆跟着追过来,回了小城。

夏野:"遇到难处,为什么不跟我说?"

唐瑾瑜小声道:"就,就想自己试试……我也不能出了什么事都找你吧。"

夏野皱眉:"为什么不能?"

小孩支支吾吾的,过了好一会儿才道:"因为,因为你以后要找结婚对象啊,等有了对象,就要结婚了,就要对另外一个家庭负责了。哥,你会有自己的孩子,我又不是你的小孩,你怎么会一辈子都管我呢?"

小孩说得还有点委屈,语调都低了下去。

夏野笑了一声,对他道:"我暂时没有这个打算。"

"那你以后肯定也会有这样的打算。"

"你又听到什么了?"

唐瑾瑜犹豫了一下,凑到他哥耳边嘀咕了几句,夏野起先跟着"嗯"了两声,很快就变了声调:"嗯,宋益?"

唐瑾瑜点点头:"对,宋哥都找对象了,你跟宋哥一样将来有一天肯定也会……"

夏野的注意力全都放在"宋益有对象"这件事身上,问他:"宋益真谈了?"

"对啊,哥你不知道吗?宋哥谈的对象还挺漂亮的,我还没见过,不过上回有人瞧见了,说是一个长头发的大美女,你们十七楼的都知道。"

夏野完全不知道:"我们公司的事你怎么这么清楚?你都从哪儿打听来的?你这八卦速度可够快的啊。"

十七楼整层只有夏野和宋益他们几个,另外就是秘书室,能上去的人没几个,唐瑾瑜拿了夏野的备份卡,全公司畅通无阻,连总裁办公室都是他写作业的地方,实在太熟悉了。

夏野对宋益谈恋爱的事表示了惊讶之后,也没有过多关注,宋益三十来岁,也到了要结婚的年龄了。他简单问了几句,就把注意力又转移到他弟身上:"你就因为自己瞎猜的这些,跟我闹脾气?"

"我没闹啊。"唐瑾瑜小声道,"我就是,觉得自己不能太任性了,哥,我都长大了,不能再像小孩一样了。"

夏野:"你可以继续做小朋友。"他想了想,语气放软了几分,"你可以跟我无理取闹,受到委屈了,就来跟我说,遇到麻烦了就推给我,不用什么事都自己冲到前面,害怕了就退到我身后来……小瑜,你可以不用长大。"

男孩过了好一会儿才道:"我不知道还能做什么,哥,我觉得怎么都追不上你……"

夏野道:"跟我说,我帮你解决。"

唐瑾瑜闷闷道:"我不想当小朋友。"

夏野笑了一声:"你可以做一个成熟稳重的小朋友。"

他弟做事跟他一样专注,认真刻苦,去医院治疗也会笑着逗他们开心,从来没喊过一声苦,平时用的东西也都非常简单,虽然家里条件不错,但是他一点都没有娇气的样子。小孩真的很能吃苦,可以去素斋馆打工,也可以搬家具打扫卫生,可以把工作做得很好。

是他觉得小孩不能吃苦,也是他想把小孩养在身边,想接过他所有烦恼。

"滑板买好了,不过有点危险,你玩的时候跟我说一声,我得看着。"夏野道,"还有,我把家里的小猪存钱罐给你装满了。"

"嗯?"

"以后你随时拿,它永远不会空着。"

夏野把度假时间都留在了小城,多陪他弟在这里住了一段日子。

他也察觉了,小孩在幼年熟悉的环境里更放松一些,公司那边还有宋益,夏野瞧着宋益谈对象前后基本没有什么区别，该干的工作照旧完成得挺好，就把事情照旧都丢给了宋益。

夏野留在这边的时间长，宋益召唤了几次，最后夏野甩了一个理由，说自己来这边视察分公司情况，有事要跟韩亦辰商讨。这话宋益一点都不信。

韩亦辰上个礼拜刚求他买了去京城看奥运会的门票，连酒店都是他一手安排的，足足要去一个礼拜，怎么可能会忙着商讨公司事务！

韩亦辰跟夏野学得很好，他回来就是为了更好地照顾家人。在公司瞧着唐瑾瑜经常跑来找夏野，一口一个"哥哥"喊着，他实在眼馋了，他又不能偷人家弟弟，只能回家去盯着自己妹妹。

小姑娘之前嚷嚷着要去京城追星，现在解决了季家的麻烦之后，也不见她再提了，每天在家还给他榨西瓜汁喝，韩亦辰简直太感动了，他到底心疼妹妹，把小姑娘叫到身边："星星，我送你份儿东西。"

小姑娘伸手，期待她哥把那四百块钱还她。但是落在掌心的是一沓门票，四张，还是连排。

韩亦辰咳嗽了一声："给你。"

"这是啥？"

"奥运会的票，你不是要去京城嘛，我正好今年也没休假，咱们全家一起去看吧。"

小姑娘果然兴奋起来，扑过去用力抱了他一下，又转身去客厅找爸妈，隔着走廊都能听到小丫头的笑声。韩亦辰揉了揉鼻尖，也跟着笑了。

八月八日，韩家一家四口去了京城。

京城奥运会开幕式现场，五星红旗冉冉升起。

焰火盛放，巨大的足印一个接一个，化为璀璨光芒点亮鸟巢上空。

韩亦星在现场跟着鼓掌，拼命欢呼，像是最狂热的小粉丝，兴奋得脸都红了。她留在京城看了几天比赛，拍了好多照片，发到了"爱学习的萝卜"群里，跟小伙伴们一起分享。

小萝卜们纷纷冒头点赞，小季也在其中，他回复得有些晚，但跟以往一样真心实意地夸赞了小姑娘拍的每一张照片。

有小伙伴说："星星，给我们带点纪念品吧，我要一张明信片，能带奥运印章的就最好啦！"

其他人也纷纷举手想要一份。

韩亦星道："放心，我都买好了，大家一人一套奥运明信片！"

群里面一片欢呼，韩亦辰被这种单纯的友情感动了，他当天晚上把之前收他妹妹的那四百块钱还了回去，放在小姑娘包里。钱不多，还是留着让他妹买点纪念品吧，毕竟几百块钱就能买来这么多快乐的时间不多了。

唐瑾瑜没去京城看奥运会，夏野问过他，他还是摇头拒绝了，奥运会可以从电视上看，有个地方，是他更想去的。

他和夏野去了一趟平城。这是他第三次来这里，也幸好这边是老城，有一些文化古迹，还有一家博物馆放置着古代青铜器，因此他能以自己喜欢这里为理由，最近几年每年都来看看。

有些话他无法对家人讲出口，话到嘴边也说不出去，干脆就找理由过来，在老城里一边看一边找。

他想找一点线索，想找到那个一直出现在他梦里的驼背老人。在梦里，老人对他很好，他虽然看不清老人的面容，但是每次抬头喊一声"爷爷"，对方都会笑着答应，有什么好东西，也总是先给他吃、给他用。

唐瑾瑜从能记住梦里的事之后，就很想找到他。好像找到老人，他就能想起更多的事一样。可是这两三年他每年都来，却没有一次遇到老人。

唐瑾瑜在一处老房子附近走来走去，他有点拿不准，毕竟梦里白雾环绕，好像是这里的房子，但是看着墙边被炉子熏黑的样子又不太像。他抬头看了下，周围有一个小菜市场，这附近好些摆摊卖小吃的人，有的在一边炸油饼一边吆喝，有的在包锅贴，刚撒上去的芝麻落在炉火上，"噼啪"一声，爆开一阵香气。

夏野看他转来转去，还以为他饿了："想吃东西了？"

唐瑾瑜点点头，走了一上午，他确实饿了。

旁边有卖烤羊肉串的，还有卖炸鱿鱼圈的，夏野没敢让他吃这些，带他去找了那家卖锅贴的，那边摆着七八张小桌，坐了一多半的人，看起来干净卫生些。

夏野擦了凳子让他先坐，自己去买了几份锅贴回来，每种馅都要了几个，这边卖得最好的是牛肉馅的和虾仁馅的，薄皮上撒了芝麻，馅儿料放得特别足，咬一口都能爆出汁水来，得一边吹气一边吃。

唐瑾瑜吃了两个速度就慢下来，夏野本来还在吃，看他小口咬着，问道："不喜欢吃这个？"

唐瑾瑜摇头道："喜欢。"

确实挺喜欢，这个味道好像在梦里闻到过，又好像小时候吃过一样，特别熟悉。

可是越熟悉，他就越觉得难过，好像弄丢了一个最亲近的人。

夏野还在低声问他，唐瑾瑜不想他哥担心，看了路边一家卖炸丸子的小摊位含糊道："哥，我就是想吃那个油炸的，你给我买一个好不好？我就吃一个……半个也成，咱俩分着吃，我就尝一小口。"

夏野给他买了一份："尝一点就好好吃饭，知不知道？"

唐瑾瑜点点头，咬了一口之后忽然怔住了。夏野给他买的是炸蔬菜球，里面放了豆腐、马蹄和小香菇，这很常见，但是和普通的蔬菜球不一样，这个吃起来特别鲜。唐瑾瑜嚼着慢慢吃了一会儿，眼眶发红，他好像吃过这个东西无数次，甚至都能想起耳边老人笑呵呵说的话，老人总是叮嘱他，一定要多放一点紫菜进去，炸的时候外面滚一点生面粉，这样又鲜又脆，特别好吃。

唐瑾瑜来不及吃完，就去找炸丸子的摊贩。摊贩是一对中年夫妇，他们两口子一个做丸子，一个负责炸，看到他过来还以为是客人，笑着招呼他。

唐瑾瑜在他们周围看了看，问道："请问，您家这个蔬菜球一直都是这么做的吗？"

"是啊，怎么啦？"老板挺热情，他看到夏野过来，对他特别有印象，毕竟这边长得又高又帅的挺少见，"刚买的吃着有什么问题吗？"

夏野走过来低声道："怎么了？"

唐瑾瑜摇头："没，我就是觉得太好吃了，想问问怎么做的。"

老板这边都摊开了卖，也没什么特别的技巧需要瞒着，笑道："这有什么难的，就这些材料，你在家里也能做。"

"里面放了紫菜对吗？"

"对，想鲜一点多放紫菜，想咬起来脆点多放马蹄！"老板笑道，"我在这边卖好几年了，当初生意也不太好，这还是一个老爷子跟我说的呢，不过酱料我可就不能告诉你了啊，这是独门秘籍。"

唐瑾瑜眼睛亮了一下，追问道："那个老爷爷，他人在哪里？也住在这儿吗？"

老板摇摇头："好多年啦，他就来这边摆过两年摊，卖一些糯米年糕，还卖八宝饭，不是我吹啊，我这辈子就没吃过那么好吃的八宝饭，这边好多人家开席还专门请他去做呢。老爷子手艺没的说，就是脾气挺大，入了他的眼他就会特别亲切，那些想占便宜的他吹胡子瞪眼地就赶人！"

唐瑾瑜听了嘴角跟着上扬，笑了一下后又想起什么，追问老板道："那个老爷爷他在这边住的时候，住哪里的房子？"

夏野听明白了，问道："你要找他？"

唐瑾瑜含糊道："我觉得他做的饭好吃，哥，我想……想吃八宝饭。"

夏野看了他一会儿，唐瑾瑜也努力抬头看他，睁着一双眼睛恨不得让他看透自己的内心，他一句话都说不出来啊，希望他哥快点看清他的渴望！看出他想找人的想法！

夏野看着他，忽然抬手捏了捏他的脸，挑眉道："就馋成这样？"

唐瑾瑜："……"

唐瑾瑜没有办法，他认馋。

夏野嘴上说他，但还是主动揽过活来，开始帮他打听老人的去向。

炸蔬菜球的夫妇并不知道老人现在在哪里，只知道数年前他曾经来过，指给了夏野一个老房子的地址。

去了那边打听，得知房子已经转手几次，一时也查不清楚老人的联系方式，好不容易遇到这边一个上了年纪的老人还记得他，想了一会儿才道："哦，做八宝饭的那个是吧，我知道，我家当初摆宴席就找的他，我两个儿子结婚都是他给做的八宝饭。"

当地有这个风俗，婚宴最后要上一份八宝饭，红豆、蜜枣象征生活甜蜜，花生、松仁、莲子象征多子多福。

"他好像去北边了，之前在这里给一家幼儿园食堂做饭，老唐脾气大……哟，说起来和你还是本家，也姓唐！老唐他直脾气，之前幼儿园食堂是园长一个亲戚承包的，那人拿些发霉的花生和陈米糊弄孩子们，老唐掌勺之后哪儿肯啊，他是炮仗一点就着，直接就把后厨的东西端出来给家长们看，这不把幼儿园举报了吗，园长是换了，但他也干不下去了，几年前就走了。"

唐瑾瑜听得心都揪起来了，这和梦里那位老人给他的印象一样，老人眼里揉不进沙子，是个实打实的好人。唐瑾瑜一边觉得老人特别好，一边又担心他现在的处境，追问道："唐爷爷现在怎么样了？还有消息吗？"

"现在不知道，都过去好多年啦。"

"那他临走的时候，有说过要去哪里没有？"

"我跟他交情还不错，倒是也听他捏了一两句，听说还要继续往北走。"老人唏嘘感慨，"你不知道，老唐那人孤老头子一个，家里就剩下他自己了，身边也没什么牵挂，他临走的时候就收拾了一小包行李，两手一提就走了，也不知道去哪儿落脚了。"

唐瑾瑜有些疑惑，他记得在梦里一直有个小孩陪着他才是，他张嘴想问，但是那句话就卡在喉咙里说不出来。

他试了几次，忽然明白过来，那个小孩应该是他。可他此时在这里，老人身边怎么会有其他亲人陪伴呢？

夏野看他情绪低落，又带他在这里多留了一天，一边给他找其他小吃，一边继续询问老人的去向。

唐瑾瑜胃口不好，当天晚上就发了低烧。夏野不敢耽搁，带他回了沪市。

不过这次病得不严重，像是伤风，半夜之后烧慢慢退了下去。唐瑾瑜没回自己家，跟着夏野去了公司那边的一套高层公寓，夏野有时候加班忙会临时住在公司。唐瑾瑜的暑假还没过完，但是夏野没有假期了，公司里积压了一些事情需要他来解决。

夏野要给家里人打电话，唐瑾瑜没让："哥，别跟家里说，不然我妈又要担心了，我过两天就能好，你就让我住在你这儿躲两天呗。"

他叹了一声，低声问道："真不跟家里说？"

男孩摇摇头。

夏野过了好一会儿才道："就这一次，下不为例。"

夏野摸了摸他的额头，感觉到温度降下来了，恢复了微凉的触感，心里松了口气，但嘴上依旧道："下次出门不能超过三天，这次我也有错。"

夏野专门带他去医院看了一下，也看不出什么，医生开了一大堆中药说需要补气补血。唐瑾瑜倒是也吃，但是实在太苦，有两回没忍住去洗手间吐了。

夏野脸色发沉，看着桌上那碗黑乎乎的中药像看敌人一般。

夏野心疼了，觉得这些东西也没什么用处，担心小孩吃坏了胃，在问了医生之后把这些药换成了药膳。既然是发育期的年纪，多买些好东西补补，效果基本也一样。

药膳的味道要好上许多，每天阿姨来炖好了，夏野就监督小孩一天三顿地喝，瞧他喝完才罢休。唐瑾瑜饭量小，有时候炖盅里的补汤太多，他吃不完，就习惯性地分给他哥。夏野起初常常喝，但是有天晚上喝了小半碗补汤之后，身上燥热，半夜忍不住起来冲了两次冷水澡，还觉得不怎么管用，最后还是在书房睡的。

从那之后他再也不碰他弟碗里的补汤了，唐瑾瑜吃不完，他就让阿姨炖的时候把汤汁收浓一些，让他能喝完。

这样唐瑾瑜确实能喝完了，食补的效果也出来了。

唐瑾瑜第一次经历人事，丢盔弃甲，在小公寓里狼狈地迈入青春期。

夏野去公司加班了，唐瑾瑜趁这段时间迅速收拾了案发现场，该洗的洗，该晾的晾，弄完之后就到了中午吃饭的时间。夏野没回来，只是给他打了电话叮嘱他好好吃饭。

唐瑾瑜吃着一桌烧好的菜，都是喜欢的口味，但是一想到他哥在办公室吃不好就有点吃不下去了，就跟阿姨说了一声，让她帮自己装好餐盒，提着给他哥送了过去。

公寓离夏野上班的地方很近，走几步的事，这边刚挂了电话，没一会儿唐瑾瑜就到了。

虽然夏野没说什么，但是唐瑾瑜还是能感觉到，他哥挺高兴的。心情好，吃得就多了些，吃过饭唐瑾瑜也没急着午睡，就在一旁的小桌玩电脑。

他用的是他哥的私人笔记本电脑，密码特别长一串，他偷懒不想背，他哥就把他的指纹录入了，可以随时开启。

唐瑾瑜一边登录社交账号，一边回想梦里的那些事情，现在的电脑好像比他记忆里的更高级。有些事情没有按照过去的时间线往前挪动,以互联网和电子产品为例,好些技术都提前出现了。

登录了"一尾小鱼"的账号,他放了两张照片上去,觉得那些技术提前出现也正常,毕竟他这边扑腾的水花也有点大,连最大的社交平台和游戏平台都被他哥弄出来了。

唐瑾瑜在跟"爱学习的萝卜"群里的小伙伴聊天。他这段时间都在平城,回来之后还病了一场,都没怎么上过网,跟小伙伴们聊起来才知道最近又发生了一件大好事。

小城的中学成立了专项奖学金,初中部和高中部都有,学校特意派人去了季元杰家,说小季这种情况符合申请条件,加上学习成绩还不错,学校会给予特殊照顾,让他填了一份表格,帮他申请了奖学金。

有了奖学金,大家认为小季就能好好学习了,群里的话题也变得充满正能量:

"小季,来,一起刷题啊!"

"做题吧!书中自有黄金屋啊!"

唐瑾瑜问季元杰要了他家新换的电话号码,打算寄一些书给他:"小季,我这次考了全校第一,我把我之前的练习册都寄给你,上面画了重点,可能和你那边不太一样,不过多看看也好。"

唐瑾瑜现在终于体会到他哥的心情了,拿第一真的开心。

群里其他人也纷纷道:"对,用小瑜的,练习册我这边还有多出来的。"

韩亦星道:"课本用我的,我笔记全!"

小季统一回应大家,答应都留下,发了三个抱拳感谢的表情。

唐瑾瑜看到学校设置奖学金马上就想到了一个人。

他去公司秘书室溜达一圈,很快就打听出了大概,和他心里想的一样,回他哥办公室后看到他哥在戴着耳机用电脑,他跑到转椅后"嘿嘿"笑了一声,小声夸道:"我就知道,哥你是一个特别好的人!"

夏野没动,淡声道:"你跑出去玩了一圈,就回来给我发张好人卡?"

唐瑾瑜歪头看他:"哥,你戴着耳机还能听到?"

夏野摘下一只,放在他耳边,没听到什么声音,唐瑾瑜以为是空白音带,过了好一会儿才听到吧嗒嘴的声音,还有一点模糊的吃语,隐约说要吃什么饼,说完没几秒,就开始夸"好吃"。

唐瑾瑜脸红了一下,伸手去抢他哥的耳机:"哥,你干吗录我睡觉的声音?你偷听我!"

夏野躲了一下,好笑道:"谁偷听你,我监控自己行不行?谁让你睡我床上。"

唐瑾瑜还要抢耳机,被夏野拽着胳膊拎到前面来:"别闹,让我听完。"

唐瑾瑜的耳朵上也挂了一只耳机,听自己说梦话脸上臊得慌,他从来不知道自己的声音是这样的,软乎乎的,跟小孩一样。夏野听着也笑了,抬头看他一眼:"刚才哼的那两声不错,像不像小猪?"

"你听这个干什么?"

"看你晚上又做噩梦,想听你都说什么。"

唐瑾瑜觉得奇怪:"哥,我怎么听不到你的声音?"

夏野:"……"

夏野没告诉他,最近为了让他好好睡觉,他都睡在书房。

"消音了,只留了你一个人的。"

唐瑾瑜"哦"了一声,信以为真。

夏野把耳机从他弟耳边取下,打发小孩去玩,于是唐瑾瑜在书架上找了一本书,趴在书桌上翻看。夏野这边的书大部分都是枯燥无味的原理知识类书籍,唐瑾瑜也看不懂什么,没一会儿就开始打哈欠,趴在那儿慢慢就睡着了。

夏野戴着耳机工作,一心二用听完了那几段梦话,也没发现哪里有问题,倒是觉得他家小朋友梦里哼唧两声还挺可爱的,这比让他听什么大师的钢琴曲要好多了,最起码能让他时不时勾起唇角。

等听完之后,夏野抬头看向书桌,小孩已经睡着了。他起身过去,放轻了动作把人抱起来放在一旁的沙发上,让他睡得更安稳些。

阳光落在男孩脸上,夏野下意识伸手替他遮挡,又伸手捏了捏小朋友的脸颊,心情也跟着好了许多。他家小朋友长大了还是这么有趣,傻乎乎的,很可爱。

暑假最后几天,唐瑾瑜都留在夏野这里,他感冒之后还带一点鼻音,说话声音比平时软,只敢跟家人长辈视频,不敢碰面。

得亏唐泓俊这几个月起早贪黑地忙,他们设计院承接了一项桥梁改造业务,要求一边通车一边动工,难度实在是太大了,唐工为此修改了无数稿件,跟儿子视频的时候都顶着黑眼圈。

唐泓俊在单位,视频接通之后信号不是很好,断断续续的,但他依旧很高兴,不停问唐瑾瑜这个暑假过得好不好,最后问出了最想问的一句话:"小瑜,你想爸爸了没有?"

唐瑾瑜点点头,特别响亮地回答:"想!"

唐工不满足,笑呵呵地继续追问:"有多想啊?"

唐瑾瑜伸开手给他比画:"这么想!"

唐工那边顿了一下,才发现小孩做的是一个张开手拥抱的姿势,话也断断续续地传过来:"爸爸工作加油,我也会好好学习,争取以后做一个像您那么厉害的人!"

唐泓俊感动得眼眶都热了:"不用不用,小瑜随便做什么都好,做你想做的就行啦!对了,你夏伯伯找你说了没有?他给你选了一个新老师,老师……是……人……"

网络信号实在太差了,最后一句话唐瑾瑜都听蒙了。

老师是人?

唐泓俊那边还有事,没等说完就跟他摆手挂断了视频。

唐瑾瑜觉得奇怪,给夏老师打了一个电话,那边很快就接通了,听了之后笑道:"你爸这话传的,要是让你新老师听到估计要当场和他决斗了。"

"伯伯,新老师是什么样的?"

"这周末你就能见到了,先跟你保密,不过他是伯伯的好朋友,你放心,是一个非常亲切和蔼的人。"夏老师一边温和地说,一边又叮嘱他,"不过他收学生很严格,在专业上比我要求多,这个暑假最后几天你抓紧时间玩吧,之后就没有玩的时间了。"

夏老师这么说了,唐瑾瑜就老老实实听他的话,没有急着回去练琴,还是继续留在夏野这儿。陈素玲过来看过他一次,她把小孩带在身边养了多年,哪里会看不出来他最近的异常。她把夏野叫到书房里询问,听夏野说完也有些无奈,不过还是点头道:"也行吧,小瑜是怕我知道他病了跟着担心,我就当不知道好了。"

夏野主动揽了责任:"姨,这次是我的问题,我没有注意到,带他出去玩的时间有些长,下次不会了。"

陈素玲笑道:"不关你的事,肯定是小瑜求你来着,他最爱跟你撒娇了,小时候就特别爱举起两只小手一边搓一边跟你拜拜,别说是你,我被他求上两声都受不住呢。"

夏野笑了一声,对这点倒是没否认。

陈素玲道:"高中开学有入学典礼,校服我已经让人拿过来熨好了,回头直接送到这边来,到时候你送他过去,我们在校门口等着吧。"

夏野答应了,又道:"我让秘书去取,正好把小瑜的书包一起带过来。"

陈素玲道:"也好,还有一些日常用的……"她刚想说一起带来,不过环视了一圈又摇头笑了,"那些就不用了,你这里也齐全,住在这儿跟家里也没什么两样。"

她叮嘱了几句,让夏野看好小朋友吃饭,又匆匆走了。

唐瑾瑜一直躲在卧室没敢出来,听见关门的声音才探出头来看了看,夏野瞧见他"睡醒"了,好笑道:"现在敢出来了?放心吧,姨刚走,她让我好好看着你吃饭,说你这两天又瘦了点。"

唐瑾瑜听了不服,掀起身上T恤,露出一小片腰腹给他看,自己还上手捏:"怎么可能啊,哥,你摸,我都被你喂胖了,这边都能捏到肉。"

夏野伸手捏了一下:"吃了这么多天才刚起一点作用而已,等晚上我陪你出去慢跑，今天炖的汤也要喝完不能剩下，听到没有？"

阿姨把今天的补汤炖好了，盛了满满一小盅放在唐瑾瑜面前，夏野就坐在对面负责监督，抬了抬下巴让他喝。

唐瑾瑜最近一个多礼拜都喝这个，喝得确实有点腻了。这汤有点油，还带着中药味儿，他用小勺喝了两口试了下温度，觉得还成，就端起来都喝了。

唐瑾瑜这几天查了一下北方几个城市，尤其侧重交通发达一些的枢纽城市，一连记录了好几个。他不知道该怎么找唐爷爷，线索突然断开，也不知道老人会去哪里，只能多撒一些网，在网上也关注了一些旅游博主，希望有一点线索。

唐瑾瑜关注的这些博主有一个同样的特点，就是喜欢深夜"放毒"，晒当地特色夜市美食，一到晚上就九张照片连发，拍得特别勾食欲。

唐瑾瑜做记录的时候把这些小吃也顺便记下来了，他记得梦里老人喜欢做菜，除在学校食堂做过工外还在别的地方当过主厨，能吸引厨子的地方一定是美食多的地方，一来自己能品尝，二来找工作的机会也多一些。

他写这些没背着夏野，甚至还想用笔把梦里的事写下来给夏野看，但是和说话一样，只要写到那几个关键字笔尖就会滑开，像被什么限制了似的无法写成语句。

唐瑾瑜也没放弃，就不停地记录各种小吃，列了好多单子，还把那些小吃的图片都打印出来剪贴在本子上，简直像是一份完整的美食旅行攻略。他把这些放在他哥能看到的地方，为保险起见，还多放了几份，对自己重点怀疑的几个北方城市画了五角星，标注了重点。

他不能直接开口，只能暗示他哥，厚着脸皮在那几个小吃图片后面认真标注：啊，这个一定很好吃吧！

夏野一直没什么表示，也不知道他瞧见了没有。

唐瑾瑜锲而不舍，又画了一个小孩被馋哭的表情包，后面跟了四个大字：太想吃了！

这次直接放到了枕头边，夏野回卧室睡觉，刚坐下就看到了，他拿起这份"美食旅行攻略"翻看，抬眼看向旁边眼巴巴看着他的小孩。

唐瑾瑜讨好地给他捏肩膀："哥，你看，这是你最喜欢吃的火锅，和我们平时吃的不太一样哎，还有这么多牛肉和羊肉，切得好薄，还有烤羊腿，这个烤肉看着可好吃了……"

夏野低头看了一眼，他弟烧烤吃得少，不认识烤腰子也正常，他现在一看到羊肉和这些大补的东西就退避三舍，一点兴趣都没有。

夏野抬手揉了小孩脑袋一把："先睡吧。"

"睡醒了带我去？"

"睡着了什么都有。"

"……"

一直等小孩呼吸变重，睡在一旁的夏野才慢慢睁开眼，动作很轻地起了床，去了书房。

夏野在书房也没睡好。他强迫自己闭上眼睛在书房躺椅上入睡，过了好一会儿依旧头脑清醒，一直到天色微亮的时候才有了一丝睡意，他在睡梦里模糊地梦到了一个人，看不清脸和身体……

夏野早上起来冲了冷水澡，去办公室的时候眼底略微能看出熬夜的痕迹。

宋益来给他送报告的时候吓了一跳："这是怎么了？最近不会又要搞什么大项目了吧？"也不怪他这么惊讶，夏野的体能还不错，一天睡上几个小时就神采奕奕，一般眼底能看出青黑的时候那绝对是熬大夜了，这种情况下全公司未来一两个月都别想好好休息，准得跟着一起加班加点地赶工。

夏野揉了揉眉心，闭眼道："没有，最近睡眠不太好。"

宋益汇报了一下手头项目近况，顺便又提了一下在小城那边设立奖学金的事。之前夏野拿了一笔钱出来让他去安置的时候，他还有些意外，去了之后问清楚状况才知道是怎么回事。

宋益把单子放在他手边，上面都是申请奖学金的学生名字，和其他奖学金情况不同，夏野主要按照成绩来奖励，家庭情况其次。成绩好的同学每年最多可以领到七千多元，这足够支付学校里的各项费用，如果成绩突出，得到的奖学金完全可以撑起一家人的最低开销。

季元杰的名字在第一个，他的成绩没有其他几个同学好，但是也能领到五千元左右，足够学费和其他日常支出了。

宋益道："我问过小季的老师，说他今年发挥稳定的话，上重点没什么问题。"

夏野点点头，表示知道了。

宋益知道他这么做是因为唐瑾瑜，他笑着摇头道："你为了小瑜能做到这一步，实在太贴心了，我自叹不如。瞧你们这样，有时候弄得我都想要个兄弟了。"

"也不全是为了小瑜。"夏野视线落在那张纸上，看了片刻道，"有时候看到他们，会想起过去的自己。"

他过去也是为了他爸的医药费奔波劳碌，任何合法的赚钱机会都不愿意放过。

宋益从老猿他们口中听说过一些，识趣地没有多问。

月底韩亦辰回来开会，顺便做工作汇报。分公司第一个月进展顺利，他也不急着回去，会议也是宋益主持的，夏野依旧是神隐状态。他看了对面一眼，老猿这个技术外援都到了，他们四个人有三个在开会，大老板却留在总裁办公室，韩亦辰心里实在羡慕，他觉得夏野一定是嫌这些人讨论起来没完没了，自己躲起来玩电脑了。

上回有部门就为了预算问题，和宋益扯了三个多小时，韩亦辰现在想想都有些头皮发麻。不过今天运气不错，一个多小时后会议就结束了。

韩亦辰抬起手腕看了眼，还不到十点，时间还早，他也没急着走，跑去要跟夏野叙旧，老猿瞧见了也要一起。老猿比韩亦辰想得还要细心周到，听宋益说夏野一早就来公司还没吃早餐，顺便去秘书室要了两份早餐。

韩亦辰道："怎么要两份？夏野吃不完吧。"

老猿："我吃啊，从齐州市一路过来飞机上那点东西根本吃不饱。"

韩亦辰戳戳他肚子，取笑道："哎，老猿你别吃了，再吃下去肚子这么大，小心嫂子不要你了。"

老猿抱着自己微微凸起的肚腩躲了躲，眼睛看着秘书端来的早点，摆手道："怎么会，我们那是真爱，情比金坚，跟你们现在年轻人追求的不同，精神伴侣，懂？"

韩亦辰笑了一声，举起手认输。

老猿是他们之中最早结婚的人，当初他博士毕业没两年就找了个对象，对方是Ｓ大数院唐齐先生的得意门生，挺有名的一个做学术的小师妹。老猿自己没能正式成为唐齐先生的门生，厚着脸皮娶了人家学生，从此在Ｓ大以数院女婿自居，但凡数院有什么事他跑得比谁都快，每天乐呵呵的甭提多高兴了。

老猿要留下先吃自己的那份早餐，韩亦辰没等他，直接去了夏野办公室。

他敲了敲门，里面没什么反应，等推开门也没看到人，想了一下又去小套间里看了一眼，夏野果然睡在那儿，估计是累狠了，有人进来夏野都没察觉到脚步声。

夏野和衣而睡，歪靠在沙发上似乎只想略微休息一下。他穿着黑色衬衫和剪裁合体的西裤，外套随意搭在沙发背上，长腿一曲一伸。

韩亦辰吹了一声口哨，夏野揉了眉心，带着一点鼻音道："滚出去。"

小韩同志不敢摸虎须，立刻滚了出去，在门口看到端着餐盘的老猿。

老猿也很惊讶："你怎么这么快就出来了？老夏不在？"

"在啊。"韩亦辰对着他搔首弄姿了一番，倚靠在门边道，"我不成，哎，毕竟刚被发配'冷宫'，可能在宫里没什么地位了吧，老猿你上！"

论演戏老猿半点也不输他，昂首抬头地端着餐盘就过去了，"咚咚"敲了两下门，高高兴兴地进去了。

韩亦辰在门口给他掐表，没出十秒钟老猿也被赶了出来，只有早餐被留下了，他耷拉着肩膀活像是一个送餐点的大内太监。

老猿感慨道:"我也不行了,年老色衰,陛下看不上我了。"

他俩在门口长吁短叹,准备走的时候就看到宋益带着唐瑾瑜过来,老猿一瞧见唐瑾瑜就眉眼带笑,招手让他过来:"小瑜啊,今天怎么有空过来?"

宋益道:"他来公司比你们俩加起来的时间都多。"

韩亦辰视线移开,老猿也咳了一声,搓手笑道:"这不是有特殊情况吗?我这也是为科学献身啊,毕竟要帮下一代人才打好基础,方便大家,我们数院……"

宋益:"我没记错的话,数院还没录取你。"

老猿急了:"我入赘啊!一个女婿半个儿,我怎么就不是数院的了?"

宋益觉得老猿这态度就不够端正,瞧他巴结小殿下,嘘寒问暖极尽谄媚之能,他觉得自己同为S大校友的颜面也有些挂不住:"让小瑜进去吧,师哥你别为难一个孩子了,你让他点头了也不代表唐院长就答应……你俩跟我来一下,这边还有工作要谈。"

"现在让小瑜进去?"老猿听见他说连忙摇头道,"不太合适,等会儿吧。"

唐瑾瑜奇怪道:"袁哥,现在不能进去吗?"

老猿笑呵呵道:"再多等等,你哥估计有起床气。"

宋益只当他们两个在说笑,把唐瑾瑜带到门口,让他自己进去了,老猿伸手要留人,宋益皱眉道:"你拦着小瑜干什么,他又不是没进过办公室。"

老猿不知道该怎么跟他解释,急得抓耳挠腮。

韩亦辰也不走了,倚在门口继续掐表:"等着吧,我赌这次不超过十五秒。"

门口几个人失算了,韩亦辰等了几分钟也不见人出来,疑惑地轻轻拧了下门,发现门都被反锁了。

韩亦辰摸了摸下巴:"这地位果然不同啊!"

宋益催他们去隔壁办公室领文件。尤其是韩亦辰,文件特别多,当初交接的时候就很匆忙,遗留问题不少。

办公室里,唐瑾瑜正在给他哥拿换洗衣服。

小套间的浴室水声不断,有人正在里面冲澡,唐瑾瑜拿好衣服站在门口,对里面道:"哥,衣服我拿过来了,你还要什么吗?"

过了一会儿,里面的人才低声道:"外面门锁了没有?"

唐瑾瑜怕他听不到,凑到门口:"锁了,我还反锁了两下——"浴室的门突然打开,他差点撞到开门的人,扶了一下墙才站稳,手上摸到的水珠都是凉的,"哥,你怎么冲冷水澡?"

夏野腰间系着浴巾,伸手拿了衣服:"天热。"

他说完又进去了，唐瑾瑜原本以为他哥挺快就能出来，就在门口等了一会儿，有一搭没一搭地跟他说话，但是没两句就听到里面水声又响了。

唐瑾瑜奇怪道："哥，你还洗吗？"

里面的人含糊地应了一声。

唐瑾瑜没听到，又问了一遍："哥？"

"你等我一会儿。"

"哦。"

唐瑾瑜站在那儿替他哥守着，没一会儿自己乐了："哥，你是不是怕他们进来？没事的，我把门锁得特别结实，而且只能从里面打开，没人能进来，你放心吧。"

夏野在浴室冲了好一阵才出来，一开门唐瑾瑜就闻到薄荷沐浴露的气味，打了个喷嚏，疑惑地看着他。夏野随后关上门，带他一起去了小套间外面："今天怎么过来了？"

唐瑾瑜一秒就被带偏了话题："后天我就要开学了，想来找你玩儿，伯伯说开学之后要让我去爸妈那边住，那边离高中近，而且离新老师家里也近。"

夏野在转椅上坐下，招招手，小孩就过来坐在了他的办公桌上，桌子高大，他的小腿习惯性地跷起来晃了晃。

夏野瞧了一眼，微微皱眉道："我周末回去看你。"

唐瑾瑜叹了一声："周末不行，伯伯说以后周末都要去新老师那边学琴，要学到很晚。"

夏野抬头看他："哪有那么夸张，见一面都见不到了？"

唐瑾瑜眼睛转了转："也不是很难吧，就是肯定比平时见得少。哥，我觉得可以这样，我平时好好弹琴，努力表现，然后我去跟新老师要几天假期，到时候你带我出去玩好不好？"

夏野看着他挑眉，没说话。

小朋友没一会儿就露出尾巴，期待道："哥，要不就等寒假，我要几天假期，你带我出去玩吧？就咱们两个好不好？"

"你想去哪儿？"

"哪里都行，我就是挺想看雪的，这边雪太小了，我去年都没踩到。"唐瑾瑜讨好道，"哥，你带我去看雪好不好？"

夏野不为所动，继续套话："哦？去哪里看雪？齐州？"

"齐州就不用了吧，上次去爷爷家看过了，和我小时候在家里看的也差不多，我想看大一点的。哥，你带我去哈市好不好？听说那边还有冰雕，我一定穿最厚的羽绒服……"这次没等说完他就被夏野伸手弹了一下脑门，捂着头"哎哟"了一声。

夏野干脆利落地拒绝了:"想都别想。"

唐瑾瑜其实也不知道梦里的那个老人在哪儿,只是哈市比较有名,论起美食来周边其他城市也不遑多让,他拿不准到底能不能找到老人,线索断了,真的只能看缘分了。

第四章

后青春期

夏野没答应他出远门的要求，但是开学前一天带他去钓鱼了。

正好韩亦辰和老猿都在，韩亦辰被宋益要求多留两天，完成上次的交接工作。而老猿是陪妻子一起过来的，他结婚几年还是跟刚结婚的时候一样，对老婆特别好，用他的话来说就是妇唱夫随。

老猿的妻子叫岳瑗，这次跟着唐齐先生出差来沪市做学术报告。老人本来想等明天去参加小孙子的高中入学典礼，给小孩一个惊喜，老猿嘴快，提前说出来了，夏野就带唐瑾瑜一起去见了唐老爷子。

唐老爷子看到他们也高兴，见了面先问了小孩最近的身体情况，唐瑾瑜在家里长辈面前肯定都说好，瞒着暑假那场小病没说。

唐老爷子对他从小宠爱到大，点头笑道："没生病就好，小瑜你记住啊，不用那么拼，身体第一知道吗？"

唐瑾瑜点点头，给爷爷泡了茶，小嘴甜得不得了。

夏野坐在一旁道："这两天他说梦话都在喊爷爷，您要是不来，等过段时间放假了我也会带他去探望您。"

唐老爷子笑呵呵地点头："是，小瑜从小就跟我亲。"

唐瑾瑜也喜欢爷爷，他虽然不是梦里的老人，但是对唐瑾瑜的好也是无可替代的。唐瑾瑜在这个大家庭里慢慢长大，已经习惯了亲人们围绕在身边，少了谁都不成。

唐瑾瑜对梦里那个老人的感情不太一样，他更想在找到老人之后，好好照顾对方。

唐齐先生忙完了公事，下午有大把的时间，原本要留唐瑾瑜下棋，夏野对他道："爷爷，我安排了车，打算带小瑜去外面野营钓鱼，要不您跟我们一起去？"

唐老爷子点头应了，夏野就顺便打电话问了家里的大人们，原本以为陈素玲工作忙，没想到她也一口答应下来。

陈素玲不但自己来了，还带了陈家二老，在野营地集合的时候扶着老人下车。陈老太太这两年膝盖有些疼，上下台阶不太方便，一旁的陈老也扶了她一把。

唐瑾瑜原本在和他哥搭帐篷，隔老远看到他们特别惊喜，忙跑过去扶着老人下来："姥姥，姥爷，你们怎么来了？"

陈老太太笑道："想给你一个惊喜来着，昨天晚上我和你姥爷就到啦，在你妈那边藏着呢，想明天去学校看你，给你加油打气！"老太太依旧慈祥，伸手摸了摸外孙的脸笑呵呵道，"乖宝长得越来越好了，这小脸，可真漂亮！"

唐瑾瑜也乐了，还不忘纠正老人道："姥姥，我是男孩，要说帅……您说我酷毙了也行。"

"酷什么？"

"酷毙了！就跟我哥一样，坐在那儿不说话都特帅的那种。"

…………

韩亦辰就没见过唐瑾瑜三句哄不好人的情况，他觉得夏野他弟身上有种特别的磁场，特别招长辈和小动物喜欢。家里大人们就爱这口，瞧见乖巧懂事的小男孩，尤其是白白净净知书达理的，就打从心底里喜欢，当初他妹也喜欢这种，不过五岁的小姑娘那会儿心智不太成熟。

夏老师和唐泓俊工作忙，没来成，老猿随妻而来，加上韩亦辰这个光棍，倒是凑了不少人，原本一个简单的露营，现在搞成了热热闹闹的家庭聚会。

唐瑾瑜特别喜欢这种一大家子热热闹闹的气氛，小蜜蜂似的到处帮忙，哪儿都能看到他的身影，不是给陈老爷子找钓鱼竿，就是帮着他妈和姥姥在房车上找调料。忙完这些，还帮老猿和他妻子搭帐篷。

帐篷没一会儿就撑起来了，老猿夸奖道："可以啊，小瑜你这手怎么没听说过，这帐篷搭得够快的，赶得上专业级的了！"

唐瑾瑜帮他固定了几个桩，得意道："这不算什么啊，我哥弄得更快。"

老猿道："哦，这是夏野教你的？"

唐瑾瑜摇摇头："没，我哥不让我上手，我在一边自己看着学会的。"

老猿立刻又夸："看都能看会，悟性高啊！"

俩人开始商业互吹，岳瑗在一旁听着抿嘴笑，她是一个特别温婉的人，跟在唐齐先生身边学习多年，自然也知道唐瑾瑜。岳瑗还有幸抱过五岁的小殿下，之后虽然见面次数不多，但是对小孩的印象特别好，也当自己的晚辈一样，对唐瑾瑜爱护有加。

老猿更不用多说，他自从厚着脸皮入赘数院之后，对唐老先生尽心照顾，忙前忙后的，就没把自己当过外人。

唐家和陈家的两位老爷子找好了钓竿和水桶，约着去河边钓鱼去了，老猿瞧见连忙搬着椅子屁颠屁颠跟上去，他怕自己一个人照顾不周，还特意叫上了水性特别好的韩亦辰。

韩亦辰也搬了把折叠椅，一边走一边小声调侃他："老哥，你刚又去挖老板墙脚了？"

"啥墙脚？"

"小瑜呗，你没瞧见老夏刚才看你好几眼，你再不走他都要过去要人了。"韩亦辰乐了，"你别老眼馋别人家的小孩呀，你和嫂子也努力。"

老猿笑呵呵道：看缘分，我们还年轻，不急。"

"嫂子是年轻，你可是上岁数了。"

"夫妻算平均年龄的你不知道吗？平均一下我不就也年轻了嘛。"

"……"

两家老人携手去钓鱼，陈素玲陪着陈老太太在房车里做点心，岳瑷打算帮忙，陈素玲原本想自己来，但是她这两年生意太忙，厨艺没提升多少，岳瑷瞧着斯斯文文搞学术的模样，做饭做点心特别利落，比陈素玲还好。

陈老太太瞧着她也喜欢，听了她的名字更是笑容不断，点头夸道："这名字好，'花好月圆'，一听就是好名字！"

岳瑷轻笑一声，她也觉得小殿下一家人很好，跟他们一家老少相处起来实在是太舒心了。

唐瑾瑜也去了河边，他帮老爷子们打下手提水桶，没一会儿就用玻璃瓶装了几条小鱼捧过来了，小孩笑得特别开心，献宝似的先给他哥瞧。

夏野看了一下，把瓶子放一边，招呼小朋友过来坐。

旁边有一个空着的小椅子，但是唐瑾瑜没去，甩了甩手上的水珠，把手放在夏野的胳膊上："哥，凉不凉？"

夏野招呼他："过来坐。"

唐瑾瑜习惯性地跟他挤在一处，折叠椅有点小，夏野没让，垂着眼睛道："多大的人了！"

唐瑾瑜没动，像被赶出巢穴的雏鸟，懵懵懂懂地还在试探。

这次夏野没赶他，小孩又高兴起来，继续说："哥，你看那条鱼只有手指肚那么粗，特别小对不对？其实不是的，姥爷说它要生宝宝了，就是这么小的品种，你瞧它肚子，是不是特别圆……"

夏野有一搭没一搭地听着，起风了有点冷，他把一旁的薄风衣拿过来盖着。

夏野问："冷不冷？"

唐瑾瑜摇摇头，还在笑："刚才有点，现在不冷了，姥姥说晚上给我们做全鱼宴，有糖醋鱼还有烤鱼，哥你想吃香辣的还是藤椒的？"

小朋友念叨了好些。

夏野笑道："什么都行，我不挑。"

"那吃藤椒的好不好？"

"你馋了？"

"嘿嘿。"

夏野顺着他，点了藤椒的。

唐瑾瑜高高兴兴地去房车汇报了。

夏野一个人坐在那里，手里拿着书，半晌没有再翻页，沉沉地盯着那页纸微微拧眉，半晌又松开，心思不知道落到哪里去了。

有了餐单，唐瑾瑜也努力去钓鱼了，他想弄条大点的给他哥尝尝，在两家老人的指导下，还当真钓了不少。

爷爷不住地夸他："小瑜运气真好，钓上来的比我们的还多哪！"

姥爷忍不住也得意起来："那是，我外孙这运气，那肯定好啊！"他捂了捂衣服，内袋里还有一个贴身放着的小锦囊。

唐老那边钓的虽然都不大，但是一条接一条的，特别来劲儿，他招呼道："亲家，你来这边啊，这边离水近，钓得多！"

陈老爷子没过去，他稳稳地坐在岸边一块平整的石头上，离着老远甩竿放饵，笑呵呵道："我在这儿就成啦，老骨头一把，沾不得水。"

唐老只当他是身体不好，没往别处想，还跟他聊了两句保养身体和运动的小妙招，正分享着，就听到旁边"哗啦"一声水响，唐瑾瑜那边有大鱼上钩了！

这次的鱼特别大，在水里力气也足，两位老人自己的钓竿也顾不上了，赶紧来教他怎么遛鱼。唐瑾瑜一边听着一边照葫芦画瓢地学，他收线的时机把握得好，很快就把大鱼拖到了离岸边近的地方，一旁的韩亦辰已经卷起裤腿冲在了前面，拿捞网帮他抓了上来。

"这鱼够大，得有十来斤！"

老猿过去帮忙，拿了捞网还不忘对韩亦辰道："小韩，快，你去换件干衣服，夏野那车后备厢里有替换的，我刚瞧见了，你千万别感冒啊！"他一边说一边颠颠儿地托着捞网去献宝了，"唐先生，瞧瞧，您瞧瞧！这么大的鱼啊，我算是开了眼了，以前也就鱼市里见过，还是第一次瞧见钓上来这么大个儿的！"

韩亦辰："……"

韩亦辰也开眼了，他也是第一次亲眼瞧见老猿怎么讨好数院唐教授的。说阿谀奉承都算轻的，难怪计算机学院的院长罚他去下面带项目，真是活该。

抓了大鱼，就可以好好吃一顿烤鱼了。

大家午饭吃晚了俩小时，但比平日里吃得更有滋味，做了四五道带鱼的菜式。一道糖醋鱼，又把最大的那条做了藤椒烤鱼，还有一鱼两吃，鱼肉做菜，鱼头豆腐炖汤，因为食材新鲜，味道也非常鲜美。

那道藤椒烤鱼尤其受大家欢迎。

拿来做菜的藤椒是陈老太太带来的，青色的一小颗，滋味特别足。

这种青花椒特别香，味道也比市面上的要更有劲儿一点，放在油里炸过之后闻着都带着诱人的香气，青花椒油浸到鱼肉中，使烤鱼麻辣鲜爽，回味甘甜。不爱吃重口味的就拨开，只吃白嫩的鱼肉，喜欢吃的不用在乎，直接下筷子夹，偶尔吃到一颗，不小心咬碎，那麻劲儿从舌头一直蔓延到整个口腔，越顶不住越开心。

唐瑾瑜就挺喜欢吃，他平时很少吃辣，花椒能吃一点。

下午时间悠闲，老人们去房车里休息，其余人就去帐篷里歇着。老猿没睡，带岳瑷溜达去了，嘴里还在借景吟诗，骨子里的文艺感这么多年了还在。

韩亦辰刚才钓鱼没过瘾，打算自己钓一条拍个照片给他妹看，也没留下。

夏野躺在边角处的一个帐篷里休息。

帐篷外窸窸窣窣的有声响，拉链很快就被拉开了，夏野躺着没动，抬眼瞧过去，果然看到了他家小朋友。

唐瑾瑜钻进来，又把帐篷拉好。

夏野问他："怎么没去睡会儿？"

唐瑾瑜走过来挨着他并肩躺下，也学他把胳膊枕在脑袋下面："我一个人睡不着。"

夏野笑了一声："这么娇气。"

"也不是，咱们家今天吃饭晚了呀，平时这个时候我都上课了，现在特别精神，一点都不困。哥，要不你给我讲个故事……"

夏野侧身过来看他，捏他鼻尖："还说不娇气？这样，我送你去姥姥那边的车上，让她给你讲你最爱听的。"

唐瑾瑜好奇道："什么啊？"

"乌鸦喝水。"

唐瑾瑜自己躺在那儿笑了半天。

刚才还说不困的人，在这边小声念叨了一会儿，没过多久就慢慢闭上了眼睛睡着了。

夏野陪在他身边片刻，然后缓缓起身出去了。

他拿了水桶去河边打了水，韩亦辰刚好钓到了一条活蹦乱跳的鱼，瞧见他过来喊道："老夏，你来得正好，来，帮我拍个照！"

夏野给他拍了，韩亦辰又好奇道："你打水干什么？"

夏野道："带走。"

韩亦辰道："带回去干什么？"

"养鱼。"夏野给他解释了一下，"小瑜刚才捞了几条小鱼用玻璃瓶装着，我带点水回去。"

韩亦辰觉得自己又输了，同样是自己家的小孩，他竟然只发了一张照片给他妹，顺带了一句"哈哈哈哈，羡慕哥吧！"

午睡后，大家准备返程了。

临走的时候，唐瑾瑜想把那几条小鱼放回去，陈老爷子道："不用，你带回去养着吧，放回去也未必能活，它太小了，回头就被什么给吃了。"

唐瑾瑜想想也是，拿着玻璃瓶道："那我先养着吧，等以后小鱼生了宝宝就给姥姥送去，养在咱们家池子里。"

姥姥高兴道："对，养在咱们家，姥姥那边院子里只有莲花，正好缺小鱼苗，你送来，我给你看着，保管给你养好。"

陈老爷子趁机说出诉求："然后等你放寒假暑假了，姥爷就接你过来看啊。"

唐老爷子听到也提出申请："送那边太远了，小瑜，你送齐州来，爷爷给你养着啊。"

陈老不乐意了："我们哪里远了，坐飞机一个多小时的路程，你这老头子，尽为自己想，也不考虑别人！"

"亲家，话不能这么说啊，齐州这边确实近一点……"

唐老爷子这边一个人，对面陈家二老齐上阵，很快就认输了，他是真说不过。

夏野在一旁没吭声，那桶水被他放在了车后备厢里，显然也没打算让出去。

唐瑾瑜的书包和其他物品都在夏野那边，就先跟夏野过去住，第二天夏野直接从公寓这边送他去学校。

开学典礼是在高中学校的篮球馆举办的，地方敞亮，摆了好些椅子，家长席有数量限制，一般只能邀请两位家长参加，但是唐瑾瑜家情况不太一样。

唐瑾瑜特长学的是钢琴，陈家二老为了小孙子特意给学校捐了二十余套琴房配套设备；唐齐先生的到来更是令校方喜出望外，还特意请他老人家上台讲话；陈素玲夫妻二人给学校捐了一笔奖学金；夏老师这两年发展得不错，在沪市小有名气，来了之后也能坐在前排。

夏野没捐钱，他用了他弟给的邀请函，作为家属出席。

家里长辈们全都被安排在了前排，夏野一个人坐在家长席看着他弟，视线就没从小孩身上移开过。

参加完开学典礼，长辈们都被请去参观学校了，学生们去领取校服和教材，顺便熟悉班级，唐瑾瑜排队和其他同学一起走了。他路过家长席的时候，朝夏野眨眨眼，笑了一下。

夏野克制住跟上去的脚步，跟以前不一样，他家小朋友长大了，这次他不能再像以前一样跟上去。

开学之后是四天的军训时间，要住在学校。

老师让大家回去准备一下，唐瑾瑜长这么大第一次住在外面，他不怎么担心，但是家里大人们要操心的事特别多。

陈素玲一边看学校给的单子，对应上面的物品认真给小孩准备东西。夏末时节天气还热，蚊虫也不少，听说还要去打靶，在野外防蚊虫的药水也要准备好。

唐泓俊的眉头松开又皱起，好几次都想拿手机，陈素玲道：“别给爸打电话，小瑜就去四天，没事的。"

唐泓俊犹犹豫豫，还是不太放心："要不这次就请个假？"

陈素玲没答应。

唐泓俊："可他身体不好啊……"

陈素玲道："小瑜身体比之前好多了，你让他现在请假，以后怎么和同学们相处？一直开特权吗？那他在高中三年就别想交朋友了。"

唐泓俊叹了一声，陈素玲收拾好了物品，小声道："我给学校那边打过招呼了，校医也会跟着，咱们家离得近，有什么事学校会第一时间通知咱们的。"

毕竟是夏天，如果是冬天陈素玲也不会答应小孩在外面受训。唐泓俊想了一下，只能点头答应了。

唐瑾瑜捧着那个玻璃瓶给夏野看，注意力都放在了里面装着的那几条小鱼身上，夏野坐在沙发上，他就倚靠在扶手处，伸出手指隔着玻璃小心地碰了碰小鱼，期待道："哥，我要周五才能回家，你说等我回来它是不是就生完宝宝了？"

"不知道，或许吧。"

唐瑾瑜把玻璃瓶放下，又喂了一点鱼饲料，还是没看够。

夏野把他拽过来，一起坐在沙发上："军训你想去吗？"

唐瑾瑜奇怪道:"去啊,大家不是都去吗?"

夏野拧眉道:"你要是不想去的话,我帮你请假。"

唐瑾瑜摇摇头,笑道:"我又没生病,不用请假呀,等下次病了再请假好了……"他还没说完就被夏野抓住手,拍了一下沙发扶手上的红木,听他哥不大高兴地教育他:"别胡说。"

唐瑾瑜抬手做了一个在嘴巴上拉拉链的动作。

夏野问他:"军训几天?都去哪儿?"

唐瑾瑜指指自己嘴巴,一脸无辜地看着他。

夏野用拇指贴近小孩的嘴唇,做了一个解开的手势,唐瑾瑜这才说起军训的事,夏野看着他,只听到他说去四天,其余的话都没记住。

"……反正都是在学校周围,不会走远的,好像打靶也不是全部同学都去,老师要挑表现好的同学,我觉得我这次可能没机会入选,听说教官喜欢高个子的男生打靶,他们手大,打得稳。"

夏野:"没事,等回头我带你单独去打靶。"

唐瑾瑜眼睛亮了:"真的吗,哥?哪里可以呀?"

夏野:"我不知道啊——国外?"

唐瑾瑜这次毫不犹豫地就摇头了:"哦,国外挺没意思,我不想去,哥你也别去,我们就在家好了。其实打靶也就那样,我还是喜欢钓鱼,咱们去野营的时候我钓了好多,一半都是我钓上来的,姥爷都夸我手气好!"

听到他弟说起手气的事,夏野跟着笑了一声:"你手气是不错,上次替我摸牌,把把都赢。"

唐瑾瑜觉得自己的大运气是占了能"预测未来"的便宜,小运气那真不是他自夸,吃小英雄干脆面抽卡和玩其他抽奖一类的游戏,从来没落空过。

唐瑾瑜伸出手去,贴着夏野的手背蹭了蹭。

夏野低声笑道:"又做什么?"

"我这几天不在,把运气分你一半,事事顺利……"

唐瑾瑜说得特别认真,夏野低头看他,瞧他嘴里念念有词,还吹了一口气,跟做祈祷仪式似的,做完这些才抬头冲夏野笑道:"行啦!"

唐瑾瑜去学校参加军训,带的东西虽然只有一个背包,但是特别沉,装的全都是家里人精心挑选出来的。

军训虽然不让带吃的,但陈素玲还是给他带了一点猪肉脯,叮嘱道:"去了就跟同学们分着吃吧,要好好和同学们相处,有什么事给妈妈打电话,要是不舒服一定要请假，身体第一知道吗？"

唐瑾瑜点点头，穿了一身学校发的迷彩服跟他们敬了一个礼，又笑着摆摆手走进了校门。

唐泓俊和陈素玲一直站在门口看着，实在不舍得，一直到小孩的身影瞧不见了，融入新生队伍里，他们才回去。

唐瑾瑜听夏野讲过当年他参加军训的事情，不过南北方略有差异，北方训练要十几天，强度也高，他现在的学校只要四天就可以结束，总体来说要轻松一些。

军训前两天风平浪静，第三天的时候唐瑾瑜有些中暑，向教官打了报告，请假坐在一旁的树荫下休息了一阵。

有校医来给他们发藿香正气水，一旁坐着的几个男孩女孩有的捏着鼻子在喝，有的喝一口就龇牙咧嘴，实在喝不下这东西。

唐瑾瑜用吸管喝了，没什么反应。

校医瞧见了，指着他道："大家看看这位同学，这才是你们的榜样，喝药而已，有那么苦吗？"

有男生闭着眼睛学唐瑾瑜的样子一口气喝了，虽然嘴巴里都是苦味儿，但头确实没有之前那么晕了。

唐瑾瑜旁边坐着一个同班同学，低声问他怎么能这么轻松喝下这么苦的药，唐瑾瑜笑道："我小时候一直喝药，喝习惯了。"

那个同学看着他的笑容愣了下，挠挠头道："看不太出来，你现在瞧着……挺好的。"

唐瑾瑜点点头："嗯，现在好多了。"

他吃了太多药，是在药罐子里泡着长大的，不过还是喜欢跑，喜欢跳，喜欢见人就笑，看不出生病的样子。

略坐了一会儿，觉得身体恢复了，唐瑾瑜又站回了队伍中。

这次一直坚持到了下午，他还跟大家一起军训拉歌，轮到和隔壁班比拼的时候，唐瑾瑜调子准，教官让他起头，他好好出了一把风头，彻底压制住了隔壁班。

隔壁班不服气，趁着休息的时间，又要来比拼才艺，找了一个唱歌好的女同学来单挑。

女同学声音不错，也算是个清纯小美女，小脸巴掌大，唱完之后她抬高了下巴问："你们一班还有节目吗？"

一班哪里肯认输，立刻从自己班里挑选了一个男生应战，男生也是唱歌，不过这次还带了伴奏——唐瑾瑜从树上摘了两片叶子，夹在指间给他吹小调，加了音乐的表演果然比隔壁班要出彩。

再加上那个男生的声音本来就足够洪亮，一下力压群雄，不光是隔壁班，跟其他班比拼都没落下风。

他唱歌的时候，唐瑾瑜就盘腿坐在第一排给他伴奏，有的歌他没听过就瞎吹，男生跟着他一起跑调，俩人一个敢唱一个敢吹，逗得现场笑成一片。

教官都差点没绷住，咳了一声，夸他们道："不管怎么说，勇气可嘉！"

训练还剩下最后一天，教官挑了些表现好的学生去打靶，唐瑾瑜之前轻微中暑，请假休息了一次，没有被选上。

他自己也猜到了，没放在心上，留下来的人由班长带着训练。唐瑾瑜就是他们一班的临时班长，带大家找了一处树荫站了一会儿，又按时解散休息，少了那一小半去打靶的人，这边场地空了好多，他们也特别悠闲。

唐瑾瑜的那袋猪肉脯一早就在男生宿舍里分了，他跟班上男生坐在一起休息时，大家都主动跟他打招呼，还有人递了矿泉水给他："班长，要不要？"

唐瑾瑜接过来，喝了一半。他还真有点渴，刚才喊口号太累了。

那个男同学和唐瑾瑜念过同一所初中，跟他挺熟，凑过来小声道："班长，你这次的校草位置很可能不保啊。"

"什么校草？"

"你不知道吗？以前咱们初中的那帮女生给你评的啊。"

唐瑾瑜摇头，他不知道这事。

那个男同学又道："这次九班有个转学生，昨天刚来的，特别帅，是个混血儿，鼻梁那么挺，就是眼神有点凶，平时看人都这样的……"男同学给他比画了一下，把眼睛扯平了，做出一副厌世的样子。

唐瑾瑜差点笑喷："瞎说，哪儿有人眼睛长这样。"

"真的，不骗你，可能他长得高吧，看过来的时候就是这样，反正瞧着不好惹，教官让他去打靶他都没去，说是会伤到手。"

唐瑾瑜想了片刻，问道："他多高啊？"

"一米八几吧，挺高的。"

唐瑾瑜真心实意地羡慕起来，他暑假就长高了一厘米，他哥亲手给他量了三遍他才信，现在一米六四了，也不知道什么时候才能长到一米八。

军训结束后便是周末，让大家回去休息。

同时也说了，回来之后就要摸底测试，不少人哀号一片，这个周末别说好好休息，估计还要熬夜复习。

唐瑾瑜一心惦记小鱼的事，在路上问了他爸，听说小鱼前几天就被夏野接走了，立刻道："爸，咱们去我哥那儿吧？"

唐泓俊故意道："你就只想你哥哥，不想爸爸了吗？"

唐瑾瑜讨好道："都想，咱们今天晚上一起吃饭好不好？我想吃苏记的小菜，想吃排骨年糕，还有蟹粉小笼包。"

唐泓俊问了一下他在学校的伙食，唐瑾瑜也是第一次打饭吃，给他形容了一下军训要如何手疾眼快地抢饭。他自己乐得不行，唐泓俊却心疼坏了，没带他去苏记，而是找了一家私房菜馆点了几道好菜。

他先带儿子过去，又给陈素玲和夏野说了一声，重点跟妻子说了一下小孩想吃的那几道点心："一定要是苏记的啊，蟹粉小笼包要大份的，让他吃个饱！"

这家私房菜馆也是他们常来的地方，唐瑾瑜也喜欢吃这边的雪花蟹斗，蟹肉和膏脂都剔出来盛放在蟹斗里面，上面盖着的一块烤得蓬松的蛋白，咬起来很脆，没有什么味道，专门给客人清清嘴巴里之前的味道，好在下一口就能吃出蟹肉的鲜甜。

唐瑾瑜先吃了一个雪花蟹斗，没到吃蟹的时节，蟹肉不够肥但也挺好吃，很有嚼劲。

正吃着，外面就有人进来了，夏野比陈素玲来得要快，他手上提着的正是苏记的点心，都还热着。

夏野的视线落在小孩身上，几天没见，好像没什么太大的变化，皮肤晒得有点红，他坐过去之后用手碰了碰唐瑾瑜的脸，低声问："这个是晒伤的？"

唐瑾瑜跟他哥特别亲，仰头让他看，笑道："没，就是晒了下，过两天就好了。"

夏野皱眉："找校医看过了？"

小孩老实摇头。

夏野道："等会儿我带你去看看，买点药膏。"他一边说一边打开盒子，本想拿唐瑾瑜最喜欢的蟹粉小笼包出来，但看到他手边已经有一个蟹斗了，怕他吃多了胃寒，换了排骨年糕，"尝尝这个。"

唐瑾瑜吃得特别开心。

陈素玲来的时候还给他带了一份他爱吃的小零食，全家人都觉得他这四天没吃好饭，点了好多让他使劲儿吃。

夏野给他盛汤，放在他手边的时候低声道："小鱼还没生宝宝。"

唐瑾瑜愣了下才反应过来，他哥以前也这么喊他，他差点没想起来自己养的那几条鱼："还没生吗？"

"嗯，我找了宠物医生问过，说是这两天很有可能要生，你要不要去看？"

"要！"

唐瑾瑜一颗心都被勾走了，吃完饭之后背着书包就跟夏野跑了。

唐泓俊想开车送他过去，小孩都没让："爸爸，你白天上班那么辛苦，早点回家休息吧！"

唐泓俊不死心："那爸爸明天去接你吧？"

唐瑾瑜摇头道："不行，我明天要去找伯伯，伯伯说带我去见新老师学琴，可能要学一天，我晚上再回家。"

唐泓俊还想去接他，夏野道："叔，明天我送小瑜回去，您在家等吧，来回跑太累了。"

唐泓俊不怕累，只苦于没有表现的机会。

他回去路上一直闷闷不乐，陈素玲跟他一辆车，她白天在公司高速运转一天，一直揉着太阳穴，休息了好一阵才发现丈夫一路都没说话，笑道："这是怎么了？我们大工程师今天不高兴吗？"

唐泓俊闷声道："我觉得儿子被人抢走了。"

陈素玲奇怪道："被谁抢走了？他们俩不都在那儿吗？"

"……"

唐泓俊这才想起来，夏野也喊他一声"干爹"，是自己的大儿子。

跟自己的大儿子"吃醋"，说出去也挺没面子，唐泓俊含糊道："就是觉得小瑜长大了，没小时候那么黏着我们了。"

陈素玲也有几分感慨，眼神温柔道："是啊，他以前那么小一个，我抱在怀里都不敢用力气，一转眼就长大了。泓俊，我以前都不敢想，我……从来没想过宝宝能读高中，他比我们勇敢得多，这么多年都熬过来了。"

唐泓俊沉默了一下，叹了口气，伸手握了下妻子的手，借此给予她力量。

他何尝不是呢？

车子出了隧道，前路一片光明，唐泓俊又恢复了乐观，跟妻子说儿子军训的事，他去接唐瑾瑜，听了好多有意思的事。

陈素玲听到军训拉歌的事也笑了："小瑜这点是讨人喜欢，我也放心他出去读书了，就是身高还是矮了点……"

"不矮！"唐泓俊立刻道，"他还小，还要再长高的！"

陈素玲跟着点头："对，再订一份牛奶。"

"对，营养要跟上！"

此时，唐瑾瑜跟着夏野去了公寓那边。

唐瑾瑜读高中回自己家里住，夏老师经常出去参加演出，以前的学区房就空了出来，夏野一个人住也没什么意思，大多数时间都住在公司这边的小公寓。

唐瑾瑜一进来就找小鱼，夏野道："你先去看看冰箱。"

唐瑾瑜："啊？"

他打开冰箱的时候都做好他哥把鱼做成标本的心理准备了，但是冰箱清爽利落，除了两大盒草莓放在最下层，上面还摆了一排冰镇可乐，铝罐上带了细小的水珠，有触手可感的冰凉。

唐瑾瑜："哇！"

快乐来得太突然，还是成排出现！

夏野撑着冰箱门也看了一下，对他道："怎么样，还满意吗？"

唐瑾瑜抬头看他，眼睛发亮，指指自己又指着冰箱里面的那一排冰可乐："哥，这些都是我的吗？"

夏野点头道："嗯，不过每次只能喝这么多。"他比了一下，大概两指宽的量。

虽然不能一次喝到爽，但冰箱里有一排可乐已经让唐瑾瑜喜出望外了。

夏野拿杯子给他倒了一点冰可乐，唐瑾瑜还在房间里找，终于在客厅沙发边的小桌上看到了自己的鱼。

夏野把它们照顾得很好，专门放在一个玻璃小鱼缸里养着，里面还放了水草和石子，还有一枚很小的蚌壳。旁边还摆着一个空出来的小鱼缸，唐瑾瑜拿过来看了一下，问道："哥，这个是干吗用的？你还要养其他小鱼吗？"

"是的。"夏野笑了一声，心情不错的样子，"我问了宠物店的人，有些鱼生了宝宝不会照顾，可能会出现吃小鱼的情况，提前准备一个小鱼缸，到时候分开养几天，等小鱼大一点再放在一起养。"

夏野做了功课，他甚至已经在办公室里准备了一个几米长的水族箱，找了专人来装饰，水温和制氧都是专业的，就差小鱼入住。至于为什么不放在公寓，原因很简单，鱼缸太大了，这里摆不开。

之前他上班的时候都带着这几条小鱼，一直留神观察，还试着把它们放到那个巨大的水族箱里，只是这种鱼太小了，小鱼放在大水族箱里，不仔细找都瞧不见。夏野试过之后，又果断捞起来放回小鱼缸里了。这要是生了宝宝找不到了，他都不知道去哪里买那么小的鱼苗补上。

虽然现在用的是一个普通的玻璃小鱼缸，但可以托在手里捧着看。

唐瑾瑜怕吓着小鱼，没用手拿，只坐在沙发上一边喝冰可乐一边看，嘴里最后一丝冰凉的滋味散开之后，他抬头冲夏野笑："哥，我今天可不可以晚睡一会儿多陪陪它们？"

夏野点头道："最迟十点半。"

比平时晚了半个小时，唐瑾瑜觉得今天他哥简直太好说话了，又给冰可乐喝又让晚睡，他笑得小酒窝都露出来了。

夏野道："我在办公室里放了一个水族箱，可以养很多鱼，等小鱼生了宝宝，就让它们都住在里面。"

唐瑾瑜高高兴兴道："那等我周末就过去看！"

夏野点头道："好。"

大概是唐瑾瑜一直念叨，晚上十点多，那条小鱼真的生宝宝了。不过和唐瑾瑜想的不太一样，它把卵产在那只小河蚌里，很快就游走了。

唐瑾瑜观察了一阵，小声问："哥，这样就生完了？"

夏野点点头，他问过，好像是这样。

"那什么时候可以看到鱼宝宝？"

"可能要十天左右吧。"

"这么久吗？"

夏野抬头看着小孩傻乎乎的样子，轻笑道："是啊，它要慢慢长大。"

唐瑾瑜又看了一阵，虽然有些等不及，但也只能先这样了，他晚上睡在夏野这里，连小声说的梦话都是"鱼宝宝"。

第二天是周末，夏野一早起来带唐瑾瑜去吃了早点，再送他去了新老师那边。

唐瑾瑜下车后还在等他，准备和他一起走，不过这次夏野没下车，只招手让他过来给他整理了一下衣领："自己进去吧，你伯伯已经在里面等了，不用怕。"

唐瑾瑜也不是很紧张，因为之前提过，这位新老师是夏老师以前合作过的老朋友，他还挺期待的，但也有点舍不得他哥，趴在车窗边小声问："哥，你真不跟我一起去吗？"

"不去了，你自己好好学琴，等结束了给我打电话，我带你去吃好吃的。"

"晚上回家吃好不好？爸爸刚给我发短信说买了好多菜，要做大餐给咱们吃。"

"好。"

心里有了一点对晚餐的期待，唐瑾瑜精神也足了，跟夏野摆摆手进了房子里。

夏野目送他离去，开车去了公司。

周末没什么人，他去了顶层办公室忙了一点自己的事情，最近在做一个关于安全方面的程序，是他很感兴趣的。不过也不全都在工作，他还买了两本书放在桌上，休息的时间会翻开看一下，让自己放松一会儿。

韩亦辰虽然人在分公司，但是一个月总要往这边跑上几趟，他为了照顾妹妹，也是很拼了。

他这次周末过来就是为了和夏野当面对接一下那个安全程序，在线上说不清楚，他发了长篇大论的邮件过去，夏野永远只回他几个字，干巴巴的，还每次都能戳中他的薄弱点，小韩同学内心简直要吐血，这次干脆把写邮件的时间省下来，带着一肚子问题亲自跑来一趟。

他是公司高层之一，有权限坐直达顶楼的电梯，上去之后直接敲开了夏野办公室的门。

夏野正倚靠在真皮转椅上翻看一本书，瞧见他进来之后有些惊讶："不休息？"

韩亦辰道："我也想啊，你倒是给个机会！"

夏野又用那种疑惑的眼神看过来，韩亦辰觉得内心受到了打击，摆手道："打住，先别嘲讽，这次不是我一个人的问题，我带了整个团队罗列出来的十几个问题，咱们今天谁也甭想休息了，不把这个解决了你也别想走……"他噼里啪啦地说了一通，正说到一半，忽然视线就落在了夏野手里捧着的那本书上，神情一下子变得古怪起来。

"老夏，你看诗集干什么？"

"怎么了？"

"就觉得不太对劲，这种感觉似曾相识，让我想想。"

韩亦辰很快就想起来很多年前的一天，那时他还是一个单纯的高中生，有一次为了入侵一个网友的电脑不得已先黑了另一个网友的主机，好像也看到过这么酸溜溜的诗，那个被他黑了之后又被他当跳板的人叫老猿，当年老猿写诗追的女孩叫岳瑗。

如今老猿已经成功抱得美人归，入赘数院了。

韩亦辰上上下下地打量夏野："老夏，你是不是有情况？"

夏野翻了一页书，淡声道："什么情况？"

韩亦辰道："你这状态很不对啊，你看这个干什么？后青春期啊。"

夏野懒得理他。

韩亦辰啧啧有声，一个劲儿追问他。也不怪他好奇，夏野这种人一瞧就是要为了事业奋斗终生的，之前他们读大学，大把的学姐学妹都想追他，但是没人能靠近，为数不多的几个夏野能喊出名字的也都是计算机社的助手，韩亦辰瞧着那几个妹子都心疼，老夏哪儿是把人家当女孩看，根本就是工具人。

当初计算机社招人的时候不论男女，只看技术，女孩们冲夏野的颜值蜂拥而来，还真有两个从京城一路跟到沪市，来和他们一起创业——妹子经历过社会的洗礼，已经没有那么肤浅了，她们特别单纯，奔着高薪来的。

韩亦辰不死心，拿了桌上的另一本诗集翻看了下，瞧见上面认真画线做的笔记，都乐了："老夏，你这笔记够细的呀，旁边还写心得感悟呢！这比你读书时候的课本笔记都要详细了，要是让咱们那些老师瞧见，估计能感动哭。"

夏野道："里面有书签，别给我弄乱了，我还要做汇总整理。"

韩亦辰："……"

看他还想追问，夏野合上书，转移话题："宋益找的对象你们见过没有？"

果然，韩亦辰一脸震惊："什么，老宋有对象了？"

"你们不知道？"

"不知道啊！老宋这尊大佛终于舍得下凡了！来，说说看，老宋对象啥样呀？"

夏野高深莫测地看他一眼，微微摇头："我也不方便多说，不如你们亲自去问老宋。"多了他也不知道，目前就知道这一点，还是他家小朋友八卦给他的。

夏野抛出宋益挡枪，韩亦辰果然被吸引了，去问宋益去了。

宋经理听到消息脱口而出："谁说的？"

韩亦辰教育他："你懂不懂规矩，八卦不能说线人的，反正顶楼办公室那位你懂的。"

宋益还真不能跑上去跟老板翻脸，只能在电话里沉默一下，算是默认了。

韩亦辰追问道："嫂子是哪里人？你们怎么认识的？漂亮不漂亮啊？"

宋益言简意赅："校友，漂亮。"

"不错不错。"韩亦辰搓手又问，"那正好，你回头帮我问问呗，看嫂子能不能给我也介绍个对象啊。"

宋益点头道："回头我问问她。"

"好啊好啊，先替我谢谢嫂子，等回头有消息了我请你们吃饭，正好大家也互相认识一下！"

"好。"

宋益没跟他多聊，他今天休息，略说了几句就挂断了。

韩亦辰啧啧感慨，老宋什么人他太清楚了，这么多年恨不得他们全年无休，拿他们当牛做马，如今都知道礼拜天休息了！

小韩同志立刻把宋益谈对象的消息八卦给了老猿，老猿知道后露出和他刚才如出一辙的震惊脸："什么！老宋竟然找对象了！他什么时候找的？这个人竟然偷偷瞒着我们找对象，他是不是不想请客！"

老猿久居校园，还保持着良好的学校传统，周边谁谈对象了都要带过来请客吃饭互相认识一下，跟在大学男生宿舍一样。

韩亦辰道："请什么客，嫂子给我介绍对象，等成了我请你们吃！"

老猿哑巴哑巴嘴，觉得吃饭这事还早着呢。

当初韩亦辰也是哭着闹着求他家岳瑷介绍对象，岳瑷还真给他介绍了几个S大的小师妹，都是特别温柔的小姑娘。新时代青年了，岳瑷就给了彼此网上的通信账号，让他们先在网上聊几句，互相认识一下。

那次不巧，正好赶上一场球赛，韩亦辰跟人家聊了几句，说临时有点事先离开一下。

妹子自然说好。

结果这厮一去不复返，姑娘等他到半夜也不见回消息，此后几天更是没有音讯，之后姑娘就委婉地告诉岳瑗说彼此不太合适。老猿赶忙打电话去问，韩亦辰那边都带了哭腔："老猿，你不知道，德国队输了，我等到半夜一直看完，最后都没翻盘，0比3你敢信吗？我完了，我的人生已经毫无意义！"

老猿："……"

老猿不知道他的人生还有没有意义，但是他知道韩亦辰现在没有女朋友了。

韩亦辰只顾着跟老猿八卦宋益，都忘了夏野的事，挂了电话才想起来，不过想想也没问到啥实质进展，也就先搁在一边不管了。

另一边，洋房公馆里。

唐瑾瑜进去之后按了门铃，来接他的却是夏老师，夏老师是提前过来的，看到他先摸了小孩脑袋一下，笑道："来了？时间还早，我先带你去琴房看看。"

唐瑾瑜道："伯伯，新老师也在琴房吗？"

"嗯，他在教学生，这边一共两个学生，那个学生叫李赫，是老师的侄子，和你年纪一样大。"夏老师耐心地低声道，"小瑜，你还记得伯伯之前给你看过的乐团录像吗？"

唐瑾瑜点点头，夏老师给他看了很多，都是不对外公布的，因为夏老师也参与其中，所以有备份留念，乐团有不少大师参加，场面非常壮观，即便隔着电视屏幕也能感受到磅礴气势。

"你还记得，上次给你看过的一个钢琴大师的独奏会……"

夏老师带他去了二楼琴房，话还未说完就听到琴房里一阵咆哮声。

一头金发的老师正在教一个男孩弹琴，男孩的头发是栗色的，个子挺高，瞧着一米八几的样子，正被老师按在座位上承受着一顿暴风骤雨式的敲头。

老师卷起手里的谱子，毫不客气地敲下去，脸都气变形了：

"你怎么搞的，啊？！这么简单的都不会，你在那儿划拉啥呢？看我，看我干什么，我脸上有谱子吗？我手里拿着的是你的谱子吗？你看谱子啊！

"一来就喝水，喝完还吧唧嘴，有这工夫你看巴赫不好吗？看，巴，赫！看我干啥！

"你是猴儿啊，这节奏咋还乱窜呢？大声一点，明亮一点，热情一点……你练琴是给我练的吗？在这儿给我现编，你挺能啊，你妈暑假没监督你练琴吗？她上班，你爸呢？回国？这就是你一暑假都没好好练琴的理由？

"你这弹的啥玩意儿，弹得我脑子嗡嗡的！还能不能行了，要不行你别弹钢琴了，试试弹吉他吧。"

…………

门开着，但夏老师还是敲了两下，轻轻咳了一声道："李奥，我带人过来了。"

老师回头看过来，脸上的表情还未控制好，显得有些狰狞，但就是这样的表情让唐瑾瑜一眼就认出他是谁了！

李奥，钢琴界有名的大人物，舞台下的贵族和台上的疯子，每次他的演出都会被大肆报道，太具有争议性了。没有人敢对他的技法提出质疑，但和其他钢琴家优雅的表现不同，这位大师只要坐在琴凳上，也就只有两个动作和其他钢琴家一样——缓慢地俯身和抬手。

然后当他坐定，沉默片刻后开始演奏，身体会前俯后仰，全情投入，双手不停地在琴键上挥舞，随便一张照片拍到的都是激动的神情，台下的观众只要是第一次见都会被他吓一跳。这位简直不是在弹钢琴，而像是要把钢琴吞下去。

他手下的钢琴键发出的声音也和其他人不同，那是一种咆哮，高潮时发出天崩地裂的声响，以疾风暴雨之势席卷全场！如果说其他大师是优雅的王子，那这位就是野蛮的帝王，他的琴音沉稳如铁，寒冷似冰，狂热如火，这样冰与火的极度碰撞，成就了他如日中天的名气。

唐瑾瑜不只是从夏老师口中知道他，其实在脑海深处，那段模糊的记忆里，也有这位大师的面貌。在之后的几年里，这位大师简直太红了，不是因为他的音乐，而是因为他本人。

因为一场钢琴独奏会被放到了网络平台上，网友们发现随便截一张图都是最完美的表情包。

李奥大师迅速地收拢了表情，转身低声交代琴房里的男孩："去，自己做高抬指练习，一个暑假都玩傻了，还会不会弹了？"

男孩的脑袋就没抬起来过，老老实实练习去了。

李奥大师带他们去了会客厅，和所有搞艺术的人一样，他也有自己的癖好，他们刚进会客厅就看到一整面墙都是他的收藏品——各类精致细腻的装饰银盘，还有粗犷怪异的木雕，就连桌上放着的烟灰缸都是非洲粗木雕刻的半成品——或许这就是成品，只是看起来扭曲了一点。

唐瑾瑜跟夏老师过去，坐在那儿认真地听他问话，乖乖回答。

李奥大师和夏老师私交不错，因为夏老师脾气一向温和，所以他面对唐瑾瑜的时候也会收敛一些脾气，对他温和一些。问了几个专业问题，李奥发现小孩回答得都不错，而且能看出是真心喜欢钢琴，一时也对他欣赏了几分。

"我叫你小瑜不介意吧？你当初为什么学钢琴？"

唐瑾瑜实话实说："为了提高手指的灵活度。"

李奥大师挑眉："嗯？"

唐瑾瑜对这个表情太熟了，立刻追加一句："还有，还有锻炼左右脑平衡……"

夏老师没憋住笑了一声，瞧见对面一大一小都看过来，立刻咳了一声道："我喝茶，你们继续，继续。"

李奥大师抖了抖衣领，维持着身上的贵族气派，对一旁老朋友含笑看过来的目光权当不知，依旧一本正经地跟小朋友谈话："你这个回答还是不错的，是个诚实的孩子，总比其他人说什么要参加比赛要成名靠谱得多，弹钢琴首先是要为自己，你要把它融入生活，这是一辈子的事情，不要太有功利心，才能玩儿得开心。"

唐瑾瑜立刻点点头。

唐瑾瑜一直在看老师，神情有点小激动。

李奥大师看向他，奇怪道："你一直看我做什么？"

唐瑾瑜眨眨眼，跟做梦一样："我觉得太神奇了，我从来没想过有一天还能见到您……"

李奥大师心里得意，但是面上没有表现出来。哼，他见过太多小琴童从小以他为目标努力了，这些人自幼听着他的曲子长大，对他当然是十分崇拜的！

总的来说，他对这个新学生还是非常满意的。

他在客厅里放了一架钢琴，让唐瑾瑜过去弹了一小段曲子，想听一下他的水平。

唐瑾瑜弹琴的时候，眼角余光看到有一个人影在走廊里一闪而过，略微有点分神，不过很快就稳定下来，弹完了一小段。

李奥大师对他要比对之前琴房里的那个男孩宽松，颔首道："还不错，看得出你平时都有进行严格的训练，我相信夏老师对你的要求不会比我少，你每天的训练时间至少是五个小时，就业余水平来说，还算可以，今后我会对你提出更严格的要求，你要做好心理准备。"

唐瑾瑜点点头，赶忙答应下来："谢谢老师！"

李奥故意把嘴角的笑容压下去，道："还有，以后我们会经常见面，你把我当作你的老师就好，见了也不用太紧张。"他认为这孩子一定是因为在偶像面前表演，所以才会弹错音符。

"嗯！"

聊了一阵，夏老师先带唐瑾瑜走了。李奥大师说今天算是正式拜师，认识一下，先不留下弹琴。不过看他卷起来的衬衫袖子和刚才从琴房传出来的咆哮声，唐瑾瑜觉得他是要回去揍侄子。

李奥大师还送了他一本乐谱书，鼓励他回去好好练习，期待下个礼拜的见面。

唐瑾瑜接过来，知道这就是这个礼拜的作业了，认真地点头答应了，他还有点激动，临走的时候找李奥大师给他在书上签了名。

李奥大师心里舒坦极了，其他小琴童见到他的时候一般都不敢跟他对视，紧跟在家长身边一声不吭，今天夏老师带来的这个就很不一样，喜欢就要大胆地表露出来嘛！他很大方地签了名字，然后叮嘱道："下次你可以直接过来，周末两天，早上九点之后都可以来。"

唐瑾瑜连连点头，李奥大师跟他握手的时候，他激动得都有点发抖。

天哪，活着的表情包啊！

表情包大师还跟他握手了，人生真是太奇妙了！

在回去的路上，夏老师见小孩一直抬手看，笑道："喜欢新老师吗？"

唐瑾瑜乐得不行，连连点头："太喜欢啦！"

不过就算如此，今天的练琴计划也没有耽搁，夏老师带他去以前的琴房做了最后一次辅导练习。

夏老师看着小孩坐在琴凳上慢慢进入状态，神情慈爱。他从来没想过会因一把小小的口琴和小朋友结缘，小朋友救了他一次，而这个善缘一直结交至今，让他们父子俩多了很多亲人。

夏老师一直陪着他，练习结束，帮他合拢琴谱，笑道："小瑜，你今天在我这里毕业了，以后会有新老师教你，要加油啊。"

唐瑾瑜点点头，过去给了夏老师一个大大的拥抱："伯伯，我等以后弹好了，就去你们交响乐团，我们一起合作，伯伯还当指挥！"

闻言，夏老师的伤感一下就化解开了。他刮了刮小孩的鼻尖，轻笑道："好，那咱们约好了，我等你。"

"好！"

晚上，夏唐两家在夏家聚餐。

唐泓俊买了许多菜回来，做了拿手好菜，他还留了火锅让夏野做，让他有表现的机会。他在厨房教夏野怎么提前准备食材，买来的羊腿肉很新鲜，稍微腌制之后更入味,切片放在火锅里煮了最好吃。

夏野认真学习,没有其他原因,唐泓俊一句"小瑜平时就爱吃这个味儿",就足够让他拿出全部耐心。

晚上吃过饭,长辈们一边看电视一边聊天。夏野坐在一旁的单人沙发上,唐瑾瑜端来一盘水果倚靠在扶手上喂给夏野吃:"哥,这个哈密瓜好甜,你尝尝!苹果也好吃,这块大的给你!"

夏野来者不拒,给什么吃什么。

等吃了一会儿,夏野勾勾手指,小朋友就一脸好奇地凑过来:"哥?"

夏野低声在他耳边问:"下周末要不要过来看小鱼?"

"要!哥,我周六晚上住你那边吧,我跟伯伯去找新老师学琴,学完了就过去。"

"好,礼拜天带你出去吃好的。"

唐瑾瑜这次没敢答应,他不知道新老师要求有多高:"等我周六看看,礼拜天还要学一天的。"

夏野笑道:"学完给我打电话,我去接你。"

接下来一整个星期唐瑾瑜都在期待周末的到来。

周末不仅能见到李奥大师,还能见到小鱼和鱼宝宝。他查了好多资料,还问了班里其他养鱼的同学怎么喂养,已经做好了充分的准备。

高中有不少人偷偷带手机来上学,唐瑾瑜也带了,不过他白天不用,是留着有什么意外跟家里联系的。他一般都是晚上才用一下,他哥每天睡前都会给他发几条短信,说一下家里小鱼的情况,唐瑾瑜一边回复信息一边对鱼宝宝更期待了。

周五,老师让几个同学去帮忙搬练习册,唐瑾瑜是班长,也跟着去了。

唐瑾瑜他们班去得早,领好就先回去了,经过走廊时其他班来了几个领书的高个子男生,其中走在最后面的一个,路过唐瑾瑜身边的时候还故意撞了他一下,低头看他一眼,脸色特别臭:"不好意思啊,你太矮了,没看到。"

唐瑾瑜:"……"

他暑假还长了一厘米啊!他哥亲手量的!

对方说完就走了,唐瑾瑜班上其他几个同学有些愤愤,唐瑾瑜也生气,不过单纯是因为他说自己矮。

"班长,你别生气,那人就是九班的转学生,特别不好惹,听说刚来的时候当了一个学习委员还不乐意,非要去跟他们班一个女生争文艺委员,最后上台演讲的时候还非要跟人家女生比,把女生都气哭了,更气人的是他当上文艺委员没两天就辞了,说自己周末忙,要练琴,没空参加学校的合唱团……"

唐瑾瑜忽然想到刚才撞他的人头发也是栗色的,问道:"九班那个人叫什么?"

"好像叫李赫吧,是混血,说实话还挺帅的,就是脾气不好。"

唐瑾瑜已经确定了,九班那个李赫就是之前在李奥大师琴房里看到过的那个男孩。平心而论,他要是每天被琴谱疯狂敲头估计脾气也好不到哪里去……

唐瑾瑜有点同情对方。

周末,唐瑾瑜果然在李奥大师家中遇到了转学生。

李赫比上一次弹得好一点,但依旧接受着狂风暴雨式的训导,李奥大师是他亲叔叔,对侄子的教育显然更为严苛。

李赫的感情带入不够,李奥大师就让他反复练习那一小节:"1、2,甩头!1、2,甩头!你弹不好,甩头也不会吗?先用动作带入,慢慢去感受,对,就是这样……继续!"

唐瑾瑜在一旁一声不敢吭。转学生在学校看起来挺跩,在琴房被按头学琴,好惨。

李赫略微有点分心,唐瑾瑜一来他就看到了,大概是觉得没面子,不小心弹错了,被叔叔毫不客气地拿琴谱敲了脑袋!

李赫:"……"

李赫认命了,干脆放开了甩头弹琴,这次没挨揍,就是脑袋甩得有点晕。

他觉得感情不感情的再说,昨天晚上的落枕算是治好了。

轮到唐瑾瑜,李奥大师对他要和气很多,大概也是从夏老师那边听到他身体不好,没有按照自己以往的风格来教,而是先从慢弹开始,一点点纠正他以前松懈的地方。

夏老师是个全才,有他一直带着,唐瑾瑜的基础打得特别牢固。他和其他学生还不太一样,其他琴童哪怕是四五岁的时候就开始接触钢琴,也不会有太多自我意识,而他清醒地知道自己在做什么。

别人为了获得荣誉,唐瑾瑜不一样,他是为了让手指灵活,他只有十分努力,才能变得和其他正常人一样。

钢琴对于别人是锦上添花,对于他,是已经用十年时间融入生活的一件事,他弹琴是和平时吃饭、喝水,甚至和走路一样正常的事情。

唐瑾瑜很快就投入进去,无论做什么枯燥的练习都能认真完成,没有一点怨言,而且李奥教导他的任何一点微小的技巧他都能迅速地理解并领会,几遍之后,就逐渐将新学到的技巧融入自己的练习中。

李奥也在观察这个学生。

单就天分来说，他的侄子李赫显然比这个男孩要高出几分。虽然李赫有时候会乱改编曲子，会不专心，会犯错误，但是他总有一些特别明亮的音色突然蹦出，实在太过惊艳；而眼前这个认认真真练琴的男孩最开始给他的感觉是勤奋，觉得他不过就是中人之资，但是一节课下来，他改观了，他的老朋友能带着这个男孩学十年琴，是有原因的，小孩就像是一块海绵，源源不断地吸收着外界涌入的所有知识。

他能听懂，并试着把这些统统变成自己的东西。

如果说李赫还在左冲右突地寻找自己的方向，准备破茧而出羽化成蝶，那么这个男孩已经找到了属于自己的声音。

李奥看着新学生，认真盯着那双落在黑白琴键上的手，没有打断他，让他弹完了那一曲。

李奥觉得这个男孩或许没有弹奏出那么明亮的音色，但他却奏出了一种温柔的曲调，那是一种很舒服的状态。

"很不错，这个状态是对的，保持住继续练习。"李奥颔首，对他赞许道。

唐瑾瑜点点头，又埋头去认真练琴了。

课间休息，唐瑾瑜发现转学生好像在故意跟他作对。

说他是转学生，是因为李赫军训迟到了一天，严格算起来他和新入学没什么差别。

两次故意撞他胳膊，抢走他刚倒好的水之后，唐瑾瑜觉得这人可能只有身高发育了，大脑没有发育，这种故意针对他的小动作简直不要太明显。

当李赫第三次试图抢走唐瑾瑜刚倒好的水时，他终于翻车了，因为他的动作太突然，唐瑾瑜没拿稳，一杯水"哗啦"一声全洒李赫鞋上了。

李赫的缎面软底拖鞋湿答答的，甚至连裤腿都被溅湿了一点。

李赫低头看他。因为混血的关系，李赫的五官深邃，鼻梁高挺，眼睛是金棕色的，看过来的时候视线斜着，带着探究的神色盯了唐瑾瑜半天，似乎把这次事故当成了唐瑾瑜的正面应战。过了好一会儿，他才沉声道："可以啊，有本事一会儿琴房单挑。"

唐瑾瑜："……"

他不知道现在把水杯送给李赫还来不来得及。

唐瑾瑜一点单挑的意思都没有，但是李赫已把他当成了对手，因为李奥大师对他们俩的态度太不一样，李赫心理不平衡了——

他自己被打就算了，新来的怎么就不挨打呢？这不科学啊！

难道我不是这个家最受宠的小孩子吗？

从小被家里宠得最多的唐瑾瑜也陷入纠结，他不知道李赫说的单挑是哪种类型，他手腕上还戴着他哥送的手表，那表盘确实挺硬的。

琴房单挑是不可能的，有李奥大师盯着，俩小孩斗琴也没斗成。

因为有两个琴房，训练的时候两人是分开的，但是只要两小只凑一起上课就能看出来李赫在欺负小瑜。

李赫今年十五岁，刚刚进入叛逆期，一身宽松的衣服也不好好穿，脖子上戴着一条特别有个性的银刻项链，浑身上下散发着"烦着呢，别惹我"的气息，总是手疾眼快和唐瑾瑜争抢东西，仗着胳膊长抢到乐谱先按在自己手下。

唐瑾瑜也懒得跟他说话，对方一看就不是真想要乐谱，只是喜欢跟他争。

李赫挑眉看他："要不要看乐谱？求我。"

唐瑾瑜道："都给你吧，我背过了。"

李赫："……"

李奥没有发现两个学生的小动作，他这次打算深入浅出地给学生讲一下情感带入："李赫，你就是坐不住，上课的时候我说过多少遍，不聪明也没事，你用功啊！多背，多学！你不弄熟练了怎么体会！"

李赫脸上已经显露出不服气的样子，张嘴想说话，但是看了一眼旁边的唐瑾瑜，"别人家的孩子"就坐在他旁边，他憋得脸都红了，愣是没敢说出一个字。

李奥调动侄子的积极性也只有一句话："还能不能行了，不行别弹。"

这话一出口，简直就是挑衅啊！

李赫二话没说闷头就开始弹琴，挺帅一个人，摇头的时候栗色头发晃动不停，看起来像是只凶神恶煞的哈士奇。

李奥转头又看向唐瑾瑜："小瑜，你的感情太内敛了，我不知道你在顾虑什么，应该再打开一些，放开一些！你要释放你自己，像刚才你练习的那一小节，一定要轻……你是不是释放不了？我来帮你。"

唐瑾瑜一脸蒙，看着老师走过来，撸起袖子——然后开始挠他的胳肢窝，下手稳准狠，唐瑾瑜毫无防备，没扛住，笑倒在地。

李奥大师一边挠一边狰狞道："痒到骨子里去，痒不痒，痒不痒？"

唐瑾瑜："哈哈哈哈哈哈哈！"

唐瑾瑜悲催地笑哭了。

半个小时后，俩小孩都累得趴在琴上。

李奥大师下楼去喝水休息，给了他们十分钟自由时间。

他俩现在谁也不想动。李赫脑袋上顶着被敲过的乱七八糟的头发，头晕眼花；唐瑾瑜趴在钢琴上，一脸生无可恋。

两个学生现在看着彼此，脸上都浮现出同情之色。

下午上课，李赫终于忍不住发出灵魂质问，梗着脖子道："凭什么只打我一个？"

李奥大师："他有病，你有病吗？"

对面俩人："……"

唐瑾瑜小声道："其实我的病好得差不多了，我现在还行，挺健康。"

李奥摆摆手："你的情况我听夏老师说过了，你小时候生病，练琴的时间却比李赫还多，不管怎么说，从勤奋这一点来看李赫不如你，他需要抓紧时间赶上来。"

李赫还是不服："我哪里不如他？"

"今天用的这份琴谱你背过了吗？"李奥大师比画了一下侄子的个头又比画了一下唐瑾瑜的，痛心疾首，"他才多大，你多大了？啊？你倒是挺好意思跟人家攀比！"

李赫："他跟我一样大啊！"

"胡说，你让他踮起脚来他也没你高！"

"……"

唐瑾瑜把试着踮起来的脚尖默默放了下来。

李赫受到的是物理打击，唐瑾瑜受到的这是精神打击，俩小孩一下都蔫儿了。

唐瑾瑜现在已经从对转学生的羡慕演变为嫉妒，估计对方也是如此，俩人除了课上说几句话，平时没什么交流。李赫很想保持高冷，绷着脸的时候还有几分英俊，但是被敲头的次数太多，看起来更像是一只被教训的傻狗，要不是他叔坐在这儿，他恨不得当场表演一个生吞钢琴。

唐瑾瑜学完琴给他哥打电话，等坐在夏野车上时依旧没什么精神，他拿手指叩着车窗玻璃，神情蔫蔫儿的。

夏野忍不住看他一眼，问道："怎么了？没弹好琴老师批评了？"

唐瑾瑜神情纠结道："也不算，哥，我什么时候能长高啊？"

夏野笑了一声，道："谁说你了？"

"……就一个同学。"

"一起学琴的同学？"

"嗯，我们老师的侄子，叫李赫，他和我一个高中，不过是在九班。"

"好相处吗？"

"一点都不！"

第五章

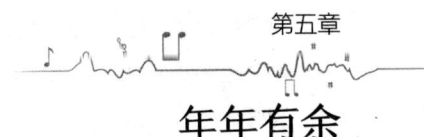

年年有余

唐瑾瑜闷闷不乐，一直到吃饭的时候，听到他哥说当初自己初中就一直喝骨头汤才长高，这才又打起精神，振奋起来努力吃饭。

吃过晚饭唐瑾瑜动作熟练地讨要了一小杯冰可乐，然后喝着可乐去看小鱼了。

"肥宅快乐水"是真的让人快乐，唐瑾瑜心情都跟着好起来。

夏野已经把刚孵化出来的小鱼苗挪到一旁已经放好水的鱼缸里了，刚出生的鱼苗苗全身近乎透明，只有鱼眼睛能瞧出一点颜色。一共二十多尾鱼苗苗，它们在水里来回游动着。

夏野拿了专用的鱼食过来，把固体鱼食碾成粉末撒到鱼缸里："等它们长大了就可以慢慢喂多一点，也不用碾得这么碎了。"

这种鱼虽然在河里经常能见到，但是人工饲养非常困难，夏野为此找了水族店和宠物医院的人帮忙，十分小心地照顾它们。

夏野去厨房切水果，唐瑾瑜就托着下巴在鱼缸旁边跟小鱼说话："你们多吃一点啊，多吃就能长个儿！"

夏野端了水果过来，听到小孩念叨，一边喂了一颗草莓给他一边问道："你想长多高？"

唐瑾瑜腮帮子鼓起来吃着草莓，比画了一下："一米八！"

夏野笑了一声："不如我们先订一个小目标，你每次来我都给你量一下，长高一厘米我就帮你实现一个小愿望。"

唐瑾瑜的眼睛亮了："哥，真的吗？"

夏野点点头。

唐瑾瑜当场就让夏野给他测量了一下，他在走廊的墙壁处站直了，昂首挺胸等他哥报数。夏野给他测量了一下，认真地画了刻度。

164.5 厘米。

唐瑾瑜道:"又长高了吗?那下次就可以许愿啦。"

夏野低头看他,被他这份简单的快乐感染了,眼里也带了笑意:"嗯,再长0.5厘米就可以许愿了。你想要什么?"

唐瑾瑜抬头看他,眼睛里闪着微光,一副想说又不好意思说的样子。

夏野跟他在一起太久,一瞧就知道小孩在想什么,说:"冬天不行,太冷了,等天暖和了吧,到时候我带你去哈市,虽然没有雪,但是我问过,四五月份还会有室内冰雕展。"

唐瑾瑜"哇"了一声,跳起来去抱他哥:"嗯,哥你最好了!"

其实不只是夏野,全家人都开始帮着唐瑾瑜长高,努力多做一些含钙量高的食物,周末不练琴的时候,夏野会带他去运动。唐瑾瑜没有对自己的手刻意保护,他练琴之后手指灵活了,能做更多事,他跟着夏野学室内攀岩,少年的身体柔韧性好,像是一只灵巧的小猫,动作完成得又快又好。

在全家人的努力之下,唐瑾瑜迟到三年的发育期开始了。

先是有一天起床,他喉咙不舒服,说话声音沙哑。再就是白天回家吃饭,食欲明显有所增长,以前只有夏野陪着他一起吃饭的时候才能多吃一些,现在小孩自己就能吃完两碗饭。等到了晚上,他偶尔腿抽筋还会疼醒,唐瑾瑜经历过一次,知道这是要长高了,每天都美滋滋的,热牛奶他也喝得特别准时。

夏野公司最近比较忙,一段时间没回来,周末抽时间去学校接他弟,就发现小朋友长高了。

唐瑾瑜拿脑袋挨着他胳膊,比画了一下,兴奋道:"哥,你看,我是不是又高了?"

夏野还在看他,不仅是身高,小孩连眉眼都好像长开了一些,他伸手,小孩习惯性地笑得眼睛弯起来,一副等着夸奖的模样。

夏野也笑了,对他说:"嗯,长高了,差点认不出来。"

唐瑾瑜喜滋滋道:"那也不至于,我还能再长高一点!"

唐瑾瑜太久没见夏野,晚上在家一起吃了饭,跟家长们说了一声,就跟他哥过去玩了。他的小鱼都养在夏野那边,现在已经是鱼仔仔了,它们在布置了水藻的小鱼缸里游来游去,长得特别好。

唐瑾瑜津津有味地看了半天,他现在的乐趣只有看小鱼了,因为变声期的关系,可乐也不能喝了。

夏野挑了一部电影和他一起看,这是唐瑾瑜长高之后许下的愿望之一,说好了兄弟两个要一起在家看电影。夏野挑的是一部非常热闹的动作喜剧片,唐瑾瑜一边吃樱桃一边看,看到一半的时候回头想跟他哥说两句,瞧见他哥已经睡着了。

夏野穿了和他一样的深蓝色睡衣，此时倚靠着沙发，闭着眼睛睡着了。

唐瑾瑜轻手轻脚地拿了一条毯子过来，给他哥盖上，想了想又努力坐直了一些，让他哥把头倚靠在自己肩上，主动当了一回枕头。

夏野睫毛动了两下，保持着这个姿势又睡了。

夏野这一觉睡得很沉，两个小时后醒来，他的精力恢复了一些，他动了一下，身边的男孩很快就发现了，笑着递过来一杯温水。

夏野接过来喝了，抬头看到屏幕的时候手上动作顿了一下："抱歉，我不小心睡着了。"

唐瑾瑜摇摇头。

夏野垂眸看他，小孩指了指脸上笑出来的酒窝，表示自己一点都没有不高兴。

"下次再陪你看，先去洗洗睡了，明天还要送你去学校。"

唐瑾瑜点点头，高高兴兴地去洗漱了。

夏野晚上跟他睡在一处，大概是工作累了的关系，听到小朋友沉沉的呼吸声，他也睡得很踏实。

半夜，唐瑾瑜小腿抽筋，疼得"嘶"了一声。夏野被惊醒，发现他只是腿抽筋了，忙给他揉了一下，又拿毛巾热敷了一会儿。

唐瑾瑜睫毛很长，也不知道是困的还是刚才小腿抽筋疼的，此时睫毛有些湿漉漉的，他打了个哈欠，拍了拍旁边的枕头，小声道："哥，睡吧。"

夏野给他揉着，问："不疼了？"

唐瑾瑜摇摇头，困得睁不开眼："不疼，我好了。"

夏野观察了一阵，确认没事，这才熄灯睡了。

当家里的小朋友一点点长大，夏野的事业又迎来一个高峰期。这次是一笔大生意，专攻网络安全方面，如果这单完成，整个公司会再上一个台阶。

夏野过年的时候也只给自己放了一天假，短暂地陪伴了家人之后，又去公司加班了。

过年期间，唐瑾瑜跟着爸妈去齐州市拜访爷爷，住了一天之后，初二又去姥姥家小住了几天。

他心里记挂着一个人在沪市的哥哥，陪了老人几天就和爸妈回家了。

家里冷冷清清的，他们走的时候什么样，现在依旧是什么样，显然没有其他人回来过。过年的时候音乐会多，夏老师每年这个时候都特别忙，以前夏野会在家里，但现在他基本住在公司了。

陈素玲收拾了一下，唐泓俊做了一些饭菜，陪儿子给夏野送去。他很少来夏野的公司，唐瑾瑜来的次数多，跟这边的人特别熟，唐泓俊也就不担心了，送到电梯后笑道："小瑜，你自己上去吧，晚上看看是在你哥家住还是回家，要是你哥忙，你给我打电话，爸爸来接你。"

唐瑾瑜答应了一声，提着餐盒上去了。

夏野熬了几个通宵，正在办公室里忙碌，忽然房门"咔嗒"一声打开了，他的房卡只给了几个重要的人，抬眼看到进来的人，眉宇间也放松了许多，露出一丝笑意："怎么今天就回来了？不是要在姥姥家多住几天吗？"

唐瑾瑜探了探头："我想你了……哥，你现在忙不忙？要不我去宋哥那边等会儿吧。"

夏野招手道："不忙，进来吧！"

唐瑾瑜走进来把餐盒放在一边的小桌上，然后给他看了一下自己的口袋，兴奋道："哥，你摸一下！"

夏野摸了一下他挺起来的小肚子，唐瑾瑜又侧了侧身，道："不是肚子，你摸我口袋里，爷爷他们给你的压岁钱，我今年领的都是双份儿！"

夏野伸手拿出来，厚厚几个红包，还夹杂了几块奶糖，其中一块酒心巧克力球已经有些融化了。

唐瑾瑜可惜道："这块最好吃了。"

夏野把红包给他塞回衣兜里，剥开那颗酒心巧克力的糖纸，把糖吃了："我吃这个就够了，钱你自己收着，想要什么自己买。"

唐瑾瑜还是拿了一封最厚的出来，放在夏野桌上道："那就留一个吧，姥姥说没结婚都拿压岁钱。"

夏野点头答应了，红包上印着烫金的吉祥话，图个喜气也挺好。

他也给唐瑾瑜准备了一份儿，原本想等过几天小孩回来了给，现在人提前到了，他就从抽屉里拿出一个红色的小盒子递给他，里面照例是一个金子打造的小玩意儿，比以前他送给唐瑾瑜的那些金花生、金如意要大一点儿，但和以前一样，请金匠师傅专门在金子底部刻了一个"瑜"字。

唐瑾瑜喜滋滋地收下了，夏野就喜欢看他这副小财迷的样子，每回瞧见心情都跟着好起来，连嘴里那颗酒心巧克力都更甜了几分。

唐瑾瑜收起盒子，催他去吃饭，夏野加班太忙中午的时候随便应付了几口，这会儿还真有点饿了，跟他过去坐在餐厅里一起吃饭。

唐瑾瑜在家也没吃几口，唐泓俊知道他们兄弟两个亲近，特意多带了一些饭菜，足够两个人吃的。

唐瑾瑜陪着吃了晚饭，也没说走，夏野在办公室忙，他就在一边自己玩。

夏野抬头去看，正好看到他接了一通电话，压低声音去了里面的小隔间接："喂，姥姥，我们到家啦，我妈没说吗……哦，是，我刚才出来了，我来找我哥，对呀，他还上班呢，特别辛苦！"

夏野的视线落在他的背影上几秒，等人进去了，才转头继续看向屏幕。

吃了热腾腾的家常菜，他恢复了不少力气，抓紧处理手头的工作。

如果唐瑾瑜没来，夏野大概率会继续在公司凑合一晚，但是他弟来了，他就想尽快结束手头的工作，带他回去休息。

尽管他这么想着，但完成的时候已经晚上十点多了。

工作完，夏野起身抬了抬胳膊，目光停留在电脑上片刻，确定可以暂时休息一下，给自己放假了。

他去隔间找唐瑾瑜，刚进去就瞧见小朋友和衣躺在沙发上睡着了，手里还拿着手机。

夏野放轻了脚步："小瑜？醒醒，回家睡。"

唐瑾瑜毫无反应，睡得像小猪一样，他一路回来也确实累了，早上还陪在姥姥身边帮忙收了一天的年礼，老太太喜欢他，一直让他跟在自己身边，逢人就介绍。

夏野叫不醒他，想了想就拿了一件自己的厚呢外套把人盖住。

夏野戴上耳机给宋益打电话，说话下意识压低了声音。

宋益听了片刻，试探道："小瑜在你身边？"

夏野道："嗯，现在睡了，我等会儿带他回去。我做了一个备份放在办公桌上的U盘里，你可以拿去给安全部看一下，明天有什么事找韩亦辰，我休息一天。"

宋益忙道："休息两天吧，你这段时间太辛苦了，我们轮休的时候你也没休息。"

唐瑾瑜听着耳边有模模糊糊说话的声音，但是太困了，眼皮直打架，根本睁不开，他能听出是夏野的声音，所以又安心地睡了一会儿，过了一阵儿才揉着眼睛醒过来，小声喊了一声"哥哥"。

见唐瑾瑜醒了，夏野便开车带他回去了，路上休息时还去便利店买了关东煮和咖啡，递给小孩让他趁热吃："先吃东西，天气太冷了，小心感冒。"

唐瑾瑜接过来，打开咖啡杯一看就乐了："哥，你买的这杯忘了放咖啡了！"

夏野道："什么咖啡，我那是给你买的牛奶，快趁热喝。"

唐瑾瑜捧着杯子小口喝完，身上暖烘烘的，他在办公室里睡了几个小时，现在刚好有点饿，把他哥买来的关东煮吃了，吃到喜欢的鱼丸，送到夏野嘴边："哥，这个真好吃，你尝尝！"

夏野张嘴吃了，他觉得这些是哄小孩的东西，味道其实一般，不过唐瑾瑜喜欢他也就点头夸了句："还可以，随便吃一点，待会儿回家我给你煮面吃。"

"哇，真的吗？我好久没吃了！我想吃炝锅面！"

夏野手艺挺一般，不过有人这么捧场真的挺舒服。他以前会尽量避开厨房，毕竟做一碗面浪费的时间不少回报却低，但是现在他不这么想了，他弟那张小嘴跟抹了蜜似的，夸起来没完，吃一口面能夸一晚上好吃，精神回报足够高。

夏野也有几天没回公寓这边了，房间有些凌乱，唐瑾瑜卷起袖子帮着收拾，夏野看他一个人干得不错，就先去厨房给他煮了一碗面。

兄弟两个都是干活利落的人，夏野煮一碗面的工夫，唐瑾瑜已经把家里收拾好了，还找到了之前洗好的床单被套，把卧室里的床品换了。

他们吃饭的时候他弟永远吃得比他慢，因为他要一边吃一边夸。用筷子把滚烫的面条夹起来吹两下的工夫，都不忘夸他："哥，你煮的面闻着好香啊，我在姥姥家的时候，每天早上可想吃了！"

夏野本来吃着一般，被小孩夸得也觉得这碗面不错。

吃完饭唐瑾瑜去洗碗，夏野站在他后面看。唐瑾瑜转身的时候鼻子差点撞到他，闪开后又很快凑过来，小狗似的闻了闻，奇怪道："哥，你抽烟了吗？"

"味道很重？"

"还好，好像还有点薄荷的味道。"

唐瑾瑜想凑近再闻一下，被夏野推开了："我去洗澡换衣服，你一会儿过来，还有东西给你。"

唐瑾瑜乖乖洗碗，打扫完了去卧室等了一会儿。夏野洗澡很快，披着浴袍出来给他拿了一份文件："小瑜，你还记得你初中时住的学区房吗？"

唐瑾瑜点点头。他当然记得，这才上了半年高中而已，他之前在那边住了三年呢。

夏野把文件给他，唐瑾瑜看不太懂这些，但是上面明晃晃的"拆迁"两个字他还是认得的，他眨眨眼，又抬头看着夏野："哥，不是那几套房子要拆了吧？"

夏野道："嗯，去年的时候就有消息，现在刚正式下文，那栋房子因为紧靠马路，位置特殊，补偿的面积可能要翻倍，具体要过几天才能确定。"夏野翻了一页，指了指上面的复印件道，"当初本来就是给你准备的，买的时候就写了你的名字，到时候你去收房。"

唐瑾瑜："啥？"

夏野笑了一声，捏他脸道："小傻子，给你买的房子，拆了当然也是你的。"

唐瑾瑜连连摇头，把文件推过去："我不要，哥，这太贵重了！"再等几年沪市房价疯涨，唐瑾瑜已经不敢去想这些值多少了。

夏野把文件收起来："我先给你放着，等弄完了再说。"

唐瑾瑜是个乐天派，觉得他哥有钱和他有钱一样，已经高兴了好一会儿，掰着手指头算以后要变现的话能翻多少倍，算来算去可能要翻几十倍，有点小激动。

　　虽然他也算是个富二代，但这是沪市的房子啊！就算不是学区房，拆一还二这么算下来岂不是到手六套？发财了呀！

　　夏野放了一个短暂的年假，留在家里休息了两天。

　　正好夏老师隔天从椰城回来，带了一些礼物，夏野就带着唐瑾瑜回家去，两家聚在一起热闹了一下。

　　夏老师这次带了两箱椰城的杧果，一个两三斤重，虽然是青皮，但是切开之后酸甜可口，非常好吃。

　　过年的时候，夏老师忙得到处飞，李奥大师也很忙，他有几场新春钢琴独奏会，要去国外，至少要等到元宵节后才能回来了。

　　唐瑾瑜给老师和同学们都认真发了拜年短信，连不太好相处的李赫也发了一条，李赫回复了一条特别长的，夹杂了很多表情符号，这人平时看着不太好相处，短信倒是回得挺快。

　　唐瑾瑜挑了几条有趣的给夏野看，夏野对他那几个玩得好的同学太熟悉了，韩亦辰兄妹俩发的拜年短信如出一辙，只在前面改了改名字，后面跟着一大串吉祥话，也不知道谁复制了谁的。

　　夏老师带回了椰城的特产，家里人也开始想念几年前的那场旅行，陈素玲有些感慨道："这几年一直挺忙，一眨眼就过去那么久了，我记得那会儿小瑜还小呢，抱在怀里只知道打瞌睡，一路从机场睡回家。"

　　夏老师也跟着点头，笑道："是啊，那是我第一次参加新年音乐会，现在都过去好多年啦。"

　　他动了手术，身体好了，心里的伤也在日复一日教导小朋友的过程中慢慢愈合了，换了数年前，他真的无法想象自己还有重新站上舞台的勇气。

　　唐泓俊道："有空的话，咱们两家再去一趟，上次那家酒店就不错，拍了好多照片。"

　　大人们在一旁聊天，唐瑾瑜听了特别感兴趣，唐泓俊就逗他："小瑜，要不要跟我们一起去啊？要不你过生日之前去吧。五一还有几天假期，到时候咱们还住在上次那家酒店，你不是特别喜欢看他们家的那些大鱼吗？"

　　唐瑾瑜挺感兴趣，点头道："好啊，'楼兰'还在吗？"

　　"应该在，锦鲤能活几十年呢！"

　　"哇，那一定长得很大——"

过了一会儿，大人们去喝茶下棋了，等大人们走后夏野坐起身抬手轻轻弹了他弟的脑门一下，低声道："贪心，不是说去哈市吗？怎么又想去椰城了？"

　　唐瑾瑜理直气壮道："好玩的地方那么多，哪里都想去啊。"他叉了一块杧果喂到夏野嘴边，讨好道，"哥，你等我几年，我工作赚钱了就养你，到时候你可以提前退休，我带你到处玩儿！"

　　夏野挑眉。

　　唐瑾瑜立刻道："真的，我都想好了，以后我和伯伯一起，我读音乐学院，然后考伯伯那个交响乐团，又能弹琴又能到处旅游。到时候你就跟着我，我把酒店的床分你一半，你看咱们连酒店钱都省了。"

　　夏野笑了："你那么有钱，怎么还抠门成这样？"

　　唐瑾瑜委屈道："我没现钱啊，每年就这点压岁钱，我还要省着花一年。"

　　夏野给他算了一下，小孩现在确实身家丰厚，但大多是房产和矿山分红。这些钱都是直接打到小孩账户上的，现在属于被监护人看管的状态，还真不能直接拿到手里，难怪之前眼巴巴地围着他转想多要点零花钱。

　　混得这么惨的富二代也是没谁了。

　　夏野凑近了低声道："我给你开个副卡，不限额，好不好？"

　　唐瑾瑜十分动心，但还是摇头拒绝了："不了，我怕丢。"

　　夏野挠了挠他的下巴，想了片刻，轻笑一声道："也行，那你什么时候需要，就来找我，反正长高了，可以许很多愿望。"

　　唐瑾瑜一听这个就来劲儿了，拉着夏野的手让他给自己测量了一下，小半年成果显著，长高了不少。夏野一边看刻度数字，一边低头："别踮脚。"

　　唐瑾瑜把偷偷抬起来的脚后跟又放了回去，小声问："哥，多少？"

　　"169.5厘米。"

　　"哇！四舍五入我一米七了啊！"

　　唐瑾瑜高兴得不行，回头道："哥，你说照这样下去，我明年是不是就一米八了？"

　　夏野揉了他的脑袋一把："现在就挺好。"

　　说实话，关于小孩的身高，他们家里大人们都已经讨论过了。夏野虽然辈分不够，但是依旧把自己当作家长，夏唐两家的家长们一致认为只要小朋友超过一米六七这个平均身高就挺好了，现在已经超额达成目标，再长多少都是意外之喜。

　　唐瑾瑜觉得自己还能长得更高，现在零食都不怎么吃了，每天喝两大杯牛奶。

　　夏野正在愣神，就看到他弟小狗一样凑过来闻了两下，脑袋都要钻到他怀里来了。

　　夏野往后一躲，问："做什么呢？"

　　唐瑾瑜揪起一点他的衣服，疑惑道："奇怪，哥，你昨天没抽烟，怎么这件衣服上也有烟味，还是昨天那个薄荷的……"其实这味道不难闻，但是这么多年他都没见他哥抽过烟，实在有点好奇。

夏野也闻了一下，没闻出来，也不知道他弟这个小狗鼻子怎么这么灵，对他道："可能是之前衣服放混了，我去换一件。"

唐瑾瑜在他后面，小尾巴一样跟着，小声八卦："哥，你偷偷抽烟啦？"

"没有，是你宋哥抽的，之前开会的时候不小心沾上了。"

"哦，我还以为你有什么不开心的事呢。你要是有心事可以跟我说，我虽然帮不了，但我可以听着。"唐瑾瑜做了一个给嘴巴上锁的动作，认真道，"我保证不说出去。"

夏野觉得他挺厉害，不管是陈姨公司的小道消息，还是他这边的八卦新闻，他弟知道的比他还多。

"你听话，我就没有不开心的事。"夏野的手握在门把手上，看了一眼跟在后面的小孩，"我换衣服，你要进来看吗？"

唐瑾瑜摆摆手，站在门口等他。

没一会儿房间里的人喊他："小瑜，我的皮带在哪里？"

唐瑾瑜想了想，说了一个位置，里面的人翻找片刻："你进来吧，我找不到。"

唐瑾瑜进去帮他找，翻找出七八条皮带放在床边，让他哥挑选。

夏野伸手拿起一条系上。他的手修长有力，骨节分明，手指灵活地绕过腰身，慢条斯理地把皮带扣好。

唐瑾瑜不自觉地盯着他的手。

夏野道："怎么了，不合适？那我再换一条。"

他说着伸手要去解开皮带，唐瑾瑜忙道："合适，合适，这个和你表带一个颜色，都是棕色，挺好看的！"

夏野换了衣服，招手让唐瑾瑜过来闻："还有烟味吗？"

唐瑾瑜走近闻了下，摇摇头。再抬头，他看到他哥那张脸，忘了自己要说什么。

唐瑾瑜以前觉得他哥有点好看，现在才领会到他是真的帅，尤其是工作的时候，一丝不苟的神情最迷人了，也难怪之前韩亦辰他们会调侃这帮人里就他哥最好找对象。

想到这里，唐瑾瑜走神了。

这个现象一直等到李奥大师回来，他继续上钢琴课也没能纠正过来，上课的时候李奥说话时还好，可是练习的时候他好几次循环同一小节，忘了继续弹下去。

李赫坐在他身旁跟他联弹，瞧见了有些奇怪，拿胳膊碰了碰他，唐瑾瑜才反应过来，继续跟他弹完了曲子。

等到休息的时候，李赫难得没有再找他麻烦，大概是过年发了短信，彼此有了一点交流，李赫对他的态度好了一些。李赫问："你今天怎么了？瞧着跟受了打击一样，谁欺负你了？"

唐瑾瑜道："你这话像我哥说的。没人欺负我，我就是自己瞎想。"

李赫笑了一声，摸了摸下巴道："你喊我一声哥也成啊。"

唐瑾瑜没搭话。

李赫现在已经不那么讨厌新同学了，因为他每天都被他叔揍，已经被日复一日地磨平了，简单来说他现在脸皮贼厚，已经不在乎了。放弃了自尊心，李赫现在挺快乐，也开始试着跟琴房里唯一的小伙伴交朋友："唐瑾瑜，问你呢，你今天咋了？"

"也没什么，就是想着我哥以后要谈对象了怎么办。"

"这有什么，多个嫂子疼你呗！"

"……"

唐瑾瑜叹了口气，旁边的李赫跟他说话他都没怎么吭声，一直到李赫说了一句"哈市"，他才转头问："你寒假去哈市了吗？"

李赫看向他，奇怪道："我就是哈市人啊，你听不出来吗？"

唐瑾瑜确实听出他有一点东北口音，但他还真不知道李赫就是哈市的。

唐瑾瑜现在对哈市特别感兴趣，抬头看他，还没等问就瞧见李赫开始警惕："你瞅我干啥？还笑，是笑我发音不标准吗？"

唐瑾瑜连连摇头："没有，我就是听着觉得特别亲切。"

李赫："哦？你去过哈市？"

"我还没去过，不过已经做了大半年计划了，我都想好去那边吃什么了。"

李赫得意道："那必须的，回头你来啊，我带你去玩。"

唐瑾瑜夸了一下午哈市，他是真的做了大量攻略，夸起来都不重复，李赫哪受得住这个，尾巴都快翘到天上去了，得意到不行。

李赫对他那点防备心放下了，大方夸奖道："你很不错，没看出来，挺有审美啊。"

后来连李奥老师都知道了，他摸了摸唇边的胡子，努力压住翘起的唇角，与有荣焉道："哈市是非常棒，你不要担心，以后外出的机会还多，只要你好好弹琴就可以参加比赛，国际赛区有很多比赛在哈市举办，你弹好了我会推荐你去的。"

唐瑾瑜眼睛都亮了，连连点头。

他想去哈市，因为李奥老师的一句话他更开心了，只要参赛就能去哈市，那么也就是说他只要入围就行了，一年能去两三趟呢，可以多去那边找几次，开心！

李赫这是第一次听到唐瑾瑜吹捧他哥以外的什么，以前听唐瑾瑜夸他哥恨不得夸到天上去，他心里就特别不爽，觉得这人在吹牛。

没想到这次吹捧捧到自己家乡，他心里那个舒坦啊！

李赫心想：这同学怎么这么会说话呢？

等到傍晚下课，李赫主动送他到了门口，随便给他介绍了几个哈市常见的景点，就听到旁边"哇"的一声。

"反正你有空的时候就来，我经常回家，你来了我带你去玩儿，旅游杂志上说的那些我们当地人压根儿就不去，那都是啥玩意儿，没意思，等你来了我带你去滑雪。"

李赫还要再说，忽然看到对面小矮子眼神一亮，他跟着唐瑾瑜的视线看过去，却看到马路上只有几辆车而已。没等他问，旁边的男孩就跟他摆摆手，弯起眼睛道："谢谢啦，我哥来接我了，先走了，明天学校见！"

李赫跟他摆摆手，看着那个优等生小跑过去，一点没有在琴房时的稳重。瞧见车上下来的人，他飞跑过去，像是一只小皮猴子。

这一刻，在李赫心里，唐瑾瑜身上没有了优等生的疏离感，他挺真实的。

这人不错。

是个好朋友。

李赫单方面把唐瑾瑜升级为自己的兄弟之后，俩人的关系突飞猛进，有时候在学校李赫经常给唐瑾瑜带点零食什么的，送过去的时候一律维持自己特别酷的一面，一言不发，给了东西就走。

等周末就他们两人练琴的时候才得意地问他零食好不好吃，唐瑾瑜在知道这些是哈市特产的糖果后，统统点头说好吃。

唐瑾瑜问他："你在家的时候吃过一种叫炸蔬菜球的东西吗？那个也挺好吃的……"

李赫摆摆手道："什么炸蔬菜球，我们那儿只做烧烤，等你去了带你吃一次就知道了，烤串绝了。"

唐瑾瑜跟他聊多了，觉得这人特别单纯，直来直往的，对朋友热情极了。

周三，李赫又来唐瑾瑜班上喊他。

一班的女同学看李赫常来，又总是把班长叫去在走廊拐角偷偷摸摸地说什么，现在看到他都特别警惕，李赫虽然帅，但这人脾气是真的不好，跟班长比起来差远了。而且唐瑾瑜今年长高了，选校草投他票的女同学迅速增多，已经有要赶超李赫得票数的趋势。

有女同学跑去唐瑾瑜座位旁边，小声道："你要是不想出去，我就说你不在，要不就让汪辉他们几个陪你去吧？"

唐瑾瑜正趁课间给周围几个同学讲题，听见笑道："没事，我去看看。"

也不怪女同学小心，李赫今天的脸太臭了。

他的五官本来就深邃，眼神又比较锐利，现在唇角向下撇着，人高马大的，站在那里一看就特别不好惹，带刺儿一样。

李赫看到唐瑾瑜，脸上的表情好看了一点，毕竟他也没少见唐瑾瑜在他面前哭——他叔除了没揍唐瑾瑜，其余该下手的都下手了，挠痒痒就挠哭过好几回，他俩现在是大哥不笑二哥的状态。虽然这么想着，但李赫依旧看着不太痛快，抿唇道："我叔叔让我来跟你说一声，这个周末不用去练琴了。"

唐瑾瑜道："哦，那你周末在吗？我过去和你一起练习好了，反正我一个人在家也是弹那些。"

李赫道："我也不在。"

"你和老师一起出去吗？"

"……嗯。"

李赫和唐瑾瑜一上高中就跟校方申报了艺考志愿，都读音乐学院，因此请假是可以的，他这次是跟着李奥老师外出，不是以学生的身份，而是去当助理的。

因为他花了他叔一大笔钱。

李赫有点憋屈："我过年的时候花了大概两千块的话费。"

"你怎么花的啊？"唐瑾瑜吓一跳，"你打越洋电话了？"

李赫愤愤不平："我要是打了也认了，我就是发了一些短信而已啊，你还记得过年的时候我给你发的那些吧，就加了几个表情符号，谁知道是按彩信收费的，简直太过分了！"

唐瑾瑜听得一脸蒙："按彩信收费？"

李赫点头，不爽道："是啊，一个表情收一块钱，我拜年短信都是群发的，反正特别惨。"巨额短信费让他往外掏了大笔的钱不说，还差点因为这个上了当地的新闻，要不是他叔给拦下来了，那他可真是第一个因为这事出名的准钢琴首席了。

李奥老师虽然帮他出了钱，但没饶过他，让他跟团队一起去完成最后一场巡回演出，并且让他当助理，决定要给他一点教训，让他知道人间疾苦。

李赫："我叔也太不讲道理了！我那是故意的吗？我不就是朋友有点多吗？"

唐瑾瑜从来没有见过群发五六百条短信的人，对他有些佩服。

李赫跟他说完，就摆摆手先走了。

唐瑾瑜回到班上，他们班女生还特意围过来问了一下，非常关心他。

唐瑾瑜有些意外，不过还是笑道："没事，我跟李赫是朋友。"

女同学眨眨眼，有些不解："朋友？他以前不是还欺负过你吗？"

唐瑾瑜用手指在脸上挠了两下："已经过去啦，现在是朋友了。"

几个女生互相对视一眼，并没有因为这句话放松警惕，反而决定把学校贴吧上的校草评选排名再帮班长投高一点，现在是投票的关键时刻，绝对不能掉以轻心！

李奥老师外出的这段时间，唐瑾瑜也没什么事，除了在学校上课，就是去他哥那边看小鱼。

跟着巡演的李赫偶尔会给他发短信吐槽李奥老师，还发了好几张他叔演出时候的照片，各种扭曲的表情抓拍得特别到位，这偷拍技术也太好了。

唐瑾瑜一边这么想着，一边存了图。

夏唐两家在沪市的别墅也是相邻的，不过都是独栋，两家的院子隔得有些远。他们没像其他家一样做护栏围着，而是按照以前在小城的别墅那样，在两家之间种了一些果树和花草，还按老规矩划了一小片地方让家里的小朋友每年都种一株西瓜。

现在时间还早，三月初还没有栽种瓜苗，但是院子里的牡丹已经开始有些回绿的迹象了。

庭院里的牡丹苗是陈老太太送来的，去年秋天刚送来的时候跟烧火棍似的，种了一段时间长出枝叶好看多了，这会儿尽管还在休眠期但也风骨傲人。它前面有一个小牌，写着"小白"；旁边还有一个立在空地上的小木牌，写着"苗苗"，这是给瓜苗提前准备的。

据说这次的牡丹是白亮如雪的颜色，姥姥知道小外孙喜欢雪，特意给挑选的品种。

天气渐渐回暖，唐瑾瑜挑了一个暖和的中午种了西瓜苗，跟瓜苗同时抽枝发芽的还有一旁的牡丹，它被照顾得很好，几天时间就探出了叶片，一抹嫩绿在初春的天气里最是娇俏动人。

夏野看他弟在木牌上记录了日期和天气，瞧着最后标注的浇水时间，也不知道想起了什么笑了一声。

唐瑾瑜抬头看他，以为自己写错了。

夏野的视线落在一旁的牡丹上："也给小白记一下，别错过浇水时间。"

李奥老师的巡演结束后，李赫也回来了。

他刚回学校，就接到了校园活动的邀请，这次是以班级为单位申报节目，可以评优。

李赫本来不太想去，听说一班的唐瑾瑜报了钢琴独奏，立刻也跟着填了，他现在特别自信，毕竟刚跟着巡演了一段时间，耳濡目染之下自信心爆棚，觉得自己的技术肯定比待在家里独自练习的小伙伴强多了。

李赫还专门为此准备了几天。

等到校园演出当天,他特意把自己那身演出服拿出来熨了一下,穿戴整齐地去了。

在后台等候的时候,李赫跟唐瑾瑜坐在一起,他俩的节目一个开头一个压轴,都很重要。

李赫轻咳一声,得意道:"我觉得吧,精彩的都在后面,我毕竟比你学的时间长,让我压轴演出也正常,你多努努力,很快就能追上来,虽然比不上我,但肯定比其他人强多了。"

李赫大有封赐唐瑾瑜一个"一人之下万人之上"名号的感觉,腿都忍不住抖起来了。

刚开始抖唐瑾瑜还当他是得意,过了一会儿不见停下,他奇怪道:"你腿怎么了?"

李赫:"……其实我有点紧张,我第一次压轴。"

唐瑾瑜试探道:"不行我跟你换换?"以前在小城的时候弹琴的人少,他每回都压轴,压习惯了,倒是不紧张。

李赫皱着眉头认真思索半天,还是坚决拒绝了,他要压轴。

主持人报幕,唐瑾瑜第一个登场,李赫跟他击掌鼓劲儿,拍了下他的肩膀道:"好好弹,别给咱们老师丢脸啊。"

唐瑾瑜笑了一声,点头答应了。

李赫瞧着他一点压力都没有的样子,心里忽然有点羡慕。

唐瑾瑜选的曲子叫 Summer(《夏天》),因为这次主要面对学校里的学生,他没有挑那些生涩难懂的大曲目,挑选了一首自己也喜欢的电影里的钢琴曲,这首曲子广为流传,曲调轻快,很容易感染到别人。

不过是表演节目而已,唐瑾瑜对这个太熟了。

他从小学开始逢年过节去姥姥家的时候,每次都要表演,简直得心应手。

和唐瑾瑜想的一样,台下的同学们对熟悉的曲子接受度更高,也更喜欢,演奏结束时台下掌声足够热烈。

不过唐瑾瑜不知道,节目这么受欢迎和他在贴吧里的高人气也有关系,"小校草"的名号从初中延续到了高中,如果说给李赫投票的人大部分是本校的,那给唐瑾瑜投票的本校和外校各占了一半,毕竟小校草一直是高颜值,而且钢琴赛屡次得奖,这让以前的事业粉太欣慰了。

唐瑾瑜表演完可以退场了,他瞧着李赫紧张,就在后台陪了他一会儿。

李赫忍不住抖腿,哆嗦道:"不成,你在这儿我心态都不稳了,你还是走吧。"

唐瑾瑜只好回自己班级的位置坐着了。

回班级的过道狭窄,有女孩路过,他还主动退后几步让女孩先走。

女同学路过他身边小声道谢,带着酒窝的笑脸顿时都红了。

李赫最后一个出场，追光打到他身上，李赫侧脸轮廓很深，瞧着特别帅。

他抬手起势，慢慢按下黑白琴键——

然后就变身成了另一个李奥老师，跟他亲叔叔一样，一旦完全投入音乐就旁若无人。李赫为这次表演特意选了难度很高的曲子，他完成得也很好，观众大受震撼。

这人静止不动的时候是个帅哥，动起来像哈士奇，弹琴的时候连头发都飞扬起来，眼瞅着就在琴凳上坐不住了，简直激情四射！

他和平时反差太大，演出结束后，人都走下去了好半天才有零零碎碎的鼓掌声，和唐瑾瑜那个开场简直天差地别。

唐瑾瑜有些担心，找机会去后台想要安慰一下李赫，迎面却瞧见李赫那一脸得意的神情。

李赫现在腿也不抖了，人也倍儿精神，双眼发光道："瞧见没有，哥上台那阵仗就是跟别人不一样，台下那些人都听傻了，绕梁三日，你等着看吧，他们还得回味一段时间！"

唐瑾瑜："……"

唐瑾瑜就没见过这么自信的人，他觉得刚才自己真是白担心了，李赫这被琴谱敲过几年的脑袋就是不一样，自我崇拜一流。

这次演出之后，贴吧里也发生了一件大事。

李赫的校草排名掉到了第三位，小校草荣升第一宝座，而且票数远远甩开了第二名和第三名。

不少李赫以前的颜粉，一首钢琴曲弹下来，都转投了唐瑾瑜。

真的不怪她们，毕竟都是同一架钢琴，都是同样的黑色修身礼服，小校草坐在那里颜值完全不输李赫，妥妥的钢琴王子，而且瞧着身材比例挺好。李赫就不一样了，演奏得太疯狂了，让她们这样完全摒弃颜值直面才华……她们还真有点做不到。

唐瑾瑜和李赫都没有关注过贴吧的事，他们俩平时在学校上课，周末就学琴，关注点都放在了各种比赛上。

唐瑾瑜也开始参加比赛了，李赫对这事有经验，安慰他："没事，就跟你那天演出一样，放松心态，上去弹完就差不多赢了。"

"弹完？"

"对啊，就咱俩这水平，不是我吹，只要别让咱们俩撞上，基本上拿奖就没跑了。"

唐瑾瑜不太信他，他只在沪市参加了几个小比赛，还是拿不准。

李赫抬高了下巴，高傲道："我三岁学琴，五岁拿了第一个奖，八岁就把哈市的奖拿遍了，十岁开始出国比赛，就算你不信我，也看看我叔叔啊，你以为他那么忙当初为什么收我做学生？"

唐瑾瑜张张嘴，他的情况不太一样。

轮到李赫来安慰同伴了："你想想好的，给自己打打气，以前肯定也拿过不少奖吧？"

唐瑾瑜说了几个，在普通学生里还算可以，但是李赫觉得挺一般，皱眉道："你以前都在哪儿练习啊？没加个小乐团练练手啥的吗？"

唐瑾瑜点头道："加了。"

"啥乐团？"

"我在小螺号乐团。"

"哦？哪里的？"

"我们市少年宫的。"

"……你逗我呢？！"

李赫给唐瑾瑜介绍了一下比赛的基本情况，李赫已经开始冲击国际青少年赛事的奖项了，唐瑾瑜听了一阵，受教不少。在李赫口中他数次听到了夏老师的名字，好奇道："我伯伯以前那么厉害啊？"

李赫挑眉道："那当然，和我叔齐名，你都不知道吗？"

唐瑾瑜摇摇头。

"他以前是交响乐团的小提琴首席，和我叔合作多次，要不是……"李赫抿了抿唇，含糊了一下说，"反正发生了一些事吧，那会儿我叔听说了还冲到医院去跟他吵了一架。他们搞音乐的，都有点精神执拗，夏伯伯那时候提了退出，我叔气得也走了，好几年都没回国，我也是那时候跟着他在国外比赛了一阵，后来夏伯伯又回来了，我叔才慢慢和他有了联络。"

李赫有点唏嘘，在他看来，他叔叔李奥和仅有的几个朋友凑在一起不吵架的也就只有夏老师一个人了，可以算是挚友。

唐瑾瑜对过去的事情知道一点，他记得以前夏老师跟他说过自己在舞台上犯过一次错，但是具体的并没有听他提起过，连他哥也从来没说过这事，一直以来守口如瓶，对这个话题避而不谈。

他追问了李赫，李赫挠挠头把自己知道的都小声说了："我只偷偷跟你说啊，你别告诉别人。"

李赫左右看了一眼，低声道："我听说夏伯伯那个老婆有点问题，那会儿跟一个资助交响乐团的大老板不清不楚的，当时闹得挺大的，夏伯伯一直维护她，后来家里还出了点事，好像差点判刑吧，也是那个大老板帮忙给夏伯伯解围，找了律师，当时还和夏伯伯称兄道弟。后来夏伯伯不是离婚了吗，他老婆没过两个月就嫁给这个大老板了……"

唐瑾瑜愤愤地站起来，琴凳都被撞翻在地。

李赫吓了一跳："你干什么？小心一会儿我叔过来。"

唐瑾瑜心里难受，李赫去扶琴凳，他半天都不想动。如果李赫说的是真的，那会儿他哥才多大？九岁？十岁？家里出了那么大的变故，他是怎么熬过来的啊？

李赫刚扶起琴凳，抬头就看到唐瑾瑜抬袖子擦眼泪，他慌得手忙脚乱："你别哭啊，我叔看到还以为我欺负你了，又要打我！"

唐瑾瑜难过得撑不住，下午钢琴也弹不下去了，胡乱擦了一下眼睛，去跟李奥老师请了假，只说自己身体不舒服想提前回家。

李奥老师看他脸色不好，准了他的假，还问道："能一个人回去吗？我让人开车送你，或者让李赫送你回去吧？"

唐瑾瑜摇摇头，眼圈发红："老师，我自己能行。"

李奥老师不放心，送他去了门口，给叫了一辆出租车看他上去才放心。

唐瑾瑜没回家，他让司机送他去了夏野公司。

但是到公司后，他也不知道上去之后要说什么，他站在楼下电梯旁的走廊里，心里想了好几种说法，都觉得说不出口。

他哥心里的伤口已经愈合了，他不能再去撕开。

这边的电梯是直达顶楼的，用这部电梯的人很少。过了好一会儿，有人路过，脚步声越来越近，一双皮鞋出现在他眼前。

"小瑜，你怎么一个人在这儿？不舒服了？"

唐瑾瑜抬头瞧见是宋益，好半天才"嗯"了一声。

宋益瞧见他眼圈泛红，皱眉道："怎么回事？谁欺负你了？"

唐瑾瑜摇摇头，没吭声，宋益问："要不要我送你上去？"

唐瑾瑜想上去，但是走了两步又停下，有点犹豫。

宋益对他道："不然这样，你先上去在我办公室里休息，看有没有什么事我可以帮忙。"

宋益带小孩去了自己的办公室。宋益特意给小孩十几分钟的时间让他自己整理一下心情，他忙了一会儿，看着唐瑾瑜的情绪逐渐恢复过来了，才给他倒了一杯果汁，低声询问原因。

唐瑾瑜握着那杯橙汁没喝，也没说话，好半天才小声道："也没什么，就是今天……琴没弹好。"

宋益信以为真，笑了一声："就为了这个？不要紧，你还小，慢慢来就是了。"他瞧着唐瑾瑜坐在对面揉眼睛，心就软了不少，安慰道，"小瑜，你看我和你哥都不会钢琴，就算在老师那边你弹得没有别人好，但是在公司里你肯定是最好的，对不对？

自信一点,慢慢追赶就是了,你韩哥当初数学只考了59分最后也上了清北,不是吗?"

韩亦辰人不在这儿,但公司依旧流传着他的故事。

真的很励志了。

唐瑾瑜点点头,应了一声。

宋益让秘书送了一份小蛋糕上来,特意要了巧克力味儿的,这么多年在夏野的影响下,他也学会了哄小朋友的方式。

唐瑾瑜吃了大半块蛋糕,心情恢复了不少。

他有些不好意思,问了宋益之后,去套间洗了一把脸,心情平定了下来。

宋益常年以公司为家,套间里放了一张单人床,还有一对沙发,依旧是商务化的风格,黑白两色分明。唐瑾瑜在这里闻到一点熟悉的味道,过了一会儿,才发现是洗手台旁的素白色烟盒里散发出来的,已经打开抽了大半,只剩下几支。

唐瑾瑜刚才没注意,现在才想起来好像宋益身上有一点这个薄荷烟的味道,好奇道:"宋哥,这是你的烟吗?你换了这种啊?好像和以前的不太一样。"

宋益这边的烟特别细,瓷白色的细长烟身看起来很精致,有点像是女士烟。

宋益惊讶:"这个你都能闻出来吗?"

唐瑾瑜:"就是觉得味道变淡了一些,还有薄荷味儿,像是女孩子吃的糖。"

宋益笑了一声,点头道:"嗯,最近换了淡一点的烟,以后要慢慢戒掉了。"

发现唐瑾瑜看着他,宋益咳了一声开口道:"我知道你要问什么,我可以告诉你,是的,是她要求的。不过现在她比较忙,等过段时间吧,等她忙完手头的工作,我们大家都有空了,我就带她出来跟你们见面。"

唐瑾瑜没听懂:"带谁出来?"

宋益奇怪道:"还能是谁?当然是我女朋友——"他说到这里忽然反应过来,停下手里的工作道,"你刚才想问的不是我女朋友?"

唐瑾瑜也闹了个大红脸,连连摆手:"没,不是,我也想问,但那是宋哥的隐私,不好多问的。我刚才是想问我哥是不是也抽烟,因为上次我在他身上也闻到过,他平时从来不抽烟,一定是心里有事才抽的,我就是想问这个……"

宋益听小孩磕磕巴巴地解释,三句离不了夏野,听了一会儿就笑了:"你哥没抽烟,上次应该是沾到我的了吧,他对烟草不排斥,但是也不怎么喜欢就是了。"

唐瑾瑜跟着点头,他记得他哥以前还总戴口罩,确实不喜欢烟味。

唐瑾瑜:"宋哥,你下次带姐姐来,我请你们吃饭!"

宋益笑了一声:"用你的零用钱吗?"

唐瑾瑜挠挠脸笑了一声,小声道:"我的零用钱不太够,不过我可以带我哥过去,我点菜,他买单。"

宋益欣然应允，总归早晚都要跟大家认识的，以前没带出来是时机没到，现在已经可以了。

宋益故意岔开话题跟唐瑾瑜多聊了一会儿，天南海北的，还问了他时下少年喜欢玩什么。唐瑾瑜坐着想了一会儿，老实道："我平时除了学校就去琴房，也很少外出，不过身边同学们都在玩儿游戏。"

宋益："哦，什么游戏？"

唐瑾瑜："就宋哥你们游戏盒子新推的那款游戏，我新买的英雄，皮肤只抢到一个最普通的，限定的要抽奖，好难抽到的。"

宋益问他要了账号，开了一台笔记本登录上去之后给他充了两千块，对他道："慢慢抽，我算过概率，两千应该能抽到。"

唐瑾瑜："……"

宋益这边来往的人多，他忙着工作，唐瑾瑜就坐在一旁抽奖，他手气挺好，两三把就抽到了想要的限定皮肤，不过也没去打扰宋益，自己在那儿玩儿了一会儿游戏，做做任务，顺便又把剩下的都抽完了。

一会儿工夫抽了七八个史诗皮肤，还有一个是极为稀少的，卖一千五百块有大把的人刷着喇叭收，宋益给他两千块钱抽奖，他抽完之后算了下，大概翻了两倍。

宋益都被他这个概率吓了一跳，不过想想又释然了，笑道："上次我还跟你哥说，你这运气也太好了，那批拆迁的学区房就只有你房子所在的那几栋，下次你要是还买房子，提前跟我说一声，我跟着你一起买。"

唐瑾瑜道："宋哥，你在沪市不是有房子吗？"

宋益道："有，但是想换套大点的，以后住着方便。"

宋益说得挺认真，光听他说还以为他这是要结婚了。唐瑾瑜笑了一声，他一直都觉得他哥身边这几个朋友特别好，尤其是宋益，他从第一次跟宋哥见面的时候就觉得他特别面善，好像在哪里见到过一样。

唐瑾瑜一直在宋益这里坐着，等到快下班了，才背着书包上去找夏野。

夏野还想去李奥老师那边接他，电梯一开，冷不丁人就跳到了自己面前，怔了一下道："今天下课提前了？"

唐瑾瑜点点头，跟他去车上的时候，小声要求道："哥，我们去吃苏记的菜吧。"

那家馆子是夏野比较喜欢的，他看了小孩一眼："怎么了？"

"心情不好，想吃点好的。"

夏野笑了一声："你心情不好，吃我喜欢吃的？也行，走吧，我带你过去。"

他们两个人一起去了苏记，店面不大，但是人挺多，去了之后排队等了一会儿才有位置，夏野要了一个包间，点了一些他们平时都喜欢吃的东西，还要了招牌佛跳墙。

这边大厨手艺好，熬的汤汁金黄浓郁，里面的花胶吃在口中像化了一般，非常软糯。鲍鱼也很弹牙，唐瑾瑜吃了一小碗鲍鱼拌饭基本就饱了，蟹粉小笼包上来之后只吃了两个，其余的都让夏野吃了。

他们吃过饭，晚上夏野还特意带他去江边散步。

两人一直走了好长一段路，江边的风带着微微的凉意，忙碌了一天，在这里散散步整个人都清爽多了。

唐瑾瑜道："哥，我一定好好练琴。"

"嗯？"

"我拿好多奖回来，替你也拿一份。"

夏野笑了一声："郁闷了一天，就为了弹琴的事？"

唐瑾瑜低头不看他，夏野逗他两句，看他脑袋越来越低，夏野觉察出不对劲，把他头扳起来，果然瞧见对方红了眼圈。

夏野道："怎么还哭了？"

唐瑾瑜不想让他看到自己掉眼泪："哥，我觉得自己特别没本事，什么都做不好，我长大了，要是帮不上你怎么办？"

夏野只当他还在说弹琴的事，安抚地摸了摸他的脑袋："帮我什么？我不用你帮，你啊身体健康，乖乖待在家里，我每天下班回家看到你就知足了。"

"我想帮你……"

"给我养老？"夏野说完自己都笑了，"你帮了我很多啊，每天陪我吃饭，还给我讲故事解闷，过年放假的时候还会特意提前两天回来陪我，你做了很多了。"

唐瑾瑜越听越觉得这是他哥为他做的事情。

夏野给他擦了擦脸："这样就很好了。"

唐瑾瑜看着他，把今天知道的那个小秘密咽了回去，他哥现在已经不需要安慰了，但他还是觉得难过，眼泪滚下来一串，自己抬手胡乱擦了。

夏野瞧着也心疼，他张口想让小孩别弹琴了，话到嘴边又变成了一声叹息："以前你小的时候都没这样，现在弹不好琴就哭鼻子……好了，三分钟内不哭，我就告诉你一件事。"

唐瑾瑜抬头看他。

夏野也在认真看腕表，唐瑾瑜小时候哭的时候家人也会这样给他记时，已经很多年都不用这样了，也就是夏野刚上大学时他哭得最厉害，唐泓俊这样哄过几次。夏野现在学得特别像，唐瑾瑜看着他就被逗笑了。

夏野认真等了三分钟，看他不哭了，这才道："我跟唐叔和陈姨说好了，今年你过生日的时候带你出去，去外面过。"

"去哪里？"

"哈市。"夏野看他一眼，留神小孩的表情，"虽然没有雪了，但是可以带你去那边吃吃东西，玩一下。"

夏野看他眼圈又要泛红，立刻道："别哭啊，再哭就该生病了，生病之后哪里都去不了。"

唐瑾瑜含着眼泪点点头，瞧着更可怜了。

夏野绷着脸，过了一会儿还是有点心软："怎么越大越爱哭。"

唐瑾瑜看着他也在想，他哥这么好，怎么还有人会不要他呢？

夏野在公司为期半年的努力还是值得的，赶在五月份，终于腾出了足够的假期去哈市。

这次宋益也跟着一起过去，公司在哈市那边新投了一个项目，是一家温泉酒店，附近还有一座滑雪场，风景很不错。夏野对此很感兴趣，唐瑾瑜喜欢玩雪，虽然现在还不敢冬天让他出远门，但是等以后身体好些了就能来了。

宋益道："要不是小瑜在我们身边长大，我都要怀疑这是你私生子，你这真跟养儿子一样了。"

夏野笑了一声。

临出发之前，韩亦辰来找夏野，想着法儿地讨好。

先是送了一些盆景，后来又特意去鱼市买了一些五彩斑斓的漂亮小鱼，提进来之后特别热情道："老夏，我看你这边的水族箱一直都空着，来，我给你放点鱼进去，这个叫孔雀鱼，一大群游起来才漂亮！"

夏野道："里面有鱼。"

韩亦辰提着那袋热带鱼走过去，站在水族箱跟前找了好久才瞧见那些小不点，韩亦辰在鱼市还专门跟老板学了辨别，看到夏野水族箱里那些小鱼苗后都乐了："哟，你把鱼饵也买好了？"

夏野怔了一下，看着他手里那袋孔雀鱼拧眉道："它吃小鱼？"

"吃啊，可好养活了，什么都吃，胃口也好。"

"拿走。"

韩亦辰莫名其妙："怎么了？"

夏野道："这里面是小瑜去年开学前野营时在河边抓的那些，你说呢？"

韩亦辰凑近看了一下，略微有点印象，确实是河边常见的那种小鱼："不是吧，我记得当时就一两条来着。"

"嗯，后来生了一些小鱼。"

这就很尴尬了，韩亦辰讪讪地把手里那袋孔雀鱼放在一旁桌面上，然后抓起一把饵料投进水族箱，努力示好。不过他瞧着这些喂得有点圆滚滚的银白色小鱼，脑海里浮现出来的是今天午饭刚吃过的一盘醋糟鱼，怎么瞧都觉得跟这个有点像，应该是一个品种的，味道好像还不错。

小鱼群哄抢着吃了饵料，韩亦辰敲着玻璃，它们吓得很快都游走了。

夏野看了几次，叮嘱道："昨天喂过了，你别放多了，它们吃不了多少。"

韩亦辰转了两圈，留下来说了心里话："我听说老宋这次也跟你去哈市，我也要去。"

夏野道："老宋跟我去那边谈项目，你去做什么？"

韩亦辰道："什么？夏野你现在变了啊，你怎么跟老宋一样，每天只想着工作。"

夏野平静道："那要看项目值不值得我付出时间。"

温泉度假酒店和滑雪场就很不错。

夏野觉得以后有个熟悉一点的落脚地，也能放心带唐瑾瑜去看雪，滑雪有点危险，不过出去踩踩雪还是可以的。没办法，他家小孩最近太黏人了，不宠着点都不成。

这样也挺好。

夏野心里其实还有几分享受。

韩亦辰眼睛转了下，道："过几天刚好小瑜生日吧？我看过时间了，正好是周末，要不把我妹带上，她跟小瑜也好长时间没见了，好歹也是青梅竹马。"

他不提小姑娘还好，提起来夏野抬头看他，目光都带着审视。

韩亦辰立刻道："不过早恋是绝对不允许的啊，这点你放心，我会跟在一旁盯着，你就带我们一起过去，大家集体聚会，凑在一起多热闹。"

夏野不懂他为什么一定要去，韩亦辰摊手道："我跟你说实话，嫂子，哦对，就是老宋的对象，嫂子之前说要给我介绍对象来着，我等了好几个月，也没等到一个，我想当面去问问，我都二十六了，为自己操心总没什么错吧？当年老猿这时候都开始写诗了……"

夏野疑惑道："宋益女朋友在哈市？"

"你不知道吗？老宋这次外出目的不单纯，他是去见女朋友的！"

"你听谁说的？"

"小瑜啊！"

夏野琢磨了一下，那这消息可能是真的，他弟都知道的话，估计秘书室已经掌握了准确的一手消息。

去哈市多带两个人也无所谓，夏野点头答应了。

韩家兄妹和他们分开出发，傍晚大家在哈市碰了面。

小姑娘穿了一身小裙子，外面套了一件她哥硬给她穿的牛仔外套，老远看到唐瑾瑜就蹦蹦跳跳地开始招手，等人走近了立刻跑上前，笑得开心极了："小瑜，你可来啦，我在这边等了你好久，咖啡都喝了两杯。"

唐瑾瑜道："你不怕睡不着吗？"

小姑娘摆摆手道："不会，我喝了也能睡着，放心吧。"

宋益打电话让司机来接，把几个人的行李送到车上，韩亦星乖乖地先去跟几个哥哥问好，尤其是在夏野面前，特别老实。

夏野点点头，道："你们先上车，小瑜背包里有零食，自己拿着吃。"

唐瑾瑜带她上去，俩小孩坐了最后一排，韩亦星拍拍胸口道："哎，跟夏野哥哥说话太有压力了，我每次见了他都不敢开玩笑。"

"我哥其实特别好说话，他就是不爱笑而已。"唐瑾瑜从包里翻出几袋小零食给她，努力证明，"你看，他怕你肚子饿，让我拿零食给你吃对不对？"

小姑娘咯咯直笑，拿了一袋话梅咬了一颗，鼓着腮帮子点头。

大家很快都上车了，七座商务很宽敞，夏野上来之后看了后排两个小孩一眼："小瑜坐前面来，小心晕车。"

唐瑾瑜答应了一声，往前排坐下，和他哥并肩挨着。

韩亦星坐他后面，毫无察觉道："我不晕车，我坐后面好啦，小瑜你要不要吃话梅？吃点酸的就不晕车了。"

唐瑾瑜其实不晕车，但是他哥多少有一点，他哥晕机更严重。唐瑾瑜今年对飞机也很排斥，所以他们这次选了火车软卧。

小姑娘凑过来叽叽喳喳和唐瑾瑜说话，声音小而清脆，笑起来的时候像一串悦耳的小铃铛，唐瑾瑜没说两句就能把她逗笑，好哄得很。

夏野看了他们一眼，听他们说学校里的琐事，很快就闭上眼睛在车上休息了。

唐瑾瑜这次生日除了邀请韩亦星，还邀请了其他小伙伴，但是大家都比较忙，目前也就她一个人能来。季元杰在勤工俭学，他抽时间做了一个小手工，让韩亦星带过来当生日礼物送给小寿星。小姑娘藏不住，没等到生日直接在车上献宝了："小瑜，给，这是我和小季送你的生日礼物。"

唐瑾瑜伸手去接，放在他掌心里的是两个手工钥匙扣。

韩亦星送的是一个小猫的十字绣钥匙扣，小猫绣得憨态可掬，是只小虎斑；小季送的是一个小狗，虽然绣得歪歪扭扭，能看出拆过的痕迹，但也能瞧出特别努力地在做了。

唐瑾瑜看她。

小姑娘脸红了一下，故作镇定道："我教他来着，小季其他都挺好的，就是手有点笨，绣了好多遍，这个勉强及格吧。"

唐瑾瑜当场把他们俩送的钥匙扣都戴上了，还挺好看，唐瑾瑜笑道："这样刚好，我摸一下就能找到钥匙在哪里了。"

韩亦星好奇道："你怎么这么多钥匙啊？带着不累吗？"

唐瑾瑜就指着钥匙给她看："这是我家的钥匙，这是夏伯伯家的钥匙，这两把是我哥公寓那边的钥匙，这个是他们公司进门的卡，还有这个是我们班的钥匙……"

"你哥公寓为什么留两把一样的啊？"

"因为我哥嫌吵，把隔壁也买了。"

"……"

这些只是唐瑾瑜常去的一些地方，另外的他都没带，要加上那些怕是还要多出一串来。

他们先去了温泉酒店入住，宋益约了这边的负责人在这里谈生意，倒是旅游和工作一起解决了。

当天晚上泡温泉，温泉是引流到各个房间的，连浴缸都是石头特制的，很有趣。

唐瑾瑜和夏野一个房间，他在里面多泡了一会儿，没一会儿便浑身乏力，只能扯着嗓子喊哥哥，让夏野进来扶他。

夏野进来就看到他弟趴在浴缸边，似乎被热气蒸得头晕眼花。

夏野瞧着好笑，拍了他趴在浴缸里的照片发给家里长辈们，唐瑾瑜听到拍照声努力抬头眼巴巴地看他。

夏野没忍住，又拍了一张。

"……哥，我要煮熟了。"

夏野这才走过去把他从池子里拉出来，石头浴缸很大，足够泡两三个成年人了，唐瑾瑜出来的时候扑腾了一些水花，把夏野身上的衣服也弄湿了。

唐瑾瑜看了他哥一眼："哥，我把你衣服弄湿了，你明天穿什么啊？"

夏野道："没事，带了替换的，这件一会儿让人拿去洗一下就行了。"

唐瑾瑜点点头，夏野给他拿了一块湿毛巾，敷在他脸上，自己坐在一旁看手机群聊。家里长辈们都乐翻了，有在夸的，也有"哈哈哈"的，陈老爷子甚至在群里聊起小外孙腿长胳膊长，可以再报名学个游泳，这一提议大家的反响热烈，已经开始发起投票了。

夏野想了想，投了一票反对。

第六章

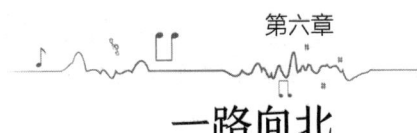

一路向北

唐泓俊也投的反对票，一颗慈父心担忧极了："游泳有点危险吧，听说刚开始学都要呛水，让小瑜泡温泉好了，小野在那边还能看着。"

夏野打字道："叔放心，我会小心照顾。"

唐瑾瑜探头也在看，他好像会游泳，而且游得还挺好。

不过一时也搞不清这个技能哪里来的，毕竟他们高中体育课他也只选了一个乒乓球，他哥表示这个安全系数最高，选报球类运动的时候就让他写了这个。

唐瑾瑜恢复过来一些，夏野让他进去换衣服，这边晚上还是有点凉，睡衣带的还是长袖薄款的。

唐瑾瑜去浴室换衣服的时候，扭头往后看了一下，瞧不到什么，但是用手指还能摸到屁股上的痕迹，这些年伤疤已经淡了很多，上回打小针，他爸还说几乎看不到颜色了。

外面有人敲门，夏野的声音传过来："小瑜，没事吧？"

唐瑾瑜赶忙换了衣服，一边系扣子一边道："哦，没事，我马上就换好。"

他们睡一个房间，唐瑾瑜第一次来哈市有点兴奋，躺下跟夏野说自己这几天的计划，还要给夏野看自己列旅行计划的小本子，在床上抬了抬手又放下道："要不还是等明天吧。"

"怎么了？"

"哥，我泡了温泉怎么一点都不轻松，现在手脚还有点沉。"

夏野笑了一声："正常，明天起来就好了。"

唐瑾瑜没一会儿就睡着了，夏野反而睡不着了。

看了一下时间，不过才十点多，他干脆起来打开笔记本电脑工作，直到深夜，他才有了睡意，简单洗漱后躺在他弟身边睡了。

第二天，唐瑾瑜被电话铃吵醒，伸手摸索了好一会儿也没碰到，就听到他哥带着鼻音接起电话跟那边低声说了几句。

唐瑾瑜揉着眼睛慢慢坐起来，看了房间的摆设才想起来这是在外面，不是家里。

夏野简单说了几句挂了电话，瞧见他起来了："去洗漱吧，一会儿你朋友要过来。"唐瑾瑜赖床的时间比夏野少多了，他作息健康规律，不像夏野经常熬夜颠倒作息。

唐瑾瑜好奇道："哥，谁要来？"

夏野闭着眼睛含糊道："你同学。"

唐瑾瑜以为是李赫，他来之前李赫也回哈市了，他们还约好见面来着，不过李赫当时下巴抬得很高，得意道："我最多只能分你一天时间，我偶像要来哈市拍电视剧，就在我家附近那条老街上，我得去追星，特别忙。"

唐瑾瑜还当李赫忽然念及兄弟之情，提前过来了，收拾好了高高兴兴地去酒店大厅找了一圈，结果瞧见了郭小琥。

郭小琥穿着T恤和牛仔裤，外面套了一件薄外套，看起来清清爽爽的学生模样，一年多没见他又长高了，比起以前好像要腼腆一些，看到唐瑾瑜后他从休息区的沙发上站了起来。

唐瑾瑜看到他特别惊喜，跟他摆摆手，郭小琥这才笑了，也抬起手来摆了摆："小瑜！"

唐瑾瑜小跑过去："你怎么来了？"

郭小琥道："我这次刚好有两天时间，也没什么事，这不你生日吗，星星跟我说了之后我就想要不一起过来……"唐瑾瑜伸手想帮他提行李，郭小琥立刻抬高了一些，没让他碰，"不沉，就一个背包而已。"

唐瑾瑜笑道："你应该提前跟我们说，我们好去接你。"

郭小琥挠挠头："我不是最近刚进市队吗，学校学习也有点忙，一时确定不了具体时间，我自己过来就成。"

郭小琥高中短跑拿了几个市里的奖，学校老师是市里退役的教练，看中他的爆发力，跟他家说让他去学体育，郭小琥他爸对这些无所谓，听说学体育更好考大学就答应了，郭妈妈有些心疼，但是儿子喜欢，她也就顺着他了。

郭小琥知道自己的成绩可能比不上唐瑾瑜和韩亦星，但是他特别想凭自己的本事考好一点，以后能跟他们进同一个学校。

唐瑾瑜带他去前台拿了房卡，特意把房间安排在自己隔壁，又送他上去。

他路上听着郭小琥说起市队训练的事，特别羡慕："真好，我要是能跑那么快就好了。"

郭小琥结结巴巴地夸奖他："你……你走路稳。"

唐瑾瑜被他逗乐了。

进了房间，郭小琥揪着衣领扇了扇："好热啊，我好像穿得有点多。"

唐瑾瑜看了一眼自己身上的小夹克外套，比郭小琥那个厚多了。

"你们学体育的身体真好，我今天早上刷牙的时候还打喷嚏来着，我都捂着不敢出声，不然我哥听见又不让我出门玩了。"

韩亦星已经在餐厅吃饭了，小姑娘跟他们一样，上学时间长了生物钟特别准，一早就来吃饭了。她瞧见郭小琥也挺高兴，拉着他们两个开心地聊个没完。

唐瑾瑜来哈市几天的计划列得非常详细，他查过地点了，尽可能找了一些方便走的路线，多去看几个地方。不过这些准备在给李赫打过电话后，就被彻底推翻了。

唐瑾瑜他们这次是提前来过生日，时间赶在了周末，正巧李赫一个月回家一次，现在也在哈市。李赫听到唐瑾瑜的计划嗤之以鼻："你找的那些都是糊弄外地人的，旅游的人才去吃那些，又贵又不好吃，你来，我带你去吃正宗的老店。"

唐瑾瑜跑去跟夏野报备了一声，夏野略想了一下就点头答应了，他这边和宋益还有一个会议，派了一辆车让司机跟着，全程接送。

司机长得人高马大，除了开车还会一些拳脚功夫，护着几个孩子还是没问题的。

李赫大方地分了一天假期给他们，接到电话之后就出门，提前在约好的地方等着了。

郭小琥下车的时候一眼就看到倚靠在墙角的李赫，他留神打量了一下，李赫的五官和身高都在那儿，模样英俊，皮肤也白皙，别的不说，光那双深邃迷人的眼睛就实在让人羡慕。

李赫那张脸真的挺加分，连韩亦星都忍不住多看了两眼，觉得跟唐瑾瑜妈妈公司里的男模特一样，特别帅。

郭小琥在车上就听唐瑾瑜说了不少关于李赫的事，下车之后忍不住多看了一眼，跟对方的视线撞上了。

李赫从小没少被人用这种眼神看过，他觉得自己是土生土长的中国人，最烦别人拿他当老外，不过郭小琥好歹是唐瑾瑜带来的朋友，他也没往心里去，挑眉道："人齐了？走吧，先带你们去吃第一家。"

唐瑾瑜道："我们刚吃完饭，要不先转转？"

李赫道："没事，吃碗酸奶，消食儿，一会儿好吃的还多着呢。"

李赫说的那个卖酸奶的地方还卖冰棍，他自己从隔壁小店买了一碗烤冷面一边吃一边跟他们介绍，唐瑾瑜听着他们冬天都可以吃冰棍喝冷饮，简直羡慕极了。

李赫带他们买了小吃，又去逛了几个比较有名的景点："我只能陪你们一天，回头还要去看我们晴姐拍戏。"

韩亦星好奇道："谁？"

"大明星殷晴啊，她很有名气的，这段时间来我们这儿拍戏了。"他看其他人没什么反应，眉毛都挑高了，"你们不会没听说过她吧？"

其他人面面相觑，没什么印象，唐瑾瑜"哦"了一声，道："是她啊，很有名气的。"

郭小琥道："有名吗？都演过什么连续剧呀？"

唐瑾瑜刚想说把嘴闭上了，他也记不清这些电视剧现在播没播出，但他在梦里梦见过，好像殷晴是凭借一部清宫剧彻底红起来的。殷晴演技特别好，之后一连十年都拍大女主电视剧，是实至名归的收视之王。

唐瑾瑜想了想，给其他两个小伙伴介绍道："殷晴和其他明星不太一样，她是演技派。"

这话听在李赫耳朵里太舒坦了。

夸他喜欢的人，跟夸他没什么两样啊！

李赫跟唐瑾瑜勾肩搭背地走在前面，还分了自己的烤冷面给他吃，怎么看都觉得顺眼。

李赫原本要带他们去老城区吃正宗东北菜，这边的红肠很有名，锅包肉也好吃，但是刚走了一段路就看到前面封路了，现场遮挡了一些，里面有人举着吊杆麦克风在现场收音，还有几部摄像机在拍，不少工作人员围在那里，隐约看到里面有明星在拍戏。

李赫愣了一下，看到工作人员穿着的马甲之后，立刻就兴奋了："是殷晴那个剧组，他们今天在这里拍啊！"

不少剧组会放出一些错误消息，比如在城西拍摄，就会故意说在城东，想要在尽可能人少的情况下迅速完工，李赫接到的消息就是明天在老城区拍电视剧，他今天带唐瑾瑜他们过来，一是因为这里的老店真的很好吃，权当给同学庆生了，再一个就是提前来探探路，明天好一早过来占位置，他连鲜花都订好了，为了见偶像还认真写了小字条，背了词呢！

李赫看到剧组就拔不动脚了，蹭过去看了一会儿。

隔老远看到一个背影，其实什么都看不清楚，但是李赫还是一眼就认出来里面穿桃红色裙装的人就是殷晴，激动地小声道："瞧见没有，殷晴在那边，你顺着我的手往那边看，她比其他女演员高，听说也是你们齐州市人，S大毕业的！"

唐瑾瑜踮脚看了一下，虽然看不清楚哪个是，还是顺着夸了两句。

李赫得意极了，他简直想把唐瑾瑜抱起来让他看清楚他们家大明星有多漂亮："不是我吹，现在这一批小花里，也就我们晴姐演技能过关，她就是运气不太好，上次拍的那两部剧情一般，我们还联名给她经纪公司写信来着，让他们好好把关，这也太亏待我们晴姐了。"

"晴姐知道吗？"

"当然啊，她上次录节目还特意提了我们的来信，鼓励我们好好学习呢。"

"录什么节目啊？"

"《交通广播之声》。"

"……"

唐瑾瑜心想难怪他现在一直没听过殷晴的名字，她现在事业刚起步，还没有参加什么节目，最常去的是一个广播节目，看不到她也是正常的。

李赫显然不这么认为，他觉得殷晴简直太棒了，是新生代女演员里最好的一个。

韩亦星也对拍戏很好奇，不过小姑娘比较理智，看了一会儿低声跟李赫交谈几句："怎么他们都有助理，殷晴没有呀？我看她一个人去座椅那里休息了，她台词这么少吗？"

李赫努力维护自己的偶像："她台词少那是因为其他人没有看到她的才华，没有看到她身上的光芒，这些人就知道用那几个有名的，一点都不会培养发掘人才。"他一边说着，一边认真道，"而且我们晴姐只是暂时咖位不够大没什么台词而已，等过段时间就好了。"

李赫自己手持一套发功论，坚信只要他们粉丝保持乐观，一起帮殷晴发功，就能让她以后路子越来越顺，总的来说，就是他们坚信正能量，不肯说一个不好的字眼。

李赫还对韩亦星道："来，你也一起来发功，人多力量大。"

韩亦星："……好吧，晴姐暂时有点小低谷，过了这一关之后，肯定越来越顺。"

李赫对她的领悟力太满意了，赞许道："对，就是这么说！"

韩亦星觉得李赫这人挺有意思，跟他聊了好一会儿。

唐瑾瑜担心李赫追求星星，故意拦着，一会儿打断他们两个人说话，自己插两句对殷晴演技的看法，努力把李赫的视线转到自己这边来，一会儿又帮星星说话，说小姑娘喜欢听的话题。

唐瑾瑜他们在外面玩，夏野和宋益还在忙工作。

宋益约了人一起吃饭谈事，比较私人的场合他发挥得游刃有余，夏野坐在一旁听得多，说得少，给了他很大的施展空间。

到了敬酒的时候，夏野主动开口换了红酒。

酒店负责人看到他们，笑道："难怪我们老总怎么邀请宋先生，您都不肯来，有这么体恤下属的老板，我看着也有些羡慕了。"

宋益笑了一声，没有否认。

其实明眼人都看得出来，夏野给他的可不只是这点体恤。

这次酒店负责人跟他们谈，只是走一个过场而已，互相吃顿饭认识一下，他聊了几句又问道："晚上有个酒会，夏总可否赏光一起？"

夏野本来想推掉，但是宋益赶在他前面开口答应了。

夏野有些疑惑地看向他，宋益等人走了才咳了一声道："那个，他们酒店不是和滑雪场一起合并做休闲度假区嘛，晚上的酒会请了新的代言人。"

宋益不敢跟他对视："是个女明星，叫殷晴。"

夏野看向他："然后？"

宋益笑了一声，手指挠了挠鼻梁，轻声道："她是我女朋友。"

夏野对娱乐圈知道得很少，但对方是宋益的女朋友那就另说了。

想起之前公司的传闻，他又问道："那个殷晴，她来公司找过你？"

宋益点点头，大方承认了："嗯，就是她。"

夏野对此很意外："她不怕被人认出来？"

宋益道："我和她认识很多年了，她以前在S大话剧团演出，不过那会儿是做伴舞，也就这一两年才开始慢慢接戏，应该没什么人认识她。秘书室那边我打过招呼，尽量不要打扰，我们都挺忙的，她也就去过公司一两次。"他说了一会儿，也有点好奇，"这事秘书室的人知道不奇怪，你是从哪儿打听到的？平时也没见你对这些感兴趣过。"

夏野道："听小瑜说的。"

宋益失笑："我猜也是，小瑜在公司听到的消息比我知道的都多。"

小朋友人缘好，加上几个哥哥宠着，小耳朵竖起来听上一圈那绝对是八卦小能手了。

夏野跟宋益聊了几句，又去给唐瑾瑜打电话，他把小孩放出去大半天，觉得现在也差不多该捞回来了。

中午，唐瑾瑜他们几个凑在一起提前庆祝了生日。李赫请他们吃了一顿当地正宗特色菜，红肠、锅包肉和炖鱼都上了，虽然没有蛋糕，但是未来的钢琴家还是大大方方站起来给唐瑾瑜唱了一首《祝你生日快乐》，以茶代酒祝他生日快乐，表示散伙之后明天就要一个人开开心心地去追星了。

夏野的电话打来时，唐瑾瑜他们正在回去的路上，没想到家养的小鱼听话，自己算着时间开始往回游了。

"哥，我们一会儿就到，我给你买了礼物！"

夏野问他买了什么，唐瑾瑜就不肯说了。

夏野只当他故意闹着玩儿，就提前去酒店门口等着，等车到了，看到韩亦星在跟他招手，副驾驶下来一个男孩往后排去看，没见到他弟的身影。

夏野走过去看了下，瞧见郭小琥在试着把人挪下来，他拍了拍郭小琥的肩膀："我来。"

郭小琥正不知道该怎么办才好，赶忙让开了，唐瑾瑜靠着车窗睡得正香，小孩拿背包当枕头，到了地方也不见醒。

夏野喊了他两声，见他只"唔"了一声，手指都没动弹，就干脆把人从车上抱了下来。

另外两个一步一跟，韩亦星还有些担心："夏野哥哥，小瑜没事吧？"

夏野低声道："没事，睡着了，你们中午喝酒了？"

韩亦星茫然地摇头："没有啊，我们就跟李赫一起吃饭来着。"

"喝什么了？"

"就喝茶，酸梅汁和一点饮料……"小姑娘声音有点小，还在努力帮唐瑾瑜打圆场，"真的，小瑜好久没喝可乐了，李赫推荐了这边的一种，他就喝了一小瓶常温的。"

郭小琥的背包里还剩下半瓶，他拿出来给夏野看，是一瓶格瓦斯，仔细看了配方表果然瞧见发酵成分和别的不太一样，是面包发酵而来，酒精浓度标注了1%。郭小琥有些咂舌："夏野哥，小瑜这是喝醉了吗？"

夏野不答反问："他在车上有什么异常没有？"

郭小琥和韩亦星互相看了一眼，一起摇头："没有啊，他给你打完电话说有点困了，然后就把书包团了团，枕着开始睡觉了。"

夏野走得很快，一旁的郭小琥想要帮忙，夏野没让，跟他客气道："我自己可以，你看背包里有没有衣服，给他搭一下。"

郭小琥打开书包翻出一件黑色T恤，他也没照顾过人，一下就给盖到唐瑾瑜头上去了，紧张道："夏野哥，这样行吗？"

夏野低头看了一眼，觉得有点好笑，不过也没让他再碰，凑合着带他弟去坐电梯。酒店里的人瞧见还以为发生了什么事，来问要不要请医生，听到原因后，立刻笑道："那个饮料是这样，虽然酒精浓度很低，但是第一次喝的人会有些不太适应，我们安排后厨煮一碗绿豆汤给您送去。"

夏野点头道："谢谢。"

到房间了，郭小琥还想跟进去，但是夏野没让，只让他帮忙开了房门就当面谢客了。

郭小琥有点怕夏野，看着合拢的房门好一会儿都没勇气去敲，自己挠挠头去了隔壁。

唐瑾瑜安安静静地躺在那儿睡觉，脸色瞧着还不错。

夏野看了片刻，起身去浴室拿了一块手帕，想给小孩擦擦脸，结果出来就看到唐瑾瑜自己坐起来了，一脸茫然地在床上发呆。夏野走过去："小瑜，醒了？过来，我给你擦下脸，看你以后还敢不敢乱喝饮料……"

唐瑾瑜仰头让他擦脸，擦了一遍之后，夏野给他倒了杯温水，唐瑾瑜依旧保持着仰头让他擦脸的姿势。

夏野好笑道:"喝水,不擦脸了。"

唐瑾瑜"哦"了一声,低头就着他的手开始喝水,跟雏鸟进食似的,喂一点喝一点。

外面门铃声响起,夏野要过去看,却被唐瑾瑜一把抓住了衣摆,小孩疑惑道:"哥,你去哪儿?"

夏野把他手指轻轻掰开:"去门口看看,有人来了。"

唐瑾瑜仰头:"还回来吗?哥,你别丢下我啊。"

夏野笑道:"回来,不会丢下你。"

外面来的是酒店服务生,给送醒酒绿豆汤来的,夏野端过来,发现这次他弟没有坐在床上了,而是站在床的正中央看着他,瞧着还有点小情绪。

夏野跟他招手:"坐下,把汤喝了。"

唐瑾瑜看了他一会儿,摇摇头:"不喝了,我得走了。"

夏野莫名其妙:"去哪儿?"

唐瑾瑜不吭声,在床上走了两步,夏野生怕他从床铺上摔下来,连忙把汤放在一旁的小柜子上,过去把人拉住:"你要去哪儿,跟我说,我带你过去。"

唐瑾瑜走了两步发现摆脱不了,闷声闷气道:"我要穿衣服。"

夏野随手拿了一件他昨天晚上穿的睡衣外套,披在小孩身上:"好了,穿上。"

唐瑾瑜摇头:"不够,还要多穿几件。"

夏野:"……"

夏野见过喝多了脱衣服的,他弟这种不停要穿衣服的他也是第一次见,不过他也都纵容着,一件件给他弟穿上,睡衣外面还穿了一件T恤,外头是他的衬衫,小孩还要穿,夏野就拿了自己的西装外套给他裹起来:"够了没有?"

唐瑾瑜把自己裹成一个粽子,终于心满意足。

不过没一会儿他又开始揉眼睛,夏野拦着他:"别揉眼。"

唐瑾瑜眨眨眼,抬头看他,眼圈开始慢慢泛红,吸了吸鼻子道:"哥,如果我不在这个家了,你是不是特别难过啊?我好舍不得……"

"什么?"

"我舍不得爷爷,但是也舍不得大家。"

夏野没听明白他的话,疑惑道:"舍不得谁?"

西装外套太大,唐瑾瑜抬起胳膊颇有些费力地露出一点手指头,掰着手指给他数:"舍不得大家,爸爸妈妈,爷爷,姥姥他们,还有伯伯,还有你……"

夏野听着他在那儿数了半天,知道这会儿跟小孩说不清楚,哄道:"舍不得就不走。"

唐瑾瑜左右为难，一会儿摇头，一会儿又犹豫，自己问自己怎么办。

夏野低声哄道："不哭了，没事，你慢慢说，哥帮你好不好？"

唐瑾瑜抬头看他，忽然伸手摸他的脸，就这样分辨了好一会儿，像是认出他是谁了，冲他笑了一下。夏野不由自主地也跟着扬起唇角，但是小孩紧跟着的一句话让他浑身僵硬起来。

他小声道："我一直都在想，你要是我亲哥哥该多好。"

唐瑾瑜睡着了，夏野把人抱到床上，让他睡下，自己坐在一旁的躺椅上看着，沉默不语。

唐瑾瑜这一觉睡了一下午，他是在傍晚的时候被夏野叫醒的，他还有点不太清醒，打了个哈欠小声跟他哥问好。

夏野递了条湿毛巾过去："不早了，都要晚上了。"

唐瑾瑜抬手去拿毛巾，刚一抬手就觉察出不太对劲，低头看了下自己，乐了："哥，我怎么穿了这么多件衣服啊？这衬衣还是你的呢！"

夏野轻笑一声，道："你自己非要穿的，这么一会儿就忘了？"

唐瑾瑜摇摇头，他完全没有印象，压根儿不记得几个小时里自己都做了什么，只记得自己上车就特别困，一下就睡着了。

夏野坐在床边看他擦脸，唐瑾瑜还当他要检查，和小时候一样把脸凑过去笑嘻嘻道："哥，你看，干净吗？"

夏野说："干净，起来吧，晚上带你出去玩。"

"去哪里啊？"

"晚上有个酒会，你也一起去吧。"

夏野打了个电话，让人给唐瑾瑜送了一套正装。

唐瑾瑜坐在床边看他哥穿衣打扮，跟欣赏准备登台的模特儿似的，正看得带劲儿冷不丁听到这句，不好意思地摆摆手道："我就不去了吧，哥，你们谈正事，我自己在房间玩儿就好了。"

宋益中午说的时候夏野就已经准备好了，衣服很快就送来，夏野拿了礼服过去给他比画一下。他勾了勾手指让小孩过来，低声问道："想不想见你宋哥女朋友？"

唐瑾瑜眼睛一下就亮了："宋哥女朋友这次也来吗？是来谈生意的？"

夏野想了想，点点头。

殷晴是代言人，接广告对于明星来说也算是工作的一种。

唐瑾瑜来了精神，很快就换好衣服，跟在夏野身边一起过去了。

酒会的地点在温泉酒店里,只是这里占地面积大,酒会在专门的宴会厅,要从酒店内部走需要穿过四五道玻璃门,如果从庭院走反而要近一些。

夏野有心带唐瑾瑜先去散散步,让小孩清醒一下,也就选了庭院这边。

唐瑾瑜跟在他身旁一边走一边小声追问:"哥,宋哥的女朋友和他一样吗?"

"什么一样?"

"就是特别爱事业的那种?"

夏野对殷晴的了解仅限于宋益中午跟他说的那几句,他略微想了下总结道:"差不多吧,听说业务能力不错,从底层花了几年时间一点点磨砺上来的,很敬业。"

"和宋哥比呢,也特别喜欢加班吗?"

"差不多。"

唐瑾瑜多了几分期待,挨着夏野道:"哥,我以前就觉得宋哥找对象肯定是和他一样的,把事业当爱好,特别能奋斗的那种,那个姐姐以后肯定会出人头地。"

夏野挑眉:"你又知道了?"

唐瑾瑜做出掐指一算的动作,嘿嘿笑道:"我刚算了下,宋哥这次红鸾星动了。"他一直都觉得宋益特别适合商界女强人,没办法,宋益给人的印象就是太热爱工作了。

夏野提醒道:"你去了,认真看,最漂亮的那个就是。"

唐瑾瑜很少参加这种场合,顶多也就是两家的老爷子疼他,带他去参加一些老朋友的聚会,但那种场合他作为一个小辈老老实实地吃东西就行了,基本不怎么说话。他还是第一次跟着夏野出来,进去之后,刚开始还担心自己不会交际,结果发现他哥也不理那些人,带着他一边吃一边玩,全程陪着。

唐瑾瑜奇怪道:"哥,你不用去应酬吗?"

夏野给他拿了一块小蛋糕,道:"不用,你宋哥一个人就够了。"

公司里这种场合一般出面的都是宋益,夏野很少参与这样的活动,只偶尔出席几次重要项目,参加今天这样的酒会已经属于破例了。他在一旁偷懒,心安理得,完全没有想跟那些人打交道的想法,他的能力都在自己的大脑和一双手上,不需要再依靠任何人际关系就可以给自己打出一片天下。

夏野的自信从内而外,表现出来就是淡漠且强势。

他可以以最舒服的状态过自己想要的生活,并且把身边的小朋友也照顾得很好。

唐瑾瑜这个小富二代完全没有一点有钱人家小孩的样子,这么多年,他生活的环境特别单纯,家庭成员看似很多,但不复杂,完全是在蜜罐里长大的,不过比起他哥这种理所当然的态度,他心里还是有一点小小的不安,尽量躲在长餐桌一角吃东西。

那边刚好有他最喜欢吃的巧克力蛋糕,甜而不腻,唐瑾瑜从小就挺喜欢吃这个,拿了一块慢慢吃。

夏野不喜欢吃甜食，但是喜欢看他弟吃，这边饮料大多是酒水，他没敢再让小朋友碰，找服务生要了一杯热牛奶。唐瑾瑜手里端着蛋糕盘，他就替小孩拿着那杯牛奶，不时低声跟他交谈，只他们两个人聊天的时候，夏野很容易被他弟逗笑，神情都和缓了许多。

他们在这边聊着，就看到大厅进来几个人，清一色的俊男美女，衣着鲜亮，为首的长波浪鬈发的女人唇色鲜红，笑起来热情大方，主动去和宋益以及酒店负责人攀谈起来，她身后跟着的人也过去说了两句，但是他们没有都集中在一起，也有一两个人去和其他人攀谈，看起来目标不同。

其中一个短发女孩穿了一条保守的小黑裙，肩上搭着披肩，几次都没有挤进宋益那个圈子，就摸摸鼻子退了两步，去旁边吃东西了。

唐瑾瑜还在试图寻找商业女大佬的身影，但是怎么也看不到，夏野让他转过来看刚进来的那些人："你瞧，那边都有谁来了？"

"好像是明星……"

"仔细看看。"

唐瑾瑜仔细看了下，好像是有点眼熟，直到看到殷晴才想起来，这是今天白天他们和李赫在街边见过的那个剧组，再认真辨别了一下，可不就是他们，只是唐瑾瑜对其他明星没什么印象，毕竟十年之后还能持续走红的也就殷晴一个人了。

唐瑾瑜看了一会儿跃跃欲试："哥，你说我一会儿能找明星帮我签名吗？我看到殷晴了！"

夏野笑了一声，道："别人不好说，殷晴应该没问题。"

唐瑾瑜没明白过来，就看到他哥已经过去找殷晴攀谈了，唐瑾瑜有点意外，他哥以前都是走高冷路线，从来没有这么跟人交流过，在他的印象里，他哥平时说话最多的对象，一个是家里的电脑，另一个就是他了。

夏野跟殷晴简单说了两句，又指了指不远处的唐瑾瑜，殷晴先是愣了一下，很快就红着脸摆手又点头的，看起来有些手足无措，不过在夏野伸出手的时候，她爽朗地笑了一声，跟他握了握手。

夏野招招手，喊了他一声。

唐瑾瑜愣在原地，不过殷晴性格很好，大大方方过来了，还主动跟唐瑾瑜也握了握手，笑道："你就是小瑜吧？你可以叫我晴姐，我比你大好几岁呢！"

殷晴跟他眨眨眼，比唐瑾瑜在电视上看到的要更可亲一点，像大姐姐一样，她模样并不是特别艳丽，鹅蛋脸，大眼睛，笑起来的时候唇角扬起来。唐瑾瑜觉得她很漂亮，是很成熟的那种美，站在他哥身边都没有被他的气势压住，不愧是未来的收视女王。

他哥和殷晴站在一起谈话的样子，看着轻松舒适，是和他在一起不同的状态。

他们在这边攀谈，不知不觉引来了其他人的注意，宋益很快从小圈子里脱身，拿着酒杯过来了。而宋益身旁的女明星正是今天剧组里的女一号，她知道宋益是这次宴会的主角，哪里肯放过，也拿了一杯香槟跟他走过来。

她瞧见宋益对这边人的态度不同，尤其是这个十来岁的男孩喊他一声"哥"，只当这是资方的弟弟，笑道："小弟弟，一会儿我可以和你合影，给你签名。"

唐瑾瑜摆手："不用，不用。"

女明星道："没关系，不要害羞嘛。"

唐瑾瑜："……"

他是真的不认识啊，他们这帮人最后混下来的也就只有一个殷晴。

女明星一直试图攀谈，但是宋益和夏野两个人对她都不怎么热情，她这两年正当红，在剧组都是被捧着的，一时有些无法接受，在这边略陪着聊了两句，就先走了。

她走了宋益依旧没有放松，他看了看殷晴，殷晴这次都没敢跟他对视，歪头假装对夏野的衣服感兴趣："这个牌子的衣服还有男装吗？看起来真不错。"

夏野刚想说话，一旁的唐瑾瑜就鼓起勇气开口道："是的，不过最出名的是女装，晴姐你喜欢的话我可以帮你介绍设计师，今年夏天的高定很漂亮的，有很多大裙摆的礼服，一定特别适合你。"

殷晴果然很感兴趣："你对衣服也有研究吗？"

谈到这个唐瑾瑜放松了些，点头道："嗯，那是我妈妈公司的衣服。"

殷晴有些惊讶，看了夏野一眼，笑道："我还以为你就是夏总的弟弟，没想到来头也这么大，那我可要好好和你打好交道，以后礼服的事还真要麻烦你呢！"她说着主动给唐瑾瑜拿了一小碟水果，"这个西瓜很甜，你尝尝看！"

宋益道："我也可以……"

"以前经纪公司帮我们借过几次礼服，都借不到最新款，哈哈哈！"

宋益的话被殷晴压了下去，他挑眉看她一眼，却看到一旁的姑娘脸都红了，仔细瞧的话，都能看到她额头小小的汗珠，是真的紧张，宋益不知道怎么忽然就笑了。

唐瑾瑜有些奇怪，殷晴自然也看到了，她悄悄挪了脚踩了宋益一下。

宋益没动，站在那儿让她踩着，顺手还搀扶了她一下。

唐瑾瑜的视线落在他们交叠的脚面上，心里忽然有了一个大胆的想法，磕磕巴巴道："宋哥，晴姐，你们不会是……你们……"

宋益咳了一声，对夏野和唐瑾瑜介绍道："这是我女朋友，第一次正式跟大家见面，以后还请多多关照。"

唐瑾瑜吓得手里的瓜都差点掉了！

殷晴咬了咬唇，也笑了，她把脚收回来，虽然还是不好意思，但这次眼神比之前明亮许多，她伸手分别跟夏野和唐瑾瑜重新握了下，光看唇角的笑意就知道她是真的很开心。跟唐瑾瑜握手的时候，她轻轻拽了小孩的手一下，凑近了跟他眨眼道："小瑜，我很早之前就知道你啦！你以前还跟在我们唐院长身边，长得没有他老人家的拐棍高呢！"

唐瑾瑜这才想起来晴姐是S大的。

殷晴："我还是数院的，不过成绩挺一般，毕业之后就换了专业去拍戏啦！"提到这个她就特别自信，打包票道，"别的不说，我在剧组里绝对是数学最好的，没给唐院长丢脸。"

那边又有人来找宋益，宋益低声跟夏野他们说了几句，自己先过去了。

殷晴对他们数院小殿下特别喜爱，再加上宋益这层关系，没聊几句两个人就变得亲近起来。

唐瑾瑜现在觉得她哪儿都特别好，连殷晴跟他哥说话的时候，他都觉得殷晴的声音比刚才更好听了，变着花样地夸她。

"晴姐，你竟然是短发吗？"

"哈哈，我平时拍戏都戴剧组的假发，怎么样，电视里看着和真的一样吧？"

"我一直觉得你长头发好看，现在看短发更漂亮！"唐瑾瑜夸完了外貌，又开始夸殷晴的演技，"晴姐，你以后要多接戏，真的，你演得太好啦，超有名的！"

殷晴红着脸摆摆手："我就演了一个小配角而已。"

"所有主角都是从配角之路开始的呀，我有个同学特别喜欢你，他说你还读过他们写的信，就在《交通广播之声》里，他们都可开心了！你对粉丝这么好，将来一定会有更多人喜欢你，哦对了晴姐，你方便一会儿和我合影吗？"

"好啊！"

"那可以再占用你一点时间，给我同学写一句话鼓励他吗？"

殷晴刚点头答应，就听到小殿下"哇"了一声，随后他开始高高兴兴地掏手机，殷晴虽然也有一些粉丝，但是遇到这么一个小捧场王心里简直太舒坦了，她就没见过这么富有真情实感的小粉丝，好像她不是一个三线小演员，而是一个大明星。

唐瑾瑜不知道她心里在想什么，不然肯定会握着她的手告诉她：你以后会拿金奖你知道吗？

殷晴拿不拿金奖是一回事，这个度假区的代言先拿到了手里。

最后宣布代言情况的时候殷晴上台讲了几句话，宋益一直在旁边陪同，对她不露声色地照顾着。

夏野在不远处看着，随后视线又落到了身旁的小朋友身上，问他："还有喜欢的明星吗？"

唐瑾瑜摇摇头："晴姐就很好啊，她拿这个代言实至名归，以后这边肯定特别感谢她。"大红之前签的合同价格肯定不高，真的是赚大了。

韩亦辰来晚了，临近尾声才赶过来，他不放心他妹和郭小琥单独吃晚饭，硬是盯着两个小的吃完了才放他们各自回房间。

殷晴特意走得晚了一会儿，和韩亦辰也见了一面。

韩亦辰被这个消息震惊到了，看了看眼前漂亮的女明星又看看宋益，最后所有的惊讶全都转换成了巨大的热情，上前两步握着殷晴的手使劲儿晃了晃，笑出一口白牙："嫂子好！"

殷晴忙道："你好……"

"嫂子太客气了，叫我小韩就行了，上回真不知道嫂子行程这么忙，还让宋哥找你给我介绍对象。嫂子你看啊，要不随便给我介绍俩先认识一下，我平时工作也忙，大家慢慢熟悉一下也挺好，你觉得呢？"

宋益把他的手拍下去："我觉得不怎么样，做事要循序渐进，感情例外。"

韩亦辰不懂："感情怎么就例外了？"

宋益道："一听你就没动过感情。"

韩亦辰不停追问，已经忘了请人介绍女朋友的事了，在那儿跟他斗嘴，他们两个不过随口一提，夏野听到却有些触动。

夜里风有些凉，夏野把外套脱下来给唐瑾瑜披着，对他们道："你们聊，我先带小瑜回去，以后有空可以一起出来聚会。"

殷晴笑着点点头，她刚才在酒会上给唐瑾瑜留了电话，也很期待下次聚会。

夏野带着唐瑾瑜回去，路上小朋友的手机响了。

"哥，我回个短信。"

夏野放慢了脚步，陪他走着，他看到小孩一边回短信一边在笑。

唐瑾瑜回完短信，抬头道："哥，我刚给李赫发了晴姐照片，他……"

"和同学玩儿得开心吗？"

唐瑾瑜想了想，道："挺开心的，李赫最喜欢晴姐了！"

夏野笑了一声："开心就好。"

他们路过大堂的时候，夏野又去开了一个房间，这次单独住了一间。

唐瑾瑜有些奇怪道："哥，还有谁要来吗？"

夏野收了房卡，道："没有谁了，我自己用的。"

唐瑾瑜疑惑道："为什么啊？你不跟我睡了吗？"

夏野摇头："今天有事，要通宵赶工，一会儿你宋哥他们也要来，有点忙，你自己睡吧。"

这样的事以前也有发生过,唐瑾瑜点头答应了一声。

但是一连三天,他哥依旧没有搬回来。

唐瑾瑜一个人住了三天,这种情况还挺少见的,尤其是他哥的行李都拿过去了,床边就他自己的一箱行李,房间空荡荡的,无论哪里都让人觉得不熟悉,他心里有点闷闷的,觉得堵得慌。

他想去隔壁,又怕他哥在忙,会打扰他,只能待在自己房间里,和刚来时候的心情完全不同,现在一点都不开心。

他找不到梦里的老人,好像把他哥也丢了。

唐瑾瑜这两天都和郭小琥一起出去,他哥除了派车给他们用,没有再阻拦一句,和之前说的一样,他好像真的非常忙。他白天和郭小琥在哈市的大街小巷走着,郭小琥体力很好,买了许多纪念品放包里背着,唐瑾瑜的手里也抱了一个笔筒,他第一眼看到就觉得这个笔筒放在他哥办公桌上特别合适,买了就一直自己拿着。

郭小琥还要替他背包,唐瑾瑜笑着躲了下:"不用啊,我又不是女孩,自己能行。"

郭小琥立刻道:"我没把你当女孩的意思,真的!"

唐瑾瑜道:"我知道啊。"

这天傍晚回去,唐瑾瑜在自己的背包里发现了一封信。

今天能接触到背包的,除了郭小琥,绝对没有第二个人了。

唐瑾瑜犹豫再三,还是叹了口气,拿过那封信打开了。

亲爱的小瑜:

你好!

当你收到这封信的时候,一定很惊讶吧?哈哈,不要被我吓一跳,其实有一个小秘密想要告诉你,我一直很欣赏一个人。他是我见过的这个世界上最优秀的人!

至于他的名字,很抱歉,我现在还不能告诉你,等我变得跟他一样优秀的时候,我想亲口告诉他。

…………

让我欣赏崇拜的人,值得拥有这个世界上最好的一切,所以,给你过完生日,接下来我就要进入省队参加集训了——你是第一个知道这个好消息的人,我被选拔进省队了,你要好好弹琴,我也会努力奔跑,我会像你一样了不起!

我希望明年能送一块奖牌给你当生日礼物,也希望你早日完成自己的梦想,演奏出最好的钢琴曲!

祝

　　学习更上一层楼！

你最好的朋友：郭小琥
5 月 20 日

　　这信写得青涩，充满了热情和天真，他没有写出那个人的名字，但是能看出他有多欣赏对方，生怕自己打扰到对方。

　　唐瑾瑜想给他回信，从酒店抽屉里拿出纸笔写了几个字，又不知道该怎么写下去。虽然郭小琥没说是谁，但他能模糊感觉到。

　　唐瑾瑜皱着眉头想了好一会儿，还是放下手里的笔，打开带来的笔记本电脑，搜索了一下应该如何正确处理男孩子之间的友情，郭小琥的这封信，对他触动有些大。

　　唐瑾瑜正搜索着，隔壁房间里，夏野电脑上显示了"一尾小鱼"同步登录的信息，夏野抬头看了一眼继续工作，不过很快手指停顿一下，又重新切到刚才的消息提示栏里，看到"一尾小鱼"搜索的信息，眉头都拧起来了。

　　宋益正坐在对面的沙发上跟他商量事，话说到一半看到夏野脸色变了，顿了一下道："收购条款需要再修改一下吗？这几条其实我觉得还有谈判的空间……"

　　夏野道："按之前的处理就好。"

　　宋益又道："我可以问一下，这次收购酒店的项目，我可以把它看作是一个开端吗？"

　　"什么开端？"

　　"和明城公司争夺的开端，或者说，和庄总。"宋益斟酌了一下，放弃了委婉，单刀直入道，"我想知道你对这件事的看法：是想要尝试跨界，还是一次宣战？"

　　夏野想了片刻，不解道："为什么会这么想？就因为秦家也是做酒店生意的，所以我碰了就是针对他？这是什么道理？"

　　宋益道："你这次突然到哈市投资，不少人跑我这里打探消息。"

　　夏野道："我不懂那些人在想什么，投资温泉酒店的事不是一早就跟你说过了吗？"

　　宋益笑了一声，夏野之前说的理由是"方便陪家人来滑雪度假"，这个理由他是信的，但是外人听到绝对不会相信，尤其是庄雅那边接手了秦氏的酒店业务，她对夏野一直非常关注，打探到不少行程消息，至少她知道夏野不是第一次来哈市。

　　夏野母亲的事，只有几个身边人知道，宋益曾经亲眼看见过夏野和庄雅谈话，不像是母子，甚至都不如陌生人，他们之间的裂痕是绝对不可能修复的。

　　因为夏野的关系，宋益这两年也在关注庄雅这个人。

夏野是他老板，是公司的命脉，宋益既然和老板站在同一条船上自然要保护好他，从各个方面来说他做得都不错，至少几年下来，从没有让一些无关紧要的人和事打扰到夏野。

夏野心无旁骛，公司才能一鼓作气，发展到如今的规模。

这几年，关于庄雅的新闻很少，唯一一条还是颇具震动性的"政变"。

秦氏集团是做酒店生意的龙头老大，一个庞大的家族企业弊端自然不少，明城公司是华北区的分公司，负责人就是秦城，而公司的名字取自他和第一任妻子的名字，第一任妻子叫廖明珍。

秦城这人原本就是风流大少，真本事没有多少，全靠着父辈的家业撑下去，后来离婚娶了庄雅，生意上才逐渐好转。十多年来，明城的酒店生意都是庄雅在打理，近几年她更是慢慢走到台前，年初听闻有"政变"，庄雅带着公司全体高层"逼宫"，秦城被赶下了董事长的位置，庄雅上位。

秦城曾为此在公开场合辱骂过庄雅，但是庄雅没有任何回应，依旧把持大局，没有丝毫让步。

而秦家对待此事态度不明朗，并没有收回庄雅手里的大权。

外界有人说是秦城太过无用，而且不过是一个旁支，秦家不会为了一个废物毁了一个公司；也有人说庄雅能忍，顶着"明城"这两个字依旧把位置坐得稳稳当当，光这份隐忍就不是一般人承受得住的。

年初网上不少人发帖，庄雅也没有坐以待毙，似乎找了人删帖，不过技术不怎么样，还是有一些残留。

宋益道："如果庄总那边的人再来找，需要做回应吗？"

夏野道："我跟她没什么好说的，在商言商，你出面就好了。"

宋益点头道："好。我听说庄总刚上位，做得不是很顺，前几天好像还出现资金周转困难，不过也有可能是她自己放出来的消息，秦城在公司毕竟还有一些老部下，儿子也留在公司，那些人没一个好惹的，窝里斗得厉害。"

夏野对庄雅态度冷淡，他和庄雅已经各自选择了人生，并不想和她再有交集。

宋益看出他的想法，只说了几句，就不再提了。

夏野看着笔记本，眉头越皱越深，过了片刻看到隔壁小朋友搜索的内容，终于忍不住出手给他锁了网页，然后合拢了笔记本对宋益道："还有事？"

宋益愣了下，摇摇头："没了。"他这两天本来想休假，但是夏野硬拽着他工作，他都没能去剧组探班。

夏野开始不客气地赶人："那你早点回去休息吧。"

宋益起身离开了。

他前脚刚走，夏野后脚就敲响了隔壁的房门。

唐瑾瑜正在搜索新知识，好像突然网络不太好，冷不丁听到敲门声吓了一跳，合上笔记本走过去开门，看到夏野更心虚了："哥，你忙完啦？"

夏野站在门口看他："我可以进去吗？"

唐瑾瑜让开一点，让夏野进来。夏野进来环视一周，和他走的时候基本没什么两样，小桌上放着一杯水，他弟很乖，连饮料都没偷喝。

夏野看到他的东西散放在沙发上，想顺手给他收拾一下，唐瑾瑜吓了一跳，连忙喊道："哥！我想吃炒饭！"

夏野回头看他："晚上没吃？"

"在外面吃了一点，没吃饱。"

夏野打电话让厨房送餐，唐瑾瑜赶忙又塞了件外套放进书包，把刚收到的那封信压在底下。

炒饭很快送来了，唐瑾瑜老老实实地开始加餐，夏野坐在一旁陪他。

夏野看他吃了一会儿，忽然开口道："你刚才怎么突然搜那些？"

唐瑾瑜一口炒饭喷出来，呛得咳嗽。

夏野拿了纸巾给他："慢点，我不是故意看的，你上次用我电脑登录了账号，不小心同步过来的。"

唐瑾瑜一时从脸红到了脖子，手足无措起来，拿勺子在炒饭盘里动了两下也吃不下了，他道："就，就我一个朋友，他说欣赏我，我就突然想起来，随便搜搜。"

夏野拧眉："谁？郭小琥？"

唐瑾瑜连连摆手："不是，不是，我另外一个朋友！"

"李赫？季元杰？"

夏野念一个名字唐瑾瑜就跟着否定一个，他从小到大玩得好的就那么几个人，夏野再念下去他就藏不住了，忙拦道："哥，你别问了，反正就是我一个朋友。"

夏野多留了一会儿，坐在沙发上跟他谈了谈，告诉他好朋友之间互相欣赏很正常，好的友情可以互相促进，也可以让彼此变得更好。

唐瑾瑜慢慢放松下来，他心里还是依赖哥哥的，瞧见夏野在身边，不自觉地像小时候一样抓着夏野的衣袖搓了搓，不过被夏野推开了。

唐瑾瑜抬头看他，一脸疑惑。

夏野道："自己坐好，长大了就要有长大的样子。"

唐瑾瑜几天没见他，心里真的很想他，有点委屈道："哥，你不是让我当小孩吗？"

夏野好笑道："那是谁跟我说，要快点长大，以后给我养老？"

"是我说的，但是也得等我念大学之后，好歹有个文凭以后工资才高，才能养你呀。"

夏野听他讲歪理，听完他起身要走，唐瑾瑜却误会了，跑去给他抱枕头，回头看到夏野站在原地没动，干巴巴道："哥，你今天也不回来睡吗？"

夏野看了一下手表："嗯，有些事还没处理好，这段时间会比较忙。"

唐瑾瑜不太相信："哥哥也有做不好的事吗？"

"有啊。"

夏野笑了一声。

他也有做不好的事，左右为难，却又甘之如饴。

他想，幸好是他在经历这些。

郭小琥第二天就回去了，他订了早班飞机，一大早匆匆离开，给前台留了一个纸袋，里面放着一个名牌运动背包，还贴了一张便笺，写着"生日快乐"几个字，画了一个特别幼稚的笑脸。

唐瑾瑜收下了，给郭小琥发了一条短信祝他一路顺利，不过对方没回，应该还在飞机上。

韩亦辰带妹妹回去，他们兄妹订的是上午的航班，时间有点赶，几个人在酒店一起吃早餐算是给他们送行。

饭吃到一半小姑娘才听明白宋益的女朋友是殷晴，睁大眼睛"啊"了一声，一个劲儿地追问："真的吗？这是真的吗？哥，你快掐我一下，我是不是做梦啊！"

韩亦辰不客气地掐了小姑娘胳膊一下，都留印子了，小姑娘憋着没喊，但是瞧着也挺疼的，过了好一会儿才揉着胳膊道："是真的啊。"

"那当然！"韩亦辰比宋益还要得意，"我和你宋哥说好了，以后让晴姐帮我介绍对象，你以后可能有个漂亮嫂子，将来的侄子、侄女啊什么的也绝对漂亮！"

小姑娘先激动，又摇摇头："太可惜了。"

韩亦辰刚开始还以为妹妹舍不得自己，得意了一会儿之后反应过来，立刻恼怒道："你说谁呢？谁可惜啊？"

他们兄妹两个吵吵闹闹已经是常态，对面的兄弟才是真正的兄友弟恭，夏野给唐瑾瑜要了一碗手擀面，唐瑾瑜一边吃一边还不忘花样夸他哥："早餐里我最喜欢这个了，不过还是没有你做的好吃，哥，你要是开个早餐店肯定也特别厉害，我从来没有在外面吃到过么好吃的面……"

宋益忍不住把夏野做饭的时间按时薪计算了下，心想：除了唐瑾瑜，肯定也从来没人吃到过么贵的面。

唐瑾瑜吃完了，习惯性去看夏野，小声问了一句，听到他哥有空之后立刻就笑弯了眼睛："哥，那咱们一会儿送星星去机场，再去市里转转，有几家小店特别有意思！"

夏野道："让司机去送，一会儿我直接带你过去。"

换了别人说这话，小姑娘肯定要依依不舍好半天，但是他们这帮小孩在夏野面前不敢造次，夏野怎么说，她就怎么做，老老实实和他哥一起上车，去机场了。

夏野前几天让他弟随便玩，今天其他小伙伴都开学了，他给唐瑾瑜多请了两天假，带他出来看冰灯。

室内大型冰雕展已经撤去好些，这个时节，余下的都是一些小的冰灯，展厅外界有厚厚的门帘隔着，进去之前需要租借羽绒服，夏野提前准备了，和唐瑾瑜一人一身蓝白色的羽绒服。这是唐瑾瑜常穿的款式，夏野平时都穿黑色，这次配合弟弟。戴上口罩，夏野依旧是眉目冷俊。

唐瑾瑜抬头看他，没等说话，夏野就从口袋里掏出一个同款的口罩给他戴上："里面冷。"

唐瑾瑜跟他戴着同款的口罩，小半张脸被遮挡住，又被夏野扣上帽子，裹严实了，只露出一双眼睛冲他笑："哥，你怎么知道我想要口罩？"

夏野给他整理了一下，低声道："我当然知道。"

展厅里摆放着上百盏小冰灯，厚厚的冰块制成各式各样的冰罩，里面放着的是冷光灯，热度很低，五彩斑斓，隔着冰透出来的光格外璀璨。唐瑾瑜看得目不转睛，尤其是看到一匹雕刻得栩栩如生的冰马，站在那里看了好一会儿，指给夏野道："哥，你看，我的属相！"

夏野揉了他脑袋一把，好笑道："你属什么？"

"属马啊……"

"你属小狗，这个都能记错。"

唐瑾瑜有些疑惑，他属马才对，他记得特别清楚，每年他过生日的时候都会去游乐场坐旋转木马，因为爷爷那双手可以做很多活，闲着的时候也接游乐园的木匠和漆工类的零活，帮游乐设施重新刷油漆之前，爷爷都会借着检查的机会，单独打开机器让他一个人玩一会儿……

他至今还能想起爷爷一边招手一边喊他名字的样子，一头花白头发的老人笑得特别开心，站在那里跟他挥手，眼睛弯弯的，脸上的胡须短而硬，也是花白的，遮挡了半边的脸颊，但依旧能看到他陷下去的酒窝——每次有人说他们祖孙俩长得不像的时候，老人就握着他的小手，让他去摸一下他们脸上的酒窝，告诉他一句话。

唐瑾瑜看着眼前的那匹冰雕小马，喃喃道："只要多笑，就和爷爷一样了。"

夏野去跟工作人员买了一盏相似的小马冰灯，缩小了许多也精巧许多，回来就看到小孩在揉眼睛，皮手套有些粗糙，揉得脸上发红。夏野咬着指尖把自己的手套脱下来，伸手给他擦了下："别揉，一会儿眼睛要红，怎么了？"

唐瑾瑜小声道："眼睛里进东西了。"

两人在展厅转了一圈就出来了，买的冰灯还提在手里，不过拎出来的时候套了一个防水袋，外面气温高，很快就要化了，也就是看个新鲜。

唐瑾瑜提着玩了一会儿，对他道："哥，我想去游乐园。"

小寿星提了要求，夏野自然答应。唐瑾瑜现在大了，就没坐旋转木马，站在前面看了一会儿，小木马在音乐声中转动，好像全国各地的旋转木马的背景音乐都差不多，单调又快乐的一首曲子，混着小孩子的笑声极具感染力。

那个梦里隔着白雾看不清的老人，好像忽然能看清了，唐瑾瑜恍惚想起了好多事。

夏野买饮料回来，手突然被唐瑾瑜紧紧握住，夏野有些疑惑，低头看他，小孩握住了还不算，竟然还摸了几下。

夏野："我手上有东西？"

唐瑾瑜点点头，偷着乐："人类最大的财富——智慧和技术，都在这里啦！"他哥可是那个传说中的夏神啊。

唐瑾瑜过生日那天，夏野带他去看了烟花，站在酒店最高层透过窗户看了将近一个小时，这让他想起小时候在椰城过年，当时也是在酒店里看烟花，不过那会儿他还小，是被他哥抱在怀里，那种新奇激动的心情他还记得。

现在也是，他哥和他并肩站在一处，还会低头跟他小声说话，唐瑾瑜一边抬头看他一边傻笑，感觉有些不太真实。

夏野被他看了一会儿，忍不住扳正他的头，让他看外面："看烟花。"

唐瑾瑜看着烟花还在笑。

夏野被他搞得心情好了许多，低声笑道："这么开心？"

唐瑾瑜使劲儿点头："嗯！"

夏野没想到准备的小礼物会这么受欢迎，已经在想明年带他弟去哪里看下一场烟花了，他低头看了一眼身边的小孩，觉得明年他还会再长高一点，这种陪着小朋友长大的感觉真的挺不错。

唐瑾瑜伸手碰了碰夏野。

这是夏野啊。

是他曾经在梦里最想见的人，他竟然真的见到了，而且还一起生活了十多年。

那是一种很奇妙的感觉。

他是这家的孩子，同时，在另一个时空也有亲人。

好像两个世界都有他的家。

只是这个世界里他的亲人要多一些，而那边只有一个爷爷，也没有夏野。

唐瑾瑜想到这里立刻紧张起来，去年他只是单纯地排斥飞机，现在他已经想起来排斥的原因了。如果他没记错，在另一个时空，夏野就是在2009年出国的时候遇到空难，也是那时候媒体爆出他的黑客身份，这在网上引起热议，几年后还有不少人去以前的论坛留言怀念他，他本人也是其中之一。

唐瑾瑜去的时候，那些古老的论坛几乎已经废弃了，留下的信息也不全，他当时只是觉得遗憾，而现在他只要想一下一颗心都要提起来，他握着夏野的手："哥，你不要坐飞机。"

夏野低头看他："怎么了？"

唐瑾瑜说不出心里话，那些话依旧像被封锁了似的，他只能换一个方式道："我害怕。"

夏野笑了一声："知道了。"

唐瑾瑜还是不放心，等到看完烟花，夏野让人送来生日蛋糕，让他许愿吹蜡烛的时候，唐瑾瑜双手合拢放在下巴前，大声说："我希望，我哥从现在开始一年都不坐飞机！"

夏野："……"

夏野虽然不解，但是看他眼巴巴看着自己的样子，只好点头应允了："好。"

唐瑾瑜松了一口气，又说了第二个愿望："我希望我们全家都身体健康，不管他们在哪里，都过得好。"

第三个愿望他没说出来，只在心里念了一下，他盼着家人团聚，一个都不少。

不管是现在，还是另一个时空，如果可以选择，他希望大家能聚在一起，每天都高高兴兴地生活。

许完愿，唐瑾瑜让夏野和自己一起吹蜡烛，房间并没有全黑下来，窗外的烟花还在燃放，火花映照在他们的眼睛里，唐瑾瑜笑了一声："哥，你和我一起吹的蜡烛，答应我的一定要做到，好不好？"

"好。"

唐瑾瑜彻底放心了。

这里虽然只有他们两个，但是家里的长辈们陆续发来祝福短信，唐泓俊还给他打了一通电话，告诉他家里准备了好多礼物，等他回来拆，顺便又表达了一下老父亲的思念："乖宝，你什么时候回来啊？"

唐瑾瑜吃着蛋糕，努力道："明天中午的火车，我和我哥一起回去。"

唐泓俊算了一下时间，道："那要后天下午才到，我们去火车站接你们啊。"那边叮嘱了一大堆，最后问了重点，"你想爸爸了没有？"

"想啦！"

"有多想啊？"

"特别特别想！"

唐泓俊心满意足，挂了电话。

唐瑾瑜这话说得一点心理负担都没有，他是真的想他们了，唐泓俊和陈素玲十多年来就是他的爸妈，他曾经没有爸爸妈妈，并不知道被父母疼爱是怎样的感觉，现在他知道了，就是不管在哪里都有人追着你问，问得越多，就越想家。

唐瑾瑜今天想起来好多事，但也变得胆小了，生怕睡醒之后身边一个人也没有，那种空落落的感觉特别不是滋味，而且他怕夏野遇到危险，总想跟他一起。

唐瑾瑜眼巴巴地对夏野道："哥，你陪我一会儿吧，我有好多话想跟你说。"

夏野看了他一会儿，沉声道："我去洗漱，你等一会儿。"

唐瑾瑜连连点头，等夏野走了，高兴得在床上打了一个滚儿，头发都乱蓬蓬地翘起来了。

晚上睡觉时，唐瑾瑜想起了很多事，其中一大半是在另一个时空里做过的傻事。

他第一次听到夏野的名字，是初一领奖学金的时候，那会儿刚巧是宋益来学校设立奖学金，顺便给第一批得奖的学生颁奖。他年纪小，但是成绩不错，穿着初中校服还是小学生的样子，系着红领巾给宋益行了少先队礼，结结巴巴地道谢。

后来知道奖学金的创办人是夏野，他还给夏野写过感谢信，抬头第一句就是"夏野叔叔您好"，每一笔都努力写得端正到位，练书法都没那么卖力过。

唐瑾瑜想着想着就乐了，他笑了两声，又有点不好意思地翻了个身。

夏野问道："想什么呢，这么高兴？"

唐瑾瑜："哥，我小时候是不是喊宋哥'叔叔'来着？"

夏野也笑了："是，捂你的嘴都来不及，不过你喊他叔叔也差不多，他大一些。"

唐瑾瑜闭着眼睛小声问了几个傻乎乎的问题，那都是他在另外一个时空给"夏野叔叔"写信的时候问过的，夏野回答了几个，还被逗笑了——

"公司没有食堂，不用排队打饭，不过你说的也有道理，可以新建一个内部餐厅，会方便一些。"

"智能机器人？公司倒是有个送咖啡的小机器人，不是非常智能，经常送错桌。"

"你要来我们公司上班吗？暑假临时工可以，就在我办公室写作业好了，错一道题打一下手心。"

…………

唐瑾瑜把那些奇怪的问题都问了，他从来没想过，有一天会是本人亲口回答他。

他还想问，但是眼皮子有些沉，话都说不太清楚了。

唐瑾瑜的睫毛垂下来，抖了抖，没力气再睁开，慢慢睡了过去。

这一觉睡得香甜，一夜无梦。

第二天，唐瑾瑜睁开眼就觉得精神特别好，睡饱了跟充满电一样。

夏野还没醒，唐瑾瑜看了一眼时间，觉得时间还早，就自己玩了一会儿，拿两根手指头玩木偶戏，哑剧一样，自得其乐。

夏野睡得浅，醒来看到这一幕只觉得熟悉，好像他弟从小就是这样，被叫醒了就先冲人笑，自己早醒了也不吵不闹，自己玩儿，乖得让人心疼。

他哑声道："早。"

"哥，你醒啦？"

唐瑾瑜想去洗漱，夏野对他道："去隔壁。"

唐瑾瑜愣了一下："啊？"

"啊什么，你的浴室我征用了，顺便一会儿给你收拾行李箱，今天要回家了。"

唐瑾瑜的行李一直都是家里人帮着收拾整理的，他只好拿着替换衣服去了隔壁。

夏野这次动作很快，唐瑾瑜收拾完过来的时候，他已经把行李都归拢了，来的时候带的那些衣服铺在箱子下面，上面放着唐瑾瑜这两天买来的乱七八糟的小玩意儿，那一堆也没有随便一件T恤值钱，但都被安置摆放得很好。

唐瑾瑜看到那个笔筒，拿出来献宝："哥，这个是给你的，我挑了好久，你看，是不是和你办公桌颜色一样，放着刚好？"

夏野拿过来看了看，道："不错，我留下了。"

夏野带唐瑾瑜坐火车回去，宋益订了第二天的机票，多留了一天陪女朋友。

唐瑾瑜上了车容易犯困，可能是小时候养成的习惯，他以前坐长途车一般都是去医院，去时天色太早，之后抽血等一系列检查做下来特别容易疲劳，长途颠簸很容易睡着。

软卧包厢里就他们两个，夏野关了门，让他安心睡，自己坐在一旁看书陪他。

火车上有点冷，晚上唐瑾瑜打了喷嚏，听着对面床铺窸窸窣窣的声响，他哥起身出去很快又回来了，灌了热水瓶给他，低声道："抱着睡，渴了自己喝水。"

唐瑾瑜含糊地答应了一声，抱着那热水瓶又睡了。

他在路上嗜睡得厉害，要不是饭点吃东西没见少，夏野都想叫医生来看看了。

列车到站了，他们兄弟俩下了车，刚出站就看见了来接他们的家人。

唐泓俊和陈素玲亲自来接，瞧见他们伸手去提行李，夏野哪肯让他们动手："叔，就两件行李，我拿着吧，不碍事。"

唐泓俊也没跟他争，拍了拍他的肩膀笑道："单独带小瑜出去怎么样？你弟弟还听话吧？"

夏野也笑了："一直都很听话。"

陈素玲张开手先抱了抱儿子，唐瑾瑜起初愣了一下，不过很快使劲儿抱了回去，轮到唐泓俊，他也笑着给了爸爸一个大大的拥抱，所有的不快全都融化在这个拥抱里。他真真切切地在唐泓俊夫妇身边生活了十多年，一点点长大，他们就是养育他的父母。

虽然有点玄妙，但是唐瑾瑜觉得他们真的是自己的父母，那种有着血缘的亲热是改变不了的，他一瞧见他们就像是雏鸟认亲一样，特别依赖。

陈素玲摸了摸他的脸，笑着问他生日过得怎么样，唐瑾瑜一一回答了，陈素玲路上看了他几眼，倒是让唐瑾瑜有点奇怪："妈妈，我脸上有东西吗？"

"没有，觉得你这次回来变活泼了一些。"陈素玲点了点他的鼻尖，笑道，"是好事。"

晚上在家吃饭，唐瑾瑜帮着剥豆子，新鲜的蚕豆炒来吃鲜甜，放一点肉末和酱油特别下饭。唐泓俊去厨房做红烧鱼，夏野去楼上换了身衣服，略微收拾了一下找了理由偷偷进去学艺，他对学做饭还是没有放弃，一直觉得还有进步的空间。

晚上的红烧鱼只有一面能吃。

唐泓俊的秘制做法是先炸后炖，外酥里嫩，特别入味，他瞧着夏野学得专心，自己炸了一面，另外一面让夏野试了试手，结果就炸过了，成了焦糖色。

虽然不怎么影响味道，但是口感明显要硬一些，瞧着也不太好。

唐瑾瑜盛了一碗饭，大口吃鱼，两边都吃了一些，夏野给他夹的其他菜都剩下了，他是真的挺喜欢吃家里烧的鱼，尤其是他哥做的那半边鱼，虽然有点焦，但是蘸了汤汁一样好吃，这菜可比炝锅面难度高多了。

吃过饭，一家人坐着聊了一会儿，陈素玲看着他们兄弟俩一前一后起身去洗碗，等他们回来道："我怎么瞧着小瑜高了一点？"

唐泓俊对这事最上心，拿了米尺亲手给儿子量了一下："172……高了，高了！长高了一厘米！"

唐瑾瑜听着都有点小激动，抬头道："爸爸，我看看，让我看看！"

唐泓俊画了线，和儿子一起乐呵呵地看了好一会儿，父子俩都特别容易满足。唐泓俊觉得儿子只要过了一米七就挺好，唐瑾瑜觉得自己比寒假那会儿又高了两厘米，半年目标已达成，等年底岂不是要一米七五？简直美滋滋！

陈素玲看着他们爷儿俩傻乐，忍不住也笑了，她摸了摸儿子的脑袋，小孩从那么一点大需要她小心翼翼抱着的小婴儿，已经长得比她还要高了。

唐瑾瑜得意道："妈妈，我还会长得更高！"

他坚信，达到一米八的目标应该问题不大！

陈素玲笑着点头："嗯，是个大孩子啦！"

夏野晚上没住这边，提前回公司去了。

唐瑾瑜明天要上学，简单收拾了一下书包，很快去了楼上卧室。

他打开卧室里的电脑，输入"唐正德"三个字开始搜索，这个人名搜出来的页面不少，但大多不是他要找的，他想了想又加了"平城""厨师招聘"等字样，这次搜出来几个人，但年龄不对，也不是他要找的。

他想起了很多事，也记起了另一个时空里的爷爷的名字，现在寻找到爷爷只是时间的问题。

唐瑾瑜打开楼兰论坛，在聊天版块里发了一个帖子，备注寻找一位姓唐的老爷爷，但在输入线索一栏里他又陷入困惑，挠了挠头，只写下自己知道的几条线索：厨师，会做特制八宝饭、炸蔬菜丸……

他在楼兰的账号非常靠前，里面有很多夏野转给他玩的虚拟币，也可以当作钱币在论坛流通，唐瑾瑜想了想，挂了一万金币。

再刷新一下，果然看到有人留言，但大多是帮顶和看热闹的，没有什么人真的回答问题。他又刷了几次，没什么进展，知道这需要时间，也没多等，洗漱睡觉去了。

晚上十一点多，这个帖子被版主加精置顶。

十分钟后，被代号名叫"x"的大神追加了十万金币。

没过多久，又陆续被注册账号靠前几位的管理员各自追加了几万金币，于是这条帖子一下火爆起来，如果有人能完成这个寻人任务，当真是一夜暴富。

也有人对"一尾小鱼"这个账号的主人感兴趣，另开了几个帖子扒他的身份，有人发现"一尾小鱼"的注册账号是前十以内，甚至在子论坛是0号，这个账号表达的含义可太多了，至少说明早在十年前楼兰论坛初建的时候，"一尾小鱼"就是奠基人之一。

甚至有人猜测，这位可能是子论坛的开路人。

"我估计是Yava盒子创始人之一，这个寻人帖应该是真的，大家有线索的可以大胆投稿试一试，一夜暴富的机会就在眼前了！"

"'一尾小鱼'还挺客气，没有破坏规则留下真实姓名。"

"楼上想什么呢？人家也是黑客大佬好吗？当年创始人之一啊，这种规则当然懂了！你仔细瞧瞧，夏神都亲自帮忙追加了十万金币好不好！"

"应该是十年前和夏神一同奋战的大佬了！"

"为了吃个八宝饭花小三十万也是……太真性情了，大佬的世界我不懂。"

"膜拜大佬！"

…………

唐瑾瑜没写真实姓名也是出于一番考虑，一是怕影响到爷爷的生活，二是没法跟他哥交代。他试过了，目前只能写出爷爷的名字，多余的话说不出也写不出，只能憋着。

他万万没想到，一个帖子会引来这么多路人的围观，甚至还因为很久没有露面的 x 出手追加十万金币，引得黑客圈震动。

唐瑾瑜上网的时间只有晚上睡前的半个小时，第二天一早按时去了学校，而帖子的热度还在持续升温。

数百公里外，一座豪宅里。

空旷的客厅装饰得富丽堂皇，巨大的水晶吊灯足足有三层楼高，整个房间里的窗帘拉得密不见光。

近千平方米的别墅里十分安静，只有细小的敲击键盘的声响。

一个年轻男人盘腿坐在长餐桌一角，歪着身体懒洋洋地看着屏幕，时不时地按一下键盘，略过自己不需要的信息，一直到一条消息闪过。

他手指顿了一下，打开那条消息盯着看了片刻，良久，笑了一声："有点意思。"

第七章

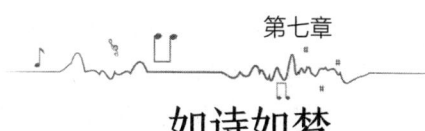

如诗如梦

老猿也注意到了帖子的热度,还有不知深浅的新人想要盗号。都没用韩亦辰他们出手,老猿自己就解决了。

唐瑾瑜那个账号平时都是夏野在打理,基本上等于他的备用号,觉察到之后他跟老猿询问了一下,老猿道:"就几个不懂规矩的,现在的新人,会用几个木马就觉得哪儿都敢试试了,他们都不知道那东西是小韩以前瞎搞做出来玩的。"

夏野问他:"那几个人的注册账号给我下。"

老猿:"啥账号?我刚都给注销了。"

夏野想了想,道:"下次还是留一下,我查查他们哪儿来的,以防万一。"

老猿笑呵呵道:"放心吧,我查过了才注销的,就是普通人,刚入门的小朋友,在别处我可能没啥本事,在网上我还护不住小瑜吗?"

夏野笑了一声,关了网页,继续工作。

为了安全起见,他还是给"一尾小鱼"那个账号做了加密设置。

不过老猿才是真正的保护过度,里三层外三层地按网站级别严密防守着一个账号,夏野真的太不了解老猿这颗为数院奋战的心了,他这会儿绝对斗志昂扬。

唐瑾瑜晚上回来,看到自己那个帖子已经留言过千了,尤其是上面追加的金币额度已经到了几十万,除了他哥和老猿他们加了钱,也有不少围观群众一块两块地跟着加码,往下翻了评论,大部分都是祝他早日找到"八宝饭爷爷"。

唐瑾瑜显然不知道这帖子经历了些什么,现在留言的人都是已经被老猿严格筛查过一遍,确保都是良民,有些过激故意挑衅的言辞直接都删了,按照青少年绿色上网环境标准来做的,健康极了。

唐瑾瑜看完了每一条留言,没有发现什么有用的信息。

紧挨着他的是今天另外几个热门帖子,不过上面写得神神秘秘,他点开一个叫

"今日投币玄学"的帖子，里面留言更是稀奇古怪，主楼写着一句话："缘分，妙不可言，我留言上了，你们呢？"

楼下纷纷回复自己也留言成功，也有留言没有成功的，特别遗憾。

唐瑾瑜看不懂，又点开另一个名叫"锦鲤赐福"的帖子，主楼喜气洋洋，说蹭到了三十万的锦鲤，并且热情地问大家："我通过了筛查，我留言成功，我鱼给我赐福嗷嗷嗷！今天，你们蹭到锦鲤了吗？"

楼下一大批跟着嗷嗷叫的，还有人哭着说自己是良民，为何留言被拒。

有好心人回复道："经过我的观察，要满足以下三点：一是注册账号时间为半年及半年以上；二是没有不良评论；三是经验值要够。我看了，要至少帮别人解答三个问题才可以，大家别蹭楼主了，快去回答问题，去隔壁蹭锦鲤啊！"

唐瑾瑜刷了半天，大部分都是这样，不知道在聊啥。

他对这些也不太好奇，回自己的帖子守了一会儿，就下线了。

他临睡前给夏野打了电话，夏野过了一会儿才接起来，像是走到了一处安静的地方："小瑜？"

唐瑾瑜听到他那边隐约还有其他人说话的声音，有点奇怪道："哥，你在外面吗？"

夏野道："嗯，有应酬。"

唐瑾瑜更好奇了，他哥很少出去做这些："都有谁啊？很忙吗……"

"等一下。"

"哦，那我一会儿再打给你。"

"……不是说你。"

夏野又走了几步，那边听着安静了很多，像是进了房间："我陪你宋哥一起过来，今天殷晴有活动，上次跟你说的那个游戏代言，想交给她来做。"

唐瑾瑜"哇"了一声，兴奋起来："是不是我们平时玩的那个？我最喜欢用里面的法师了，跟晴姐形象也符合哎，晴姐穿'昭君出塞'那一套衣服一定超好看的！"

夏野笑了一声，道："具体的还没谈，你喜欢的话回头跟你宋哥商量，他答应了就没问题。"

"宋哥肯定答应啊，那套多好看，我们班全体男生的女神！"

唐瑾瑜转换话题，说道："哥，我刚才上论坛的时候，看到你给我加了好多金币。"

"嗯，我放着没用，给你好了。"

夏野在房间里躲着，听了十分钟他弟花样夸人，没一点心烦，甚至还被逗笑了两声："我在你心里这么好？"

"当然啊，哥，你对我最好啦！"

第七章　如诗如梦

夏野道："找人的事我帮你盯着，你先上学，周末的时候我送你去上钢琴课，还是吃苏记？"听着那边答应了一声，核对了一下上课时间，夏野才挂了电话。

他不习惯外面的应酬，在房间里躲着反而更自在。这边是休息的客房，他就在这里坐了一会儿，想着苏记新上的小菜，又给他弟发了两条短信询问。唐瑾瑜这会儿还睡不着，俩人发短信又聊了一阵。

夏野让小孩自己列菜单，唐瑾瑜很快就手写了一份，拍了照片发过来。夏野看了一眼就记住了，那些菜都是他们常吃的几样，他的注意力很快被菜单下面的一角蓝色吸引了——上面还有卡通汽车的图案，他曾经见过，还帮着洗过。

夏野打字道："去床上，盖好毯子别着凉。"

唐瑾瑜那边发了一个敬礼图案，很快又跟来一条："哥，我睡啦，晚安！"

夏野回了一句"晚安"，唇角跟着扬起来。

门外有说话声，不多时有人敲了两下，推门走了进来，瞧见夏野坐在沙发上微微有些惊讶，不过很快笑道："抱歉，我以为房间里没人。"

门外站着两个人，前面的男人瞧着二十八九岁，五官端正，说话爽朗，笑着要同夏野握手认识一下。后面跟着的人年纪要小一些，因为头发过于乌黑显得皮肤都有些苍白，久不见阳光一般透着冷白色。他抬手打了个哈欠，并不关心这些虚头巴脑的社交。

前面的男人已经走到夏野面前，笑道："我叫秦书玮，这位是我堂弟秦珂，请问您是？"

夏野的视线落在他身上片刻，已经认出他是谁。秦城的儿子，庄雅当初不惜抛夫弃子也要离开的理由之一。十年未见，这个人还是一如既往地令人厌恶，用热情伪装起来的功利一眼便能看穿。

夏野的眼神变冷，起身道："敲门之后要等到回应再进来，这是常识。"

秦书玮怔了一下，脸上的笑容有些勉强。

夏野避开他伸过来的手，起身离开，走得干脆利落。

门被关上的那一刻，秦书玮脸色变了一下，但还是忍住了怒火，他拍了拍沙发，又拿了一个软垫给身后的少年，讨好道："秦珂，你坐这里，这种沙龙就是这样，外面吵吵闹闹的，也只有这里稍微安静一点，一会儿我开车带你去江边转转，夜景还是不错的……"

秦珂大大咧咧地走过去盘腿坐在软垫上，跟在家里似的特别放松，他忽然笑道："怎么这里也有人讨厌你吗？"

秦书玮道："我根本不认识他！"

秦珂眼神锐利，摸着下巴还在笑，语调值得玩味："我觉得那人说得挺对，你的礼仪课确实不太过关。"

秦书玮面上青一阵白一阵，如果不是他父亲一再交代要照顾好这位本家来的小少爷，他压根儿就不会伏低做小地来伺候人。

秦珂托着下巴看窗外，又使唤他道："我肚子饿了。"

秦书玮道："外面有吃的，你想吃什么？我去给你拿。"

秦珂道："我想吃麦当劳，你现在跑下去给我买。"

秦书玮道："好，我现在就让司机去……"

秦珂转头看他，挑眉道："我说的话你听不懂是不是？那我直说好了，我就是看你不顺眼，懒得见你，你去买吧，让司机上来陪我说话。"

秦书玮脸色涨红，咬咬牙，还是答应下来，起身去了。

秦书玮亲自跑了一趟买了麦当劳回来，但是等他推门进去，房间里已经没有人了。他不敢打电话去问秦珂，这个本家的小少爷阴晴不定，指不定哪一句就能惹怒他，这会儿只能打给司机，压着声音问秦珂的去向。

司机战战兢兢地回道："秦少爷说累了，想回酒店休息，所以让我送他先回去。"

秦书玮已经有些恼意，对司机道："那你问问他，还要不要吃东西，我已经买回来了。"

司机低声问了一句，隔着电话都能听到秦珂嗤笑的声音，他懒洋洋回了一句"留着自己吃吧"，司机结结巴巴地对着手机道："那个，秦少爷说……"

"我听到了，你送他去酒店吧，我明天再过去找他。"

秦书玮挂了电话，忍了忍，还是没忍住心中的怒火，把提着的那袋麦当劳扔到了地上，里面的大杯可乐滚出来，"哗啦"一声洒了一地，可乐渗进了地毯，只剩下滚在地上的冰块。

秦书玮一手攥着手机，另一只手扯了扯领带，还有些恼怒，他给父亲秦城打了一个电话，响了两声那边才接起来，秦书玮道："爸，你让我讨好那个秦珂，我实在做不到，你换人吧！你不知道他有多难伺候，他这个人简直脑子有病！"

"他怎么了？"

"他使唤我去买吃的，我去买了，但是他又不吃，我前脚出去他后脚自己回酒店了！这不是耍人玩儿吗？"

秦城的声音带着几分威严，低声道："你去的时候我怎么跟你说的？"

"您让我满足他的一切需求……"

"那就是了！他怎么说，你就怎么办。现在是非常时期，只有秦珂手里的股权才能帮我们渡过现在这个难关！难道去求他，不比你在庄雅面前下跪求那点资金来得容易吗？"

秦书玮闭了闭眼睛，他不想再回忆那段不堪的往事。

这两年公司发生了许多事，庄雅和他们父子撕破了脸，他在庄雅面前的自尊被一脚踩到泥土里，他已经不再是明城公司那个意气风发的太子爷了，现在大家碍于过去还给他一点颜面，叫一声小秦总，但是背后笑话他的人指不定有多少。

他已经不再有骄傲的资本，父亲让他来讨好秦珂，已经是山穷水尽，只能把一丝希望寄托于本家，想让本家的人伸出手帮扶一把，寻一个东山再起的机会。

他们父子和庄雅之间的争斗，天平已经开始倾斜，稍有不慎，全盘皆输。

秦书玮被父亲教训了一顿，挂了电话，虽然心里不忿，但也知道事情的轻重缓急，他压下全部情绪只盼着明天能讨好秦珂那个少爷。

秦家做酒店起家，家大业大，整个家族百余人，秦城父子虽然在外面风光，但在秦家，他们并不能说上话。家族里现在的掌权人是秦珂的两个哥哥，秦珂年仅十九岁，成了一个不折不扣的贵公子，他不用自己赚钱，光是父辈留给他的股权分红，就足够他在家族中站稳脚跟，说上几句话。

秦城和庄雅博弈，已经处于下风，好不容易打听到秦珂小少爷来沪市，便排开其他人，让自己儿子秦书玮鞍前马后。他已经豁出老脸，如果这次输给庄雅，他们父子就真的要卷铺盖走人了，届时别说面子，里子都不剩一分。

秦城不想过那样的苦日子，秦书玮自然也不想。

他们父子俩心里揣着小算盘，另一边庄雅也让人不断接近秦珂，只是她的待遇还不如秦城父子，秦珂回绝了她的拜访，并未见面。

酒店顶层套房内。

沙发上随意扔了一件外套，秦珂盘腿坐在沙发上，正在摆弄手里的笔记本电脑。

桌上放着拆开的麦当劳套餐，吃了一半的汉堡放在盒子里，还有两大杯冰可乐，因为主人没有及时喝，纸杯壁上已经出现细密的水珠。

秦珂看了一会儿网页，用"借"来的账号在楼兰论坛登录留言，他回复的正是寻找"八宝饭爷爷"的那个帖子，因为发帖人是"一尾小鱼"，所以这个价值几十万的帖子也被网上的人称为"锦鲤帖"。

他打字速度很快，回复了十余条，不出意外，很快被限制评论了。

秦珂眉头微微一皱，很快松开，并没有在意，又"借"了另一个账号来继续留言，他对"一尾小鱼"和这人发的帖子都很感兴趣，心想：这得是什么神仙八宝饭才能让人如此念念不忘？

秦珂是甜食爱好者，对帖子里说的那几个小吃都很感兴趣。

他往前翻了一下，之前借用的账号他都换了头像，是边角带花朵的图片，很容易认出，略翻一下就发现其中一条被锦鲤本人回复了。

一尾小鱼：八宝饭具体的做法我也不太清楚，不过炸蔬菜球的配方可以告诉你，大概就是这些了。有兴趣的话可以自己试试，很简单的！也谢谢你刚才提供的线索，不过你说的那个炸年糕的老爷爷不是我要找的人。回复中贴了配方的图。

秦珂托着下巴看了一下，他昨天随手编的资料，对方竟然信以为真，还给他认真回复了配方。

他意外地对这条小锦鲤有些好感。

看了看上面贴着的配方，秦珂顿时觉得桌上的汉堡和可乐一点都不香了，打电话给酒店，让厨房按照这个配方给他做了一份炸蔬菜球。

酒店前台听到他的房间号没有犹豫，立刻让后厨做了一份送上来，炸蔬菜球用的配料都是很常见的食材，又是现炸好之后立刻送来，放在秦珂桌上的时候东西还热着，所以吃起来口感很不错。

秦珂今天都没正儿八经吃一顿饭，蔬菜球炸得金黄软糯，旁边还放了好几种酒店秘制的酱汁，他蘸着吃了一口，酱汁微咸，咬下去外酥里嫩，带芝麻的地方尤其好吃，没有芝麻了他就蘸一点旁边小碟里的芝麻盐，就这样一口气吃了小半盘。

他觉得这个和"一尾小鱼"说的一样，真的挺好吃。

秦珂摸了摸下巴，心里给对方打了一个"美食家"的称号。

他一边吃一边用电脑顺手把"一尾小鱼"发来的那张配方贴图反转透视，研究了片刻，笑道："怎么还是个学生。"

对方大约随手用一张作业草稿纸写了配方，再拍照放上来，反面有半行看不清晰的字，不过这对秦珂来说小菜一碟，他很快就辨认出来，是一道数学题。

至于草稿纸，秦珂一时还认不出，看着像大学里常用的那种，边缘只能看到印刷字样，看不清是哪个学校。

秦珂又吃了一颗蔬菜球，一边嚼着一边在键盘上打字，飞速地在网络世界里寻找与这道题相关的线索。

他觉得"一尾小鱼"这个人不错，是个可以交的朋友。

挺有意思。

另一边，唐瑾瑜没有睡觉，他把作业写完了，拍照发给了老猿，认真留言道："袁哥，我题写好了，就是今天写得有点慢，时间太晚了，我就不打扰爷爷啦，你帮我明天交给他看看，谢谢啦！"

老猿那边秒回："好，我先帮你看看啊，这个题对你现在学的知识来说有点超纲，解得慢正常！"

老猿有一搭没一搭地跟小孩聊天，没一会儿就把题目看好了，夸奖道："我看过了，思路没问题，解法也挺好的，明天我就给老院长送去啊。你快休息吧，明天还去学校呢！"

"明天不上学，要去李奥老师家练琴。"

"练琴辛苦了！"

老猿把话说得滴水不漏，恨不得把他们小殿下捧上天。

周六早上都是唐泓俊送唐瑾瑜去李奥老师那边，晚上换夏野去接，周末唐瑾瑜会在夏野那边度过，一直等礼拜天晚上回来，有时候玩得晚了，也会周一早上直接被夏野送去学校。

这天，唐瑾瑜和平时一样去李奥老师家中练琴。

他背着包进来，李赫就一直看他，其间弹错了好几次，被李奥老师敲了脑袋。

"李赫，专心一点！"

李赫盯着钢琴，指尖速度变快，打从唐瑾瑜一进来他就处于亢奋状态，连李奥老师责问他，也大声承认道："我错了！"

李奥老师回手又是一记琴谱敲头，怒道："弹错了有什么好自豪的，讲这么大声，还不嫌丢人吗？"

李赫稍微控制了一下弹琴的技术，但是无法控制自己的情绪，他激动得下手都有点没轻重，一首歌颂爱情的曲子被他弹得慷慨激昂！

李奥老师眉头都拧起来，把他赶去隔壁琴房练习，在这边给唐瑾瑜单独上课。

不过小徒弟教得也不太顺利，学的这首《爱之梦》是李斯特的曲子，李斯特本人手很大，所以他的作品里很多音都是13甚至15度，大部分钢琴演奏者的手不符合这样的条件，只能省略其中的几个音，或者弹成琶音。

唐瑾瑜的手比起李赫来小一点，略有些难度，这个倒是也能克服。

但是李奥老师发现一个问题，小徒弟太腼腆，对于爱情的歌颂不够热烈。

李奥老师打断他的练习，沉吟道："小瑜，这是一首爱情主题的曲子，应该充满爱意，不是你现在表达的这么清脆，它会更柔，更让人愉悦。"他按了几个琴键，弹出一段曲调，提示道，"你弹到中段这里就应该进入更激烈的情绪，因为你内心的爱意难以抑制，终于爆发出来，就比如你之前是暗恋，开始那段是内心深处的独白，后面要发展成炽热的爱情！要火花四溅的那种，大胆一些！"

李奥老师意犹未尽，指导道："高潮之后，就是循环，又回到开始的抒情，爱情主题都是这样的，但是你要表达一种恋恋不舍的感情，你自己感悟……对了，你可以感受一下它的歌词，上次给你们听了，你和李赫不是还写了一份评语，你不是说有一点心碎的感觉吗？"

　　唐瑾瑜红着脸点头："对。"

　　李奥老师鼓励他道："那就大胆地把这种感觉表达出来，来，你再试试！"

　　唐瑾瑜又弹了一遍，李奥老师在一旁听着很快又摇头道："不，不是这样，来，你把手放在胸口上感受一下。"

　　唐瑾瑜跟着他学，也把手放在胸前，抬头看着老师。

　　李奥老师深吸一口气，忽然大声感叹了一声："啊——"

　　唐瑾瑜猝不及防，吓得差点从琴凳上摔下来。

　　李奥老师："你知道为爱人心碎的感觉吗？心碎！我的爱人啊，爱吧，能爱多久，便相爱多久，你的心总是保持火热与眷恋，只要还有另一颗心对你回报温暖，我亲爱的人，让爱情的火将我们一并吞灭！小瑜，你大声告诉我，这是不是爱情！"

　　唐瑾瑜干巴巴道："我不知道，老师，我没谈过。"

　　李奥老师看向他，脸上还维持着刚才抒情过头的狰狞"爱意"："你为什么不谈？"

　　"我……我们老师说不让早恋。"

　　"那你就想一下你身边最重要的人，你把他代入！近亲更容易有感觉，来，我带你再来一遍！"李奥老师又要起范儿，刚"啊"了一声，唐瑾瑜立刻涨红了脸，摆手道："老师，我懂了，我自己感受一下，慢慢练习吧！"

　　李奥老师双手抱胸，一脸严肃地坐在一旁听他弹琴。

　　唐瑾瑜深吸一口气，耳中还是李奥老师刚才大声诵读的那些词。

　　刚开始，他把手指放在琴键上还有点微微发抖，不过弹起来之后就沉浸其中，或许没有那么大气磅礴，但也是情意绵绵的曲调，像仲夏夜里的一场隐秘的独白，琴声纯真，如诗如梦。

　　李奥老师满意极了，没有打断唐瑾瑜的练习，脸上都带了笑意，频频点头。

　　他一直都觉得两个学生里，或许李赫的身体方面的资质更好一些，但是唐瑾瑜的悟性无人能比，这个小孩，但凡你跟他讲过一遍，他必定会吸收能量，带来改变。只要耐心对他打磨，假以时日，必定能成大器。

　　李奥老师对他很满意，让他在这里继续练习，去隔壁指导侄子去了。

　　李赫等他一进来立刻期待道："叔叔，我练习好了，你让我过去和唐瑾瑜一起吧！"

　　"小瑜弹下一段了，你第一小节弹成个鬼，放你过去打扰人家吗？"

"……话也不能这么说吧,我弹得很熟练了啊!"

"你来一段我听听。"

李赫立刻起范儿,暴风骤雨地来了一段,然后期待地看着他叔叔,口里央求叔叔放他去唐瑾瑜那边。

李奥老师揉了揉额头,太阳穴的青筋都忍不住要迸出来了:"你快闭嘴吧!"

李赫闭嘴了,但一张脸上写满了"为什么",李奥老师一看到他就忍不住想起老家养的那条雪橇犬,那只傻狗每次听不懂指令也是瞪着一双蓝眼睛歪头这么看,一副理直气壮的样子。

李奥老师深吸一口气,问他:"我以前一直不太相信野史,不过我现在相信了,贝多芬可能真的是被他侄子气死的。"

"你咋不说他侄子也让贝多芬气得自杀好几回呢……"

"你说什么?"

李赫不敢吭声了,低头瞅琴键。

李奥老师一上午没再从他身边离开过,按头教学。

李赫好不容易挨到休息时间,迫不及待跑去隔壁找唐瑾瑜,堵在面前不让他走,压低了声音兴奋道:"拿出来!"

唐瑾瑜道:"什么?"

"晴姐的签名照啊,你肯定要了好多吧?是不是好兄弟,快分我两张。"

唐瑾瑜还真没要这个,但是殷晴的头号粉丝显然并不相信,他不信有人见到他们家大明星竟然还有如此定力,简直不科学。

唐瑾瑜道:"我真的没有要签名照,你想啊,晴姐是去参加主办方活动的,肯定不会随身带照片送人,那显得多自恋啊,对不对?"

李赫点点头:"你说得有道理。"

唐瑾瑜又道:"我就跟她合影来着,用手机拍了几张,哦对了,我还留了她电话号码。"

李赫:"哇!"

这消息太刺激了,李赫一时有些撑不住,围着他转了两圈,两眼放光地搓手道:"那个小瑜,方便帮我问个好吗?不,不用现在,晴姐平时肯定忙,你逢年过节发祝福短信的时候捎带上我名字就好了。"他越想越激动,"你肯定写不好,我来编辑吧,以后我发你,你转发好不好?"

唐瑾瑜很好说话,点头说"好"。

他们正聊着,唐瑾瑜手机响了一下,两个人立刻都低头看过去。

唐瑾瑜看了一眼,道:"我去回一下。"

李赫眼巴巴道:"谁啊?是晴姐吗?"

唐瑾瑜摇头:"我哥发来的,问我中午去哪儿吃饭。"

李赫"哦"了一声,停住脚步站在原地。

中午,夏野让人送来日料,他休息的时间太短,怕接了他弟出来也不能好好吃饭,就干脆请他们一起吃了一餐。

唐瑾瑜和李赫都挺喜欢吃日料,不过唐瑾瑜只能碰一点生冷的食物,捧着一盒鳗鱼饭吃得津津有味。

李奥老师有午休的习惯,他吃得很少,很快就离开餐桌去卧室了。

餐厅里只剩下两个食欲旺盛的青少年,唐瑾瑜卖力吃饭,吃得比之前多了一点,他觉得自己矮,想再长高一点,也想快一点长大。

李赫单纯就是胃口好,吃什么都带劲儿,他一边吃一边感慨道:"平时除了我爸妈都没人关心过我,哦,我叔也关心,但是弹不好他都先问问我。"

"问什么?"

"问我脸咋这么大,肖邦都没弹好还能吃下去。"

唐瑾瑜乐得不行,坐在一旁笑。

李赫道:"你哥对你真好。"

唐瑾瑜点点头,带了点小得意,脸上的酒窝都笑出来了。

傍晚,唐瑾瑜练琴结束,背着书包去门口等他哥。

李赫送他出来,对他的态度比以前要亲热许多,等了一会儿小声叮嘱道:"要是有什么晴姐的事一定先跟我说啊,你放心,我绝对不让你吃亏,以后你打扫班级卫生的事我都给你包了!"

"我跟你不在一个班啊。"

"那有什么,我过去给你打扫呗!"

"让人看到不太好吧……"

"我都不怕丢人,你怕啥!"

李赫拍着胸脯跟他保证,恨不得把唐瑾瑜的体育课都替他一起上了,唐瑾瑜笑道:"体育课我自己上就成,班级卫生再说吧,有什么事我再找你。"

李赫特别高兴地答应了。

夏野的车很快就到了,他来接的次数太多,李赫都认出来了,拍了拍唐瑾瑜的肩膀道:"你哥来了,快去吧!"

唐瑾瑜跟他摆摆手,跑过去找他哥去了。

他刚上车,就看到副驾位置前面摆着一枝红玫瑰,包装得特别漂亮,单独一枝放在那里也没有放卡片。唐瑾瑜一边系安全带,一边好奇道:"哥,这是给谁的?"

夏野看了一眼道:"今天和你宋哥一起出去,刚好殷晴也在沪市,他顺路给殷晴买了束花,我瞧见花不错,单独要了一枝给你玩儿。"

唐瑾瑜听到是给自己的,拿起来把玩了一下。这花确实挺好看,也不知道是什么品种,好像和普通的玫瑰不太一样,花瓣要更厚实,颜色也是丝绒一般的殷红色:"真漂亮!"

夏野听着心情也不错,从小到大只要是他送的东西小孩都说好,这让送的人心里也舒坦:"喜欢这个?下次多买点给你。"

"嗯!"唐瑾瑜握着那朵花还在看,"多买一点,可以放在家里,妈妈上次太忙,好几次想买花都没时间。我看这个玫瑰就挺好,插一束在家里可以放好长时间了。"

夏野道:"好,以后常买。"

唐瑾瑜又问:"哥,晴姐来沪市了吗?"

"嗯,她有个活动要过来参加,过两天应该还有见面的机会。上次不是跟你说公司想请她做游戏代言人嘛,这次你宋哥还想把她介绍给乔氏那边,乔氏资源不错,今年在影视那边也有不少投资。"

唐瑾瑜坐在一旁听第一手八卦,夏野只简单说了两句,但他已经听出了宋益争取的资源着实不少:"宋哥对晴姐真好。"

夏野笑了一声:"是不错,你宋哥奔着结婚去的。"

如果不是这样,也不会拖了几年才介绍给他们几个老朋友认识。宋益是一个极稳妥的人,上次在哈市给他们介绍殷晴,也算是公开承认,接下来不出意外就是订婚。

唐瑾瑜在脑海里搜索了一下另一个时空的那些八卦新闻。殷晴是一个特别低调的女演员,仅有的几次关于她的热搜大多是得奖,她的亲和度很高,走的都是正剧女主路线,平时还真没听说过她有什么绯闻。他读高三的时候,倒是听过殷晴隐婚的新闻,不过那会儿殷晴都年近四十岁了,事业巅峰已过,每年只拍一部戏,影迷们对这个新闻非但不生气,反而都祝福她。

唐瑾瑜掰着手指算了一会儿,十多年后啊,这感觉还真有点奇妙。

殷晴现在看起来和二十多岁的大学生一样年轻貌美,细算下来,她要喊宋益一声"学长"。在娱乐圈踏实打拼,以她的演技确实属于大器晚成,算下来三十岁之后才是真正大红大火的时候,也就是这两年要开始发迹了。

夏野问他:"过几天有个酒会殷晴也会参加,你要见她吗?"

唐瑾瑜立刻点头:"好啊,哥,我跟你过去不会妨碍你工作吧?"

夏野原本想说如果他想见殷晴,可以约对方私下单独聚一下,不过小孩一脸期待地看过来,他话到嘴边就变成了一句:"不妨碍,也不是什么谈正事的场合,只是一个聚会而已。"

唐瑾瑜想起李赫,又问道:"那我能不能再带一个同学过去?就是跟我一块儿学琴的李赫,我们保证就待在一边吃东西,不跟其他人说话。"

夏野奇怪道:"你不是和他关系不好?"

唐瑾瑜道:"现在挺好的,我们是朋友了,上回去哈市他还请我吃饭呢!"

夏野点头道:"可以,一起吧,过两天我去接你们。"

唐瑾瑜立刻掏出手机来给李赫发了短信,告诉他这个好消息,李赫那边几乎秒回,感激涕零:"唐瑾瑜,我要和你做一辈子好朋友!告诉你哥,从今天开始,他就是我大哥了!"

夏野看他发短信,咳了一声道:"在给李赫发?"

唐瑾瑜乐得不行,把李赫发来的短信给他哥念了一遍,不过没把他拒绝的话念出来。李赫想得挺美,小唐同学不答应,夏野只能是他一个人的哥哥。

夏野原本要带他去苏记吃饭,唐瑾瑜在半路上改了主意,俩人去了一趟超市,买了不少菜。

唐瑾瑜还记得他哥的冰箱里基本就放酒水,其他位置都空着,他买了好多东西:"哥,以后周末我来给你做饭吧!我会的菜可多了,我爸那个红烧鱼我也学会了,以后你想吃什么我都给你做好不好?"

夏野看他一眼,不知道为什么,总觉得哪里有点不太对劲。

他买了菜,又去挑水果,夏野拦道:"家里准备了。"

唐瑾瑜道:"我知道,但是你肯定只买了我过周末的份儿,没给自己买,我买点橙子好了,你放着平时也能吃。这个柠檬很新鲜,哥,你带去让秘书给你切片泡水喝,补充维生素……"

他们一个买,一个在后面沉默地付款,出了超市手里提了满满当当三大袋。

夏野带他回了小公寓,还在想到底哪里不太对。

唐瑾瑜卷起袖子兴致勃勃地去了厨房,鼓捣半天做了三菜一汤,那个汤还是枸杞天麻鸽子汤。夏野挑起了眉头,还没问,对面的小孩就放下汤碗,捏了捏耳朵笑着道:"哥,你快趁热喝,这个可滋补了,我打电话跟姥姥学的养生汤!"

夏野盯着桌上那碗汤,"养生"两个字在脑海里盘旋不去。

他弟现在给他吃这个,是觉得他老了吗?

唐瑾瑜完全没有这个意思,他想讨好夏野,琢磨着从最通俗的饭菜下手,又想尽可能表现好一些，让他哥吃得开心点，所以才有了这一桌养生菜。

唐瑾瑜陪着一起吃了饭，夏野有些心不在焉，他弟叮嘱他把枸杞嚼碎了一起吃，他也照做了。

只是等到晚上，他忍不住用手机查了一下，其他的倒还好，枸杞那一条让他多看了几遍——《本草纲目》记载："枸杞，补肾，养肝，明目。"

昨天的养生汤只是一个开始，第二天夏野从书房出来，就看到他弟在卖力地拖地，地面擦得锃亮，连客厅他随手放着的几本书也被归类摆好，玻璃茶几干净得能照清人影。

夏野冷不丁从黑暗的房间里走到有光的地方，被反射过来的阳光照得眼睛都微微眯起来，下意识抬手挡了一下，完全不知道发生了什么事。

唐瑾瑜收拾好家务，又去给他泡茶，夏野想去接的时候，对方却把茶杯放在茶几上，推着他去了浴室道："哥，你先刷牙，我就知道你这个点差不多要起来了，你看，水都给你倒好了。"

夏野一手水杯一手牙刷，低头去看，牙刷上的牙膏都挤好了。

夏野："……"

夏野觉得还真是风水轮流转，以前他倚靠在门边监督小孩刷牙，现在轮到他弟管他了。他低头洗漱，打理好自己，刚出浴室，又闻到了蛋饼的香味，唐瑾瑜已经把早餐都准备好了。

夏野坐在餐桌前还有些不太真实的感觉，一边吃一边有了一点真切的感觉，是他们家一直吃的早餐的味道。他爸以前最拿手的就是这个，只要在家，他和唐瑾瑜都会抢着吃这个。不过他学了几次总觉得味道不太对，倒是他弟学了十成，味道是他喜欢的那种。

夏野早餐吃得满意，问道："你是不是有事求我？"

唐瑾瑜眨眨眼："没有啊。"

夏野不解："那为什么突然又拖地又做早饭？"

唐瑾瑜把最后一块蛋饼往他手边推了推，冲他乐："哥，你觉得我现在做家务怎么样？"

夏野点头，坦然地吃了最后一块蛋饼。他已经做好准备了，他弟要什么他都答应。

唐瑾瑜却没有提要求，反而保证道："我以后会做得更好。"

早饭后，唐瑾瑜去了李奥老师那边学琴，他周末一般要学两天。夏野没有其他事，送他过去，顺路去了水族店，唐瑾瑜养的那些小鱼挺能吃，现在已经是一小群的规模了。他对养鱼这件事轻车熟路，已经知道挑选什么饲料更好喂养。

唐瑾瑜今天照例受到了李赫的热烈欢迎，李赫同学甚至还给他倒了一杯水，帮他把琴谱都提前放好了。

李奥老师很快开始新一天的教学，快要比赛了，老师最近都有些兴奋。

李奥老师一点点给他们讲课，最后还激情演绎了一段，拿了唐瑾瑜的书包过来当道具："你看，你要这样，你不管用什么，都要带出气势，你就当这是一把尖刀，你要举起它狠狠刺向敌人的心脏，冲刺！再冲刺！"

唐瑾瑜吓得连连摆手："老师，老师我书包里有东西！"

李奥老师停了一下，问他："很重要吗？"

唐瑾瑜连连点头。

李奥老师没放下，反而举了起来："重要就对了，你感受一下这样把心脏提起来的感觉，是不是很紧绷？"

唐瑾瑜感受了一下午，筋疲力尽。

李赫在一旁偷着乐，被抓了个正着，李奥老师教育他："你笑什么笑，一会儿就轮到你！我说你们，男人的钢铁意志弹不好，恋爱的曲子也弹不好，以后还怎么找对象？"

李赫不服："这和找对象有什么关系？"

"当然有啊，你看，就像我一样，因为弹得好……"李奥老师话说到一半又冷静下来，想起他并未有过伴侣，"我和普通钢琴家不太一样，你们学普通的就好了，能找到漂亮的女朋友。"

"那您呢？"

"我不需要伴侣，音乐就是我一生的爱人。"李奥老师抖了抖衣领，昂首挺胸地走了出去。

李赫等他出去之后小声道："我才不，我将来要娶晴姐。"

唐瑾瑜："……"

他看向李赫的眼神都带了同情。

李奥老师的教学虽然疯狂，但他从来没有失手弄坏过学生的东西，唐瑾瑜那个书包现在安安稳稳地放在一旁的小沙发上。

李赫对那个书包特别好奇，等休息的时候问："唐瑾瑜，里面是什么啊？"

"哦，是一个模型，我拼一半了。"

唐瑾瑜拿出来给他看了下，趁休息的时候又拼了一小会儿，是一艘飞船的造型，是用细小的插片组成的。李赫不懂这些，看着就觉得头皮发麻："这个好复杂啊，你弄这个干什么？"

"送人的。"

"送谁？"

"你猜。"

李赫猜不出来，又问道："你送这个人家能喜欢吗？很少有人喜欢模型，而且这个难度还挺高的。"

唐瑾瑜眼睛笑得弯起来："他喜欢啊。"

"你这么肯定？"

"嗯，再也没有人知道得比我更多、更清楚啦！"

唐瑾瑜不但做了模型，还在心里做了一个计划。他哥那天随口说了这个模型有点意思，他打算拼好了给他哥放在办公室。

几天之后，酒会如约举办。

夏野亲自去接唐瑾瑜，他开车在学校后门等了一会儿，就看到穿着校服的小朋友小跑过来。

唐瑾瑜他们学校周一和周三穿正装，今天礼拜三，唐瑾瑜穿了一身挺拔合身的小西装，打着领带，天气有点热，他跑得也急，额头都被汗打湿了，在看到他的一瞬间笑出了小酒窝。

夏野的视线落在他身上，还未反应过来，下意识先关了车上的空调。

唐瑾瑜上车，把书包放在一旁，问道："哥，你怎么来学校接我了？不是说晚上八点去吗？"

夏野一边开车一边道："嗯，接你去试两件衣服。"

唐瑾瑜好奇道："我妈让你来的吗？"

夏野笑了一声，摇头道："没有，我就是想给你买几件而已。"

唐瑾瑜不解，他从小到大的衣服都是陈素玲给他准备的，他家里有一层的空间放置着当季各种新衣，和商场没有什么区别，种类甚至更齐全，还真没在外面买过衣服。

夏野也是突然来了购物欲，想给他买东西，带他去了商场之后，最大的牌子还是自家的，想了片刻又换了几家，让唐瑾瑜去挑自己喜欢的："晚上不回家了，你挑身衣服，一会儿直接带你过去。"

唐瑾瑜从小跟着陈素玲在公司，虽然不会做衣服，但很会挑选，挑了两身穿上试了试，一旁的导购小姐已经赞不绝口："这个很适合，颜色也显得肤色很白！"

唐瑾瑜出来给夏野看："哥，这个怎么样？"

夏野点点头："挺好。"

导购小姐道："这个特别适合您弟弟穿，看起来显得年龄小呢！"

唐瑾瑜听了之后有点犹豫，又去换了两身，这次尽量挑了黑色的正装的样式，不过他确实年纪小，少年的气质掩盖不住，用发胶略微抹了一下头发，看起来才像大男孩，不过依旧是奶乖的那种。

唐瑾瑜走出来给夏野看了下："哥，这件可以吗？"

这次夏野看的时间久些，过了片刻点头道："嗯，就这套吧。"

唐瑾瑜比去年长高了些，又换了一身正装，打理了头发，朝气蓬勃，鲜活得可爱。

这副长大了的模样，让夏野在车上频频看他。

唐瑾瑜绷住唇角努力不笑出来，心想，原来他哥喜欢这样款式的衣服，下次还要穿这种才行。

夏野比他想的要多，有家里小孩长大成人的感慨。

这场酒会是乔氏主办，宋益和那边非常熟络，两边公司合作多年，已经是老朋友了，进去之后遇到不少熟人。

夏野走过去寒暄几句，唐瑾瑜熟练地躲在角落里自己吃东西，这里准备的草莓很甜，撒了一点糖霜，吃起来很爽口。

李赫很快也到了，他穿了一身白色西装，大概平时经常和李奥大师出席这样的场合，看着还挺自然，他走到唐瑾瑜身边跟他打了招呼。

唐瑾瑜看他一眼，小声道："你不是说比赛领奖的时候才穿这个吗？"

李赫低声道："我现在的心情就跟领奖一样，你摸一下我的手。"

唐瑾瑜碰了下，果然手心里都是汗。

李赫表面镇定，但是声音都在微微发抖："我还是第一次有机会跟晴姐说话，我背了好多，好害怕一会儿忘词啊。"

"说你想说的就行……"

两个人嘀咕，夏野看了他们一眼，端了几杯果汁过来："说什么呢？"

唐瑾瑜抬头笑道："没什么，李赫紧张呢，他追星嘛。"

夏野递了一杯果汁给他，看了一眼时间道："殷晴还有一会儿才到，你们先在这边吃点东西，我过去有点事，让袁哥来陪你。"

唐瑾瑜惊讶道："袁哥也来啦？"

夏野点头，招呼老猿过来，远远就看到一个胖乎乎的身影端着一杯牛奶。老猿属于幕后人员，跟乔氏的人接触不多，但知道他的人不少，他也并没有刻意隐瞒自己的身份，因此有段时间乔氏盛传他是"背后操纵宋益的男人"。这实在是污蔑，老猿实打实替夏野背了锅。

老猿走过来忙不迭地把牛奶递到小殿下手里，笑道："小瑜，来，喝这个！"

唐瑾瑜早晚的牛奶都没断，对长高的渴望正热切，接过牛奶立刻就笑了："谢谢袁哥！"

这边有老猿在，夏野也放心不少，暂时离开了。

老猿心大，反正带一个孩子也是带，带俩也一样，就乐呵呵地陪着唐瑾瑜和李赫一起吃东西，躲在一边聊天。

唐瑾瑜对他的到来很好奇："袁哥，这次的活动很重要吗？怎么你也来了？我好久都没看到你了。"

老猿笑呵呵道："想我了吗？"

唐瑾瑜："想！"

李赫站在一边一脸平静。他和唐瑾瑜练琴也有一段时间了，唐瑾瑜家里不管谁来接，或者谁打电话来问候，第一句都得问这个。

老猿说："我这次来还有别的事跟你哥说，顺便过来见见老宋的女朋友，没想到他还找了一个女明星。"

唐瑾瑜想阻拦也晚了。

李赫听见了，转头问："什么女明星？"

"殷晴啊。"

李赫整个人都惊呆了："谁？！"

第八章

傀儡进攻

老猿想了想,转头小声问唐瑾瑜:"这事现在是不是还不能公开啊?他们娱乐圈一般都怎么处理的?我说早了?"

唐瑾瑜点点头。

老猿有些懊悔,同时李赫已经开始了追问,左一句右一句,车轱辘话不停,头号粉丝坚决不肯相信他们的大明星谈恋爱了!

唐瑾瑜知道他不会说出去,就斟酌着跟他讲了。李赫完全接受不了,差点当场哭了。

"不可能!"李赫的声音都发抖了,难过得不得了,"我们晴姐,呜呜,我们晴姐怎么会找对象,她还要拍好多戏,怎么就要结婚隐退……"

"没有要隐退啊,她以后会拍更多戏的。"

唐瑾瑜安抚他几句,李赫还在愤愤不平,低声道:"他影响我们大明星的事业!"

唐瑾瑜:"不会吧,宋哥自己就走事业线的,他俩一样。"

"不一样啊!"

老猿在一旁摸着下巴说了一句公道话:"其实老宋这确实是高攀了啊。"他可都听说了,殷晴也是他们数院的人。

李赫迅速把老猿归到了自己人里。

李赫的低谷情绪一直持续到殷晴入场。殷晴来了,他才提起十万分精神全神贯注,不只是看殷晴,更多的是关注她身边的人。

唐瑾瑜小声问他在看什么,李赫低声回道:"我看看有没有人对殷晴颐指气使。你不知道,以前剧组里有人欺负她,抢她台词还找机会故意针对她,上次我们探班隔老远都看到了,那么冷的天,那人一直故意重拍,她在岸上说台词是没事啊,我们晴姐还泡在水里呢。"

唐瑾瑜还是第一次知道这样的事，不过他很快安抚道："现在不会了，宋哥在啊。"

殷晴身边的男伴果然是宋益，唐瑾瑜观察了半天感觉宋益今天哪里有些不同，后来才发现是眼镜换了，好像发型也打理过，瞧着更儒雅温和了一些。

殷晴做完自己的工作，抽出时间主动过来找唐瑾瑜，看到他先感谢了一下："小瑜，真是多亏你了，你看今天的礼服和珠宝搭配得怎么样？"

陈素玲公司今年还投资了一些小众品牌的珠宝，殷晴今天穿的高定礼服和佩戴的珠宝都是唐瑾瑜家的赞助，小老板看到自然夸好，笑眯眯道："好看！"

李赫自从看到殷晴就紧张到一句话也说不出来，僵硬地站在那里两眼发直。

唐瑾瑜介绍他，李赫憋了半天才结结巴巴地说了一句"你好"。

殷晴倒是很和气，跟他握了握手，听唐瑾瑜说他是资深影迷还笑道："真的呀，那太谢谢你了，我接下来会努力拍出更多更好的剧回报大家，也希望你们好好学习，大家一起进步！"

李赫激动地连连点头："我一定努力！"

李赫想要一个签名，他带了本子，但是没有带笔，红着脸站着有些不知所措，老猿人好，带他去找服务生借笔去了。

殷晴对唐瑾瑜特别热情，她趁左右无人，凑过来对他小声说："小瑜，我们私下聊点八卦好不好？"

唐瑾瑜点点头："什么八卦？"难道是娱乐圈其他明星的秘密？

殷晴又凑近了一点，在他耳边道："我听说，宋益他们几个在公司创业初期，曾经出过一件大事，据说是高层打群架，血流成河，最后还是老板亲自出面去局子里把他们保释出来的……"

"老板？那不就是我哥？"

"对啊，对啊，小瑜你听说过这事吗？据说当年动用了大量人脉，付出了巨大的代价！"

殷晴期待地看向他，满脸八卦。

唐瑾瑜想了半天，也没想起这事。

殷晴道："你真的不知道？那看来是公关了吧，应该是真的了。"

唐瑾瑜困惑道："我哥也打架了吗？"

殷晴迟疑地摇摇头："这个我也不清楚，但是我听过好几个版本，据说老猿、韩亦辰和宋益他们都去了。"

唐瑾瑜好奇道："晴姐，你怎么知道这些的？"

"我在你宋哥那边有线人呀，他那么好，我才不会放过呢！"殷晴眨眨眼对他笑道,"偷偷告诉你,我们明年就要结婚了,你私下可以喊我嫂子,不要被记者拍到就行啦。"

唐瑾瑜也跟着笑,他觉得殷晴本人特别亲切,通过八卦和她再次拉近了距离。

李赫和老猿很快回来了,李赫借了一支笔,如愿以偿地让殷晴给他签了名,放在贴身口袋里收好,开心极了。

殷晴还有事要忙,摆摆手很快走了。

李赫轻轻碰了碰唐瑾瑜肩膀,低声道:"我偶像跟你说什么了?晴姐刚才跟你说悄悄话了吧,我都看到了。"

唐瑾瑜摇头不肯说。

李赫握着他的肩膀,挑高双眉,做出李奥老师同款表情:"说出来我们还能做兄弟!"

唐瑾瑜就随便说了两句:"她也没说啥,就祝我学习进步什么的,和你本子上写的一样。"

"你说谎!"

"真的!"

李赫观察他,点头道:"好吧,应该是真的。"

唐瑾瑜:"……"

你这诈得也太敷衍了啊。

虽然这么想,但他还是松了口气,这也得亏是李赫,换了其他人绝对应付不过去。

殷晴只待了一会儿,很快就离开了,她走之后李赫待着也没什么意思,跟唐瑾瑜打了个招呼,自己先回去了。

老猿体贴,怕他们小殿下一个人在这里无聊,就给他拿了一杯饮料,带他去二楼阳台散散心。

老猿趁人不注意把饮料塞他手里,低声道:"喝一口尝尝?"

天黑没看出什么,唐瑾瑜低头喝了一口,才尝出来是可乐,没放冰块,也是意外之喜了。

老猿搓手笑道:"喝吧,你哥管得严,没敢多倒,就这么一个杯底,你尝尝味道。"

唐瑾瑜已经很满足了。

老猿瞧着小孩一点点长大,如今虽然是大孩子的模样,但在他心里还是那个五岁大的小朋友,瞧见他就喜欢,觉得小孩喝可乐的样子特别有意思,跟他们老院长品茶似的,喝得有滋有味的。

唐瑾瑜一边喝一边问道:"袁哥,你这次来待多久?岳瑗姐怎么没一起来?我好长时间没见到她了,都想她了。"

老猿笑道:"她啊,最近在忙着给老院长整理资料,老院长这不要出书了吗,忙得很,她不放心,得亲自照顾着才行。对了,你要是有空的话也常打电话过去问问,我们都劝不动他,还是你说话好使,让老院长劳逸结合,千万别累病了,他这个年纪可不能生病。"

唐瑾瑜点头答应了:"好,我明天就给爷爷打电话,咱们一起监督。"

老猿乐得点头:"对,一起监督!"

他们聊了没一会儿,夏野就找来了。

夏老板留宋益一个人在这里应酬,带唐瑾瑜先走一步,老猿跟上去喊了两声,夏野也没停下,只对他道:"公事的话明天去公司谈,今天晚了,我先带小瑜回去,他明天还要上学。"

老猿脚步顿了顿,又喊道:"明天一早我就过去啊,你记得等我,有很重要的事要跟你说。"

夏野应了一声,唐瑾瑜要回头道别,也被他伸手揽了一下,带着快步走了。

唐瑾瑜小声道:"哥,你提前离开可以吗?"

夏野道:"为什么不可以?"

"你以前也提前走吗……"

"我就没怎么参加过,今天不是你要来看殷晴吗?"

酒会上的食物摆盘漂亮,但也没什么能吃的东西。从酒会出来,夏野在路上问他想吃什么,唐瑾瑜想了半天:"我想吃小馄饨。"

夏野笑了一声:"你穿这个去吃吗?"

唐瑾瑜看了看自己身上的正装,揉了揉鼻尖,也跟着笑。

夏野逗了他两句,当真带他去吃了小馄饨。夏野开车去了他们兄弟俩常吃的一家小店,要了小馄饨,另外还点了粥和小菜。店面很普通,坐在外面的摊位上吹着夏天的晚风,吃一碗小馄饨,清淡的汤上撒着一把虾皮和紫菜,现包的小馄饨肉汁鲜美,咬起来最爽口。

唐瑾瑜小孩一样的心性,吃一口热乎乎的小馄饨,就开心得不行。

夏野陪他吃了一碗,问道:"还要不要?"

唐瑾瑜摇摇头:"哥,我吃饱了。"

夏野问道:"吃这么少?"

唐瑾瑜道:"哥,你看我吃得少还不挑食,是不是特别好养?"

夏野弹了一下他额头:"我宁可你挑一点,多吃两口也好,多吃才能长高。"

唐瑾瑜看到夏野把那些小菜和粥都吃了，心里给他哥打了一个特别高的分数，他哥才是真的不挑食特别好养！

等吃过夜宵，唐瑾瑜坐在车上想了想，道："哥，我不想回家，我想去你那儿住。"

夏野道："那你早上要早起半个多小时，还是回去住吧，我今天跟你一起回去。"

唐瑾瑜张了张嘴，把到了嘴边的话又收了回去，点头道："也行吧，那我回家睡。"

夏野觉得小孩这两天有点黏人，不过他弟从小到大一直都这样，他出差几天回来他弟都得当一阵小尾巴才过瘾。这次虽然没出差，不过小孩上高中后确实只有周末见他。夏野点头答应了。

夏野刚从浴室出来，唐瑾瑜便拽着他："哥，我还有礼物要送你。"

夏野看他翻书包："要送我什么？"

唐瑾瑜从书包里翻出那个模型，献宝似的捧过来给他："当当！礼物！"

夏野接过来看了下，有点惊讶："你自己拼的？"

唐瑾瑜得意道："当然啊，我给你拼的，好不好看？"他还在偷偷看夏野，"哥，你可以把它放在办公室，桌子上要是放不开，就放在书柜上，就是正对窗边的那个……"一抬眼就能看到的地方。

这个模型的难度相当高了，夏野低头看了一会儿，点头道："好。"

不管怎么说，有这份心意还是好的，夏野收了模型。

另一边，沪市一家酒店顶层，总统套房内所有的灯都开着，桌上放着一盒打开的慕斯蛋糕，已经被胡乱挖了几块，蛋糕旁边依旧是一份麦当劳的套餐，还有几杯冰可乐。

秦珂盘腿坐在柔软的沙发中，他抱着一台笔记本电脑，一手敲着键盘，一手的大拇指无意识地放在嘴里咬了两下，眼下已经带着睡眠不足而起的青黑色，但他却像夜行动物，精神很好，很兴奋。

他找不到"一尾小鱼"。

他查了所有社交平台上这个账号的聊天对话、出现记录，以及曾经登过其他网站的蛛丝马迹，竟然一点消息都没找到。

这太有趣了。

要么这个人本身就是黑客高手，要么就是被人严密地保护起来了。

秦珂分析之后，认为"一尾小鱼"是高手的可能性并不大，因为只要是黑客，总会留下痕迹，尤其是网上拥有自己代号的人，他们会标记下自己的印记，类似于圈地盘，划分自己的领地。就像是他，习惯用花朵印章作为印记，至于是什么花朵，全凭心情。

但是"一尾小鱼"并没有。

秦珂用了一周时间尽可能地搜集了所有资料，他分析了对方的留言，具体地址还未找到，但是通过他搜索的跳板痕迹可以肯定，"一尾小鱼"也在沪市。利用之前的那道习题线索，他针对沪市所有高校，认真排查，整理了表格逐一核对，终于找到了一个大致的活动区域。

一百公里范围内，这已经是他能做到的极限。

秦珂咬了下手指，笑了一声，眼中浮现出屏幕上一行行发着绿光的滚动字符。他已经很长时间没有这种兴奋的感觉了，像是寻宝，迫不及待想解开谜底，找到宝藏。

酒店的房门被敲响，有人来拜访。

知道秦珂地址的人没几个，打开门一看，果然是这几天一直鞍前马后陪同的秦书玮。秦书玮这两天也只是给秦珂送了几次麦当劳，其余什么话都没说上，但还是按照惯例过来问候一下。他今天似乎刚从其他社交场合赶来，穿戴整齐，西装笔挺。

秦珂看他一眼，秦书玮自己心里就打了一个突，主动解释道："我今天有事，过来晚了，是乔氏的一个私人聚会。"

秦珂懒洋洋道："你和乔氏有合作？"

"……没有。"

秦珂嗤笑一声："那你去干什么？别人因为有生意来往联络感情，那叫实质性接触，你是去负责鼓掌，当观众吗？"

他话说得刺耳，秦书玮面红耳赤，但一句话都反驳不出来。

秦珂打了一个哈欠，他已经一连几天都只睡几个小时了。那条小锦鲤实在被人藏得严实，防御手段层出不穷，他昨天差点中套，要不是机警就钻进蜜罐被封锁住出不来了，想想那种感觉还有点小刺激。秦珂怀疑，对方不是一个人，而是一个团队在保护小锦鲤，有手段狠厉的，也有特别不要脸的，什么不入流的招数都拿得出来，他这边稍不注意就要被对方"回访"。

秦珂坐回沙发上，歪着身子抱着笔记本电脑看，不过这会儿看起来精力耗损了不少，一连几次都按错了键，于是干脆合拢笔记本，闭目养神。

秦书玮不知道该怎么办才好，站了一会儿，正想坐下，听到秦珂道："你这几天不要过来了。"

秦书玮怔了一下，问："你是要出去吗？去哪里？"

秦珂道："不知道。"

秦书玮面上努力浮出一个笑容，试探道："我也不能说吗？秦珂，我们都是一家人，没什么不能讲的。"

"我是真的不知道。"

秦书玮不死心，还在试图打探他的去向，他心里远没有面上这么镇定，简直心急如焚，生怕秦珂转头去找庄雅合作，这样他们父子俩就要彻底完蛋，别说豪门生活，一大笔烂账都无法收拾。

但秦珂一问三不知，秦书玮再问，他就笑了一声："是保密任务。"

秦书玮拧眉："任务？"

秦珂伸了个懒腰，打哈欠道："是啊，为了保护祖国而奋斗，跟你这种人说了你也不懂。"

秦书玮脸色难看，秦珂说的话，他一个字都不信。

但是第二天他再来的时候，秦珂真的不在了。

酒店房间空空如也，秦家那位少爷来的时候两手空空，电脑都是临时买的，走也走得干干净净，什么都没留。

秦书玮脑门儿冒汗，打电话跟秦城说了一声，那边也慌了神。秦城毕竟在本家还有些亲戚，打电话跟本家汇报了一下，本家回话说知道了，并没有再追问。

仿佛大家都知道，秦珂今天的离开，才是他远道而来的真正原因。

此时，夏野办公室。

老猿一副眉头不展的样子，沉吟道："我这次来沪市，确实还有其他原因，现在知道的消息也只有一星半点，但是听说要在沪市召集一批人，做些事。"

"什么事？比赛？"

"不是，"老猿微微拧眉，脸上的表情凝重了许多，"不知道是好事还是坏事，不过现在看来，是上面的意思。除了像我们这样的人，还找到老院长那边去了，问他要了两个数学系的高才生，具体做什么分析还不清楚，一切都是最高保密级别。"

有关部门出手，气氛完全不同，也不是他们能控制的。

老猿道："夏野，这次的事情很麻烦，你当年那件事做得太显眼，再加上现在一直从事网络安全，可能会受到一些牵连。"

夏野沉默片刻："迟早的事，我有心理准备。"

老猿点点头，他这次来，也是做好了共进退的打算。数院那边去了人，他的功底摆在这儿，如果真如传言所说找一批人，他和夏野一样，也都是排得上号的，绝对跑不了。

果然，几天后，那个电话打来了。

夏野和老猿几乎同一时间接到消息，时间、地点也都吻合。夏野联系了宋益，简单安排了公司的事项，只来得及给家中打去一个电话说要出差，就挂了电话。

第二天，唐瑾瑜是从家人口中得知夏野出差的消息的。

起初他没觉得有什么，但他给夏野发的消息一直没有回应，第一天他说工作忙，但后来一连几天都联系不到人，这太不正常了。

他哥就算再忙，每天至少也会在晚上睡前集中回复他，这次消息全无，打电话过去手机也一直处于关机状态。

唐瑾瑜慌了神，打电话给宋益，宋益对这事也知之甚少，只是安慰他："你先不要着急，夏野那天是和老猿一起离开的，应该是有什么重要的事。"

"可是我哥说去出差，他去哪里出差？"

"这个我也不太清楚。"

宋益都不知道，那么就应当不是为公司的事出差。

家里人也想办法打听了一下，唐泓俊回来后，对唐瑾瑜道："我问到了，你哥现在确实有点事在忙，你放心，很安全，过段时间忙完了就回来了。"

唐瑾瑜紧张道："他出国了吗？"

唐泓俊道："应该没有，你夏伯伯说他的护照都没有动过。"

"他到底去做什么了呢？"

唐泓俊含糊道："一些正事，本来这次你爷爷也接到通知要去帮忙的，但是他年纪大了，选了院里的几个学生过去，你哥和他们都在一起，放心吧，他们很多人，很快就能完成工作。"

夏老师那边应该也知道一点消息，但是唐瑾瑜看向他的时候，他只露出一个抱歉的神情，显然那消息暂时不能说。

家里人查询到夏野的去向后神态镇定，唐瑾瑜受到他们的影响，也略微放心了。

但是自从联系不上夏野，他饭也吃不好，睡觉几次都在半夜醒来，人明显憔悴了不少，小脸都瘦了一圈。夏唐两家人担心他，唐泓俊更是变着花样给他做饭吃，还专门和食堂新来的大厨学习了几道菜，大厨做糖醋式样的菜十分拿手，他虽然学得不太像，但每次做了唐瑾瑜都能多吃一点。

一周之后，夏野给唐瑾瑜打了一个电话。

唐瑾瑜接到的时候有一瞬间恍惚，继而站起来道："哥？是你吗？"

夏野在电话那边笑了一声，道："是我，怎么才几天就听不出我声音了吗？"

唐瑾瑜："听得出，哥，你什么时候回来？"

那边沉默了片刻，道："还有些事情没完成，可能要一个多月才能回去，我争取每个礼拜都跟你通话，你告诉家里，让大家别担心。"

唐瑾瑜答应了一声，又追问道："你不是在国外吧？"

夏野道："别担心，我和你袁哥他们在一起，还有韩亦辰，你可以问问星星，我们很安全，只是现在要开发一个保密项目，你等我一段时间好吗？"

"嗯！"

"你要好好吃饭，知道吗？"

"好，你快点回来，我等着你。"

虽然夏野跟他报了平安，唐瑾瑜还是打电话去问了韩亦星，听到小姑娘说他哥也来了电话，才把提着的一颗心放下。

千余公里外，一处防守严密的大楼内，一行穿着正装的中年人正在警卫的陪同下步履匆匆地上了电梯，他们手里拿着一份名单，上面写的都是这一周通过测试的网络安全人员，换一个说法，他们目前是国内最高级别的网络人才，无一例外，都是精英。

这次通过的名单里，年龄超过五十岁的仅有一个，其余普遍在二十岁左右，甚至还有一个十二岁的小男孩。

为首的负责人看了名单，听旁边的人低声汇报了这些人的信息，点头道："这些都是民间安全人才，一定要给他们足够的施展空间，合理运用他们的力量。"

"姜部长放心，我们会的。"

一旁的人点头应了，带他去会议室。

会议室分前后门，和以往不同，这次只留了前面一盏灯亮着，其余都关闭了，整个会议室半明半暗，也没有以往的肃静，三十多人自顾自地说话，嘈杂声混在一起，主持会议的人努力念会议稿，试图让大家安静下来，但是收效甚微。

姜部长脚步顿了顿，转头低声问："怎么没开灯？"

一旁的人犹豫了一下，还是硬着头皮实话实说了："是这样的，这次来参与任务的同志里有一个不怎么喜欢光，所以来了两天他们宿舍一层和会议室的灯全都失灵了。"

姜部长笑了一声，饶有兴趣道："其他同志不会有什么想法？"

"有啊，有的人不服还闹了两天，但是修不好，也就随他去了。"

"挺有意思，这人是谁？"

"您看，右边圆桌最内侧那个人，对，就是那个趴在那儿扣着帽子的，他叫秦珂，就是他做的。"

姜部长看了一下，房间光线很暗，那个秦珂倒是很会找位置，挑了一个最适合睡觉的地方。挨着他的是一个小男孩，看着才十岁出头，年纪很小，姜部长多留意了一下，知道这是那位被选拔上来的天才儿童。男孩看起来有几分紧张，坐在那里摆弄着一个魔方，努力在缓解压力。

姜部长的视线又在房间里巡视一圈，找了片刻，落在和秦珂斜对面坐着的几个人身上，最终定在一个看起来二十多岁的青年身上，虽然只能看到侧脸，但也能看出几分熟悉的感觉："那个人是不是夏野？"

"是，姜部长认识他？他也是这次任务里的核心力量，而且比起秦珂，他更有大局观，也愿意配合。"

姜部长笑了一声，点点头，十几年过去，当年接受审判的小孩已经长大，身边还有了几位朋友。

他看了一会儿感慨道："长江后浪推前浪啊。"

身旁的人只当他在说会议室里那个十二岁的天才儿童，附和道："是，年龄越小越容易掌握计算机技术。"

姜部长笑了一声，带人走了进去，径直坐在第一排的位置上，低声吩咐了旁边人几句话，安静坐了片刻，房间里的灯忽然大亮，昏暗了数日的会议室终于重回明亮。

会议室瞬间安静下来，趴在一旁睡觉的秦珂慢慢坐起来，眯着眼睛看向前方。

姜部长没有说话，只抬手示意讲台上的主持人继续。

主持人这几日已经被这帮精英折磨得不行了，他们这边也有厉害的人，但从来没见过这么一帮不讲规矩的人，简直乱来，他磕磕巴巴地念手里的会议稿："民间安全力量流失严重与相关部门支持不够关系很大，我们深切感受到给予大家的机会太少，应当从务实出发，争取建立信息安全产业基地，让更多的人参与到安全项目的建设……"

秦珂转了转手中的笔，笑道："我有一个提议。"

"秦同志请讲。"

"就目前来说，我们的安全技术在理论上不落后于世界，但实际上就不同了。正所谓'不破不立'，您找我们来，不也是为了'破'吗？如果没有真正意义上的攻击实践，拿什么来证明盾是坚硬的呢？"

他在挑衅。

姜部长让人开了所有的灯，一进来就给了他一个下马威，告诉他这里也有技术不输于他的安全人员，而秦珂没有丝毫畏惧，反而来了斗志。他们是天生最锋利的矛，而不是这里被保养精良的盾，从来未有畏惧的武器，他们的天性就是攻击。

姜部长身边的人毫不客气道："你们未必技术第一，但想象力绝对一流！"

这句话嘲讽意味十足，不但指向秦珂，还殃及了周围三十余人，看来这一周积怨已深。

立刻就有人不服，拍桌子道："来试试啊！"

"谁怕你不成！"

主持人还在念着会议稿，想努力把气氛营造得融洽一点："那个，我们希望能在组织和民间之间建起一座桥梁，大家都是因为同一个目的才走到一起，网络安全需要兴趣和自由的氛围，还是要提倡引导和推荐……"他已经在掏手帕擦汗了。

"开战吧。"夏野干脆道，"不过既然要分两组，我们这里也需要一位首领。"

韩亦辰掰了掰手腕，活动了一下筋骨，咧嘴笑了，他等夏野这句话很久了。而夏野另一边的老猿也扶了扶鼻梁上的眼镜，一副忧国忧民的模样，他小声道："是该管管了，现在的年轻人太不像话了。"

秦珂抬头看过来，视线盯着夏野片刻，笑道："我也是这么想的，不如我们先内部协商一下，定个规矩。"

主持人无助地看向姜部长，姜部长抬抬手，他终于松了口气赶忙拿起稿件走了下来。这队伍他是真的带不动啊！

姜部长对他们的提议饶有兴趣，点头道："这个主意不错，不如由我们提供场地和计算机，大家友好切磋一下，新时代嘛，大家和平解决问题再好不过了。"

姜部长给了他们三天时间解决内部矛盾。

尽管设备也不顺手，但很快大家就进入了状态，有单人行动的，也有主动向其他高手靠拢寻求合作的。

夏野身边聚集的人最多，老猿和韩亦辰一直在他身边，那个年仅十二岁的男孩也跟在他们身后。老猿对那个男孩特别照顾，这人是 S 大破格录取的少年班学生，他来的时候计算机学院的朱院长一再叮嘱他，如果有机会碰到，一定要好好照顾这个苗子。

小朋友对他们几个大哥哥也特别信任，又心思单纯，数据分析能力一流，老猿乐得带他一起。

夏野他们的队伍人数在七人左右，没有再增加的意思。

另一些人三三两两组队，还有不少人选择了秦珂。

除了夏野，秦珂确实是最好的选择，但是出乎意料的，秦珂一个人也没要，他选择了单独一个人进房间。

被秦珂拒绝的人面上不解，拦住他："秦珂，我知道我的技术或许不如你，但也能排上前几，昨天的攻防战你也看到了，我的作用是……"

秦珂抬起眼皮看向他，似笑非笑道："我不要别人挑剩下的。"

对方愣了下，继而脸皮发红，恼怒地攥起拳头："你什么意思？"

"字面上的意思。"

那人之前找了夏野，被委婉拒绝才改投秦珂，他没想到秦珂会直接说出这样的话，一时颇有些下不来台。

秦珂不管他们，自顾自选择了房间进入，开始熟悉机器。

这次组织给他们提供了足够多的房间和计算机设备，一场战事，一触即发。

大部分人选择了主动攻击，被秦珂拒绝的那个人带着一丝报复心理，很快锁定了单打独斗的秦珂。也有人选择了夏野，开始小心试探，周围网络互相联通，信息四通八达，任何一个"信息"都有可能代表对手。

不多时，各种声音慢慢浮现，有人脸色变得难看起来。

"我电脑怎么这么慢？是不是被人搞了？"

"服务器cpu（中央处理器）满了，还是有人使小动作啊？"

"带宽飙升啊！绝对是被人搞了！"

…………

韩亦辰坐在房间一角，也盯着屏幕，忽然怒道："我昨天的日志……哦，昨天用的是另一台机子，难怪没有。"

老猿看向他："小韩，集中注意力啊，这三天可别掉链子。"

韩亦辰揉了揉眉心，有些疲惫道："老猿，你不知道，我对我的电脑特别长情，那就跟我老婆一样，这一周真的天天换机子，我感觉每天都换一个新老婆，真的太累了。"

老猿立刻捂住一旁小男孩的耳朵，小朋友正在好奇地听，被捂住的时候还有点困惑。

老猿从男孩背包里拿了一个巴掌大的棒棒糖："小冬啊，咱们不听这个，你吃糖，然后玩儿电脑就成。"他和岳瑗结婚多年还没孩子，瞧见年纪小的就忍不住父爱爆棚。

夏野也抬头看了一眼那个叫小冬的男孩，视线落在他手上。

老猿带小冬在攻防战里进展顺利，颇有些邀功的心情，但还没等他开口，就听到夏野问那个男孩："你吃的那个糖，什么牌子的？好吃吗？"

小男孩都傻眼了，迅速站起身，把自己的小背包送到大神面前，一副讨好的样子道："夏哥，我吃的是波板糖，很甜，很好吃！这个牌子的最好吃了，你要吗？"

夏野用手指拨开他的背包翻找了一下，拿了一个最大的，点头道谢。

老猿："……"

不用问都知道夏野怎么想的，老猿嘴角忍不住抽了一下："那个，小瑜都长大了，你就把糖留给人家小孩吧，这还不知道多久才能出去，他总共就那么点糖解馋。"

夏野盯着屏幕，没有把糖还回去的意思，淡声道："吃太多糖容易头脑不清醒，这几天少吃一点无妨。"

老猿心想，你当初可不是这么对小瑜说的。

隔壁房间里，一张长会议桌上放了十余台电脑，而这个房间也是人数最多的一个。

此刻，电脑接二连三地出现蓝屏，坐在前面的人脸色逐渐难看。

当第五台电脑蓝屏的一瞬，屏幕上也出现不断滚动的字符，如果仔细看，能看出是电脑中重要文件的信息，这也是在这场比赛中他们要保存下来的东西，类似于阵地里的旗帜，一个队伍一份重要文件，潜藏在队伍核心位置。

电脑前坐着一个二十四五岁的年轻男人，他已经满头汗珠，忍不住狠狠捶了一下桌面上的键盘，立刻被一旁的人低声喝止住。

与此同时，屏幕忽然定格，浮现出一个巨大的小黄人的脸，音响也发出一连串哈哈笑声，活像是有谁恶作剧一般。

有人立刻变了脸色："是'捣蛋鬼'！"

"什么'捣蛋鬼'？"

"你刚从国外回来，可能不知道国内的一些顶尖黑客俱乐部，除了鹰联和绿盟的一些人，还有一个坏孩子俱乐部，他们领头的人就叫'捣蛋鬼'，他们的攻击目标并不固定，破坏性也很小，但是有时候也看情况……"说到这里，对方的攻击开始了。

屏幕上浮现出一台老虎机式样的东西，三个红色按钮，依次排列。

旁边还浮现出一行字："嗨，好朋友们，每天对着电脑工作学习一定很枯燥吧？让坏孩子将你的工作变得紧张又刺激，让我们来玩一个游戏！你现在一定很想保存那份重要文件对不对？我们用玩老虎机的方式决定文档命运，你选对了，我将随机删除一个，选错了，我就把你的东西全部删掉！"

这样的选择，根本就是把人往死路上逼。

鲜红的倒计时让人冷汗不断，大家只好硬着头皮选择了一个。有人比较幸运，选对了一个，被销毁了一个文件，随着文件被粉碎的声音，第二轮倒计时又开始了。

这样恶作剧式的病毒在其余房间陆续爆开，中招的人不在少数，有人争取到一点缓解时间，但无济于事，也有选择错误，被清盘，承受不住压力，只能颓丧离开。

最角落的一个宽大房间里，秦珂旁边放着数台电脑，电脑围成了一个圈，将他自己包裹在内，不时能听到机器发出轻微的"嘀答"声，屏幕上的捣蛋鬼病毒还在生成。

他一边欣赏自己的成果，一边嘀咕了一句："好想吃汉堡啊。"

大家的电脑接二连三地蓝屏，有人离开房间，也有人坐在那里大声责怪是电脑硬件的问题，不甘心地重新启动。

这种行为很快就被人鄙视了。

因为组织提供给他们的这些电脑都是专门采购的最新设备，每台价值数万元，硬件是目前最好的，不存在问题。果然，不出片刻，电脑重启后就弹出几个窗口，上面贴了一大段话，告诉他们这台电脑已经被 x 先生攻占，请耐心等待二十四小时，明天中午赛事结束，电脑就会恢复正常。

后面的字还未来得及阅读，屏幕再一次进入蓝屏状态，和之前的情况一模一样。

那人神色难堪，试了几次都没办法破解，只能低声咒骂一句，起身离开了。

夏野所在的房间非常安静，桌上甚至还放了几杯清茶、一碟坚果。

老猿有一颗寄情山水的心，虽然才三十来岁，但已经活出了退休的境界。他们这边的气氛比其他房间要好许多，并不算紧张。夏野和韩亦辰带着两个人在那边盯着，老猿带小孩，给小孩每日一吹数院，目前已经对小孩洗脑成功，小朋友现在一听到数院就满脸仰慕之情。

夏野看了一眼时间，对一旁的人低声叮嘱两句，起身要走。

老猿瞧见忙问："怎么了？有什么情况？"

夏野道："没有，我出去打个电话。你和小冬歇一会儿，下午替韩亦辰他们，我估计鹰联那几个人晚上要搞事，大家轮流盯着吧，最后一天，再加把劲。"

老猿答应了一声。

等夏野出去，大家才彻底放松下来。

有人摸了摸鼻尖，笑道："说句话大家别笑话我，刚才夏野哥在的时候，我不知道为什么，特别紧张。"

另外一个年纪和老猿相仿的男人也笑了："我也紧张。"

老猿笑道："老黄，你这也太谦虚了。"

黄途铠苦笑道："等级压制吧。"

如果不是这几天加入了夏野的团队，黄途铠都不敢相信夏野就是网上那位神秘的x大神。毕竟x在很多年前就已成名，虽然低调，但每次出手都有大事发生，几次攻防战做得相当漂亮，一夫当关万夫莫开。

但这并不是最重要的，防御只是夏神近几年在做的。

x，当年号称可以依靠一段代码随意进入所有个人计算机和服务器的"空间之神"。十几年前的夏野，多大？十岁？

黄途铠一想到这个，就寒毛直竖。

他看了一眼旁边带着小孩悠然嗑瓜子喝茶的老猿，又看了眼他手边那个开始抽空做数学题的男孩小冬，摇了摇头，虽然也是十来岁的年纪，但和当年的夏神比，依旧有些逊色。

夏野挑的这三个人，技术好是一方面，另一方面都是从未用网络做过错事的人，严格遵守了夏野的守法原则。用夏野的话说，就是理念一致。

韩亦辰盯着电脑屏幕目不转睛，夏野不在，他肩上的担子更重，每一刻都不敢放松。

屏幕上忠实记录着存活下来的小队曲线图。

"捣蛋鬼"在继续虐杀其他队伍，不管单人还是多人，他捕猎成功的概率永远是最高的。

"立即停止叫板，否则你的电脑一年四季休得安宁！"

"现在开始，保护视力，第三套眼保健操播放，全体准备！"

"朗读下面一段对话，一定要大声朗读才可以解锁——"

…………

恶作剧天才无孔不入，被攻击的人狼狈不堪。

也有人认出这是坏孩子俱乐部的人所为，因为他每次都盯准了鹰联攻击，出手稳准狠，简直像有私仇。

鹰联受到攻击也是情理之中，他们和坏孩子俱乐部的人确实合不来，尤其近年来鹰联因为商业化的关系，由暗转明，这次也是他们来的人最多，试图和组织搭上关系，走一班顺风车。鹰联的优势是人多，但弱点也在这里，因为人员太多又混杂，管理上难免会出一些漏洞，利用网络上其他前辈研发的工具对其修改而后牟取私利的情况也屡见不鲜，一年总要发生几次争端。

坏孩子俱乐部和鹰联的人就因为这事发生过冲突，鹰联认错，但依旧被攻击了数次。

鹰联的人怎么都没想到，会在这里碰到坏孩子俱乐部的首领"捣蛋鬼"。

这一个就顶一个团队了。

鹰联的人头疼的同时，角落房间里，秦珂面无表情地盯着屏幕，其他对手不敢招惹他，而他盯死了鹰联的人。有地方解决宿怨，倒也不错，他确实看不起对方，尤其是鹰联首领老鹰把所有人都庇护在羽翼之下的样子。

秦珂飞快地敲击键盘，一行行代码迅速填入相应位置，像他做过的无数次一样，这一次也自信十足。

他最大的王牌，才刚刚拿出来。

看着屏幕上一个接一个跳板连接，迅速成网，秦珂脸上浮起一抹浅笑，眼神却依旧保持锐利和兴奋："还有一点，吃掉这个坏家伙，晚上就可以去破坏最厉害的一个堡垒……"

最厉害的一个，他从一进入这里就发现了，还有二十三个小时，他有足够的时间准备打败夏野。

中午，夏野卡着时间打了电话过去，果然那边立刻有人接听，他刚"喂"了一声，就听见好几个人在喊他，最后话筒传了一圈给了夏老师："夏野吗？你今天怎么样？工作还顺利吗？"

夏野笑道："嗯，顺利，您放心吧。"

夏老师又问了几句家里人关心的话，唐泓俊也接过电话鼓励他："小野，你现在是在做有意义的事，我们全家都感到特别光荣，你要好好努力啊！"

"好，我会的。"

陈素玲接过来也说了两句，她算着时间生怕说多了打扰夏野的任务，只叮嘱他好好吃饭。

夏野一一答应了，他平时一直听家人唠叨这些，没有在意，现在冷不丁听到，心里暖了几分，家里长辈们念叨得多了，他都有几分想家了。

话筒最后交到了唐瑾瑜手里，唐瑾瑜接过来虽然努力装作镇定，但夏野刚才就听到小孩抽鼻子的声音了，小孩带着鼻音喊了他一声"哥哥"。

夏野声音放软了些，对他道："今天周五，记得带运动服，下午有体育课。"

电话那边的小孩很乖："带了，放书包里了。"

夏野又问他中午吃了什么，唐瑾瑜说了一遍，反过来也关心他："哥，你在那边吃得习惯吗？能不能过去看看你们啊？或者我们人不过去，送点东西也行，你走的时候太匆忙了，什么都没带……"

夏野笑道："别担心我，我在这边挺适应，老猿和韩亦辰他们都在。你乖乖等我回家，我还给你准备了礼物。"

唐瑾瑜"哦"了一声："那边可以买东西吗？"

夏野隔着话筒都能想象出他弟弟傻乎乎的模样，他低声笑道："嗯，可以。"

唐瑾瑜的语调听着轻快不少，让他多买东西，不要亏待自己。

夏野点头应了。

他们在这里吃住方面真的挺不错，给的待遇很好。

"哥，我要去参加比赛了，李奥老师推荐我去参加这次的国际青少年钢琴大赛，妈妈给我准备了衣服，还挺好看的，可惜这次不能先穿给你看啦……"

夏野握紧了话筒，心里微微动了下，一时也说不出什么滋味。

小朋友的声音听着有些沮丧，但还在努力说开心的事："不过我会带奖杯回来给你看！"

夏野语气尽量放松："这么肯定？"

"李奥老师说只要进了决赛就有优秀奖，嘿嘿！"

夏野："以前好歹还争取第二名，怎么这次只争取优秀奖了？比赛的时候别紧张，我相信你能拿个好名次，要是实在不行……"夏野还想说拿个优秀奖也可以，他弟已经开始接话了："实在不行，哥哥给我买个奖杯，带回家来我放着呗！"

夏野被他逗笑了，跟他家小朋友说说话，好像这几天的紧张疲惫也缓解了许多。

房间里，鹰联最后一队人额头上都是冷汗。

又一台电脑蓝屏了,坐在前面的人手指都在发抖,他对那些该死的恶作剧病毒已经不是憎恨,而是畏惧了,有人颤抖地问:"他是一个人吗?"

"不像是一个人,或许有团队,我们这次不是分组嘛,我记得有几个人一开始就是一起的。"

"对,'捣蛋鬼'从来不是一个人,他们是群体,这帮人玩得太过了!"

"是啊,不过是之前和他们有小过节而已,老大都去给他们道歉了,还这样穷追猛打,拿了核心文件还一定要摧毁电脑才罢手吗……"

老鹰眉头紧皱,看了片刻,缓缓摇头,否认了这个说法:"不对,这些有问题,它们在学习,在进化。"

"什么?"

"这些电脑,是傀儡机。"

"不可能!"坐在那里刚刚被攻击的人还未回神,下意识道,"绝对不可能,每一个攻击对象我都查过了,它们攻击的线路不同,目标也不同,绝对拥有智能!怎么可能是傀儡机!"

老鹰道:"你知道蚁群吗?它们可以建造桥梁,可以传递食物和信息,可以创建自己的'高速公路'以方便发动战争,获取养料,甚至可以奴役其他种类的蚂蚁和昆虫……"他盯着屏幕,咬牙道,"我们不是他攻击的第一个目标,这些傀儡机已经进化了。"

这些傀儡机不能交流,但仅仅基于周围机器的位置,它们就能够使用自己创建的算法来确定完成任务的最佳路径。它们集体出没,从最初的笨拙,进化为后期能主动与其他没有得到通信信息或者能量不足的傀儡机分享信息或能量。简而言之,它们在像病毒一样散播同化的过程中,也在飞速进化,所有攻下的机器,都会成为它们的一员。

"捣蛋鬼"要的不仅是核心文件,他还要所有机器。

他的最终目标就是制造最多的傀儡机。

老鹰心里忽然产生一个荒诞的想法,他甚至猜想,坏孩子俱乐部只有一个人。

那个所谓的首领"捣蛋鬼",一直以来就独自一人坐在王座上,一面享受孤独一面对他们尽情嘲讽。也只有这样才能解释为什么当初一个小小的程序被拿走,"捣蛋鬼"就开始疯狂地对他们围追堵截,长达一年多的攻击接连不断,直到他们彻底认输道歉为止。

因为那个程序,从一开始就属于"捣蛋鬼"本人。

老鹰亲自捍卫最后一台机器,他坚持了五个小时,几次起死回生,刚有些欣喜的脸色很快又阴沉了下来，骂了一声，紧跟着屏幕就显示了蓝屏。

老鹰脸色难看地起身，拿了外套离开了房间，他身后几个人面面相觑，很快也跟了上去。

休息室里，已经坐满了其他落选的人，有些人一早就被淘汰，心态还挺好，有说有笑地交谈着，瞧见鹰联一行人过来还主动打了招呼。老鹰心情不是很好，他跟对方点点头，很快找了位置坐下，视线环视一周，心情再度沉重起来。

还有七八人的席位空缺，房间里的战斗还在继续，最后一天将会决出最终王者。

他只是饵料，并不是"捣蛋鬼"的最后目标。

晚餐时间，韩亦辰嘴里叼着一个面包，随便嚼了两口，一双眼睛里都带了红血丝，他不肯离开屏幕前，老猿劝他也劝不动，只能给他倒了一杯水："一会儿换班，你去歇会儿。"

韩亦辰不肯，他已经绷着将近一个小时了，但这一个小时太安静了，他忍不住问夏野："老夏，你说那孙子干什么呢？"

夏野面前放着三菜一汤："在吃饭。"

"他就这么吃了一个多小时？"

夏野点点头，想了片刻道："或许还休息了一会儿。"

韩亦辰觉得简直不可思议，都这个时候了，还有人想吃饭再休息一会儿？

角落房间里，秦珂细嚼慢咽地吃了饭，还起来活动了五分钟，做了眼保健操。

他玩电脑多年视力一直保持在1.5，这让他颇为自豪。做完这些之后，秦珂活动了一下手腕，认真坐在电脑前，他要去会会最后的对手了。

最后留下的果然是最难啃的骨头，一轮交锋下来，秦珂控制的百余台傀儡机已经被封杀了一半，能够充当排头兵的不到七十台。

大楼里防御严密，除去给他们用的这些机器以外，其余都做了物理隔绝，暂时无法控制，比起以往动辄操纵两三万台傀儡机来说，这些真的太少了，但是好在它们可以得到主人更多的关注，以及在数次冲锋中得以优化。

秦珂舔了舔唇，夜晚才刚刚开始。

"这次的攻击和之前的又不一样了啊！"韩亦辰坐在老猿身后，叼着面包一边吃一边瞪大了眼睛看，"这不是要流氓吗？他什么时候把小冬那电脑黑过去了！老猿，你怎么看孩子的？也不管管？"

老猿道："去，一边睡觉去，还没轮到你换班。"

韩亦辰不肯走，撸袖子就要上。

老猿只得道："夏野的意思。"

韩亦辰停下动作，仔细看了一下老猿的屏幕，忽然又兴奋起来："蜜罐？你们可以啊，什么时候安排的？"

老猿忙着没回他，夏野那边倒是看起来比较清闲，尽管都在坐镇，却不慌不乱。

韩亦辰倒了一杯茶，狗腿子般凑过去问他，夏野看了他一眼，道："老猿的电脑里有一样东西很特别，你登录它的同时，等于默许它同时获得你全部的授权。"

韩亦辰点点头，他当年也吃过这个亏，自以为黑了老猿的机子，没想到自己被别人看了个底儿掉。

夏野："你知道这最初是谁设计的吗？"

韩亦辰的眼神震动一下，小声试探道："不会是……你吧？"

夏野没有回答他，新一轮冲锋开始。

老猿在一旁替他回答了，乐呵呵地点头："是，这是老夏最初对我的信任。"

韩亦辰："……"

小韩同志简直要崩溃了，这哪里是信任啊！这分明就是信息共享，都算是监控了吧！

老猿却不这么觉得，他知道夏野当年经历了什么样的事，而且自己也没什么不能敞开的，所以无所谓。

比起夏野这个朋友，那些虚的都不算什么，而且夏野也只在最初几年盯过他，他们是朋友之后，再没有任何冒犯。

韩亦辰想了一会儿，也转过弯来，发出了灵魂质问："为什么我的没有？当初老夏怎么不看我电脑啊？"

老猿得意道："你当夏野和你一样，他肯定挑好的看啊，至少得像我这样有内涵才行。"

韩亦辰愤愤不平："就你那几首酸诗！"

"你又偷看我写的诗！"

两个人小声吵了几句，一直到夏野开口才停下。

"进网了。"

这话一出，除了老猿和韩亦辰，其他几人也凑了过去。

韩亦辰问："要收尾了？"

"嗯，已经开始了。"

小冬个子矮，凑近了一点，试探地问："夏哥，对方有那么多台机子，我的电脑也被攻占了，咱们接下来要怎么打啊？"

夏野问他："看过武侠吗？以彼之道，还施彼身。"

小冬还没有接触过武侠小说，但是这句话的意思他能听懂一些。他年纪还小，一脸紧张地看着，对待这场比赛就像是对学校的竞赛一样，单纯地怀着好胜心，希望自己的队伍能赢。

从外面攻进来的三个IP（智能外设）显得智能许多，更为致命的是，它们之间竟然懂得配合，每三个为一组，分批发动攻击，每一组的攻击都抵得上一个顶级黑客产生的威胁。

冰冷的机器在成为傀儡机后，犹如蚁群一样，拥有了群体智慧。

傀儡机在发起大规模攻击一定时间后，伸展开网络触角，通过互相交换信息，并对这些信息进行分析汇总，群体性智慧越来越高，一直到其中一台脱离出去，拥有一定智慧，并开始主动配合攻击。

它们在进化。

进化的最终目标，是每一台拥有一定的智慧，它们聚集起来可以集群作战，拆分之后则可以由单向进攻转为包围，非常厉害。

换了任何一个人遇到这样难缠的对手都会脸色剧变。

老猿手心捏了一把汗，韩亦辰已经不敢说话了，其余人交换眼神，也都尽量放轻了呼吸声，等待夏野下达指令。

夏野稳稳地坐在那里，表情都未变过。

角落的房间内，秦珂不知为何忽然有些警惕，他看了一眼战局，确认优势在自己这边，动作加快了几分。

"要速战速决。"

他这么对自己说着，一边输入新命令，加快了傀儡机的吞噬速度和更新频率，修改之后果然攻击效率开始提高，瞬间有大量傀儡机拥向同一个目标，疯狂进攻。

忽然之间，他的电脑蓝屏了。

秦珂怔了一下，完全没有反应过来："怎么回事？！"

他连忙坐直身体，盯着电脑屏幕重新输入指令，但是毫无反应。和所有傀儡机不同，他面前的这台电脑是他在亲自操控，绝对不会出现蓝屏的情况才对。他有一瞬间觉得是硬件问题，他有强大的自信，绝没有想过会被反切。

蓝屏提示电脑发生了非法访问事件，让他检查硬件是否安装正确，并给出了错误代码。

秦珂死死盯着那个代码，这是显示有进程非法访问了系统内核级代码，才会导致蓝屏。

他想不通究竟是什么东西在访问系统内核，会突然造成这么大的损伤。他打开了与之相通的傀儡机，黑着脸盯着屏幕查下去，一遍遍核查，也没有察觉出丝毫。秦珂的额头冒出冷汗，他死死地盯着自己的电脑，不肯放过一丝一毫，终于在一处紧要地方发现不对，排查之后，找到的结果让他瞪直了眼珠，坐在椅子上久久无法回神。

傀儡机的攻击竟然都回来了，无一例外精准地落在他控制的这台电脑上。

这绝不可能……

对方那个蜜罐，他已经看穿了。所谓蜜罐就是一个诱饵，一般蜜罐更多起到的是干扰作用，厉害一些的也不过就是获取攻击者的部分信息，打下标记痕迹。秦珂百余台傀儡机在手，一个人抵得过对方几个团队，他完全不畏惧一个小小的蜜罐，即便对方做的是一个完美的蜜网，他也有自信在速度上拼过对方。

秦珂认定，这个蜜罐是可以攻陷的，到时候他还能利用这个蜜罐作为跳板，对夏野的队伍进行收割。

他对自己有绝对的信心，因此才会直冲蜜罐而去，想借机冲破对方的防御。

但他怎么也想不通为何战争刚打响，他就败了。

秦珂咬着大拇指，略微用力，尝到了微微的铁锈味儿，一双眼睛直瞪瞪地盯着屏幕迅速浏览记录，他不信自己就这样输得一败涂地。

秦珂手指停顿，抿唇盯着屏幕上的字符，他找到了原因。

从一开始就不是什么蜜罐，这是幻影。

和蜜罐不同，幻影是攻击者。

如果说蜜罐只是悬挂在那里的饵料，随时有被吃掉的危险，那么幻影则是隐藏在暗处的刺客，从一开始这就是一场虚假镜像。

所有傀儡机探查到的一切都是假的，他的攻击，在镜像里一丝不差地落在了自己身上。

以彼之道，还施彼身。

这层伪装，他完全没有发现。

这种技术短时间内绝对不可能做到这个程度，至少已经布局了几天，而他们所有人竟然毫无察觉……秦珂喉结滚动了一下，瞳孔微微收缩，后背发寒。

他突然想到什么，迅速操作电脑查询了最近的一台傀儡机，这是他最早俘获的一台机子，打开仔细检查，忍不住"哈"了一声："果然是这样，这台也中招了。"

幻影和傀儡机一样，随着时间的推移而变化，属性、终端、服务器、数据、应用程序、周围网络环境……它都能模拟，这个彻头彻尾的大骗子。

秦珂神经质地查了其余电脑，越是查下去，心中那个猜想越清晰。

他可以肯定，其他人全部都中招了。

夏野从一开始就入侵了其余人的电脑，甚至已经把核心文件都替换走了。他精心策划了这场骗局，所有的黑客都在当中扮演了一个角色，按夏野的意愿得到信息，去攻击或者被攻击。那些笨蛋毫无察觉，就像是被无形的线操纵的木偶，他们在夏野展开的虚拟网上热热闹闹地打了一场，简直像是过家家。

秦珂刚露出一个嘲讽的笑，很快又收敛了笑容。他忽然想起自己控制的那几十台傀儡机，如果说那些人是笨蛋，那他岂不也是个笨蛋？

秦珂脸色臭得不行。

夏野队伍所在的房间里，所有人还在屏息凝视，那个象征其余队伍的红点消失了，但没过几十秒又亮了，之后一直闪烁不断。大家互相看了一下，不太清楚对方在做什么。

"我输了。"过了一会儿，对方突然发过来这样一条消息，然后下线了。

那个象征最后一个PK（对决）队伍的小红点变成了灰色，至此，只剩下夏野队伍的小红点还亮着。

小冬不懂，问道："袁师哥，我们是赢了吗？"

老猿笑呵呵道："是啊。"

小冬毕竟还是个孩子，听到赢了就开始欢呼起来。夏野揉了揉眉心，略微有些疲惫，小冬喊了一半吓得停下来，只小声把那个"耶"喊完了。

韩亦辰乐道："老夏，你看你把人家孩子吓得都不敢说话了。"

此时是凌晨一点多，比预计结束的时间早，夏野想回去休息，但是其他人却精神亢奋。小冬尤其是这样，他不敢去打扰夏野，正好跟老猿一个寝室，就一口一个师哥地喊，把不懂的全都问出来："袁师哥，咱们今天怎么一下就赢了啊？我的电脑被做成蜜罐了吗？什么时候的事？我都不知道呀！"

老猿笑呵呵道："不只你的，咱们团队里的每一个人都是啊，就连夏野的电脑也是，就是我上次跟你讲的那个高交互蜜罐。"

小冬若有所思地点头："我知道，搜集同步信息。"

"对了，其实蜜罐是真的，也就是说每一台都是陷阱，只要对方攻击了，进哪台电脑得到的结果都会如此。"老猿慢慢讲道，"那个人可能现在还分不清真假呢，其实都是真的啊，蜜罐和幻影同时存在，不过估计他也没见过拿自己全队当饵这么疯狂的吧。"

他也是在最后才发现夏野的全部计划。他知道蜜罐，也知道幻影，但是到最后夏野托盘的时候才知道他在这栋大楼的所有基础设施中都部署了幻影，除了电脑，所有能操纵的设施,像电梯、灯以及座机等,他都覆盖了一层。

老猿还记得团队其他人刚知道这件事时惊呆了的神情,老黄小心地问了一句:"终端用户如果遇到与诱饵进行交互的情况,增加误报了呢?"

夏野回答得干脆:"不可能,幻影在每个终端上的数据都是百分百覆盖的。"

完美覆盖,却又隐藏其中,因为幻影只暴露在攻击者面前,所以它绝对不会有误报,它的报警每一次都是因为遇到了真实威胁。

它也负责斩杀全部威胁。

从一开始,夏野就已经全盘布局好,成了掌握命运罗盘的人。

老猿小心地嘘出一口气,现在想想,有这样一个朋友还真是有几分传奇色彩,他真的不知道如果有一天夏野犯错,有谁能制止住他。不过转念一想,夏野一直如此严格地要求自己,或许也有这方面的顾虑,他给自己上了一把锁,绝对不允许自己再犯错。

夏野回了房间,他的手机在房间里,但是时间已经很晚了,他有些不忍在这个时候吵醒家里的小朋友。

他没有像表面这么平淡,多少还是有些畅快感,想了想,拿起手机给唐瑾瑜发了一条信息,随口问候一下,祝他"晚安"。

夏野起身去洗澡,回来习惯性地看了一眼手机,唐瑾瑜那边竟然回复了。

"哥,你能用手机啦?"

夏野耐心回道:"今天完成了一个小任务,可以用一下。"

唐瑾瑜又问:"那可以视频吗?我今天换了新睡衣,和你那个特别像!"

夏野拒绝道:"视频不行,照片暂时也不能发。"

唐瑾瑜有点遗憾,想了想问道:"哥,那我给你发不要紧吧?"

夏野刚想说可以,又想起来手机处于监控之中,立刻道:"也不行……"

他说晚了,唐瑾瑜那边已经拍了一张照片发过来了。小孩穿得中规中矩,盘腿坐在那里,能看到他穿了件印着小云朵的蓝色宽大T恤和一条短睡裤,头发软蓬蓬的,脸边一个小酒窝。

夏野看了一会儿,还是存了起来。

唐瑾瑜问:"哥,你刚才说什么?"

"没什么。"夏野轻咳一声,"哪里和我的睡衣像了?"

电话那边笑道:"颜色像呀,哥你没看到吗?都是蓝色的,我还准备了一套大的,等你回来我们一起穿。"

那边小孩继续道:"我爸和伯伯也有,咱们都穿一样的。哥你千万别觉得不自在,就当咱们家夏天乘凉的统一制服好了!"

"嗯，等我回去一起穿。"夏野道，"接下来一段时间我可以用手机给你发短信，通话还是不太方便，等我找时间再给你打。"

唐瑾瑜很好哄，听到他说能发短信就很满足了："嗯，哥，我给你多发几条，你晚上下班就可以一起回复了，嘿嘿。"

夏野也跟着笑了一声，哄他两句，催促道："快睡吧，明天还上课。"

第九章

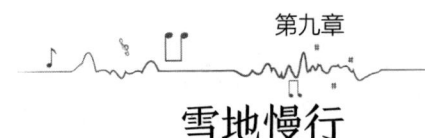

雪地慢行

夏野起来去浴室冲了澡，很快收拾好自己，总归是过了昨天那一关，终于算是有一些实质性进展。他能感觉出姜部长等人现在还在测试他们，之前三天的切磋，就是最后的一份试卷，他交了一份还算满意的答卷，接下来就该开始向真的任务迈进了。

他们的早餐非常丰盛，口味一应俱全。夏野打卡进入餐厅的时候忽然想起之前他弟说过的那些话，当时好像是在哈市，他弟躺在酒店的床上跟他聊天，问他公司有没有食堂，是不是需要老板自己排队打饭。夏野端着餐盘要了一份炒面，心里想着，回去之后可以弄一个员工餐厅。

韩亦辰也来了，打着哈欠走了几步要了一份一样的："早啊，困死我了，昨天晚上太兴奋了，回去压根儿睡不着，我拿手机玩了一晚上连连看。"

夏野道："没给家里打电话？"

韩亦辰："不用申请，直接就可以打电话吗？"

夏野道："是啊，发了手机不就是为了打电话吗？要不然还给我们做什么，注意别把不该说的讲出去就好了。"

韩亦辰一脸崩溃，他完全没想到啊！

不过很快小韩同志又自我安慰："算了，都半夜了，我爸妈也睡了，星星估计也睡觉了。你不知道，小丫头现在特别爱臭美，我来之前不是还熬了几个大夜加班做项目吗，她跟我说，让我抹点什么抗衰老的眼霜，说我黑眼圈太重，早知道这次我就带两瓶过来，这边熬夜才真多……"

夏野问道："管用吗？"

韩亦辰惊呆了："我开玩笑的，我没带……不是，我就没买过，老夏，你也打算用吗？"

夏野想了想道："就是有点好奇。"

韩亦辰瞧见老猿过来，借去拿小笼包的时机凑过去跟他说话，两人嘀嘀咕咕，还在偷偷看夏野。老猿压低了声音跟他挤眉弄眼道："我早就跟你说过了，没错吧？"

韩亦辰不解，但也小声道："他比我还小呢，这么注重保养的吗？现在正年轻，一点都不老啊……"

老猿立刻嘘了一声："别说那个字，夏野听到会不高兴。"

韩亦辰小心地点点头："好好，我会注意。"

老猿和韩亦辰拿了早餐坐在老位置上，和夏野一起吃饭，他们刚坐下不久，就听到一旁有人问："这个位置有人吗？"

夏野抬头看了一眼，是秦珂。

他们这边是长桌，并没有坐满，秦珂站在那里耐心等着，听见没人才坐下来。他的餐盘里放着一片烤过的吐司，还有一杯冰果汁，放下的时候杯子里的冰块发出"哗啦"的声响。

秦珂道："我昨天晚上想了很久，突然想起来你是谁了。"

夏野不为所动。

秦珂没有碰餐盘里的食物，饶有兴致地看着他："原来你就是 x，我是听你的故事长大的，仰慕已久。"

对面的老猿差点一口饭喷出来，咳了几声都不敢看夏野，早上眼霜那茬儿还没过去呢，这又有上赶着冒头的了。

秦珂又道："请问你知道'一尾小鱼'在哪儿吗？我找了他很久。"

这话一出，整个餐桌边的人都安静下来。

夏野抬头看他："查他的人，是你？"

秦珂点点头，无辜道："我只是在论坛上看到他找人的那个帖子，觉得他特别有意思，想和他做个朋友，前辈，您能不能——"

夏野拧眉打断他道："不能。"

秦珂："我都没说完呢。"

夏野冷声："没什么好说的。"

秦珂推了一下餐盘往后仰，挑眉道："不是吧，这都什么年代了，管这么严，连交友都不让？让我猜猜，是亲戚？朋友？总不能是你们公司里的人，我查过了，他应该还在读书，至于学校的大概位置应该是……"秦珂低声说了一个大概方位，那是他之前查出来的"一尾小鱼"频繁活动的范围。

这话一出，对面坐着的老猿和韩亦辰脸色都不太好看：老猿神情郑重，而韩亦辰满是戒备。

秦珂看了他们一眼，忽然笑道："我猜对了是不是？"

韩亦辰呵斥道："你有病吧？查人隐私犯法知不知道？"

秦珂立刻道："我可没有这个意思，我就是简简单单想交个朋友而已，而且他技术也不错啊，防御还挺厉害……"

夏野把筷子拍在桌上，起身去拽他衣领，秦珂手边那杯冰果汁被震得洒了一桌面，秦珂抬头看着夏野，夏野也直视他，两人谁都没有退让。

一起来用餐的人里有姜部长身边的人，看到立刻过来询问："这是怎么了？有话慢慢说，慢慢说啊。"

夏野盯了他一会儿，松开手："别动他。"

调解的人听不懂这是什么哑谜，夏野脸色太黑，他都不敢去问，只能看向秦珂，小声询问了几句。

秦珂刚才差点被打，举起手道："我没有啊，我就是想跟夏队长处好关系，向他学习，以后需要向他请教的还多着呢。"

夏野冷冷地看他一眼，起身走了。

老猿和韩亦辰一脸警惕，尤其是韩亦辰，路过秦珂身边没沉住气，故意用肩膀撞了他一下，两个人身高相仿，秦珂等他们走了，揉了揉肩膀，他倒是没什么脾气，笑着跟了上去。

上午，会议室。

三天内部切磋之后，最后胜出的是夏野所在的队伍，队长一职理所当然地由夏野接过。

其他留下的人都是国内最顶尖的黑客高手，秦珂跟在夏野身后，鹰联的人和他不太对付，但也忌惮他的技术手段，没敢走在他前面。

秦珂走在夏野队伍的末尾，后面二十几人老老实实跟在他身后，比前几天规矩多了。

秦珂对排位无所谓，坐在了夏野他们这边，随便挑了一处挨着老猿坐下了。

另一边，鹰联和其他人商议过后，老鹰上前坐了夏野旁边的位置，他主动伸手道："交个朋友？"

夏野客气地跟他握了握手，但也没有说话的意思。

老鹰已经猜出秦珂的身份，视线落在他身上停顿了一下，故意问夏野："昨天的攻防战我们上午看了重放，确实精彩，我都没想到你已经赶在某些人前面入侵了电路设施，那前几天有人嚣张到不肯开灯，夏野，你怎么没给对方一个教训？"

夏野面沉如水："关灯不犯法。"

老鹰愣了下："什么？"

夏野道："不犯法的事，我为什么要管？"

老鹰勉强笑了一下。

对面坐着的秦珂却笑得挺大声，他看着夏野觉得有意思极了，仔细琢磨了一下，除了十几年前的那件事，x 还真是从未再做过什么错事。

他试探到了夏野的底线———一是不能犯法，二是不能接近那条小锦鲤，就像是被巨龙藏起来的宝藏。秦珂觉得更有趣了。

秦珂百无聊赖，坐在那里托着下巴等，其间还故意撩拨了老鹰几句，对方敢怒不敢言，只瞪了他一眼，就不吭声了。

老猿看出一点端倪，低声问："你和那边怎么回事？"

秦珂比了下小手指肚，笑道："之前有点小摩擦，鹰联那边有个小偷拿了我一点点东西，我去了一次想讨回公道，不太满意，有那么点矛盾……"

老鹰恼怒道："你那是一次吗？"

秦珂想了下，道："去了几次吧，你不是号称全网第一吗？我免费帮你测试而已。"

会议室的门被推开，姜部长笑着走进来，瞧见他们问道："大家都在聊什么呢？"

秦珂看了一眼老鹰，笑道："没聊什么，我在给大家讲矛和盾的故事，有的盾不稳固，被矛几下攻破了，我觉得挺可惜，不过能顺便检测出'盾'不行，也算是好事一桩，对不对？"

老鹰脸色涨红，一言不发。

姜部长顺着他的话点头道："秦珂说得很对，先有矛，才有盾。"他站在前面环视四周，认真道，"但是我们不能等到对方的'矛'出手，才开始仓促防御。这次召集大家来，是有一个紧急任务，我们从全国精心选调了两百多个网络安全队伍的同志，他们在各个领域都是精英，是数年来国家精心制造的'盾'，我们只有制造出最坚固的'盾'，才能防御未知的危机。"

姜部长看着他们，沉声道："而你们，是最擅长攻击的人，我希望你们能留下来，协助我们相关部门的同志们，锻造这个最坚固的盾牌。"

他让人发了文件给在座的各位，大家一眼掠过能看到文件正文中几个触目惊心的词："离心机""核设施""工业监控系统和数据采集系统"……所有的一切都显示着，这是国家级的安保项目，保密级别相当高。

会议室里落针可闻。

所有人的肩上忽然多了一副担子，他们听着姜部长接下来的话，眼神有所触动，继而逐渐坚定下来。他们生于华夏，长在华夏，这是他们的家，是他们毕生要守护的地方，在这项任务面前所有的恩怨都可以暂时抛到一边。他们当中年纪最大的头发花白，最小的仅有十二岁，有学生，也有其他行业的精英人士，而此刻他们所有人凝聚在一起，要在半年时间内，做成一件绝密的事。

整栋大楼里，除了这间会议室，其余数十间会议室也在开着同样的会议，文件传达下来，落在一双双坚定有力的手中，他们都是被甄选上来的核心技术人员，是撑起最强防御体系的基石。

他们将合力完成最坚固的盾。

这项任务一直持续了数月。

夏野只在过年期间和家人视频了一次，之后又恢复了每日一通电话的联系。

夏野给他爸打电话的时候，也提到了一个好消息，他低声道："爸，我跟姜部长说了，这件事之后，把我之前的案底去掉，以后您就再也不用担心了。"

夏老师为此很高兴，但又有些心疼他："如果只是为了这个，你不用这么拼命……"

夏野笑了一声道："也不全是为了这个，我想做点有意义的事，弥补过去。"他顿了一下，缓声道，"这样我也能放下以前那些事，去做想做的事，不然我都看不起自己。"

2010 年，"震网"（Stuxnet）蠕虫攻击事件浮出水面，引发了国际主流安全厂商和安全研究者的全面关注。

全世界众多著名安全研究者，以及多国的应急组织和研究机构，都投入到了全面的分析接力中。

这只是新闻中一闪而过的一个话题，并未引起大多数民众的注意。

然而，沪市夏唐两家却凑在一起认真看了那天的新闻报道，没有一个人换台，尤其是唐瑾瑜，看得特别认真。

家里虽然没人说话，但大家都知道，家里的某个成员正隐藏在暗处默默努力付出着。

三月份，唐瑾瑜参加钢琴比赛，拿了第二名。

第一名是李赫。

李赫察觉出他有些情绪低落，领奖之后还特意留下安慰了他一会儿。

唐瑾瑜刚开始没听出来，李赫也是头一次说这些话，磕磕巴巴地绕了一大圈，才对他道："这次不要紧，还有下回，而且机会也多，夏伯伯不是说让你出国多参加几次比赛，历练一下……"

唐瑾瑜摆摆手，道："没事，我没在意啊。"

李赫奇怪道："那你今天怎么一直看着奖杯也不说话？"

唐瑾瑜揉了揉鼻尖，笑了一声道："我就是想……想家里人，想把这个给他们看。"

他低头看奖杯，优秀奖只有证书，而他是第二名，多了一个沉甸甸的奖杯，倒是不用他哥给他额外再买一个了。

五月，韩亦辰和老猿提前回来，但是夏野依旧留在那边，做最后的复调。

老猿不在的这段时间，学校不仅发给他工资而且还是双薪，唐院长对他去做的事知道一些，听了老院长的话，岳瑗对丈夫也非常支持。

就是计算机学院的朱院长对老猿又爱又恨。

爱他的才，恨他的那张嘴。

数学是一切科学的基础……这名人名言倒是也对，但也不能见谁都用啊！

朱院长如今也一把年纪了，看到一个好苗子容易吗？小冬好好的一个孩子送过去，让老猿带了几个月，回来就跑去数院旁听了，他拦都拦不住啊！明明他才是授业恩师，老猿带着小冬恨不得在人家数院扎根了，朱院长只要想想就忍不住心口疼。

老话说，前人栽树后人乘凉，老猿恨不得把他院里这几棵好苗苗都挖到人家数院去！

这个逆徒！

朱院长琢磨着要二次放逐，最好让老猿再忙上一阵，忙到没空去数院才好。但老先生也就这么想想，他瞧着老猿瘦了一圈，也是心疼，又想着他这大半年都没回过家，小两口好不容易团圆，就在心里骂了逆徒一遍，暂时放过了他。

韩亦辰回来先去找了唐瑾瑜，给他送了一袋糖果，还有一些特制的巧克力。

"糖是夏野跟人家要的，那边也有个小孩，每回吃波板糖吃得特别带劲，你哥就觉得肯定好吃，给你留了一份儿。还有这些巧克力，是飞行员吃的，味道还挺不错，你尝尝看……"

唐瑾瑜左右看了一下，问道："韩哥，我哥人呢？他没跟你一起回来吗？"

韩亦辰道："没呢，他技术最硬，还有一些问题我们帮不上忙，上面要多留他一段时间，估计也快了，再过几个月就回来了。"

唐瑾瑜只能道："那这样会不会影响公司的工作啊？"

韩亦辰笑道："没事，有宋益在呢，而且你哥也能跟他通话，现在通信很方便，放心吧，没耽误事。"不但没耽误，估计上头也有意拿出几个大项目跟公司合作，如果能谈成，公司能再往上提的可不止一两个档次。

这些事情宋益也有所耳闻，甚至已经在着手准备了。宋经理不怕忙，只怕不够忙，一提工作就来精神，劲头十足。

唐瑾瑜收了糖果，准备了一个大玻璃罐，把那些糖都放在了里面。

他过生日那天，夏野依旧没能回来，但是在十二点准时送上了祝福："生日快乐。"

唐瑾瑜回给他一张照片，摊开的掌心里放着两颗糖："今天可以吃两颗啦！"

"今天可以多吃点。"

夏野工作忙碌，但是也没有忘了交代宋益帮他送上礼物，因为不能亲自过去，今年送来的礼物特别多，大大小小全都是包装好的礼盒，等着家里的小朋友拆开。

唐瑾瑜放学回家，运动服都没来得及换，盘腿坐在客厅里拆了一个多小时。

从学习用品到玩具，还有一些他之前打电话随口提到的小玩意儿，游戏机买了两台，可以让他请同学来家里一起玩，甚至还有一套漂亮的骨瓷小碗。

夏野晚上打电话过来，问他："礼物喜欢吗？"

"喜欢！"

"最喜欢哪个？"

"最喜欢你回来。"

夏野低声笑道："快回去了，再等我一下，到时候带你出去玩儿，你想去哪里？"

唐瑾瑜道："哥哥想去哪里？"

夏野道："如果回去得早，我就带你去野营，做树叶标本好不好？"

唐瑾瑜第一枚树叶标本就是夏野帮他做的，那是他幼儿园的作业，夏野记得，他也一直记得，听见就笑弯了眼睛，连声说"好"。

"这次休假可以长一点，分几次，等下雪了再带你去踩雪，之前的温泉酒店还想去吗？滑雪场开业了，冬天应该挺热闹，今天给你买的礼物里还有一套滑雪服……"

"哥哥，我上周的比赛，又拿了第二名。"唐瑾瑜笑道，"李赫现在都不安慰我了，他说下次和我错开，这样我们就都能拿个好名次了。他真的挺厉害的，我以前觉得我练习得很多，现在才知道他三岁就开始练琴了，五岁就开始比赛拿奖。"

夏野算了一下时间，道："你五岁练琴，比他晚两岁，等过两年就超过他了。"

唐瑾瑜乐得不行："哪儿有这么算的，我拿第二名就已经很开心啦，爸爸说他都没想到会拿这么好的名次，他以前只想让夏伯伯带着我练习手指灵活度，想复健来着。"

"瞎说，你一直很健康。"

"嗯，我也觉得。我冬天的时候都没生病，今年到现在也只咳嗽了一次，特别健康。"唐瑾瑜有点小自豪，揉了揉鼻尖道，"而且我觉我弹得也挺好的，我拿第二名很正常啊，我哥是第一嘛！"

夏野被他逗笑了。

初冬，陈素玲提前准备好了今年的厚呢外套，依旧按照往年的惯例，夏野和唐瑾瑜一人一身。今年准备的是牛角扣大衣，最流行的款式，刚好搭配唐瑾瑜的校服穿，尤其是搭配周一穿的小西装，唐瑾瑜整个人看起来特别学院风，像是一个小绅士。

今年冬天来得有点早，唐瑾瑜比其他人更怕冷些，提前穿上了牛角扣大衣。他里面套了一件紫罗兰色V领毛衣马甲，穿了一身校服西装，打着领带，斜挎着书包走出校门，很有校草的模样。他个子长高了一些，身边几个女孩跟他一边走一边说话，看起来已经比女孩们高出一头了。

女孩们的视线落在他脸上，唐瑾瑜浅笑着回答她们的问题，并没有闪躲，倒是那些女孩子脸红了。

唐瑾瑜出了校门就抬起手腕看了看表，主动跟大家摆摆手，笑道："学习小组的事就到这里吧，大家分得挺合理，明天先把名单送到学习委员那里，等我汇总之后给老师看。"

几个女孩都是班上的班委，她们一起应了下来。

唐瑾瑜一直到高中放学都有家人来接，夏野不在的这段时间，一直都是陈素玲派司机专程负责接送。

路上，唐瑾瑜瞧见有蛋糕店开着，想去买蛋糕，司机却笑着道："不用买，家里准备了。"

唐瑾瑜和司机很熟，好奇道："孙叔叔，家里准备了蛋糕吗？我妈妈好像没说今天要买。"

司机只笑笑："你回去就知道了。"

唐瑾瑜脾气好，听到就跟着回家去，没有在路上多停留。

等回到家中，他发现院子里的牡丹有人浇过水，牌子上有勾画过的标记。他没多想，背着书包走进家门。客厅里有巧克力蛋糕的香气，是他平时最喜欢吃的那种，甜丝丝的味道一直蔓延在空气中。唐瑾瑜的鼻尖动了动，一边换鞋一边说"我回来了"。

客厅里有响动，有人慢慢从走廊那边走过来。来人身姿挺拔，随意挽着一边手腕的衣袖，低头看着他笑："小瑜！"

唐瑾瑜看清楚客厅里站着的人，愣了一下才反应过来，他来不及穿好拖鞋就跑过去抱住了对方，嘴角的笑意藏都藏不住："哥！"

夏野接住他，笑道："我回来了。"

唐瑾瑜高兴得不得了："我不是在做梦吧？哥，你真的回来啦？"

夏野摸了摸他的脑袋，揉了一下低声道："没有做梦，我在这儿。"

两个人坐在客厅吃蛋糕，家里大人还没回来。

夏野："路上急着回来也没准备什么，顺路买了个蛋糕，你还想要什么？"

唐瑾瑜看着他笑，咬了一口蛋糕吃得特别满足："我什么都不要了！"

夏野回来之后，家里的氛围都不一样了，夏唐两家凑到一起热热闹闹地出去吃饭，正好赶上唐院长来沪市做学术交流，特意多留一天给夏野接风。

第九章 雪地慢行

夏野席间多喝了两杯,脸色不变,但是笑的时间居多,跟平时不太一样。

等回家之后,他的醉意才显出来,唐瑾瑜帮夏老师扶他回房间,夏野酒品还好,喝了一杯蜂蜜水很快就躺下休息了。

唐瑾瑜道:"伯伯,您去休息吧,我留下来照顾我哥。"

夏老师道:"不碍事,你回去吧,我一个人能行。"

唐瑾瑜不肯走,坚持要留在这儿,夏老师笑了一声:"那也行,我还是第一次瞧见你哥喝醉呢,今天确实是高兴,隔壁客房也收拾好了,你陪他一会儿,晚上睡隔壁就成。"

唐瑾瑜答应了一声,送夏老师出去,顺便端了一杯水进来放在卧室的小桌上。

夏野睡着了,躺在那里还挺安稳。

他眼皮睁不开,意识也介乎半醉半醒之间,模糊地听到他爸和唐瑾瑜在说话,好像他家小朋友要留下来陪他,接着身上的外衣被人小心脱去,他就这样迷迷糊糊地睡着了,半夜又被人喂了一点蜂蜜水,喉咙舒服了很多。

醒来时,天已经大亮。

窗帘拉开了大半,房间半明半暗,夏野撑着起身,揉了揉额头。

外面有人敲门,夏野哑声答应了一声,夏老师从外面推门进来,瞧见他笑道:"醒了?头还疼吧,给你准备了酸辣汤,醒酒开胃,起来吃吧。"

夏野洗漱后换了一身衣服,出去吃饭。

酸辣汤做得很不错,是家里的味道,夏野吃了两小碗又自己去盛,夏老师瞧见他吃得多也很高兴:"味道不错吧?今天早上小瑜去学校之前刚做好,那孩子心细,比我想得还周到。"

夏野的动作顿了下,一边吃一边问:"爸,昨天晚上是小瑜照顾我的?"

"可不是,我让他回去,小瑜也不肯,说好久没见你了,想多跟你待一会儿。"

夏野笑了一声,把特意给他留的那份酸辣汤吃得干干净净,一点都没浪费。

他吃好了又在家里上了一会儿网,他被姜部长留下的时候,姜部长问他有什么需求组织都会尽量满足,他当时提的就是让秦珂留下协助。所以他昨天回来,秦珂也跟着一起恢复了自由,这会儿估计又要犯老毛病。

夏野打开电脑,熟练地登录了"一尾小鱼"的账号,果然瞧见有几处隐藏攻击。

秦珂的手段比之前高了不少,竟然连老猿都瞒了过去,不过夏野和他共事快一年了,秦珂会的那些他已经了然于胸。

解决了几处攻击,夏野又顺便做了一只"小蜘蛛"顺着跳板翻过去给秦珂一点教训,让他收敛几分。

很快,一个陌生号敲了两下,想要加"一尾小鱼"好友。

夏野干脆利落地给否了。

那边锲而不舍地又发了一条，这次名字都变了，叫"老大你是不是太霸道"。

夏野继续点了"拒绝"。

那边第三次申请，名字叫"我加下小朋友，不乱说话"。

"'一尾小鱼'拒绝加您为好友。"

"'你也把我当晚辈，一起照顾行不行'请求加您为好友。"

"'一尾小鱼'拒绝加您为好友。"

…………

夏野一口气封了秦珂的十几个号，那边才消停了。估计也不是自愿放弃，多半是夏野放过去的"小蜘蛛"起了作用，这会儿正在秦珂的电脑里四处捣乱，秦珂有些忙不过来，这才没继续骚扰。

夏野看了下时间，起身去跟夏老师打了声招呼："爸，我去学校接小瑜放学。"

夏老师点头答应："路上回来的时候顺便买点排骨，我今天休班，给你们俩做拿手好菜尝尝。"

夏野应了一声，拿了车钥匙出门。

他在校门外面等了一会儿，一放学就看到他弟跑出来，小孩环顾四周找了一下，立刻锁定了夏野的车，小跑过来，脸上笑得特别灿烂。

俩人去菜场买了排骨，又买了一些新鲜蔬菜，一回到家菜篮子就被夏老师和唐泓俊接过去了，连陈素玲都去厨房做了一道拿手的拔丝苹果，长辈们愣是没给他们发挥的机会。

唐瑾瑜揉了揉鼻尖，又去找夏野，挨着他坐在沙发扶手上，给他剥纸皮核桃，装作是大力士的样子，"哈"的一声就把核桃捏得四分五裂："哥，你看我是不是比以前厉害多了？"

夏野摇头："我瞧着你好像高了点。"

唐瑾瑜一听到这个就特别得意，站起来给他看："你也看出来了对不对？哥，你走了小一年，我长了可多了！"

夏野拿米尺来给他量了一下，在记录的老地方给他重新画了线，上面有唐泓俊一个月前刚刚画下的线，写着"176cm"，夏野捏着米尺，瞧着上面的数字，低声道："别踮脚。"

小孩果然慢慢矮下去一点，数字维持在176那里。

夏野略微放水，挨着唐泓俊标注的那道线，往上抬了那么一点点，又画了一条："嗯，比之前又高了一些。"

唐瑾瑜高兴起来："我瞧瞧，哇，又高了！"他看着夏野，小声道，"哥，你还记得你以前答应过我的事吗？"

"什么事？"

"就是我每长高一厘米，你就帮我实现一个小愿望。我都攒了好几个愿望了。"

夏野想起来，他确实这么承诺过。那会儿唐瑾瑜才一米六几，也就许愿和他一起看电影来着，如今攒了有小十个愿望了。

"哥，我们快要期末考试了，等放了寒假，我们出去玩儿好不好？"

夏野点头道："好，想去哪儿？"

唐瑾瑜想了一会儿，鼓足了劲儿开始许愿："我想哥哥和我一起回以前的家，然后一起看雪。"

夏野笑道："就这个？这不算愿望，我现在就可以陪你回去，不过那边下雪也有点晚，不知道你放寒假的时候能不能遇上……"

"我想把剩下的所有愿望都兑换成你的假期，我兑换十天，哥，你陪我在那边多待几天，一定能等到下雪。"唐瑾瑜把第二个愿望说完，抬头看着夏野笑。

夏野看着他，轻笑道："好，给你兑换一个寒假。"

临放寒假的时候，唐瑾瑜被李奥老师推荐去参加了一场比赛，这场比赛很重要，他连期末考试都请假了没有参加。

李赫去澳城比赛，和他不在一个赛场，没有李赫，和他同级的真没两个。

和李赫自幼把钢琴作为职业不同，唐瑾瑜从一开始就把它融入了自己的生活，像是吃饭、喝水，是每天必做的一件事。他不像李赫技巧纯熟，却能把日常感情融入曲子里。这次他参加比赛，除了父母、伯伯，哥哥也来了。

唐瑾瑜已经整整一年没有这么高兴过了。

他演奏的是李斯特的《爱之梦》，整首乐曲舒缓悠长，浪漫温馨，透着甜蜜，和其他人的弹奏不同，唐瑾瑜的琴音干净清澈，他穿着一袭白色礼服坐在台上演奏，像一个初长成的小王子。

他弹琴时比任何时候都要专注，带来的感情也不一般——明亮又纯净的琴音，跟他的人一样特别温柔，每一个音符都拿捏到位，带着十几岁男孩很少能演奏出的沉稳，但又有这个年纪特有的纯真和热烈，这些特质很奇妙地融合在了一起。

评委们沉浸其中，给了唐瑾瑜一个特别高的分数。演奏结束，一个特别喜欢他的女钢琴家评委还站起身，走上前去热情地拥抱了他一下。

夏野坐在台下看着，大厅里仿佛还回荡着刚才的音乐声。虽然他不懂钢琴，但是不妨碍欣赏台上男孩的演奏。他坐在那里用心听着，认真鼓掌。

三天的比赛结束，唐瑾瑜不出意料地拿了第一名。

他捧着奖杯走过来，跑到家人身边，跟家里人一一拥抱，也特别用力地抱了夏野一下，他把奖杯递过去："哥，送给你！"

　　夏野怔了一下，接过来小心地捧着看了一下。

　　唐泓俊有些吃醋，看了夏野好几眼，对儿子道："小瑜，这个爸爸都没有看啊。"

　　唐瑾瑜大方道："没事，我们家有很多其他奖杯，那些都给爸爸！"

　　"可那些都不是金奖，不，爸爸不是说银奖不好，但这个不一样呀，这是你得到的第一个金奖……"

　　"就因为是第一名，所以才要送给哥哥啊。"唐瑾瑜理直气壮，"我哥房间里从来就没放过第二名的奖杯嘛！"

　　唐泓俊张嘴没能反驳出一句，夏野要么不拿奖，要拿，还真都是第一。

　　夏野收了奖杯，牢牢地握在手中，连一旁唐叔几次给他使眼色也装作没看到，硬是把奖杯留下了。

　　寒假开始，高中生的寒假要比之前短得多，还有不少辅导班要上，不过唐瑾瑜不用去，他平时都是在家里由家人辅导。

　　唐泓俊和陈素玲都是高学历，再加上还有S大的爷爷唐院长，他平时在家里学就足够了，这样的师资条件放在外面是多少人拿钱都求不来的。

　　更何况这次夏野还回来了，他清北提前毕业，辅导一个高中生绰绰有余。

　　夏野这次主动请缨，提出整个寒假由他来辅导小孩功课，跟家里人打过招呼，他先带唐瑾瑜回了以前住过的小城。

　　他之前答应家里的小朋友，整个寒假陪他一起住在那边。

　　陈素玲的工厂还留在小城，她也时常往返于两市，夏唐两家的房子都留着请了专人照看，倒也不用特别准备什么。陈素玲也经常过去小住一段时间，她这次寒假也要过去一趟，有一批羽绒服正在赶工，不过和他们兄弟两个去的时间错开了小半个月。她听到夏野要带儿子回去，点头道："行，去吧，看着小瑜，这两天可能要下雪，记得别在外面玩太久，怕受凉呢。"

　　夏野答应了一声："知道，您放心，一定照顾好。"

　　北方，小城。

　　他们回来得赶巧，小城下了入冬以来的第一场雪。

　　雪还挺大，一直下到晚上。

　　唐瑾瑜一直站在窗边，夏野喊了他两声都没听到。

　　夏野走近："在想什么这么出神？窗边凉，小心生病。"

唐瑾瑜笑道:"不会啊,我现在身体可好了!"他举起胳膊秀给夏野看,几下就把夏野逗笑了,在看了外面的雪景之后,唐瑾瑜轻轻拽了一下夏野的衣袖,小声道,"哥,你跟我一起出去走走好不好?我想去踩雪。"

夏野有些犹豫。

唐瑾瑜拽着他的衣袖晃了两下,眼巴巴地看着他,夏野心里软了,点了点头:"就一小会儿,踩一会儿就回来,知道吗?"

"我就知道哥哥最好了!"唐瑾瑜高兴地跑去换衣服了。

夏野跟在他身后,给他拿了帽子、围巾和手套,让小孩全副武装好,自己才穿上羽绒服,带他出门。

两个人也没走远,就在小区里面转了一圈,和小时候出来散步的路线一样。

唐瑾瑜走在前面两步远的地方,双手揣在口袋里,在雪上踩出一个个清晰的鞋印,发出"咯吱咯吱"的声响。夏野跟在他身后,并排踩出略大一圈的鞋印,一边走一边说了些唐瑾瑜小时候赖皮要他背着回家的事,故意逗他道:"今天还要不要背了?"

唐瑾瑜站在原地停下脚步,摇摇头道:"不要。"

夏野也停下来看着他,前面是个小路口,他等小朋友重新确定路线。

唐瑾瑜站在那里没动,像是鼓起很大勇气,转过身来,走到夏野跟前。

夏野茫然地看着他:"怎么了?"

男孩没吭声,夏野不由得伸手放在他的肩上安抚似的拍了拍。

唐瑾瑜能感觉到雪花落在耳边的凉意,但是落下来的瞬间就被他自带的热度融化了,他现在一点都不冷,浑身都热乎乎的:"哥,你不在的这一年,我想了很多。我有时候想,如果我和你有血缘关系就好了,这样我就能名正言顺地跑去打扰你,也不怕做错什么事会突然被疏远……"

夏野觉察出不对劲,想说什么。

唐瑾瑜磕磕巴巴道:"我……我给你写了信,写了好多。我想了好久,原本想等你晚上回去看到那些信再说的,但是我等不了了,哥,我想亲口跟你说……"

最后一句话小孩的声音颤抖,但他还是听到了。

夏野抬手摸了摸他的脑袋,尽可能地放轻了声音,柔声哄道:"小瑜,你再说一遍,我没听清楚。"

"我特别崇拜你。"

这次他说得很清楚:"所以我喜欢和你在一起,从你身上我能学到很多东西。"

唐瑾瑜抬头看他,夏野笑眼弯弯:"我很荣幸。"

唐瑾瑜看看夏野,傻乎乎地笑个不停。

雪变大了,没有风,雪扑簌簌地落下来,能听到雪花落在肩上的声音。

回去之后，小朋友找了个借口道："我去厨房热杯牛奶喝，你自己先上去换衣服吧！"

夏野看着他拿了牛奶跑进厨房，自己先去了卧室。

夏唐两家这么多年相处下来，亲如一家，他们在彼此家中都有固定的卧室，夏野在这边也很放松，回了自己房间里，刚换下毛衣，忽然想到了什么，转身去卧室找了一圈。

桌上擦拭得很干净，没有留什么字条，夏野又翻找了下，抽屉里也没有发现什么。他坐在床边想了下，忽然抬手拿起枕头，果然在枕头下面发现了一沓信，无一例外都写了他的名字，请他亲启。

夏野坐在床边，一封封慢慢看完了。

从第一封开始，一直到最后一封，他一字不漏地看下来，看着刚开始的依赖一点点变成崇拜。

小朋友把他当作偶像。

夏野看着信，这么想着，努力压住心里席卷而来的喜悦，尽可能地把它们克制在内心深处。这些信是他这么多年来得到的最好的礼物，夏野摩挲着信纸，小心放好，妥善收藏起来。

夜已经深了，外面只留了楼梯里的一盏小灯。

刚才说要喝牛奶的人也已经跑回房间去睡了，像是一只小蜗牛，现在躲进壳里储蓄能量。

夏野笑了一声，没再去打扰他，也回去休息了。

天边泛白的时候，夏野才慢慢睡去。他这一觉睡得好极了，上午九点多醒来，尽管只休息了几个钟头，但是精神前所未有地好。

他起来去楼下客厅看到了唐瑾瑜，他弟穿着拖鞋跑过来，小心地问道："哥，你还记得昨天的事吧？"

夏野笑了一声："我又没喝酒，当然记得。"

唐瑾瑜点点头，不过很快又认真道："我昨天晚上也没喝酒，我说的都是真心话，我真的特别——"

他家小朋友真的太热情了。

夏野在家辅导了一天功课，就忍不住开始放水，主动带唐瑾瑜去野营了。没办法，他家小孩一看到下雪就眼巴巴的样子。

夏野找了辆房车，虽然也带了帐篷，但是并没有打算真让他睡在帐篷里，唐瑾瑜的身体不好，哪里受得了风寒，也就是应个景儿，哄小孩玩的。

除了房车，夏野还让人运来一部越野摩托车，改装后在雪地里也能骑，这边雪小，没什么问题。

他带着唐瑾瑜去树林，陪他踩雪，这个季节已经没有树叶了，但是碰到一小片梅林，做贼似的折了一枝带花苞的带回来，打算插在花瓶里慢慢欣赏。

夏野对他格外纵容，唐瑾瑜说去哪里，他都陪着。

他们回去的时候，看到附近有拉练的军人负重跑过，队伍整齐，口号响亮。

唐瑾瑜凑在夏野耳边："小季说要考军校，军校不收学费，毕业后还包分配工作！听说上大学每月还有固定工资，哦，他们好像叫津贴……"

唐瑾瑜嘴巴不停，什么都想跟哥哥分享，越说越多。

他们在外面玩了两天，有房车跟着，又有夏野照顾，唐瑾瑜比来的时候还精神，一点生病的苗头都没有，玩得特别带劲儿。

中午，夏野带他出去吃饭，吃的是那家素斋馆，那家店现在已经做得小有名气，还上过两次电视。

唐瑾瑜点了他喜欢吃的素包，还有几道招牌菜，这边的菜式清淡一些，也合夏野的胃口。夏野喜欢，唐瑾瑜心里也高兴，跟着一起多吃了些。

季元杰的妈妈还在这边打工，不过只做早晚的班，他们没有遇到。季妈妈做事爽利，两年来和同事们相处得非常不错，唐瑾瑜问起她，招待他们的服务生都能说上两句，听说是季妈妈的朋友，还送了一份凉拌小菜。

他们又打包了几份蒸点，给工厂那边的陈素玲送过去。

以前唐瑾瑜经常跟陈素玲来这里，不少人都认识他，一路走过来夏野才知道为什么小孩要买这么多，小孩给路过的几个部门都送了点心，剩下一份枣泥金丝饼才是送给陈素玲的。

夏野在后面跟着，看到有年轻的小姑娘跟他弟说话。他以前只是略有察觉，现在才发现小朋友有点太受欢迎了。

陈素玲不在办公室，出去忙了，他们送了点心就走了。小城在外人看来没什么可逛的，但对唐瑾瑜来说不同，这是他长大的地方，故地重游，哪里都觉得有趣。

夏野开车带他一路过来，路过幼儿园的时候唐瑾瑜道："哥，你还记得这里吗？以前爸爸和你跑得最快，每次都是第一个来接我的。"

夏野抬头看了一眼，他当然记得。

这是他们两个一起生活过的地方，到处都留着他们共同的回忆。

夏野一边开车一边问："还想去哪里？"

唐瑾瑜："听哥哥的。"

夏野被他哄得唇角上扬，心情都好了几分，开车带他去了水族馆。

水族馆和以前差不多，维持了老样子，唐瑾瑜挺喜欢这里，有光透过玻璃落在地面上，地面上的光影也带着粼粼水光，到处都是幽幽的蓝色。

夏野一边走一边跟他说话："你还记得小时候带你来这里的事吗？"

"记得啊，以前考试考好了，爸爸妈妈还有伯伯都会带我来，哥哥带我来得最少，因为哥哥忙着上学，特别辛苦。"

夏野笑道："你还会记仇呢？"

唐瑾瑜眨眨眼："没有，我是真的觉得你辛苦，高中考试特别多，我们学校每周都发好多试卷，哥，你那个时候也挺累吧？"

夏野想了下，他没有太多这方面的记忆，那些试题对他来说难度不大，不过还是点头道："嗯。"

唐瑾瑜努力放松语气道："我也会努力，我觉得我现在还能跟上，虽然我不能和哥哥考同一个大学，但是我可以试试考个文化课第一、专业课第一什么的。"

"不担心李赫和你抢专业第一了？"

唐瑾瑜得意道："他要出国去念书了，没人和我抢啦。"

夏野笑了一声。

他们走着，迎面就遇到了熟人，前面一个梳马尾辫的女孩正和一个男孩肩并肩走过来。女孩手里拿着一个硕大的彩色棉花糖，和身边的男孩有说有笑，抬眼看到他们后小声"啊"了一声，紧跟着"唰"的一下把手从男孩手里抽了回来。这里光线昏暗，唐瑾瑜本来没看到，但她动作太大，就瞧见了。

韩亦星脸都红了，结结巴巴地跟他问好："小瑜，你……你也来看鱼啊？"

她身边的季元杰倒是挺自然，认真地跟夏野问了好，又笑着看唐瑾瑜，把自己的手揣进衣兜里。

韩亦星看着夏野有点紧张，小碎步蹭过去，拽了拽唐瑾瑜的衣袖，唐瑾瑜还没反应过来，小姑娘的力气大了点，一把把他拽到了一边去，嘀嘀咕咕地跟他说悄悄话："你千万别跟我哥说啊，我就是……就是……"

唐瑾瑜憋着笑，逗她道："辅导功课对吧，课外辅导，我知道。"

韩亦星听见后眼睛亮了一下，连连点头："对！求你啦，帮我保密好不好？"

唐瑾瑜答应了，小姑娘欢呼一声，引得夏野看过来，她吓得吐了吐舌头。

韩亦星在那儿跟唐瑾瑜说了一会儿悄悄话，听到夏野咳了一声，才放唐瑾瑜回去，自己乖乖站在夏野跟前，眼巴巴地看他。

夏野再次把视线落在小姑娘身上，对她道："早点回家，别让你哥担心，知道吗？"

韩亦星松了口气，连连点头。

小季和星星先走了，夏野倒是没急着带唐瑾瑜离开，找了老位置坐下，静静地看着对面玻璃墙里那些大鱼游动。

唐瑾瑜挨着他，坐在那里替韩亦星求情，夏野只略想了下，就点头答应了。

过年的时候夏唐两家照旧一起守岁，陈素玲看新闻，瞧见不少年轻人都聚在一起跨年，就问道："小瑜要不要去找朋友玩？"

唐瑾瑜抱着她撒娇："妈妈，那个是元旦的时候呀，过春节当然是和家人一起啦！"

陈素玲给他喂了一块水果，笑道："你要是想出去玩就跟妈妈说，长大了，可以多出去的。"以前她和丈夫担心小孩不能适应外界，恨不得建一个水晶屋把小朋友养在里面，但是现在小孩大了，长得比她想的都要好，她摸了摸儿子的脑袋，唐瑾瑜把脸贴在她的掌心上蹭了蹭，笑了一声。

长辈守岁到十二点左右就去睡了，唐瑾瑜睡不着，挨着夏野躺在沙发上看完了春晚，一直等到《难忘今宵》的歌声响起，才坐起来伸了个懒腰。

夏野道："要不要放烟花？"

唐瑾瑜眼睛亮了下，不过很快犹豫地摇摇头："市里不能放烟花爆竹，要跑好远啊，算了吧。"

夏野其实准备了一些，不过看到小孩开始打哈欠，道："那在院子里点几个小的吧。"

唐瑾瑜好奇是什么小烟花，结果夏野带他出去，给了他一把仙女棒。

唐瑾瑜乐得不行，拿着玩了好一会儿，还分给夏野一支，用自己的仙女棒帮他点燃了，两个人手握仙女棒凑在一起拍了照片。唐瑾瑜美滋滋地道："哥，你看我给你比个心！"

仙女棒在空中划过，短暂地留下了一个爱心的图形，夏野笑了。

他们把那些小烟花都放完，这才回去睡觉。

唐瑾瑜一直跟到夏野的卧室："哥，我这两天表现得好不好？"

夏野点点头，他们家有一套成熟的表彰体系，针对唐瑾瑜一个人，比如小孩在家主动做家务或者在学校拿了好成绩，就会夸奖他表现好，并给予一定奖励。

唐瑾瑜期待地小声道："那我今天能不能跟你夜聊？"

夏野沉默了片刻："不行。"

唐瑾瑜特别失望："为什么啊？"

"你今天做错了两道题，审题不清，要表现得再好一点才可以。"

"……"

唐瑾瑜依依不舍地去了自己房间，夏野一直等他关了房门，才回去睡。

年初二，按照惯例唐瑾瑜要陪父母回姥姥家。

往年他最喜欢这个时候，可是这次唐瑾瑜不太想去，现在哪里都没有家里好。

回陈家探亲那天，唐瑾瑜磨磨蹭蹭的，试着跟陈素玲说想留在家里。

陈素玲想到另一方面了，安慰他："你舅妈回她娘家去了，今年不在，没事啊。你就跟在我身边，就算她回来了也不要紧的，咱们去了吃顿饭，陪陪姥爷姥姥就回来了，好不好？"

唐瑾瑜其实不太在意小时候的事了，他的那把小手风琴现在还保存得很好，他也就不那么生气了。

陈素玲这么说了，唐瑾瑜也不好再找理由，只能换好衣服跟着下楼。

楼下，夏野在客厅等他们。

唐瑾瑜提着旅行箱先下去，看到他很惊讶："哥，你怎么来了？"

陈素玲提了小包跟在后面，听见后笑道："你哥今年跟咱们一起过去，他在那边要谈生意，正好顺路一起走。"

夏野走过去接住他手里的箱子："嗯，我陪你一起过去。"

这简直就是意外之喜，唐瑾瑜喜悦的心情根本藏不住。

因为之前唐瑾瑜对飞机排斥，夏野也都听他的，这次回家探亲乘坐汽车。从沪市过去需要几个小时的车程，倒是和以前相差无几，还算方便。陈素玲带了三辆车，都安排了司机，她和唐泓俊乘坐一辆，给他们兄弟两个留了一辆，剩下的放礼品。

唐瑾瑜刚开始只顾着高兴，后来困了，靠在夏野肩膀上睡了一觉。

陈家是大家大户，陈老太太又是爱热闹的人，逢年过节家里都布置得特别喜庆。

陈老太太见了小外孙就笑得合不拢嘴，握着手没撒开，吃席的时候更是留了唐瑾瑜坐在自己身边。

饭后，几个孩子一起下象棋玩。唐瑾瑜只会简单的，还是姥姥带他背的棋谱，他下不赢，就拽夏野过来，按他坐下："我哥替我，要是输了，我接受惩罚！"

夏野问："什么惩罚？往脸上贴纸条？"

华雁笑道："当然不是，现在早就改啦，输了的人要玩真心话大冒险！"她看着唐瑾瑜，眼睛转了一下，"不过你们两个人算一队，必须两个一起接受惩罚才行！"

唐瑾瑜仗着夏野在特别有底气："没问题，来吧！"

夏野拿着棋子捏在手里摩挲片刻，笑道："开始吧。"

唐瑾瑜原本以为他哥这样的天才，下棋会毫无阻碍地稳赢才对，但是夏野棋艺普通，华雁又跟在陈家二老身边陪练多年，下棋劲头十分凶猛，没一会儿工夫就吃掉了对手棋盘上大半的棋子，只留老相护主，夏野已无回天之力。

夏野输了，唐瑾瑜就得去玩真心话大冒险。

华雁想了想，笑道："你右转遇到第一个人，捧着对方的脸说三句特别肉麻的话，好了，开始！"

　　唐瑾瑜刚一转，也不知道是凑巧还是怎样，夏野手边的棋子被他碰掉一枚，夏野俯身去捡，刚好和他碰到一起，低声说了一句"抱歉"。对面几个女孩拍手起哄，华雁眼睛都亮了："碰到了，碰到了！小瑜，快说三句肉麻的话！"

　　换了别人唐瑾瑜会不好意思，但是对方是夏野，他完全没在怕的！

　　唐瑾瑜大大方方地捧着夏野的脸，凑近了一点，看着他笑嘻嘻道："哥哥最好了，我哥真是又高又帅！"

　　夏野坐在那里，面色如常。

　　华雁哼道："你这样赖皮，要说得再好听一点才行呀！"

　　唐瑾瑜想了一会儿，道："哥，你知道心脏偏向哪一边吗？"

　　夏野道："左边。"

　　唐瑾瑜握住他的手，放在自己心口处冲他笑："错了，是偏向你这一边啊。"

　　夏野看了他一会儿，忽然笑了，收回手道："这句还不错。"

　　华雁比唐瑾瑜大两三岁，正是情窦初开的年纪，最喜欢看偶像爱情剧，她看了小表弟一眼，感慨道："我算是放心了，小姨还担心你以后找不到女朋友呢，一会儿我就去跟小姨说，让她别担心了，就你这张嘴哄也能哄十个媳妇回来。"

　　唐瑾瑜道："我才不要十个媳妇，我要一个就够了。"

　　华雁笑他："羞羞羞，你才多大，就想媳妇的事啦？"

　　唐瑾瑜得意地抬头挺胸，坐在一边继续看他们下棋，大概是夏野输了一盘，他觉得俩人水平差不多，胆子也大了，偶尔帮夏野看棋盘，小声出主意。

　　夏野又输一盘，这次的大冒险是出去跟遇到的第一个人借十块钱。

　　唐瑾瑜走出去就遇到了姥姥，老太太一听小外孙这个请求，立刻就把钱包给他了："乖宝，自己拿，要多少拿多少！"

　　过年了，老人的钱包里鼓鼓囊囊全是大钞，唐瑾瑜找了半天都没见一张十块的，还是老人在口袋里翻出一张零钱，笑着递给他："也不知道现在你们这些孩子怎么想的，多了还不要，拿去买糖吃吧！"

　　唐瑾瑜抱着老太太弯腰亲了她一口："谢谢姥姥！"

　　夏野等他回来，就跟他换了位置，唐瑾瑜只当他哥是输多了没面子，撸袖子自己上。

　　夏野站在他身后道："放心下，你要是输了，换我受惩罚。"

　　唐瑾瑜多年没练过棋，半桶水的水平，很快就被将军，急得不行，提前道："姐，要不就真心话吧，让我哥回答几个问题好不好？"

　　华雁也是这么想的，她瞧夏野也有点发怵，夏野虽然长得帅，但是站在那里冷冰冰的不怎么好接触，她们也不敢真的惩罚他，听见唐瑾瑜提议就点头道："行，那就问几个问题吧！"她们商量了一阵，华雁把问题选好了，转过身来好奇道："我想问，夏哥你的收入是多少？"

"总收入还是年收入？"

"嗯……年收入吧。"

夏野说了一个九位数，对面几个小姑娘听得目瞪口呆。她们还想再问的时候，夏野淡声道："这局我已经回答一个问题了。"

几个人眨眨眼，不敢多说话，又开始了下一局。

唐瑾瑜本来自己下就有点吃力，夏野在一旁还给他指挥错了好几次，他一个棋子一个棋子地开始减少，疑惑地看着夏野，要不是他哥一本正经的样子，他几乎都要以为这人是在故意捣乱让他输了。

唐瑾瑜连输几局，都是夏野受罚，回答的问题开始逐渐升级，对面几个小姑娘忍不住暗戳戳地将问题向八卦方向发展。

夏野倒是来者不拒，一并都回答了。

过年期间来走访的亲戚多，陈家虽然有三套空着的别墅，但客房也有些紧张，老太太舍不得让唐瑾瑜去别处住，留他在身边。

夏野本来要睡酒店，但是陈老太太坚决不肯："这边床够大，你跟小瑜挤挤就行了呀，没事！"

夏野看了唐瑾瑜一眼，原本跟着点头的小孩立刻不敢捣乱了，他想了下对陈老太太恭敬道："好，我听您的。"

陈老太太握着他的手，让他挨着自己坐，拿他当自家孩子一样看待。

晚上，他们陪老人看了电视，又聊了一会儿，老人就让他们上去休息了，她叮嘱唐瑾瑜："乖宝，晚上早点睡，明天上午你程奶奶她们过来打桥牌，我年纪大啦，看不清楚牌，你上午陪我一起打牌，帮我看着点好不好啊？"

唐瑾瑜点点头，在楼梯上敬了个礼："收到！"

老太太被他逗乐了，摆摆手让他们上楼去了。

夏野在陈家陪了唐瑾瑜两天，唐瑾瑜最初的兴奋劲儿过去了，也有点不好意思，劝他回去工作。夏野本来也打算休息，何况已经承诺了，自然贯彻到底。整整一个寒假，他哪里都没去，一直在唐瑾瑜身边陪着。

如果以前只是略有纵容，那么这个寒假里夏野对唐瑾瑜的态度就可以用溺爱来概括。夏野感受到了跟以前不一样的乐趣。他想，难怪之前小孩要什么唐泓俊都答应，遇上这么一个小黏糕谁受得了。一整个寒假下来，夏野仿佛听了一整年的好话，每天都跟走在云彩上似的，脚步都发飘。

开学之后，他的生活才恢复平静。

唐瑾瑜从小当夏野的小尾巴，早就当习惯了，一天到晚都在找哥哥。

陈素玲早上做好早饭，唐瑾瑜揉着眼睛从楼上下来，一边打哈欠一边跟她问好，紧跟着又转头去找夏野。

陈素玲笑道："你哥回公司了，今天有事，提前走的。"

唐瑾瑜有点失望，不过很快又卷起袖子对她道："妈妈，我来端粥，那个太烫了，你不要拿。"

陈素玲让开位置，在餐桌上铺了一块小餐垫，很快唐瑾瑜就从厨房捧了砂锅出来，他的手上戴着一双厚手套，动作特别熟练。

唐泓俊过来的时候，唐瑾瑜正在摆放碗筷，爸爸乐得合不拢嘴，一个劲儿夸他。

唐瑾瑜道："爸爸，早餐不是我做的，你应该夸我妈。"

唐泓俊美得没边了，坐在那里两个人都夸："你们都好，我真是三生有幸娶了这么好的老婆，还有这么乖的儿子！"

唐瑾瑜笑了，趁机道："我以后也要跟爸爸学。"

"学什么？"

"学着娶一个好老婆。"

唐泓俊笑得不行，逗他两句："那你现在可得抓紧，优秀的可没那么多，瞧见了一定要回家跟爸爸妈妈说，咱们帮你一起想办法。"

"我自己能行。"

"那不行，这个爸爸得亲自帮你过目才放心！"

父子俩一问一答，唐泓俊逗小孩玩儿，唐瑾瑜却趁机跟他爸取经，问："爸爸，你以前追妈妈的时候，做过什么特别浪漫的事没有？"

唐泓俊道："我们那个时候约会的地方少，一般就是去图书馆，或者周末去公园划船。哦，还会一起去看电影，那个时候的电影票我记得才两块钱一张吧，票根我还留着呢！"他说起年轻时候的事，也是满脸笑容，那真是相当美好的一段回忆。

唐瑾瑜又问："你当初怎么认识妈妈的呀？"

"我啊，学校迎新，我去接新生，看到你妈第一眼就心跳加快，脑门出汗，帮她提行李的时候差点摔倒。不瞒你说，爸爸那会儿年轻啊，没有一点经验，还以为自己中暑了呢！哈哈哈！"

陈素玲听见也笑："你还好意思说，最后还是我把你送医务室去的，人家医务室的医生还以为我是学姐，你才是新生。"

唐瑾瑜："哇，这是一见钟情啊！"

唐泓俊去上班，开车顺路送他去学校，在车里趁媳妇不在，小声跟儿子念叨："小瑜，爸爸早上跟你说的那些都是认真的，你要是喜欢上什么人了，一定要带回家来给我们瞧瞧，或者你偷偷跟爸爸说，爸帮你出主意，咱们一起商量，成功率更高对不对？你不知道，这追女孩子可难了，我当初追你妈妈一年多她才肯点头。那会儿她是校花，追她的人太多啦，我到现在都怕呀，每年她回你姥姥家不管多忙我都一定要跟着……"

　　唐瑾瑜看着他，一脸震惊。

　　唐泓俊咳了一声，又连忙补充道："这个……也想探望家里老人，都是顺便的事，不冲突！"

　　"爸爸最喜欢妈妈了！"

　　"何止，我这辈子最爱的人就是你们两个，一个大宝贝，一个小宝贝！"

　　唐瑾瑜在副驾驶上乐了半天，跟着点头道："我也是。"

　　等以后，他也会找一个最爱的人结婚，然后把这份感情传递下去。

　　他喜欢的人，一定很闪耀，像黑夜里引领方向的星光，一抬头，便无处不在，看得久了，心里就再也放不下第二个人。

　　傍晚，唐瑾瑜去找夏野，他从学校直接去了公司，家里司机对这个线路也熟，把他送过去的时候还问："路上要买块蛋糕吗？"

　　唐瑾瑜从初中开始就经常在他哥的办公桌上写作业，去那边不要太熟，不过去了就代表着要辅导功课，晚上回来得将近八点。

　　唐瑾瑜今天一点时间都不舍得浪费在路上，摇头道："不用了，我想快点过去。"

　　夏野正在开一个电话会议，瞧见他立刻招手让他过来，对电话那边道："之后的事找宋经理协商，他可代我全权负责余下的条款细节。"

　　唐瑾瑜等他挂了电话，小声问："哥，我是不是耽误你工作了？"

　　"没有，本来也差不多谈好了。"夏野看了一眼办公桌前站着的小孩，笑道，"站那么远做什么，过来。今天在学校都做什么了？"

　　唐瑾瑜走过去一些，把学校里发生的事都说了。夏野没一点不耐烦，还时不时问两句。

　　天气回暖之后，唐瑾瑜忙碌起来。

　　高二的课业开始加重了，夏野的优势学科是数理化，唐瑾瑜从小崇拜他，略微有点偏科，分班的时候选了理科，成绩一直保持在前几。他的专业课有李奥老师辅导，虽然进步缓慢，但也在踏踏实实一步步地追赶，李奥老师几次重点表扬过，用了一句"零失误选手"来形容他，这是非常高的评价。

　　李赫有的时候挺羡慕他，还专门问过他几次："你怎么一点都不紧张啊？平时练琴这样，比赛了也这样，你到底是怎么做到的？"

唐瑾瑜想了想，一时也不知道该怎么回答。

弹琴对他来说，就像是吃饭喝水，白米饭和水都没有什么滋味，但是每天不吃那一口，就总觉得少了什么。至于拿奖，那都是意外之喜，他的家人从来没有给过他这方面的压力。

唐瑾瑜挠了挠脸颊，跟李赫谈了下自己参赛的初心："其实我刚开始参加比赛的时候，是为了一个人。"

李赫道："谁？"

"我哥。我哥以前参加乐器比赛没通过，他后来就没继续学了，但是这总归是个遗憾，我小时候学琴用的还是他的一把旧琴，"唐瑾瑜比画了一个拉手风琴的姿势，笑道，"我以前身体不好，手指头不怎么灵活，学了好久，我就想不管什么乐器都行，一定要弹好，替我哥拿一次奖。"

李赫简直要被这个故事感动了，以为是什么重大国际赛事，但听到是一个"市小学生乐器比赛"，眼中的泪花立刻退了个干干净净。

"你哥那次到底拿了第几名，给你留了这么深的执念？"

"他差一点点就过初赛了。"

"……"

李赫心想，难怪唐瑾瑜每次比赛都不紧张，这能紧张起来吗？他每次都全力以赴想冲第一，他的这位同伴呢？每次想的就是"哇，我又过了初赛，真棒"。

棒个鬼啊！

唐瑾瑜白天在学校上课，抽空还要去练琴，忙得像一个小陀螺，好几次在夏野车上睡着了。

有次晚上练琴回来，唐瑾瑜上车说了没两句，抱着书包又开始点头，然后迷迷糊糊睡着了。夏野想了一下，掉转方向把车开到了自己公寓那边，他住的地方离李奥老师家近一些，明天周末还要练一天琴，住在这里更方便。

到了小区，夏野把车停在路边让小孩多睡了一会儿，没有惊动他。

唐瑾瑜睡了半个小时，颇有些不安稳，眉头都皱了起来。

夏野拿了薄毯给他盖，刚一碰到，唐瑾瑜就惊醒了，下意识握住了靠近的手腕，他额头上都是冷汗，睁开眼睛看到夏野时还未完全缓过来。

夏野拍了拍他的肩膀："做噩梦了？"

唐瑾瑜点点头，哑声道："我梦到，爷爷。"

夏野低声问："想爷爷了？明天我帮你跟李奥老师请假，带你去齐州市看他好不好？"

唐瑾瑜拽着夏野的衣服，摇了摇头，他的喉咙发出一两个含糊不清的词，似乎是着急又像是难过，突然哽咽起来。

夏野小声哄了半天，好歹是不哭了，但是抬起头来的时候眼睛都红了。

"哥，我……我做了一个梦，心里难受怎么办？"

夏野："我能帮你做什么？"

唐瑾瑜想了半天，小声道："我想吃八宝饭。"

夏野道："好，我去帮你找，找那个会做八宝饭的大厨，一定帮你找到。"

唐瑾瑜也在试着找梦里的老人，他没有办法向其他人说太多信息，只能尽自己最大的努力寻找他。

每次有比赛或者跟着李奥老师外出去其他城市表演，唐瑾瑜都会认认真真查一下那个城市的地图，找最热闹的夜市小吃街和当地比较出名的饭店。他知道老人做菜的手艺特别好，在这些地方找到对方的可能性总归要大一些，哪怕有一点线索也好。

夏野也在帮他寻找。只是想要没有根据地找到这么一个人，犹如大海捞针，实在很难。

唐瑾瑜慢慢地开始梦到对方，刚开始他以为是日有所思夜有所梦，是他太想唐爷爷了，所以晚上会梦到对方，但是慢慢地，他发现这些梦都是能连起来的，像是在另一个时空每天发生的事。比如昨天晚上，他梦到上学路上自行车胎气不足，想着要充气，今天晚上的梦就自然而然地接上，自行车不但充了气，车链子还上了油，他收拾好了才骑车去学校。

而他在那边每天发生的事情也特别简单，都是高中生的日常，上课老师讲的课也能衔接起来。

梦里的事一点点变得清晰，他想起了更多的事，有的时候早上醒过来甚至都会恍惚，不知道哪边的时空是真，哪边是假。

唐瑾瑜感觉，好像两边都是真实存在的。

他越来越确定，他来到的这个世界，是另一个平行时空，因为他不经意在夏野身边提起一些事，一些公司和技术出现得更早了，本该遇到意外的人都好好地活了下来。虽然他不知道夏老师是在哪一年去世的，但是按他之前查过的资料来看，在原来的时空，夏老师应该是在夏野念高中的时候就不在了，而且夏野在去年遇到空难离开人世。

夏老师、夏野……他们渡过了那一关，活了下来。

这个世界已经改变了。

因为有梦境维系，唐瑾瑜的心情逐渐平稳下来，他没有再急切地寻找唐爷爷，有一个模糊的感觉告诉他，时机还未成熟，他还需要继续等待下去。

夏野公司的年会一般安排在寒暑假，方便他腾出时间来陪小孩，这次也不例外。

暑假，夏野问他想去哪儿玩，唐瑾瑜一口气说了三个地方："哥，平城、徽城和齐州都好玩，我想多出去待几天，你带上我，咱们一起去吧！"

夏野嘴上不同意，暑假还是带唐瑾瑜外出了。

夏野对家里长辈们说自己刚好有事出差，去这几个地方待几天，因为有他全程陪同，长辈们大方放行，让唐瑾瑜一起跟着去了。

他们先去了一趟平城。

唐瑾瑜以前来过两次平城，那时候还早，城里部分楼宇还没建成，尤其是老城区看起来特别老旧。现在略有改变，老城区附近拆了一些房子，新盖了一座商场，虽然和之前不一样了，却和唐瑾瑜梦里的记忆更为接近，尤其是那座商场，他看着特别熟悉。

夏野陪他去商场里面转了一圈，唐瑾瑜对什么都好奇，借口要买东西，东转西转，看了一个遍，东西也买了不少。

不少零食夏野不让他多吃，但是任由他买，买了之后只留了一小部分，其余的装箱打包邮寄回家了。

唐瑾瑜还去看了这边的一所高中。他已经能想起自己在梦里读书的那个高中了，毕竟一连几个月每天都去上课，每天都去一遍，记得不要太清楚。

他在路上指挥，夏野开车按他说的走，其间看了他几次，疑惑道："小瑜，你来过这里？"

唐瑾瑜含糊道："来之前查过地图，我们学校有个转学生就是这里的，他说得特别好，我想去看看。"

夏野注意力转移到后半句，微微皱眉道："这里不算多好。"

"我就是想来看看。"

"你在沪市读书的高中升学率高，而且教学设施也比这里好。"

唐瑾瑜这才反应过来，揉了一下鼻尖笑道："哥，我不想转学，你放心吧，我就是听那个同学说他们以前学校食堂的饭特别好吃，有点好奇。"

夏野松了口气，很快开到了那所学校附近。

暑假期间学校空荡荡的，基本没有人。这所学校分了两个校区，初中部和高中部分开，食堂就在它们中间，一栋三层的老式建筑，和一旁的礼堂外观一模一样，要不是挂在楼上的"食堂"两个鎏金大字，简直无法区分它们。

唐瑾瑜三两步上了台阶，踮脚在门口隔着玻璃看了下。

夏野跟过去，道："现在应该没有人了。"

"有的，每年都会留几个护校的。"唐瑾瑜一边看一边道，"我们学校就是这样的，会留几个老师在……我看到人了！"

唐瑾瑜推开玻璃门，走进去跟里面的人打了招呼，因为是暑假，学校人很少，只有后厨执勤的几个老大爷。夏野本来还担心小孩被刁难,已经在想怎么协调了,结果他还未走近,就看他弟已经把那几个大爷哄得眉开眼笑。其中一个老大爷摆摆手道:"那可不敢当,我就做几个不值钱的早点,'中式汉堡'?你这名字起得还怪好听,那其实就是夹馍,里面放的是火腿和煎蛋,特别简单!"

唐瑾瑜道:"真的,我同学说那个最好吃了,每天早上都要跑步过来抢一份,跑慢了都没有了!"

那大爷一听自己做的小吃名声已传播到沪市去了,如今还有人慕名前来,要不是现在手头没有材料,恨不得当场撸起袖子给唐瑾瑜做几个"中式汉堡"让他尝尝。

后厨这几个大爷跟小孩聊得开心,也不像门卫那样赶人,拿毛巾擦了桌椅让他们两个坐下来聊。

夏野全程坐在那里听,他弟一个人把三个老大爷哄得很开心,告诉了他们不少消息。

"八宝饭?我们这儿也有啊,我跟你说,我做'中式汉堡'一般,但是做八宝饭特别拿手!"大爷高兴了,拍着腿道,"你别小看这个八宝饭啊,这饭可有讲究,我这手艺也不是祖传的,还是一个认识的老朋友好些年前教给我的,那老伙计手艺可厉害了,正儿八经的大厨,什么菜都会烧,以前还在老城区的夜市摆摊卖炸串,说来也巧,他也姓唐,跟你一个姓呢!"

唐瑾瑜的心跳快了几分:"那个老爷爷,他叫什么?"

"叫唐正德。"

唐瑾瑜的手握紧了几分,把眼底涌上来的热度压了下去,努力用平稳的声音说:"那个唐爷爷,他现在去哪里了?"

"哟,这可不好说,都过去好些年啦!"老大爷想了一会儿,"之前听说他去了北边,不过也有可能南下,我记得前些年他还打电话问了我一些关于孩子转学的事,听着好像南边还有亲戚。"

唐瑾瑜认真地记下了,但是只有这么一点消息,其余的对方也不知道了。

夏野心细,认真询问后发现线索都对上了,知道这就是他们要找的人,心里也放松了些。从学校出来,他对唐瑾瑜道:"有名字就好找了,等回去我让人查查,一定很快就能找到的。"

唐瑾瑜点头:"嗯,一定能找到。"

这一天唐瑾瑜没有再像之前一样固执地到处转,夏野带他回了酒店休息,唐瑾瑜疲惫极了,几乎是沾着枕头就睡着了。

夏野一直陪在他身边,他能感觉到小朋友有事情瞒着他,但他可以等,等对方亲口跟他说的那一天。

时间还有很多,他不急。

唐瑾瑜做了一个很长的梦。

他梦到自己在一个老旧的房子里，那是他的家，客厅里放着一台老旧的彩电，还有一张桌子和两个板凳，这就是全部家当，没有其余大件了，虽然清贫，但是收拾得干净利落。

梦里的他是高中生的模样，收拾了书包，换了校服，骑上自行车出去上课。去的地方就是他和夏野去的那所学校。

身边的同学、上课的老师讲的话他都能听清楚，还举手回答了问题。中午他没上自习课，提前半小时出来，跑得特别快，一溜烟先跑去食堂找了爷爷。

胡子花白的老人看到他挺高兴，招手让他过来，唐瑾瑜洗洗手，就开始帮忙做事。

他先帮着搬了两筐青菜，还利落地挑了几截长藕洗干净，切了藕片。后厨饭点的时候最是忙碌，在这里没有人会关注他动刀，好像大家都觉得这很正常，没什么好奇怪的。

那是一种特别奇怪的感觉，唐瑾瑜看着梦里的那个自己，这和被爸妈、爷爷、外公他们小心呵护着长大不同，过年他去姥姥那边，自己切水果，老太太瞧见了也要立刻没收小刀，生怕他伤着，他在家里做饭，唐泓俊和夏野总归有一个人要站在厨房全程看着的。而现在，"他"去厨房做饭——或者说工作，大家已经习以为常了。

在梦里，他好像做习惯了这些事，有时候还会有人来找他寻求帮助。

"小瑜，待会儿帮我把萝卜一起切丝儿啊，要快点，我这边等着起锅了。"

"来不及了，刘叔，我一会儿要去帮我爷爷炸藕夹呢！"

"你这不……"

"我这切的就是藕啊，要不你尝尝？"

对方悻悻离去，唐瑾瑜连刀切好了藕片，两片薄薄的藕片只有一点相连，这样里面可以放足肉馅，炸得也更透，咬起来更香脆。他把藕片放在盆里清洗了一下，端着去找老人了。

老人在另一边做事，手上刀工特别好，剁肉的时候特别稳当，切肉拌馅儿又调好了面糊，看了他一眼低声笑道："小机灵鬼！"

梦里那个他也嘿嘿笑了两声，帮老人一起干活，动作十分熟练，根本就不用老人开口，通过眼神就知道对方要什么。

他不只帮爷爷，还帮其他人，但是遇到想要占他们爷孙俩便宜的人，唐瑾瑜就躲过去，老人脾气暴一些，眼睛一瞪直接吼回去。

他们在食堂干完活，一直等到学生们陆续走了，老人才拉着他去后厨吃饭。饭后，老人拿了两个长条板凳拼凑在一起，让他躺着睡午觉，自己拿了蒲扇过来一边给他扇风一边道："爷爷不困，人老了觉少，睡不了那么长时间，你快睡吧，爷爷给你扇着啊。"

他躺在那儿还想说话，老人就故意瞪眼睛道："不许说话啦，谁再说话谁是小狗！"

躺在长条板凳上的小孩没憋住哈哈笑起来，老人绷着脸没过一分钟，也跟着笑了。

最高兴的时候是每次期中、期末考试，成绩下来，奖学金也会发到手里，有这些钱他们爷孙俩的日子就会好过一段时间。

每回发成绩的时候都会顺便开家长会，他牵着老人的手去前面的教学楼，得意道："爷爷，我这次又考了第一名！"

老人之前在后厨炫耀小孙子成绩单的时候特别神气，但是快到教学楼了，就摆摆手，有些拘谨地笑道："小瑜啊，你自己过去吧，爷爷先回去了。"

唐瑾瑜道："爷爷，你也来啊，今天晚上家长们都来，老师说要考前动员，你也来听听！你要是不爱听那些，你就听老师怎么夸我的，我可厉害了，真的！"

"爷爷就不去啦！这身上的衣服脏，还没换呢！"

"没事！"

老人虽然一再推辞说不想去开家长会，但是去了之后，还是开心的，一直笑得合不拢嘴。等到老师讲完话又让同学们逐一去念自己给家长们写的信，轮到唐瑾瑜，他刚念了一句"给我最爱的爷爷"，老人就坐在下面抹眼泪了。

他和老人一直都这么相处，特别自在。

他们互相扶持，互相依靠，也是对方仅有的亲人。

他在梦里忙忙碌碌，生活馆简单又充实。梦里的自己身体很好，体育课一直冲在最前面，不管是跑步还是篮球，什么运动都在行。

他跳高尤其好，助跑、起跳，反转仰望天空觉得整个身体都飞起来，简直像是被人托起来一样……

醒过来的时候，夏野在他旁边，唐瑾瑜过了好一会儿才反应过来自己在哪里："哥，我梦到上体育课。"

夏野道："难怪这一晚上又踢腿又翻身，都梦到什么了？"

"跳高，我成绩特别好来着。"

夏野笑了一声，揉了一下他的脑袋："是不错。"

夏野道："我昨天晚上已经跟宋益打过招呼了，他路子宽，让他去找会快一些。你放心，我答应你就一定帮你找到。"

唐瑾瑜心里感动，抬头看着他："哥，你最好了。"

在平城找到了线索，唐瑾瑜也不想去其他地方了，他借口身体有些累了，跟夏野回了沪市。夏野一句话都没有多问，全都依着他。

夏野把寻人的事接手过来，让唐瑾瑜专心过暑假。唐瑾瑜除在家写作业和去李奥老师那边学琴，也会抽时间上网看一下自己之前发的帖子，留言还在增加，但是已经不像刚开始那么疯涨了，来打卡的人比较多。

他登录了账号，就看到后台有一个"99+"字样，是站内短信提示，可是打开看了一下，却显示信箱是空的。

唐瑾瑜有点奇怪，打电话给夏野："哥，我的电脑是不是中病毒了？消息好像看不到，不过也太多了，我设置了只接受你和宋哥他们的站内消息来着，怎么都不可能超过九十九个……"

夏野道："没事，网站内部调整，过两天就好了。"

唐瑾瑜信以为真，等了两天，果然一条骚扰信息也没有了。

暑假之后，学习开始变得紧张起来。

与此同时，唐瑾瑜做梦的次数更加多了，他也更爱睡觉了。

他以前在放假的时候还有精力陪陈素玲去逛街，或者去公司找他哥，现在除非有重要的钢琴比赛，他都不会外出，每天从学校回来吃过饭就想睡觉。陈素玲和唐泓俊为此很是担心，还拉着他去医院做了检查，医生说只是有些疲劳，让多休息，他们这才放心。

唐瑾瑜晚上九点左右就困得不行，打着哈欠想睡，唐泓俊夫妇心疼他，在家尽量让他睡饱。

就算这样，唐瑾瑜还是有了黑眼圈，早上的时候更是起不来，幸好学校早上没有早读课，还能多睡一会儿。

但是梦里也不安稳。

他梦里也在读书上学，和沪市不一样，北方的高中凌晨五点上早读，晚自习上到十点半，挤出一点的时间还要去厨房帮忙，回到家中要熬中药监督老人喝完，每天忙得团团转。他有时候觉得累了，想让自己休息一下，但是梦里的"他"不听，坚持要拿奖学金。

太累了。

简直像读了两个高三。

唐瑾瑜的学习成绩也是突飞猛进，毕竟梦里梦外都在上课，二十四小时无休，凭一己之力过了两遍高三的地狱关卡。

自从唐瑾瑜开始读高三，唐泓俊就每天变着花样给他做饭。

唐瑾瑜对物质的要求并不高，所以也没什么特别破费的地方，哪怕是他们这样的家庭放开了宠着，他也从不跟其他人攀比什么，顶多就是有点小爱好，比如喜欢和家人一起旅行，喜欢和哥哥一起打游戏，或者喜欢吃糖醋口味的菜。

唐泓俊为此特意跟他们食堂的大厨好好学了几道菜。大厨一把花白的胡子，人站在那儿单手颠勺，一口铁锅用得威风极了。他没想到唐泓俊这么一个大工程师会专门来跟他学手艺，刚开始还以为唐泓俊逗他玩儿。

唐工用他们老唐家的"祖传绝技"——捧人，没两天工夫就和对方相聊甚欢。

"您给孩子吃这个，吃鱼聪明，尤其是高三快考试了，多吃些补补。"大厨一边教他一边道，"这松鼠鳜鱼就不错，鱼肉嫩，糖醋汁浇上来之后也入味，小孩们都爱吃这口。"

唐泓俊在一旁认真地学，拿着小本子做笔记。

大厨瞧见笑呵呵道："也不用记这么详细，我切这么细的刀口其实是为了炸出来更漂亮。您瞧，这鱼肉色泽金亮，摆盘也好看，但是一般在家里做不用切这么细，不好掌握火候，您在家就跟平时过年炸鱼的时候一样，滚几刀就成了！"

唐泓俊连连点头，道："好，我记下了。"

"菜式回去之后也别照搬，改良之后味道更好，这做菜啊和做人一样，树挪死人挪活，搬到哪儿去就得改改以前的习惯。您不是说家里小孩不爱吃姜丝吗？那就换了，或者去掉，都成，按自己的喜好来。"

唐泓俊记下来，回去试着改良了一下，他尝着不错，再端给儿子吃。

唐瑾瑜从小都是吃家里的饭菜，他们家都是他爸做饭，一时半会儿也没尝出太多区别，只觉得味道熟悉，又特别下饭，这段时间吃饭吃得多了些，人也有了精神。

唐泓俊喜不自禁，跟他们食堂的大厨学得更起劲儿了。

学了一阵，大厨道："我过段时间就要走了，这儿有个本子，我在上面写了几道菜，您看得上就拿去用。也不是什么祖传的秘方，就是这些年自己琢磨着想的小玩意儿，难得您家里孩子喜欢吃，拿去多做几道尝尝。"

唐泓俊有些惊喜，连忙接过来道谢，又问道："您去哪里啊？"

"家里有些事，去找人。"大厨没多说，把小本子给他之后就走了。

唐泓俊单位工作忙，他下午抽空买了些礼品想给食堂大厨送去，一打听才知道，那位大厨已经离开了。

唐泓俊有些惊讶："这么快吗？家里是不是出了什么急事啊？"

食堂负责人道："您问老唐？他就是这么一个急脾气，人事那边拖了一天半他就找上门去了，这不先紧着他的办完了离职手续！我听说好像是家里出了点事，他有个亲戚家的小孩发电报来着，去那边找人去了。"

唐泓俊也没问到其余的，只能先回去了。

唐泓俊回到家中，开始忙碌着做菜，大厨送的那本小册子确实管用，他连着试做了几道菜，基本上都没失手，容易做，味道也好。

上面一些炖品陈素玲也挺喜欢吃，至于松鼠鳜鱼一类的，是唐瑾瑜的最爱。

唐泓俊接连做了几次松鼠鳜鱼，现学现卖，虽然瞧着品相一般，但是糖醋汁不错，还是很好吃的。这道菜在家里受到了热烈欢迎，唐瑾瑜每回都能一个人吃完半条，意犹未尽。

唐瑾瑜白天吃了松鼠鳜鱼，特别巧，晚上做梦的时候也梦到了这道菜。味道简直一模一样，鱼被炸得金黄酥脆，裹上汤汁咬起来咯吱咯吱的，酸甜可口，用汤汁拌饭也好吃。

唐瑾瑜早上醒过来的时候都忍不住咽了下口水。

他也不知道怎么回事，这一周吃了两三回了，可就是还想吃，觉得松鼠鳜鱼的味道熟悉得不得了。

这道菜还是有些难做，唐泓俊的手背上有被油溅上去烫起的水泡，他没当回事，但是唐瑾瑜瞧见之后就再没麻烦他做。

周末，夏野接他去公寓那边住两天，他们去了外面吃饭，唐瑾瑜又点了这道菜。不过这次吃起来味道就差了很多。

夏野瞧他动筷的次数少，问道："不好吃？"

唐瑾瑜摇摇头，酒楼里的招牌菜当然好吃，但不是他喜欢的味道，总觉得差了点什么。

夏野给他夹了排骨年糕，哄道："先吃一点垫垫，改天我去学。"

"哥，你要学什么？"

"学做鱼。"

唐瑾瑜咬了一口排骨，笑道："别了，还是我去吧，等我高考完之后，我就跟爸爸好好学几道菜。哥，你喜欢吃那道火腿芦笋对不对？等我学会了，每天都做给你吃！"

唐瑾瑜虽然没再提过吃松鼠鳜鱼，但是唐泓俊之后又做了两次，他瞧得出儿子喜欢吃，只要时间充足，就给他做。

唐瑾瑜果然很给面子地吃了许多，父子俩都特别高兴。

年底，唐瑾瑜要去比赛，刚好唐泓俊的单位年底最忙，陈素玲也感冒了，两个人都没有办法随行。

夏野主动道："姨，我陪小瑜过去吧。"

陈素玲戴了口罩坐在沙发上，离他们兄弟俩远一些，她咳了一声，唐瑾瑜要给她倒水，她摆摆手："你别过来，搁在那儿就行，我自己去拿。"

唐瑾瑜道："妈妈，传染不了的，您看我现在身体特别好。"

陈素玲摇头不肯，微微拧了下眉头道："小野，你一个人行吗？我这边再派个司机跟着吧。"

夏野道："不用，我从公司带个司机就行了。"

陈素玲想了下，也只能点点头："那好吧，你们路上小心些，等过两天你叔忙完了，让他过去接你们。"

夏野道："不用，我送回来就好，您在家安心养好身体，我叔留在家里照顾您吧，这样小瑜比赛也能专心，不然一直挂念着也比不好。"

唐瑾瑜在一旁点点头，想靠近她又不敢，一脸担心的模样。

陈素玲笑了下，隔着口罩道："那好吧，这次你去陪他比赛，对了，那个小录像机也带上，多拍一点比赛的视频，这次比赛的地方太远，家里老人们去不了，都等着看呢。"

夏野答应了，他先回公司安排后续工作，陈素玲让他把唐瑾瑜一起带过去，她感冒有点严重，实在担心传染给儿子。

唐瑾瑜不肯，站在那里道："妈妈，我留下照顾你啊，你生病了一个人在家怎么行？"

陈素玲道："不是什么大毛病，你不是已经看着我吃过药了吗？我等下睡一会儿，晚上你爸爸就回来了。"

唐瑾瑜还是不肯走，陈素玲咳了一声，给了夏野一个眼神暗示。

夏野瞧出她的意思，走过去揽着小孩的肩膀："你听话，过两天就要出门了，要是生病，就不让你去比赛了。"

陈素玲这次是真的咳了起来，她虽然也是这个意思，但是小野这孩子没必要这么直白地威胁啊。

夏野误会了，又道："不只比赛，这个寒假也不许出门。"

唐瑾瑜一脸纠结，抬头去看妈妈。

陈素玲只得道："小瑜，听你哥的话。"

唐瑾瑜只能跟着夏野走了，一步三回头的，特别舍不得妈妈。

陈素玲等他们走了才给唐泓俊打电话说了一下情况，唐泓俊立刻道："那怎么行，我挤挤时间，虽然我不能送小瑜去比赛，接他的时间还是有的，再忙也要去接啊！"

陈素玲笑道："小野在呢，没什么好担心的。"

唐泓俊想了想，总有点放心不下。

陈素玲咳得厉害，唐泓俊连忙道："你先休息，我今天忙完早点回去。"

陈素玲答应了一声，挂了电话。

晚上唐泓俊回到家中，简单煮了粥端去卧室给妻子吃了，又拿了药过来，对她道："我煮了川贝梨水，一会儿不要喝水了，多喝点梨水，对身体好。"

陈素玲点头应了。

他们夫妻俩一个半躺在床上，一个坐在床边，过了好一会儿陈素玲才笑道："家里好安静啊，怎么小瑜才走这么一会儿，我就觉得房子里都空荡荡的。"

唐泓俊道："不瞒你说，我也不太适应，我刚去做饭的时候，总觉得他就在客厅那边弹琴，刚才煮粥的时候米也放多了，煮好才想起来他今天不在家。"

他们已经不再年轻，四十几岁脸上已有了轻微的皱纹，唐泓俊的鬓角有了白发，陈素玲给他拔了几次，白发还是会顽强地再长出来。

她握着丈夫的手，小声道："泓俊，以后不能全都依靠小野。"

"怎么了？"

"他大了，也要成家，总不能一辈子都让弟弟跟着哥哥过啊。不过小瑜现在的身体也好了一些，我瞧着放心不少，至少他能照顾好自己，只是不确定……"

唐泓俊握着她的手，轻声道："我知道，这事咱们以前谈过。"

过了一会儿，陈素玲轻叹一声，跟他握紧了手。

他们不确定孩子的身体情况如何，每年都去检查，医生也会说一些需要注意的事项。他们觉得孩子的身体好了，但是他的病会不会遗传不好说，他们也绝对不想在没有任何保障的情况下，去破坏别家姑娘一辈子的幸福，所以，不管怎么样，哪怕孩子一辈子不结婚，也是可以的。他们可以养着小孩，在能力范围内给他最好的生活。

"以后的事，以后再说吧。"

唐泓俊心疼孩子，不肯再想下去，陈素玲比他乐观一些，想着或许以后他能遇到一个合适的人，那个人能代替他们，像他们一样把小孩照顾妥帖，呵护他一生。

唐瑾瑜住在夏野那边也没忘了给爸妈打电话，他第二天一早就打电话询问情况，问得特别细，说的都是从小到大陈素玲对他说的那些。

陈素玲笑道："都好，你爸煮了粥，药也拿出来了，一会儿就吃，放心吧。"

"嗯，我比赛完了就回家，你在家等我啊。"

陈素玲答应了一声，哄了小孩几句挂了电话。

唐瑾瑜跟着夏野住了几天，其间练琴是夏野送他去的，放学是夏野接的，回到公寓里也是夏野给他辅导作业。

夏野会盯着他练琴，时间到了，就倚靠在门边抬手敲敲门，让他休息。

和在家里跟爸爸撒娇不同，唐瑾瑜求夏野再多给几分钟的时候，被毫不犹豫地拒绝了。

夏野掐着时间，等他休息了一会儿，才点头让他继续弹琴。

唐瑾瑜弹琴很投入，夏野在的时候，他会选一些舒缓的曲子，弹奏时心情也不由自主地轻快起来。

等他弹完琴，夏野就带他去书房辅导功课。唐瑾瑜和小时候一样，占了夏野桌子的一角，特别安静听话。

有时候夏野抬头看他一会儿，小孩都没察觉，还在握着笔认真写字。

唐瑾瑜写完了会伸一个懒腰，然后讨好地把作业递过去，让夏野给他检查，确认无误后，两个人会一起去楼下吃夜宵。

有时候是小馄饨，有时候是一碗汤圆，时间早的话，夏野会开车带他去远一点的地方吃蟹粉小笼包。

夏野的公寓里平时不会准备零食，但是自从唐瑾瑜住过来，他习惯性地在下班后去蛋糕店，一边认真挑选一边想象小孩看到后眼睛发亮的样子，光是这么想，他就忍不住想笑。

在夏野家暂住了几天，眼看到了比赛的日期。

夏野开车送唐瑾瑜去比赛，全程陪同，比赛前也尽可能把时间留给唐瑾瑜，让他休息或者准备比赛，其余的杂事根本没让他碰。

比赛前一天晚上，唐瑾瑜在酒店里难得有些焦虑，翻来覆去地睡不着。

夏野躺在一旁，问："怎么了？"

唐瑾瑜小声道："哥，我睡不着。"

"比赛紧张了？"

"嗯……有点，好像也不全是，反正就是睡不着，特别精神。"

"那明天比赛怎么办？"

唐瑾瑜也在愁这个："早知道就准备一点帮助睡眠的药了，哥，你说药店有卖这个的吗？我现在挺想要颗安眠药……"

"没有药。"夏野轻声道，"可以给你一颗糖。"

唐瑾瑜得了一颗糖，像小时候一样放在手心握着，过了一会儿慢慢睡着了。

夏野一直等他呼吸平稳，确定睡了之后，才低声说了一句"晚安"。

有糖果奖励，唐瑾瑜睡得很香，早上起来的时候精力充沛，白天的比赛也抽到了一个不错的号码。

他上台，面对评委老师也不紧张，发挥一如既往地稳定。他选择的曲子难度不是很高，更注重感情表达，有些老师会喜欢，当然也有一部分老师更看重技巧，最后他以微弱的优势拿了金奖。

宣布成绩的环节，夏野留心听，因为名次是倒着往前念，他弟拿第二名的时候居多，这次第二名不是唐瑾瑜，夏野的眉头都皱了起来，直到听到第一名时，他才松了口气。

比赛结束，他们没有在这里久留，夏野跟家里通电话说了拿奖的好消息，带唐瑾瑜一起回了沪市。

陈素玲的感冒已经差不多好了，唐泓俊本来想去接他们兄弟，但他的假条还没批下来。他们单位年底实在忙不过来，不少人还等着唐泓俊批假期，上头大领导生怕这个节骨眼儿上出纰漏，哪儿敢让唐泓俊离开岗位。唐泓俊为此去找了领导一趟，领导只字没提批假的事，反倒跟他谈了谈升职。

唐泓俊是个太极高手，但强中自有强中手，被大领导绕得晕乎乎地出了办公室。

请假的事别想了，其他的还是可以做一些准备，唐泓俊买了好多他们喜欢吃的，在家里亲自做了一大桌菜迎接他们。

唐瑾瑜一进家门就闻到了饭菜的香味，动了动鼻尖道："妈妈，伯伯在做红烧排骨是不是？好香！"

陈素玲接了他们手上的东西，笑着点了点他的鼻尖："就你鼻子灵，猜对了，你爸和你伯伯在厨房做菜呢，有你们喜欢吃的排骨，一会儿还做松鼠鳜鱼。"

唐瑾瑜特别高兴，洗了手要去帮忙，不过很快就被拒之门外了，唐泓俊隔着厨房玻璃门赶他："小瑜去客厅玩儿啊，一会儿爸爸要炸东西，小心烫到你。"

唐瑾瑜隔着门道："爸爸，有没有火腿芦笋？"

厨房里"刺啦"一声，有菜下锅了，唐泓俊没听清，问他道："什么？"

"火腿芦笋——"

他们父子隔着厨房门说话，声音太大，都传到客厅去了。

陈素玲听到后摇头笑道："还是小孩子，没长大呢。"

夏野也听到了，唇角扬了起来："挺好的。"

陈素玲问了一下比赛的事，夏野拿出拍的视频给她看，几乎全程跟拍，内存卡都占满了。陈素玲看了很久，夏野也有耐心讲，一路上的事全都记得清楚，两个人聊了好一会儿，一直到饭菜都做好了还有些意犹未尽。

陈素玲道："回头我把这些发给家里的长辈们瞧瞧，小瑜又拿了第一呢！"

夏野道："姨，我来吧。"

"你平时工作也忙，这些小事不用耽误你时间。"

"不忙。"

夏野坚持，陈素玲也说不过他，笑着把差事交给他，给了家中几个老人的邮箱，叮嘱道："你发过去之后，记得再给他们打电话说一声。"

夏野点头答应了，把这些都记在了心里。

唐泓俊和夏老师做好了饭菜，唐瑾瑜帮他们把菜端出来，在餐厅摆了满满一桌。

唐泓俊放下这些，又道："小瑜等下啊，还有一道菜呢，我给你炸了些小点心，你尝尝看。"

唐瑾瑜很少在外面吃油炸食品，唐泓俊这次试着在家里做了一些，各式各样的都炸了，有些还特意做成小动物的样子，但是下锅之后炸得惨不忍睹，并不能看出原本的样子，变得奇形怪状的。

唐瑾瑜照旧捧场，一边鼓励他爸一边夹起来吃了一块。

他刚咬了一下就愣住了，这味道太熟悉了，里面的马蹄和紫菜的味道，和他之前在平城吃过的那个蔬菜球一模一样，他的眼圈立刻红了，夏野还以为他被烫到了，立刻说："吐出来。"

唐瑾瑜摇头，支支吾吾的，说不清楚话，他想说的太多，一时不知道怎么开口，另外夹了个递到夏野嘴边："哥，你吃！你吃吃看！"

夏野咬了一口，立刻明白过来，转头看向唐泓俊："叔，你这个菜是跟谁学的？那人在哪儿？"

唐泓俊道："跟我们食堂的大厨学的啊，怎么了？这个炸得有问题？"他说着自己也夹起来尝了尝，本子上写着团成球炸再滚上一层芝麻，他改良了一下形状，好像是有点炸过了，轻微有点焦。

夏野追问道："那个大厨是不是姓唐？"

唐泓俊点头道："对，是跟我一个姓来着，脾气特别好，留着络腮胡，挺大气的，好像叫唐正德。怎么，你认识他？"

夏野笑了一声："是，我一直在找他。"

唐瑾瑜说不出话来，他抬手揉了揉眼睛，心里又酸又涩，更多的是激动。他找遍了能去的地方，却从来没想过，老人竟然在他身边。

唐泓俊对单位食堂大厨的情况不是很了解，跟他们两个大概说了下，唐瑾瑜听到对方已经离开了，急得不行，还是夏野安抚住他，对唐泓俊道："叔，我找他有事，您方便的话，可以带我过去跟人事打个招呼，要个联系方式吗？"

唐泓俊点点头："这个是可以，不过要人事那边先联系对方问问看。"

夏野把这事接了下来，没有让唐瑾瑜再插手，饭后他回自己家，唐瑾瑜出门送他，夏野对他道："这事你不用管了，现在有单位的档案，找到也是迟早的事，你专心读书，等找到了我带你过去看望他。"

唐瑾瑜点点头。

第十章

白雾散尽

夏野没有自己去查,而是叫了宋益一起。夏野在技术上稳扎稳打,但是其他事情还是宋益出面更为稳妥周全,他答应了家里的小朋友,就一定会帮他找到。

尽管如此,他也查了一段时间。

老人留的电话号码不知什么原因已经停用,只留下一份过去的档案备份,夏野查了一下,才知道他这么多年去过许多地方,走了很远的路。从徽城一路到了齐州市,后来又去了平城,之后还去了哈市,再之后又一路颠簸南下,最终停在了沪市。

老人在沪市待了很长一段时间,夏野看了一下日期,心里有些微妙的感觉。

大概也是那个时候,他弟开始做"旅游地图",坚持要去平城和哈市,还在各类小吃摊不停寻找,这次去平城更是准确地找到了那所学校的食堂,好像知道对方就在那里一样。

屏幕上的一行行行踪被人发送过来,显示出老人这些年所在的地点,夏野看了一阵。

他弟不说,那一定是有他的原因,他可以等。

等到小孩开口告诉他的那一天。

宋益花了两个多月的工夫,终于从老人的一份捐款记录里找出他的去向,他把那些捐款单给夏野,对他道:"这个老爷子做的事,要不是咱们在查,估计一辈子也不会有人发现。你知道吗?他做大厨一个月工资也不少,自己几乎没存下,大部分拿去捐赠给孤儿院了,其余的援助了失学的学生,读完大学的就有十四个……"宋益都有些动容,"这些汇款单也是,我去查了徽城的孤儿院,对方听到'唐正德'这个名字,拿出了好些汇款单,每年都有不同金额的捐赠,从未停止过。"

夏野看了捐款单,又问:"他现在人在哪里?"

宋益道："我让人去徽城问了，那边说他之前捐赠的一个学生家里出了问题，具体地址我还在核实，这几天就能找到了。"

夏野看了一眼时间，距离高考也没有多久了，他犹豫了一下，还是点头道："查到之后尽快告诉我，我带小瑜过去一趟。"

宋益道："不等高考结束？现在过去会分心吧。"

夏野道："他等了太久，我想第一时间让他高兴一下。"

宋益摇摇头，笑道："难怪小瑜平时跟你最亲，我算是服了，行，我去安排，一定尽快。"

宋益估算的时间是两周左右，关键线索都已经找到了，找到人不太难。夏野没有提前告诉唐瑾瑜，反正时间不长，等找到直接带他过去会更好，不耽误他学习。

唐瑾瑜这段时间每天依旧是做梦学习，他没觉得压力大，因为每天到点就睡，总觉得能睡着就不能算有压力。

他有时候住在夏野那边的公寓里，晚上睡着了还在哼曲子，夏野翻身起来看了他一眼，唐瑾瑜小声哼着没停，过了一会儿又含糊地开始说梦话。夏野凑近了才发现他在背公式，在睡梦里都没忘了学习，他看了小孩一会儿，没叫醒他，等唐瑾瑜安静下来，给他盖了盖毯子。

临近高考，唐瑾瑜半夜发热了一次，他额头有些烫，但意识还算清醒。

他心里隐隐有些预感，在家里待了两天又在半夜发起热来，他坐起来吃了退烧药，又喝了一大杯水，天色亮起来的时候热度才降下去。

和平时的感冒发烧不同，唐瑾瑜模糊有一个感觉，他这次梦到了那片白雾，像是有什么东西拉扯着他的身体，要穿过白雾去往另一边。两边都有牵绊，他隐约觉得当白雾下一次出现时，会让他做出一个取舍。

身体发热开始变得频繁，唐瑾瑜白天在学校也有些力不从心，趴在课桌上昏睡过去都不知道，把上课的老师和身边的同学吓了一跳，他们还从来没见过小班长这么虚弱过，连忙送去了医务室。唐瑾瑜在医务室醒来的时候，刚好听到下课铃声，他眨了眨眼睛，好一会儿才明白自己在哪里。

医务室老师看他醒了，松了一口气："你睡了半个多小时，有点低烧，我不知道你对什么药物过敏，没敢用药，正打算通知你家长呢……"

唐瑾瑜摇摇头："老师，不用通知他们，我爸妈都忙。"

"那怎么行，再忙也要管孩子啊，你这都要高考了，身体得跟上才行！"

唐瑾瑜抬头看着她道："您帮我联系一下我哥吧，我哥会来接我的。"

医务室老师想了下，点头答应了，只要是家人就行，学生的身体才是最要紧的。

唐瑾瑜报了一串电话号码，老师打电话去了，唐瑾瑜坐在医务室的床铺上发了一会儿呆，好半天都没缓过神来。他抱着手臂微微皱起眉头，他觉得这次的发烧并不是医院能够治疗好的。

夏野来得很快，他到了之后直奔医务室，要不是唐瑾瑜坚持自己走，他都要把人一路抱出去送到车上了。

尽管唐瑾瑜跟他说没事，夏野还是不放心，要带他去医院做检查。在去医院的路上，唐瑾瑜身上的热度已经降下去了，因此也没检查出什么，医生看他神情疲惫，听说是高考生，给他开了一些帮助睡眠的药并叮嘱道："压力不要太大，放松心态，多休息，把精力养足才能发挥好。"

唐瑾瑜："好。"

夏野一直看着他，回去路上更是小心照顾，没送他回学校，带他去了自己公寓那边让他休息。

唐瑾瑜没有坚持去学校，想了想又道："哥，你帮我跟学校请几天假好不好？"

夏野点头答应了："你安心睡，我跟家里说一声，晚上送你回去。"

唐瑾瑜握着他的手："哥，我不想回去，你让我住在你这边几天行吗？"他等夏野点头，又对他道，"我这两天可能会睡得多一点，你别害怕，我会醒过来的。"

"小瑜……到底出什么事了？连我也不能说吗？"

唐瑾瑜张了张嘴，藏在心底的秘密依旧像被锁住了一样，一个字都吐露不出。夏野还想问，但看到他因为讲不出话难过得脸色通红的样子，顿时心疼了，安抚道："不能说就算了，我帮你跟学校请假，也帮你跟家里说，你安心在这儿，想怎么样都行。"

唐瑾瑜抓着他的衣袖，艰难道："哥，等我醒过来的时候，就什么都能告诉你了，你等等我好不好？"

夏野："好。"

他弟从小到大也没有让他们操过心，这么听话的一个小孩，他捧在手心里疼都来不及，怎么舍得逼问他。

夏野把人保护在自己的羽翼下，妥帖照顾，跟他说的一样，什么都替他遮挡了。

唐瑾瑜第一天还好，第二天夏野没去公司，特意请假陪他，生怕他有一点意外，结果到了吃晚饭的时候，唐瑾瑜在餐桌边毫无征兆地昏睡了过去。

刚开始他还留有一点模糊的意识，能听到他哥在喊他，想说自己没事，突然被一阵白雾席卷全身，所有的意识都被带到了浓郁的雾气中。白雾很暖，没有一丝一毫的危险，只是推着他不停前进，带他去往另外一个地方。

"……小瑜？小瑜吃饭啊，端着碗发什么呆呢？"

老人的声音慈祥，连着问了几句，唐瑾瑜才回过神来。他低头看着手里的碗筷，眨了眨眼睛，视线又落在房间里仅有的一张老旧木桌上，这桌子他太熟悉了，他梦到过无数次，白天是他们爷儿俩的餐桌，到了晚上擦干净之后就变成了他学习用的书桌。

桌上放着一碟黄瓜炒火腿、一碟盐水毛豆，还有几块腐乳，剩下的就是放在一旁的满满一大木桶米饭，米饭色泽洁白，颗颗莹亮，特有的香气飘散在空中。

唐瑾瑜依旧没动。

老人给他倒了杯水放在手边，又拍了拍他的肩膀，笑呵呵道："吃饭的时候就别想题啦，就算要高考，也不急在这一时呀。"

唐瑾瑜的手微微发抖，他抬头看着老人，从来没有这么清晰地看到对方，也没有这么清楚地感应到对方的触碰，他抬头喊了一声"爷爷"，老人答应了一声，有些奇怪道："怎么了，今天的菜不好吃？"他自责起来，"我就说给你烧条鱼吃，你等着啊，爷爷现在就去……"

唐瑾瑜放下碗筷，转身抱住他，又喊了一声"爷爷"。

老人愣了下，摸了摸他的脑袋不知所措地安抚道："没事，没事啊，爷爷在这儿呢，是学校里发生什么事了？你别怕，跟爷爷说啊。"

唐瑾瑜摇摇头，他全都想起来了。

老人不懂孙子为什么突然难过，抱着他不住地安抚，问了几次，唐瑾瑜才对他道："我做梦来着，梦到您不见了，到处也找不到，还梦到好多别的事……"

老人笑了一声，揉他脑袋道："你这是学习压力太大了，也给自己放个假，稍微休息一下，别累着啊。"

"爷爷……"

老人捏他的脸，轻笑道："哎哟，真哭了啊，我瞧瞧，咱们家的小霸王成小花猫啦，这要是让你们班同学瞧见可怎么办，快擦擦。"

唐爷爷绞了一条热毛巾过来，亲手给他擦了脸，安抚了一会儿，跟他一起去了学校。老人在学校食堂工作，跟他同路，把他送到教学楼门口，摆摆手自己走了。唐瑾瑜站在学校楼梯上看着他的背影好一会儿，一直到老人的身影不见了还在看着。

他下意识地走下两步，还想跟着他，这时迎面走过来几个同学，有男生看到他，揽着他的肩膀道："班长，你今天怎么来这么早？"

旁边有人起哄："肯定是监督你值日的，上回你负责的卫生区被扣了一分！"

"去，班长你别听他们瞎说，走，咱们上教室去，你亲眼瞧瞧，保管出不了一点错！"

几个男生簇拥着唐瑾瑜去了班上，唐瑾瑜心思不在这儿，他一直在想着老人，生怕他再丢了，恨不得现在就去食堂全天跟着。但是班上的同学热情，带他一路去了班级。唐瑾瑜坐在自己的座位上看着课本又恍惚了片刻，是一摞高三的课本。

他拿起来看了下，上面都是他的字迹，一笔一画非常认真，字像是印刷上去的一样，小而规范，是他一贯的风格。书本内容和他在梦里上学的时间能对上，他之前是读高二下学期，现在已经是高三，临高考只有最后一个月。

教室的黑板上写着红色的标语，鼓励同学们奋发学习，也写了醒目的倒计时，看到就觉得时间紧迫。

班里有人小声背诵，有人在埋头写卷子，都在为考试做准备。

唐瑾瑜看了一眼桌上的卷子，因为之前梦里梦外都在复习，虽然年份不同课本也有所不同，但是基础知识都是相似的。他心里很乱，写不下去，卷子随手翻了两下就放在了一旁。

有同学走过来，看到他热情打招呼："班长，昨天幸好你给我讲了那道题，晚上我爸给我请的那个家教又考我一遍，要我说，找家教还不如找你给我辅导，比大学生好多了……"那个男生个子高而壮，一瞧就知道家里条件不错，穿了一双名牌运动鞋，却十分朴实，手里拿着烤饼，一边说一边递给唐瑾瑜一个，"班长，吃烤饼不？"

唐瑾瑜摇摇头，他没胃口。

另一个男生跑过来抢了过去："班长不吃给我吧，我今儿早上没吃饭，快饿死了。"

高壮的男生掐他脖子，差点把人拎起来，怒目道："你干什么！吐出来，那是我买给班长的！"

"别掐，别掐，我吐出来班长也不能吃了啊……我在班长抽屉里放了瓶牛奶，你够了啊，别掐了！"

听到这句，男生才哼了一声松手道："那还差不多。"

抢烤饼的同学一边吃手头抢过来的烤饼，一边不服气道："为什么你那个比较大，我这个这么小啊，你给我……不是，你给班长买小的，自己留大的吃了？还有没有江湖道义！"

"我早上过来的时候太饿了，跟老板说我要个烤饼夹烤饼。"

小个子乐了："你直接说要俩得了！"

唐瑾瑜听着他们说话，视线落在他们手里的烤饼上，他很少吃这些东西。以前是家里穷，只有爷爷一个人有收入，他从懂事之后从来舍不得浪费一分钱去买这些吃；在另一个时空有爸妈和夏野照顾，他身体不好，吃不得这些，吃一次病一次。

抢烤饼的男同学吃得很快，吃完了问道："班长，上周你说要入侵的那个邮箱……"

唐瑾瑜立刻道："我没入侵过，就稍微测试了一下。"

小个子挠挠头:"知道了,班长,你现在说话怎么这么严谨啊,有点像那个,就是上次来给咱们发奖学金的那个人,叫什么来着……"

"宋益。"

"对,就是那个宋总,感觉跟他说话似的。"

唐瑾瑜笑了一下,心想,那是你们没遇到我哥。

他唇角的笑容僵硬了一下,恍惚间想起这个世界已经没有夏野了。只有宋益还在,他在做着夏野未来得及完成的事,语气也像极了对方,把自己活成了对方的样子。

他们从一开始,就是一样的人。

有野心,有能力,想要凭自己的力量改变这个世界。

只是有人先离开了。

唐瑾瑜光是想着,心里就难受得厉害,像是有一块肉被挖走了,疼到支撑不了,无法再坐在教室里。

他看着周围的同学跟他打招呼,怎么都觉得有点虚幻,他坐在这儿,心里想的却是另一个时空的人。预备铃声响起,班主任走了进来,唐瑾瑜实在忍耐不下去,举手起身道:"老师,我身体不太舒服,想提前回去……"

老师不疑有他,让他回去了。因为唐瑾瑜是品学兼优的好学生,从未请过假,老师把他送出教室的时候还特意叮嘱道:"多休息,明天身体好了再回来,你基础打得稳,现在最重要的是心态,好好把握,上清北的希望很大。"

唐瑾瑜点点头,背着包走出了学校。

他是第一次逃课,骑着自行车在老城区转了好久,看到一家老旧的网吧挂着"龙腾网吧"的字样,他看了好一会儿,停下自行车,走了进去。

他开了一台机子,上网开始查资料。

把记忆中的一些人和事统统搜索了一遍,爸爸妈妈、姥姥姥爷、齐州市的爷爷,还有他哥和韩亦辰、老猿、宋益……他疯狂地想念他们。

他拼凑了所有的蛛丝马迹,终于把事情拼出一个大概:夏野当年那款网吧收费软件低价售卖,两三年后他就离开了那个北方小城,和宋益在京城合伙开了公司,再未回去过。

这其中的原因,唐瑾瑜不愿去想,但是他猜很有可能是因为夏伯伯没有挺过那一关,去世了。

搜索陈素玲和她的公司,也没有搜到他从小到大熟悉的衣服品牌,倒是在几篇科研论文上找到了唐泓俊的名字,但不太确定是否就是对方……

唐瑾瑜趴在网吧的桌子上,半天没能抬起头来,肩膀微微抖着。

打开的页面是他搜索的"夏野"两个字,结果却是一片空白。

唐瑾瑜在网吧一直待到晚上，才回到家中。

爷爷和平时一样，在家做好了饭菜等他。从唐瑾瑜读高中开始，老人就不让他去食堂帮忙了，高中功课繁重，加上唐瑾瑜被学校选去参加了几个比赛，训练时间紧张，忙不过来，老人心疼他，除了吃饭不让他来这边。只是一有休息的时间小孩就自己跑过去帮他干活，拦都拦不住。

爷爷瞧见他，只当他刚从学校参加课后训练回来，招呼他坐下吃饭。

家中一直只有祖孙俩，也没什么特别的规矩，老人喜欢吃饭的时候看一会儿电视，他最爱看一个当地的调解节目，东家长西家短的，有时候他也会跟着电视里的人点头议论上几句，觉得里面有人做得不好，还会生气。

今天吃饭的时候电视上播出的是一个关于鉴宝的纠纷。

这两年一直很流行这种专家鉴宝节目，其中有个节目组的专家见宝起意，把一幅米芾的真迹说成假的，等到了台下，找到这幅画的收藏者，说虽然是假的，但他喜欢这个作品，愿意用几千块钱买下来收藏。来鉴宝的是一个七十多岁的老人，也不懂这些，听到专家这么说就把画卖给他了。

那期节目播出后，不少网友还为这画的真假争论了一番，不只那个专家有眼识宝，上网的人千千万万，自然有人能认出真迹。老人家中的晚辈们瞧见之后，一打听，得知画被那个专家买走了，还不是正常的交易渠道，专家连面都没露，是很谨慎地在网上交易的，于是闹了一阵。

上周有位匿名网友发了重要线索过来，是那个专家的邮箱和他邮箱里的邮件以及截图，网友不但把那幅米芾真迹如何交易的过程清晰地展现在众人面前，还把那个专家把那幅画卖了近千万高价的事也曝光了出来，专家收钱的时候用了自己的名字和银行卡号，证据再清楚不过。

不只是这样，对方还做了特殊设置，把那个专家的邮箱变成了公开邮箱，账号密码锁定，里面的信件也无法删除，让他彻底暴露在公众视野中。

爷爷一边吃饭一边感慨："瞧，我之前看采访就觉得那个专家不是好人，人家真正有学问的人脾气好着呢，从来不用鼻孔看人，说话也不是这样的，三两句动不动要上法庭告人，现在好了，他不是一直闹着上法院吗，这么多证据摆在那儿，看他到时候怎么狡辩！"

节目里的调解告一段落，之后的事显然不是调解能做的，真如那个专家所说，要去法院了。

唐瑾瑜也抬头看了一眼，想起了他哥，又想到白天在网吧的时候已经清理干净黑入邮箱的那些痕迹。他以前喜欢模仿夏野，但是真跟在夏野身边一段时间之后，反而对这种小孩子的英雄主义有些心虚。

他哥的技术不止于此，也从不会采用这样的入侵方式，他要从他身上学的还有很多。

唐爷爷意犹未尽，又换了一个台，遥控器按了几下，电视上闪过一个招聘节目，几家大公司的老板坐在那里面试求职者。其中一个名叫秦珂的老板看起来挺年轻，长得英俊，可就是不好说话，不论谁惹了他当场就顶回去，半点面子都不给。

"接下来是海信公司，听闻贵公司当年在互联网界非常有名，李总更是拿出五十万元巨资悬赏，让黑客攻击自己公司的测试页面，算是第一批为互联网安全做出贡献的——"

主持人满面笑容地读着手卡，还未说完就被秦珂打断了。

"如果说李总是第一批互联网安全从业人士，那能排上号的人就太多了。"秦珂笑了一声，他长得帅气，如果不是听他的语气完全看不出他是在嘲讽人。

主持人忙打了圆场，李总也维持风度，勉强道："贡献算不上，只是自己以前吃过一点小亏……"

秦珂道："吃了亏就要记住教训，不过你们搞学术的嘛，就是觉得自己手里的数据可以决定一切，你发起全球黑客挑战赛的时候就应该知道后果，挑战了，败了，认输退出就是了，在这儿嘴硬什么呢？"他忽然笑了一声，抬眼看过去道，"您就不怕对方再来一遍？"

"你！"

"我说错了吗？"

…………

爷爷听不懂他们说的这些，本想换台，但是看到唐瑾瑜目不转睛地盯着电视屏幕，就停下来，陪着他看了一会儿。

唐瑾瑜看着屏幕上闪过的那张脸，他记得秦珂。

这人当初挑战过 x，网上传闻数次惨败。

唐瑾瑜曾经为了寻找夏野的踪迹，找到过一个古早论坛，夏野在里面活动过，那个论坛的名字就叫"论坛"，设计风格简洁，如夏野本人行事一样，没有半点废话。论坛上那数万条的留言，唐瑾瑜曾经大致翻看过。

后来夏野出事，秦珂也跟着销声匿迹，等到两年后秦珂开了一家网络公司，并且在一次公开采访中说自己当年曾经以一朵花为标记，跟人下过战书，也曾在几次计算机挑战赛上拿过奖。

秦珂因为长相俊美像时下流行的花美男而走红，当时唐瑾瑜知道他，因为他说的那几个比赛都是最有名的黑客比赛，他说的那个花朵标记他也有印象，那是一朵玫瑰的印章标记，很简单的落款，他查找夏野的信息时曾多次看到，这人是夏野的狂热粉，挑战过夏野多次。

　　唐瑾瑜想起夏野，心里又有些难受，他勉强把饭吃完，又去厨房洗碗，熬中药。

　　中药在砂锅里"咕嘟咕嘟"冒泡，唐瑾瑜拿了本书看，没看两行字又开始盯着书本发呆。

　　药汁沸腾出来，他连忙把火调小，把熬好的药倒在小碗里，拿去给老人喝。

　　爷爷在客厅微微咳嗽，看到他来，就停下来，听得出他在强忍着。

　　唐瑾瑜心里难受，一边看他喝药一边劝道："爷爷，我听着又严重了，一直拖着也不行，您得再去看看医生，开的中药一直不管事，要不然明天我请假陪您一起去，我们换个医生看看啊。"

　　爷爷喝了药，含糊道："换什么，这个就挺好，看了好几年了，我觉得这个大夫开的药就很管事。"

　　"那就算药好您也不能偷偷不喝它啊，我数了，药包都没见少几包。您是不是又没喝药，要不就是一次药分两次喝了？"

　　"这药贵着呢，药效强，我分开多喝几次也一样嘛。"

　　"爷爷……"

　　爷爷一辈子节省惯了，肺病也是老毛病了，他不听孙子劝说，把唐瑾瑜推到房间里让他去看书学习。

　　唐瑾瑜站在那里拍了两下门，老人也权当没有听到，没理。

　　唐瑾瑜叹了口气，只能坐回床边。

　　他们家外面的小餐桌刚刚在他熬药的时候被老人擦拭干净，挪进房间里了，虽然家里清贫，没有书房，但老人还是努力把房间空出来给他，让他专心学习。

　　卧室里桌子上还放着他之前翻过的那本书，唐瑾瑜的视线落在它上面，拿起来翻了一下。

　　预想中的情况并没有发生，他没有发热昏倒，也没有进入另外一边的世界。他安静地看着手中的书，书上的页数没有变，写的东西却变了。

　　这本书里，详细地记载了夏野的创业人生，他和其他几位创业者的关系，甚至连隔壁唐家一家三口的姓名都有。书里写着，唐瑾瑜是唐家唯一的孩子，写了唐泓俊每一次升职以及陈素玲公司的一步步扩张，还有关于他的几件小事，连他的网名是"一尾小鱼"都记录在其中。在书里，夏老师也没有离开，而是手术成功后重回了他热爱的舞台……

　　唐瑾瑜一页页翻看，看着那些他曾经熟悉的生活，有时候会笑，然后眼里就泛起了泪花。

　　书里前五分之一的内容很快翻看完了，后面大部分的内容字迹模糊不清，不知道什么原因，最后一页出现了破损，像是被人随意撕掉了，没有看到结局。他看了一下，把书放下，又看了一眼书，上面的编著者也模糊不清。

暂时回不去那边，也没有任何可以沟通联系的方式，唐瑾瑜晚上睡觉的时候也没有再做任何梦，就像是这个年纪的普通男孩一样，他身体健康，哪怕淋了雨也不会轻易生病。

第二天，唐瑾瑜和老人一起去了学校，老人去食堂工作，他和往常一样，完成了一上午的课业后，跑去食堂给老人帮忙。中午的活计是最重的，尤其是周三，北方食堂吃馒头居多，一屉馒头需要两个成年人合力搬下，老人年纪大了，唐瑾瑜舍不得他受累，总会来帮忙。

他很快到了食堂，就在不久前他和夏野一起来平城时特意来过这里一趟，当时食堂和一旁的小礼堂差不多，一样气派，几年时间过去，小礼堂被拆了，食堂看起来也旧了一些。他过去的时候，那边的师傅见了他挺高兴，招呼道："小瑜来了？"

唐瑾瑜点点头，道："王叔，我爷爷呢？"

"他啊，有事请假了，好像身体有些不舒服，我帮你打电话问问。"

唐瑾瑜答应了一声，他们爷孙就一部老人机，一般都是爷爷拿着。食堂的人帮忙打电话问了，老人那边只说有事，让唐瑾瑜今天在食堂随便吃一口。

唐瑾瑜接过电话，问："爷爷，您在医院？哪里不舒服吗？"

"没什么事，老毛病，就是咳嗽厉害来开点药，你要是不想吃食堂，就回家去等我，爷爷很快回去啊。"

唐瑾瑜没等着，骑车去医院接他。

他到了医院大门正巧碰到老人出来，老人咳了几声，笑着对他道："你这个急脾气，我不是跟你说了吗，一点小病，这不医生就给开了一点咳嗽药回来，说是流感，我打算请几天假在家休息，正好你也快考试了，这个月爷爷在家好好照顾你啊。"

唐瑾瑜仔细地看了袋子里的那几盒药，老人道："真没骗你，就是小咳嗽，不是好几年了吗，过段时间不管它自己就好了。"

"病历本呢？"

老人翻了翻袋子，"哎哟"一声，道："不知道扔哪儿去了，改天再买一个吧。"他心疼道："还得多花一块钱，我这真是年纪大了，记性都不好了。"

他一边说，一边偷偷看小孙子的反应。

唐瑾瑜也在抬眼看他，俩人视线对上，老人心虚地移开了视线。

唐瑾瑜晚上给他熬了中药，又看着他吃了药，对他道："爷爷，我看着您吃药，您别每次都只吃一半，药不能省着吃。您别怕花钱，我上了大学也有奖学金，高考成绩好的话，学校还发一笔奖金，以后我长大了，能赚钱养家，赚钱养您……"

"哎，知道啦。"老人笑眯眯的，伸手摸了一下他的脑袋，他的手太粗糙，落在小孩脑袋上的时候都没敢用力，只碰一下就满足了。

唐瑾瑜握着他的手放在自己的脸颊上，垂眼道："爷爷，我说真的，我离不开您。"

老人有些惊讶，看了他一会儿忽然笑了："怎么还会撒娇了，我还是第一次瞧见你这样，从哪儿学的？"

唐瑾瑜道："我一直都会。"

老人岔开话题，没再聊看病的事，打发他去学习了。

半夜，老人不断咳嗽，后来披着衣服起来刻意憋着声音，肺里像是有一台老旧的风箱，他弯腰，以手握拳努力抵在唇边，都能听到骨头挤压的声音。

唐瑾瑜睡在客厅的单人床上，隔着门板还是听到了。

他起身走到卧室门口，抬手想敲门，但是听到里面老人在努力压制，连喘息声都不敢放大，一颗心都酸涩起来，他的手抬起来半天，到底没舍得落下去。

他没有敲响那扇门，但一直站在门口，听着里面老人的气息恢复平稳之后，才反身回去睡。老人事事以他为主，把他疼到了骨子里去，他也一样，他也心疼爷爷。

唐瑾瑜第二天特意早起了一些，他把中药给老人熬好，分别倒在三个白瓷碗里，把一天的分量都给他准备好，还在厨房做了饭菜。

他还保留着唐泓俊教他的习惯，油盐用量少，等炒了一个青菜之后，才想起老人口味重。爷爷大概是年纪大了，味觉也差了些，在家里做菜总会偏咸。

唐瑾瑜在青菜里又放了点盐，以前爸妈照顾他，什么都做得清淡适口，现在他的身份换了，在这边他的身体很好，反而是家中老人身体变弱，轮到他来照顾对方了。

爷爷醒了之后，瞧见他煮了小米粥炒了菜，还把中药熬好了，心里高兴嘴上却不住道："怎么起这么早，这些活儿不用你干，爷爷很快就能做好了，你现在得抓紧时间好好学习，首要任务就这一个，别的不用你操心。"

"我做饭很快，味道也好，您尝尝。"

"瞎说，我做了一辈子大厨，你还能好过我去？"

唐爷爷虽然嘴硬，还是高兴地多喝了一碗小米粥。

祖孙俩吃完饭，唐瑾瑜要去收拾的时候，老人没让，赶着他去上学："快去学校吧，做这些就够多的了！"

唐瑾瑜道："现在还早。"

"去了就多看会儿书，不是还有早读嘛！"

唐瑾瑜看了眼时间，答应了一声，骑车出门去了。

他去了学校，闷头做卷子，似曾相识的题目和多年来一直不变的公式带给他一些安全感。他做题的时候，总是能想起夏野跟他说过的那些话，教他做过的题，这些已经在十几年的漫长时间里刻入骨中，成了他身体里的一部分。

临近高考，各科老师都在发卷子，给同学们做了，再集中讲试卷，修正错题。

唐瑾瑜的成绩又提高了。

他甩开同班第二名很多，这让老师大为吃惊，不过很快就欣喜起来，这种情况在往年也偶有发生，有些学生临近考试紧张，成绩会起伏，部分成绩变差，但也有一部分人反而会提高许多，他们觉得唐瑾瑜就是后者。

和老师们想的不同，唐瑾瑜近一年的时间白天晚上都在学习，基础更是比其他同学打得扎实，齐州市的唐齐先生，还有唐泓俊和夏野、老猿，他们这帮人齐心协力一起教导的效果开始显现。

一通百通，没有考不好的道理。

唐瑾瑜学得认真，现在所展现的成绩已经远超平城的教学水平。

三次模拟考试成绩拿到之后，唐瑾瑜跟老师请假最后这段时间不来上早读和晚自习，也把在学校的自习都改成在家里。他担心爷爷的身体，想多抽一点时间在家陪伴老人。这也是他显露成绩的原因之一，他需要筹码，让老师信任他，也需要足够好的成绩让爷爷安心。

如果只是一次的成绩或许老师还会犹豫，但是一连三次成绩都在提高，甚至数学老师还特意批准唐瑾瑜上课的时候可以做别科的卷子——也不知道唐瑾瑜最近找了怎样的家教，数学成绩突飞猛进，两次满分。老师们都觉得让唐瑾瑜自己学习是他现在最好的复习模式，而且这个学生一连数年都拿奖学金，品学兼优，班主任老师略做考虑，就答应了。

唐瑾瑜拿到特批的假条，留在家里一边复习一边给爷爷熬了一个礼拜的中药。药包没有了，他要去医院买，老人拦住他道："我下午去一趟就行了，你好好学习，在家学习也不能耽误啊。"

唐瑾瑜道："好。"

老人下午去医院开中药，前脚刚走，唐瑾瑜心里就莫名突突地开始猛跳，他在家看不下去书，干脆推了自行车骑车去医院找人。他现在一天看不到爷爷心里就发慌，像是怕看不牢一转身就会把老人弄丢一样，恨不得寸步不离地守着。

他在医院里找了好久，从普通门诊到专家门诊，他甚至连药房和住院部都找过了，但是怎么都找不到老人。他开始忍不住怀疑老人是不是在路上出了意外，又匆匆忙忙坐电梯下来想去外面找。

电梯开了，他看到了爷爷。

老人手里拿着医生开的单子，看到他后第一反应是躲。

老人去的是肿瘤科。

唐瑾瑜看着他手里的单子，手指微微发抖。老人张嘴想找借口，却有些语无伦次，他笑着叹了口气："小瑜对不起啊，爷爷生病了，拖累你了。"

"没有。"唐瑾瑜使劲儿摇头，扶着老人完成了接下来的检查。

他和老人在门诊外坐着休息，等着找医生复诊。

医生看到老人有点意外，看到他身边陪着的男孩露出了了然的神情，轻轻叹了口气。

唐瑾瑜问得详细，但是问得越多，希望越渺茫，他听着医生说的那些话，只觉得手脚冰凉。

"是肺癌晚期，我们已经尽力了。和其他情况不同，现在建议保守治疗，先吃着中药。毕竟年纪也大了，而且无法做手术，已经扩散到三片肺叶以上……"

唐瑾瑜张张嘴，但是没有发出声音。

他想问怎么治疗，想求医生再想想办法，不要放弃，但是知道这是在自欺欺人。

他想问医生还有多少时间，但是那句话哽在喉咙里怎么都讲不出来，憋得眼圈泛红，双手放在膝盖上不住发抖。他是真的害怕，从未如此害怕过。

老人想开药带回去，按他以前和医生商量过的吃中药保守治疗，他神态平静，显然已经知道了很长一段时间。

唐瑾瑜怎么能接受？

他坚持让爷爷住院，不肯再让他这么随意敷衍不好好治疗，唐爷爷不肯，又争不过他，进了病房还在说："住院有什么用嘛，不都一样是吃药，这里一天床位费就好些钱，浪费那些干啥。"

"给您花多少钱都不浪费。"唐瑾瑜固执道，"让他们看着您吃药，我去学校的时候，您有什么事，也有人能照应……"

他说到一半抬起袖子擦了擦脸，然后又继续埋头帮他整理床铺。

唐爷爷看着他，要说的话到了嘴边又咽了下去，叹了口气。

到最后老人还是住进了医院。

老人还有些积蓄，他只是舍不得花在自己身上，但唐瑾瑜坚持，他也只能住下。在病房安顿下来的第一件事就是催小孩去学校："现在爷爷有人照顾了，你也别在我跟前晃悠啦，这边来的都是看病的人，你在这里不好，马上要考试了，快去学校……"

唐瑾瑜答应了，但是每天还是往这边跑好几趟，他晚上回家给爷爷做了饭送过来，也不喊一声累，能看到老人他心里就踏实了。

唐瑾瑜第二天早上来送饭，听到医生说爷爷晚上咳得厉害，当天就拿了一条被子来陪床，守在老人身边哪里也不肯去。

病房是多人间，唐爷爷的病床挨着窗边，唐瑾瑜裹了一条被子打地铺，老人瞧见心疼坏了，催着他回家去。

唐瑾瑜闷声道："爷爷，您别催我走，我实话跟您说了吧，前几天晚上没来陪您，我也没在家睡，我去打工来着。"

唐爷爷气道："你这孩子，爷爷手里还有钱啊，你马上就要考试了，别干傻事！"

唐瑾瑜吸了一下鼻子："您放心，我成绩好着呢，而且现在学得不累，我以前连轴转过，白天晚上都上课也撑得住……爷爷，我能赚到钱，您再坚持一下，我高中毕业就上大学了，等我拿了录取通知书，我带您一起去念大学。"

唐爷爷本来还在生气，听到他这么说气笑了："这是什么孩子气的话，哪儿有念大学还带着爷爷的？"

"我就带着，我去哪儿都带着您。"

唐瑾瑜固执得厉害，说话都带了鼻音："您养我这么大，吃了那么多苦，我以后要带着您一起享福。"

唐爷爷看着背对自己的小孩，连后脑勺都透着倔强，他觉得又好气又好笑，嘴角浮起笑纹，眼角却无声地滚落了几滴泪。

他嘴角抖了抖，没吭声，心里知道这个傻孙子是认真的。

他养大的孩子，他怎么会不知道呢？

唐瑾瑜学校医院两头跑，抽空还兼职家教，成绩虽然略有起伏，但很快就稳住了，依旧一点一点地向上攀爬，像是一只奋斗的小蜗牛，持之以恒，坚持不懈。

与此同时，他之前被学校选去参加的那几项国内青少年比赛的成绩也下来了，两个银奖，一个金奖，非常不错的成绩，据说可以获得高考加分。

班上的同学有不少知道他家里情况的，毕竟他这段时间请假太多，平城又小，一打听就知道。正因为这样，唐瑾瑜的成绩让大家都震惊了，有平时和他玩得不错的几个男生凑过来，小声问他提高成绩的办法："班长，你这个到底是怎么做到的啊？你不会真的跟他们说的一样，每天早上四点就起来念书吧？"

唐瑾瑜把获奖证书收起来："何止，我晚上做梦的时候都在学习。"

他说得认真，周围的人被他逗乐了，只当他在开玩笑。

只有唐瑾瑜自己知道，刚才那句话是真的。

之前在父母和夏野身边的时候，整整一年的时间他白天晚上都在学习，从未有一天松懈过。爸妈从未对他要求过什么，无私地给了他全部的爱，也正因为如此，他不能让他们失望。而在这里，他的好成绩不仅能让爷爷放心，还是他能活下去的资本。

唐瑾瑜喜欢笑，因为他知道哭没有用，但是现在，他不过瞧见老人睡着时脸上的疲态，他的心都揪了起来。

医院的医生和护士对他们祖孙俩很好，但是唐瑾瑜去开药的时候，每次听到的都是坏消息。大男孩站在那里不知所措，拿了单子出来，在走廊上走了两步忽然站在原地肩膀抖动起来，崩溃地哭了一场。

他拿了药回到病房，虽然尽量保持平静，老人还是看到他红了的眼圈。

老人瞧见了也不说，等到晚上笑着劝他："没事，生老病死，这都正常，爷爷也不能陪你一辈子啊。"

天气越来越热，离高考还有一天的时候，学校放了假，让同学们回去休息，一天后他们就要奔赴战场了。

唐瑾瑜照例去了医院，唐爷爷赶他回家去，他不肯，老人多说几句，他也不反驳，就站在那里低头不说话，挨骂都行，就是不走。

唐爷爷也心疼了："你今天睡不好，明天可怎么考试啊？"

唐瑾瑜低声道："我在家才睡不好。"

"你说什么？"

"我在家看不到您，睡不着，到时候考不好就赖您。"

唐爷爷瞪着眼睛看他，唐瑾瑜也不吭声，站在那里歪头看窗户。

最后还是老人先服软了，他拍了拍床边，道："还站着干啥，过来吧，再看会儿书，爷爷陪着你。"

晚上，护士长听说了唐瑾瑜的事。她家里也有考生，心疼这祖孙俩，特意跟医院申请了一下，给他们挤出一间双人间，让他们先住一晚上。

唐瑾瑜看完书，把两张床并在一起，挨着爷爷睡得很香。

第二天一早，爷爷和他一起搬了病房。检查了书包和文具，爷爷送他出了门。老人现在的身体越来越差了，没有力气送他去考场，站在窗边看了他很久，一直到孙儿的背影消失在医院大门外，才依依不舍地收回目光。

有护士进来送药，瞧见老人笑道："唐爷爷，小瑜出去了？今天高考吧，您别担心，他成绩好，一准能考个名牌大学！"

唐爷爷笑着点点头："也不指望他考多好，他长大了，我就满足啦。"

考场上，唐瑾瑜从坐下的那一刻起精神就高度集中，眼里只有手中的试卷，他沉下心来认认真真地去答每一道题目。

两天的考试，他完成得很顺利。

班主任不放心他们这些尖子生，给他们对了一下答案，估分之后才松了口气。这次的题目相对难一些，但是唐瑾瑜他们几个答得都不错，尤其是最后两道大题，唐瑾瑜是唯一全都做对的。

班主任道："放宽心，成绩应该不错，辛苦了三年，这段时间可以彻底放松一下，好好休息。"

唐瑾瑜点点头，收拾东西回去后却没有休息。

爷爷的身体一日日衰弱下去，唐瑾瑜结束了高考，好像支撑着老人的那根弦也绷到了极限，即将断裂开。不过两三天的时间，老人的病情加重了许多，还昏迷了一次。

唐瑾瑜心里发慌，他留在医院陪爷爷，等在治疗室门口。主治医生已经治疗老人很长时间了，眼下实在没有办法，看到他只轻轻拍了拍他的胳膊权当安抚："醒了，以后要多注意，也没有别的办法了。"

唐瑾瑜不肯放他走，揪着医生的衣袖求他："总还有用得到的药吧？我求求您了，给我爷爷吃点药，或者做点其他的治疗……总不能就这样放弃啊，求您了！"

医生道："要是早几年发现的话，还有几分治好的把握，现在……你爷爷他能撑这么久，已经很厉害了，多陪陪他吧，时间可能不多了。"

唐瑾瑜站在那里愣愣的，好一会儿才反应过来这句话的意思，他闭了闭眼睛，喉头滚动几下，把呜咽压了下去。

他去洗手间用冷水冲了一会儿脸，对着镜子练习了微笑，觉得好些了，才回去看老人。

唐爷爷已经被送回病房，他看起来很累，身后垫了两个枕头，半躺在那里，闭着眼睛休息，近日来他躺不下去，一躺下就觉得胸闷喘不过气，但又不肯总是吸氧，觉得太贵，临到最后也舍不得给自己多花钱。

唐瑾瑜走过去坐在床边的凳子上，轻轻握了老人的手，不过短短一个月的时间，老人瘦了好多，眼眶都凹陷下去，有些脱相。他刚碰到手，老人就醒过来了，看向他的眼神依旧平和而慈爱，唐瑾瑜小心地托着他的手放在自己的脸颊上，老人就摸了摸他的脸，笑道："放假了，就别老在这里待着啦，我也跑不了，你和同学一起出去打球，爷爷兜里还有五块钱，你拿去买冰棍儿吃，天气太热，别中暑。"

唐瑾瑜摇摇头，不肯去。

他留在医院陪着爷爷，买了免疫球蛋白给老人注射，因为有营养物质可以提高免疫力，爷爷看起来略微有了些精神。但这种针药不在医保报销范围内，而且很贵，他们手头的钱要见底了，爷爷不肯再打第二针，唐瑾瑜就白天出去打工，到处赚钱攒药费，晚上回来陪他，想办法让老人提高免疫力，让他的状态能再好一点。

他其实也清楚，这药并不能治好病，但他就是想让老人的身体能舒服一点，哪怕睡一个好觉也行。

唐瑾瑜想了很多办法，他手里只有之前做家教的时候赚的钱，这些远远不够，他试着通过学校联系了之前给他颁发奖学金的宋益，想要寻求帮助，但是消息传递到他那里也需要时间。

他的高考成绩还没下来，请他做家教的人少，他也没放弃，能去的地方都面试了一遍，甚至还去琴行面试过。万幸他弹琴的功夫没有生疏，磨合了几次，演奏就非常流畅了。

琴行的负责人很欣赏他，给他开了一个颇高的薪酬，只是还要等老板来了再面试考核一次，说下周给他消息。

"这段时间你先不要去其他琴行，可以提前付给你一千块钱，我们郭老板对人才很珍惜，虽然咱们琴行是新开的，规模却是市里最大的，我敢保证没有人会比我们给的条件更好。"

唐瑾瑜答应了对方，收下了钱，签了一份两个月的短期合同。

他把兜里之前剩下的补课费和这一千块全都交到医院给老人用了。

还有两周才出高考成绩，这段时间唐瑾瑜又找了一份建筑工地上的零活，虽然辛苦但是工资日结，有时候只需要干半天，他还能去医院照顾爷爷。

老人见孙儿这两天人瘦了也晒黑了，心疼得不得了，虽然唐瑾瑜说是和同学出去打球晒的，但爷爷一把年纪了，哪里看不出来，这分明就是累的。

有时候老人心疼狠了，就自己下来，坚持让他睡那张单人病床。

唐瑾瑜不肯："爷爷，我身体好着呢，您才需要休息。"

爷爷板着脸道："我成天躺着，浑身都不舒坦，你快上去睡一会儿，让我下来歇歇。"

两个人谁也说服不了谁，最后还是爷爷让了一步，道："那我躺着，你也上来，睡我脚边那里，咱俩都能躺着。"

唐瑾瑜犹豫了一下，看老人又要掀开被子下来，立刻听话地躺下了。

他昨天晚上在工地干到凌晨三点多，扛了不少铺路的石板，一块就有二三十斤的重量，三块一起扛在肩上，实在有些辛苦。老人给了他一个枕头，唐瑾瑜沾到枕头没一会儿就睡着了。

爷爷给他脱了袜子，揉了一会儿脚，听着小孩睡沉了，又轻手轻脚地下了病床，拿水壶给他打了一壶温开水。

老人走得慢，扶着墙一点点走回病房，刚到门口就听到里面有护士责怪的声音。

"你是几号床的家属？哪里有你这样陪护的，病人自己走了都不知道，你还在这里呼呼大睡……"

老人听见了快走几步，进去就看到唐瑾瑜慌慌张张地穿鞋，一脸焦急，看到他忙走过来一边接了水壶，一边道："爷爷，您要喝水喊我，我去打水。"

小护士是新来的，看到还在生气："你现在这么照顾，刚才干什么去了？"

老人护在孙儿面前，有点急了："姑娘，你别说他，我孙子已经很累了，你让他歇歇啊，刚才好不容易才睡了几分钟。"

小护士一脸不解，等查完床送了药，回到护士站跟护士长说了这件事："您说5号床的老爷爷多奇怪啊，自己病了还让孙子睡病床，也太溺爱孩子了吧？"

护士长知道得多，压低声音跟她讲了实情，只几句话就让新来的小护士脸色涨红，再听下去，眼圈都跟着红了。

晚上，唐瑾瑜给老人打饭，回来就看到病床边小柜子上放了两个橘子。

他奇怪道："爷爷，哪来的橘子？"

爷爷笑道："那个小护士送来的，说白天凶你来着，给你俩橘子补偿一下。"

唐瑾瑜想了一会儿才想起来，他早都忘了这茬儿。

爷爷身体不好，吃东西也少，吃了小半个，剩下的都给了唐瑾瑜。

唐瑾瑜慢慢地都吃了，他小的时候最喜欢吃橘子，还记得爸妈疼他买了很多橘子，隔壁的夏伯伯也经常准备小橘子，他只要扶着墙走过去，敲敲门，对方就会把他抱进房间里，奖励他一个小橘子。

冬天的时候，夏伯伯怕他吃凉的肚子疼，还会把小橘子放在暖气片上烤热了再给他。其实橘子温热的时候不太好吃，有点酸，有时候还会有一点点苦，但他从来没说过，每次都吃得很高兴，全家大人瞧见他吃得开心，也跟着高兴。

唐瑾瑜吃完了最后一瓣橘子，沉默了片刻，起身把橘皮收拾干净了。

老人白天晚上都咳得厉害，唐瑾瑜不再去打零工，留在医院照顾他。

爷爷被他扶着喂了水，坐在那里叹道："人老了，真是没用了。"

唐瑾瑜道："您别这么说，我问过医生了，慢慢治疗能好，现在出新药了，打几针就能好，您之前打了一针，不是还能下来走两圈吗？肯定能治好。"他最后一句也不知道是说给老人听，还是说给自己的，咬字很重。

爷爷笑了一声，点点头，没再说什么。

过了一会儿，爷爷又道："医院什么都好，就是没有电视，小瑜啊，要不你晚上回去替我看看，明天再来告诉我吧？我来住院前正看一个节目呢，这心里一直记挂着，老放不下。"

唐瑾瑜知道，老人是担心他在这里休息不好，心疼他，让他回家休息。

他顺势答应下来，但没回去，而是去买了一部二手的智能手机。卖手机的是班上的一个男生，就是之前送烤饼给他的那个，男孩和唐瑾瑜的关系一直挺好，高考之后家里奖励他一台新款手机，他去店里买手机壳，正好碰到唐瑾瑜，当即就拽着他，掏出旧手机把卡拆下来后递给他道："班长，这个给你，我正好要换新的，你不嫌弃的话拿去用吧！"

唐瑾瑜不肯白拿，那男生就意思意思，收了二百块钱。

唐瑾瑜没再跟他客气，拍了他的胳膊一下，道："谢了。"他记得这人的好，以后一定找机会回报。

他把手机带回医院，联网找了那个调解节目给爷爷看。老人没用过智能手机，看到之后觉得很新奇，唐瑾瑜把他之前看了一半的节目找出来，陪他一起看，老人的身体容易疲劳，看得断断续续，一期节目要分好几天才能看完。

这期节目是一个家庭调解，讲的是一个女人差点被夫家打死，丈夫全家重男轻女，不只打她，连她的女儿也打，七八岁的小姑娘被奶奶随手扔过来的一只碗打破了额头，出了血。这一下也让女人瞬间清醒，她决定为了孩子不再容忍下去，坚持要离婚。

电视台来做调解的人原本以为只是夫妻矛盾，去了之后看到母女俩的惨状，也调解不下去了，带着她们去找了律师做咨询。夫家不依不饶，对那对母女一副轻蔑的态度，更是数次辱骂，丝毫不顾及亲情。

爷爷一边听着，一边叹息道："这人早晚要遭报应，他都不知道多少人家里没有孩子，怎么舍得对一个小孩下手……你听听，还打女人，简直就是畜生。"

老人有些老花眼，长时间看手机屏幕有些疲劳，就闭着眼睛听。

唐瑾瑜在一旁拿着手机，瞧着结局不好，立刻把音量关了。

老人问："怎么没声儿了？"

唐瑾瑜道："手机电池有点问题，不过还有字幕，爷爷，您看不清楚，我念给您听。"

老人就躺在那里，闭着眼睛认真听他念。

唐瑾瑜编了一个特别好的结局，是老人最喜欢的那种。

在他说的故事里，那个女人带着孩子在记者和调解员的帮助下逃离了那个家，然后去警局报警立案，验伤之后，她的丈夫被刑拘。她最后离婚了，并且拿到了一大笔钱，带着孩子去了一个新的城市生活得特别好。

老人侧耳认真地听着，微笑点头："好，早就该走了，带着孩子走得远远的才好。树挪死，人挪活，她还么年轻，在一棵歪脖树上吊死太不值得了。"

唐瑾瑜把手机关了，让老人休息一会儿："爷爷，我去打饭，您歇一会儿，今天还吃小米粥好不好？"

唐爷爷点头笑道："好，我就爱喝那个，你去吧。"

不知道是看了一直牵挂着的电视节目，还是之前打的增强抵抗力的药起了效果，今天晚上老人的状态好了一点，多喝了小半碗粥，又跟孙儿聊了很多。

唐瑾瑜陪老人聊天，爷爷摸着他的脑袋，笑呵呵道："我们小瑜长大了，十八岁了。"

"没有。"

"怎么没有，爷爷一天天算着呢！"老人握着他的手，神情放松了许多，"长大啦，以后很多事就能自己决定了，知道吗？"

唐瑾瑜摇头，他心里隐约有点预感，他不想老人再讲下去。但是这次老人没有再听他的，一字一句说得很慢，叮嘱他："爷爷这病，自己心里清楚，打从去年开始医生就说没几个月的时间了，我那时候就想着，我怎么也得咬牙撑到你过生日那天，亲眼瞧着你满了十八岁，我才放心……十八岁就长大成年了，要是爷爷走了，你就不是孤儿了，很多事可以自己决定。"

老人握着他的手低声道："我瞧着你过完生日，自己还活着，就想看着你高考，亲眼见你拿通知书，爷爷知道，人都是贪心的，我其实还想看你念大学，还想一直陪着你。这怎么能行呢，生老病死，早晚的事罢了。

"爷爷给你存了五万块钱，钱在家里床下那个小盒子里，怕走得急，也不知道什么时候一下就没了，你去银行也取不出来，都是现金，你记得去拿啊。爷爷这辈子也没什么本事，没存下多少，你别怪爷爷。"

唐瑾瑜想要开口说话，爷爷抬抬手拦住了："你听话，让爷爷说完。还有件事要告诉你，这么多年一直都按六月一号给你过生日，其实你生日不是那天。"

老人笑了一声，道："那是爷爷抱你回来那天，自己给你定的生日。"

爷爷握着他的手微微发抖，用了些力气，给他讲了一个故事。

那是十几年前的事，老人在车祸里失去了儿子、儿媳和孙子，所有的亲人都没有了。

儿媳最后一句话是求他救救孩子，她并不知道，自己的孩子已经在车祸里丧生。老人一夜之间白了头发，像老了十几岁，也是在那天，医院救助了一个两岁左右的孩子，小孩痴痴呆呆地坐在那里，穿戴整齐，脖子上挂了一个坠着丝带的"福"字锦囊，没有人来接他，也没有人要他——没有人要这样的病孩子。

爷爷看到他，替他交了住院费，办了手续领养了他。

一天天过去，小孩的身体越来越好，会说会笑，人也机灵，做什么都学得很快，还总跟在老人身边仰着头一口一个"爷爷"地喊着，乖得不得了。

爷爷抬手摸了他的脑袋一下，笑道："当年抱回来的那个小不点，一眨眼就这么大啦。"

唐瑾瑜用手背擦了一下脸上的泪，抱着他喊了一声"爷爷"。

老人轻轻拍他的背，像他小时候那样哄他别哭。

他咬牙坚持多活几天，就是想把一切都安排妥当，给唯一的孙儿找好路。

他不想送小孩去孤儿院，想护着他成年，长大到可以支撑自己的那一天。

这已经是他能做的极限了。

爷爷给他擦了擦眼泪，低声笑道："你不知道，我那会儿有私心，盼着你父母不来找你，也不知道你是哪儿来的，那么小一个，就坐在那里，受伤了也不知道哭。爷爷那天失去了所有的亲人，就把你当成唯一的孩子养，等后来知道自己生病的时候，心里也没多难受，这本来就是我偷来的一段时光啊。"

唐瑾瑜还在摇头，哭得说不出来话。

"都哭成花猫啦，不哭了，你知道爷爷为什么把生日给你写在六月一号吗？因为爷爷希望你一辈子都当小孩，每天都开开心心，那样才好。"唐爷爷揉揉他的脑袋，笑着叹了一声，"可惜爷爷没什么本事，没带你过几天好日子，还差点耽误了你考试，不过幸好都过来了，爷爷给你存的那点钱，你留着好好读书，念完大学我就放心了。"

"那钱我不要，拿去给您治病……"

老人摇摇头："爷爷年纪大啦，黄土埋到脖子的人了，而且这病也治不好，爷爷自己心里有数，钱留给你，看着你长大成人，我就很高兴了，心愿完成了一半。"他握着唐瑾瑜的手，视线落在他的脸庞上，他来回看着，满眼不舍，"爷爷就是没能看到你读大学，可惜了。"

唐瑾瑜抱着他不撒手，手指关节用力握紧，直到泛出白色。他的肩膀微微颤抖："能，一定能看到，我要带您去很多地方，我找了您好久，您不能就这样丢下我。"

"傻孩子，人都有老的时候，我不过是到站该下车了，你得想开了往前走。"老人被他紧紧抱着，眼里也有了湿意，"我给自己买了块墓地，本来不想要的，不值当，一把骨灰撒海里就成了，自由自在的多好。但是又想着，要是你想我了，想跟我说说话，有个去处。"

他费力地抬起胳膊，抱了抱孙儿，哑声道："小瑜啊，等你上了大学，来告诉爷爷一声，爷爷就满足啦。"

在大学录取通知书送来的前两天，唐瑾瑜送走了爷爷。

老人是在睡梦中走的，没有经历太多痛苦，面容慈祥。

他喊不醒老人，才发现他已经离开了。

唐瑾瑜一个半大少年从未经历过这样的事，不知道该怎么处理，茫然无措地站在那里。

护士长可怜他，带他去办完了手续，医院开了死亡证明，他拿着死亡证明，去殡仪馆办理火化。

一路有好心人帮忙，他浑浑噩噩地跟着，从殡仪馆捧回来一个小木盒，里面放着一捧爷爷的骨灰。

再回到家中，只觉得房间里安静得很。他一天没吃任何东西，但不渴也不饿，枯坐在沙发上好半天，才和衣躺下昏昏沉沉地睡着了。

但是到了晚上，唐瑾瑜忽然惊醒，像是做了一场大梦，恍然记起白天发生的事，眼泪滚落下来，放声大哭了一场。

爷爷不在了。

他在这个世界没有亲人了。

唐瑾瑜用了几天的时间，才慢慢恢复了一点精神，人瘦了一圈。他抿着唇默默收拾老人的遗物，每一样都妥帖地放好。他们爷孙俩的日子一直都过得清贫，但老人从未亏待过他，他小时候的玩具都是老人亲手给他做的，木头雕刻的小手枪，还有牛皮绷的拨浪鼓……唐瑾瑜把它们一样样放在小箱子里，在看到其中一个红色的"福"字锦囊时，他的手顿了一下，**拿起了它**。

这个锦囊看起来已经有些年头了，但是唐瑾瑜触碰到它的时候，忽然有种奇怪的感觉，像是有什么力量在催促他打开锦囊。

他的手都有些颤抖，还不小心扯坏了两根流苏。

锦囊打开了，里面放着的是一张泛黄的纸，折叠成小四方形放在里面。

唐瑾瑜打开它，发现这并不是一张完整的纸，而是残缺一半的书页，像是被谁无意中撕扯下来似的，上面有些模糊不清的字符。

他看了一会儿，忽然心跳加快，跌跌撞撞地跑进房间里拿出那本自传书来，翻到最后一页，颤抖着手把那半张撕下来的书页拼上去，书上那半张果然和他手里这半张严丝合缝地贴了一起，两半书页合拢的一瞬，它们开始自动黏合，几乎是眨眼的工夫就融合为完整的一张书页。

书页忽然"哗啦啦"地翻动起来，从最后一页翻到了前面。唐瑾瑜勉强看到跳跃闪过的字迹，那些模糊不清的页面全都变得清晰起来，他看到"夏野七十八岁收购海外公司""酒庄并购"等字样，还未明白过来，整本书"砰"的一声合拢起来。

唐瑾瑜用力翻了一下，发现书不能再次打开，同时黑色封面上浮现出倒计时。

——23：59：59。

秒数开始减少，书稳稳地落在他手上，沉甸甸的感觉十分真切。那种隐约可以和另外一个时空联系的感觉又回来了，唐瑾瑜的喉咙发紧，他心里还有个感觉，如果他没猜错的话，一天之后就是他做出最后选择的时刻。

他捧着书，心绪杂乱，猛然想起医生说过的话。

之前在医院里，医生说如果爷爷的病早几年发现，或许还有医治的办法……早几年，唐瑾瑜心跳快了几分。

这是一段交错的时间，回去之后，如果能早一点找到爷爷，那么一定可以提前治疗。

他又试着碰了几次书，书上的倒计时仍在继续，除了一点一滴流失掉的时间，并未有其他改变。试了几次，唐瑾瑜知道现在无法离开，还需要耐心等待，这一天的时间刚好也可以让他做一些准备，把这边的事情处理好。

在这里，爷爷是他唯一的亲人，爷爷不在了，他也没有留下的意义。

天色还晚，唐瑾瑜没有再跟之前一样干坐在家里，他忽然有了劲头，精神都振奋起来。他拿了一个书包把这本书放了进去，随身带着它，紧接着就开始整理家里的东西。这个家很穷，没有太多用得到的东西，他挑着好一些的放在客厅，打包装箱。邻居是一个腿脚不方便的老奶奶，日子也不太好过，这些东西可以留给她，也算是对她的帮助。

之后他又去床下找出爷爷留给他的盒子，取出里面捆放好的五万块钱，里面的钱是老人特意去银行换的，很新，厚厚的一沓，拿在手中的时候唐瑾瑜忍不住又心酸了。他拿了个袋子，想了想，先数出一千块放在一边，把其余的钱装好放进了背包里。

之前那个琴行的负责人预先支付给他一千块，他这段时间在医院忙前忙后，也没来得及回应对方，不管怎么说，他不去琴行打工了，要把这钱还给对方才行。

唐瑾瑜找出手机，按了一下，发现没电了，充了一会儿电再打开果然发现了几通未接来电，还有短信。

短信是琴行的负责人发的，通知他老板回来了，让他这两天去面试，一连发了几条，催得有点急。

唐瑾瑜看了眼时间，现在有点晚了，他就没打电话，给对方回复了信息，说明天一早就去拜访。

他一直在家里收拾到半夜，累了之后，冲了一个澡，在沙发上睡了几个小时。

天刚亮不久，唐瑾瑜就醒了，他眼睛还未睁开就先摸怀里抱着的书包，伸进去摸到那本书拿出来看了一下，上面的倒计时果然变了，现在还剩下十几个小时。

他看到之后，一颗心才踏实下来。

他把收拾出来的两箱物品送去邻居老奶奶家的时候，对方正在做早饭，瞧见他过来还招呼他一起吃："小瑜啊，我正想去叫你呢，今天做了炸糕，你不是最喜欢吃这个吗？快来，旁边有糖罐自己放糖啊。"

唐瑾瑜把东西送给她，笑道："杨奶奶，我不吃了，一会儿还有点事要出去。"

杨奶奶擦了把手过来看他，瞧见那两个箱子吓了一跳："这是搬了什么过来？"

"家里一些用不着的东西。我要去念大学了，放着也没什么用，就想着给您送来。您挑挑，能用的就留下。"

杨奶奶还想劝两句，但是张张嘴，忽然想起这孩子家里也没有人了，他这边的房子是租的，以后念大学寒暑假未必回来，肯定不会再继续租了……这里已经没有他的家了。杨奶奶叹了口气："你是个好孩子，东西搁在我这儿吧，奶奶先谢谢你了，你以后要是有空也回来看看，奶奶给你做炸糕吃。"

"唉。"

唐瑾瑜把东西放下，了却了一桩心事。

他背着包又去了琴行，因为来得早，这边还没开门，他就站在门边等了一会儿。

夏天早上有露水，唐瑾瑜却一点都不在乎，双手揣在兜里看着天空，觉得今天天气特别好，空气也好，连几天来一直重重压在肩膀上的担子也没有了，他背着书包，整颗心都轻快了几分。

琴行负责人来的时候，瞧见他愣了一下，朝他瘦了一圈的脸上和沾了露水的衣服上看了看："怎么来得这么早？我看到你发的信息了，还想今天上午给你打电话……"他说着打开门，对唐瑾瑜道，"进来坐下说吧。"

之前打了电话唐瑾瑜没接也没回应，琴行负责人确实有些不满，但是坐下听唐瑾瑜说了原因，态度立刻就好了许多，还反过来安慰了他几句。

"人都有离开的一天，节哀顺变，以后你一个人更要好好努力才行。"琴行负责人道，"你今天来得刚好，我们老板正好要过来，之前你在这边试奏的情况确实挺不错，我跟老板说了下，老板也很感兴趣，不过不是留在琴行打工，是要去老板家里教课。"

唐瑾瑜想要开口，负责人先咳了一声，低声对他道："你别担心，其实很简单的，你随便教老板弹一首就成，要是再不行，随便熏陶一下就可以了。我们老板这两年才刚转行投资，主要是想感受一下氛围……"

他说着递了一张名片过来，上面印着的名字让唐瑾瑜愣了一下。

郭小琥。

这三个字他太熟悉了，他盯着看了一会儿忽然问道："你们老板是不是齐州市人？他今年应该二十五岁，家里做建材生意的对吧？"

负责人愣了一下，不过很快反应过来："你也看报纸了？"

"他还上过报纸？"

"那些花边新闻都是乱写的，其实我们郭老板的私生活没那么乱，也从来不包养小明星，他现在交往的是一个音乐学院的……学生。"

唐瑾瑜眨眨眼笑了一声："原来是这样，我知道了。"

"我知道这样可能有些冒昧，不过这是佣金丰厚的活计，而且郭老板人很正直，说话也直接，和外面议论的完全不一样。"负责人还想再跟他说，电话响了，他接起来应了几声，立刻起身对唐瑾瑜比了一个手势，"老板来了，你跟我来，这事还得他亲自拍板，一会儿见了他别紧张，郭老板特别好说话，你好好表现就行。"

唐瑾瑜一点都不紧张，他就没打算继续打工，而且能见到郭小琥这个老熟人也算意外之喜。

琴行负责人带他去了会客厅，敲了敲门，示意唐瑾瑜自己进去："我在外面办公室等你。"

唐瑾瑜大大方方地推门进去，里面沙发上坐着一个二十来岁模样端正的年轻男人，鼻子英挺，抬头看见他的时候眉头微微皱了下，不过很快就松开道："你会弹琴？"

唐瑾瑜也在看他，听见后笑了一声，点头道："会。"

不管什么时候，郭小琥这脾气都跟小时候一样，直来直往，像一个炮筒，尤其是遇到韩亦星，俩人一人一句不用三分钟就能吵起来。

郭小琥还在打量着，似乎有些怀疑，唐瑾瑜也在瞧他，他上次见郭小琥是在哈市，那时他还是一个热血奋斗的高中生，懵懵懂懂的大男孩现在已经是成功人士了，看起来混得还不错。

郭小琥看了一会儿，点头道："我听他们都夸你，想必弹得挺好，这样，你一周抽三天时间过来给我上课，到时候自己打车，车费我让他们给你报销，对了，包教会吧？"他想了一下，又挣扎道，"教不会也没事，你多教我一点吹捧的话，就你们弹琴的喜欢听的那种。"

唐瑾瑜还在看他，郭小琥忍不住警惕起来："他们跟你说了吧？"

"什么？"

"我有对象。"

"……"

唐瑾瑜好些天没笑过，这次是真的被他逗笑了，心情都好了很多。他从兜里拿出那一千块钱，放在桌上，推过去："郭总，这是之前预支给我的一千块工资，谢谢您的好意，不过我还有其他事，不能来上班了，也不能去教您弹琴了。"

郭小琥皱眉："怎么，嫌少？"

唐瑾瑜摇头道："没有，我很感激。"

在爷爷生病的这段时间，这一千块帮了大忙，让老人少受了几分病痛的折磨，他是真心感激。

郭小琥听得出他是真心感谢，一时有些奇怪，但是再问下去眼前的男孩就岔开话题不说了，反而关心起他来——从身体到事业，最后还祝福他有一段美好的爱情，就差祝他早点结婚，和对象白头到老了。

郭小琥觉得莫名其妙，看对方走了，坐在沙发上想了半天才想起来自己要做什么。他是来面试别人的啊，怎么一眨眼就成了对方询问自己了？

而且他见了这个叫唐瑾瑜的男孩，总有一种见到老师的感觉，事事都被对方牵着走。

郭小琥摸摸鼻子，视线落在桌上被退回的那沓钱上，嘀咕道："真是邪门了。"

唐瑾瑜离开琴行之后，又接到了学校的电话，说宋益过来了。

唐瑾瑜有些惊讶，看了一眼时间，还是去了学校。

他在学校见到宋益的时候，已经是下午，距离书上倒计时结束只剩下五个小时。

宋益每年都会来给品学兼优的学生颁发奖学金，前段时间他在外面工作，回来接到学校的消息后，特意过来一趟。

唐瑾瑜在校长办公室见到了宋益，宋益和他记忆中的一样，还是他熟悉的模样，毕竟从初中开始他每年都会从宋益手里接过奖学金，每次都会听到他夸奖自己几句。

宋益认出他，点头让他坐下："你之前联系我是需要什么帮助吗？说说看，我会尽力。"

唐瑾瑜摇摇头，笑道："现在不用了。"

宋益又跟他确认了一遍，微微有些疑惑，但还是道："公司现在也在资助大学生，你之后也可以继续申请奖学金，当然，成绩优秀的话，清北大学里面也会有其他丰厚的奖学金，你要珍惜机会。"他看着唐瑾瑜，忽然笑了一下，赞许道，"还没来得及恭喜你，考得很好。"

唐瑾瑜还是第一次在这边瞧见宋益笑，他的唇角有很浅的笑纹，眼神像是透过他，在看另外一个老朋友。

唐瑾瑜也笑了，他知道宋益未说完的话。

因为夏野当年也是清北的学生。

他在这里，考上了他哥的大学。

唐瑾瑜看了看手表，对他道："我要走了，谢谢您。"

宋益："你确定不需要帮助？"

唐瑾瑜摇头："不用了，我能照顾好自己，宋哥你也要好好照顾自己，再忙也要吃饭，别老睡在办公室加班。"

宋益有几分诧异，眼前这个男孩喊他"叔叔"才对。

更奇怪的是，这个男孩还大大方方地走过来拥抱了他一下，像模像样地拍拍他的肩膀，摆摆手跑了。这一切动作太快，拥抱也很自然，好像他们认识了很久。

还剩下四个小时。

唐瑾瑜把爷爷剩下的那笔钱捐了，分别邮寄去了几家孤儿院，希望能帮助到那些小孩。如果这个世界没有他，爷爷一定也在做着同样的事，默默行善。那个倔老头一辈子都是这么做的，他做好事从来不图名利，除非别人查出来，要不绝不吭一声。

从银行出来，他还碰到了几个高中同学，他们都很担心唐瑾瑜，瞧见他状态好一些才放心，还有人跟着他："班长，你要去哪儿？我骑车了，带你一路吧！"

另外几个也纷纷响应，他们班上同学之间的感情一直很好。

唐瑾瑜跟他们摆摆手，笑道："不用了，我去的地方有点远。"

"那你暑假还回来吗？"

"对，班长，你暑假跟我们一起吧，上次吃毕业散伙饭的时候你没来，大家都可想你了！"

"咱们班还想组织一下，大家一起去拍张大合影，再去附近郊游，班长，你也来啊！"

几个同学眼巴巴地看着他，唐瑾瑜还是摇头道："我就不去了，你们好好玩，以后有机会咱们再见面。"

同学们只当他要去打工，从老城区到其他地方确实挺远，就没有再劝，跟他摆摆手道："班长，说好了，下次一起去玩啊！"

唐瑾瑜点头答应了，也跟他们摆摆手，正好公交车来，他上车走了。

他坐了一个多小时的车，用最后一点时间去了陵园。

唐瑾瑜去看了爷爷，坐在那里跟他说话，天色慢慢暗下来，但是他一点都不害怕。他抱着书包倚靠着石碑，小声跟老人说话，就像是在家里的时候一样，什么都念叨给他听。

"爷爷，录取通知书您没看到，不过没事，等以后有机会，我一定拿给您看。我会快一点找到您，咱们去看医生，中药真的太苦了，您每次喝了药饭都吃不下几口，咱们这次就不喝它了……早一点治疗，一定能治好。"

"我会弹琴，以后打算和夏伯伯一起在交响乐团工作，您看，我以后从事什么工作都想好了，到时候领了工资，就好好孝敬您。"

"您费了那么大力气，才只敢许愿亲眼看我高考，我偷偷跟您说，我遇到一个特别崇拜的人，您一定不知道他有多好，等以后，我带他来给您看。"

…………

他跟爷爷说了很多，书包里的那本书隐隐发热，唐瑾瑜把它拿出来放在手里捧着，他知道时间快要到了。

就像无数次在梦里的场景一样,温暖的白色雾气浮现,那是一种无比安心的感觉,雾气浓到仿佛触手可及。

当那本书上的数字归零的那一刻,书页再次打开,扉页浮现出一行字:

他是最好的对手,也是最好的朋友,是良师益友,也是我前进的方向,谨以此书铭记。

唐瑾瑜看到这句话,脑海中浮现出无数熟悉的面孔,有在电视节目上对所有人不屑一顾却坚持追随夏野脚步的秦珂,有用十几年时间默默操持夏野留下的公司,事无大小,连颁发奖学金这种事都替他做的宋益,有无数像他一样受到过夏野帮助一直心怀感激的人……无数人像一幅幅图像汇聚在一起,所有人的念想变成了这本"书"。

写书的人希望大家不要忘记夏野。

唐瑾瑜握在手里的那本书微微发烫,凭空化为一阵星光,融在白雾中。白雾席卷而来,拥住唐瑾瑜,像以前在梦中经历过的那样,带他去往了另一个时空,只是这次没有另一股力量来挽留他了。

爷爷不在了,他在这边的羁绊没有了。

他走过一段交错的时光,回到了自己的世界。

第十一章

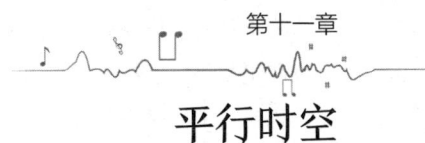

平行时空

唐瑾瑜再醒过来的时候，发现自己在陌生的地方，整洁的房间和医院特有的消毒水味道让他恍惚了一下，不过他很快就明白过来。

他之前睡着了，夏野一定特别担心他，把他送来医院再正常不过。

他刚醒，还没什么力气，原本想试着坐起来，但努力之下也只能动动手指。门口有人在说话，压低了声音但依旧能听出是熟悉的人。唐瑾瑜抬头看去，看到了站在门口的陈家二老和陈素玲，他张口想喊他们，但是喉咙沙哑得发不出声音。

"都怪我，你说我那天好端端地就待在公司，不出去就行了，谁知道路上会下暴雨，我就换个车的工夫身上就淋湿了，连锦囊都湿透了！"陈老爷子心急如焚，"早知道我就先给你打个电话。我那天坐立不安，还专门跑去找了那个和尚，和尚年纪大了，也不靠谱，我去看他，他还恭喜我如愿以偿，我都糊涂了，小瑜这会儿还没醒，简直急死我了！"

陈素玲眼圈泛红，这会儿也没了主意，追问道："爸，那个大师还说什么了？"

陈老太太抢道："全都是吉祥话，说什么大富大贵，我才不要那些，我就要我乖宝好好的。"

陈老爷子立刻拍了拍门框，嘴里还在叹气："和尚以前说小瑜得养在外人身边才能逢凶化吉，遇难成祥，前些年我还以为说的是夏家，瞧见小瑜身体好点了，我那会儿还高兴了一阵子，谁知道都养到这么大了，怎么突然又醒不过来……"

"小野是个有心的，这几天请了好几拨医生来了，也没见他睡个囫囵觉。"

家里几个长辈低声说着话，但病房就这么大，唐瑾瑜躺在那里听得清楚。

他斜眼看了一下枕头旁边，果然有一个红色的锦囊，和之前他找到的那个一样，也是绣着"福"字。这会儿力气也恢复了，他抬手想去拿，手上的吊针连着输液管，让上面的瓶子发出轻微的碰撞声，这一声惊动了门口的大人。

陈素玲是第一个发现的,她急忙跑过去小声喊了他两声,听到病床上的男孩喊了一声"妈妈",惊喜得眼里泛了泪,视线都模糊了。她急忙擦了擦眼角,一边轻轻摸他脑袋一边笑道:"醒了就好,没事了,我宝宝没事了。"

陈家二老也急急忙忙地过来看他,唐瑾瑜抬头看他们,笑着喊道:"姥姥,姥爷。"他声音还很弱,带着久未说话的沙哑。

陈老爷子顿时红了眼圈,连声点头应了,陈老太太不敢碰他,手都不知道往哪里放,最后还是唐瑾瑜抬起手来,老太太这才握住了他的手,哭着道:"我的乖宝,你可吓坏姥姥了,下次不许这么淘气,不许再睡这么久了。"

唐瑾瑜看向陈素玲,哑声道:"妈妈,我睡了很久吗?"

陈素玲手指微微发抖,努力不让声音发颤,小声道:"你睡了五天,你要是再不醒,妈妈就要带你去别处治疗了,你爸爸今天就要去单位递辞职报告,我们什么都不要了,就陪着你。"

唐瑾瑜碰了碰她的手,陈素玲立刻握紧了,红着眼圈看着小孩,她刚才说的全都是真的,再晚一点点,她和丈夫就要这么做了。

唐瑾瑜微微笑了一下,抬了抬手,陈素玲知道他躺了好几天全靠营养针维持,没有力气,托着他的手抬高,想问小孩要什么,但是唐瑾瑜把手抬起来之后就放在了她的脸颊上,用手指轻轻替她擦了泪,小声道:"妈妈,别怕,我哪里也不去,我也陪着你和爸爸。"

陈素玲的眼泪瞬间滚落下来,她想笑,嘴角动了几下,眼泪还是止不住地往下掉。

她的孩子还在身边,还留在这里。

医生很快就来了,检查后,对他这样的症状也没有什么头绪,只让家人小心照顾,另外建议多住院一段时间再观察一下。

不用医生说,家里的长辈们也不肯让小孩出院,他们被吓得厉害,这会儿觉得哪里都没医院安全。

陈素玲问过医生后,让人送了一碗清粥小心地喂小孩吃了一些,她现在什么都顾不上,眼里只有孩子。陈老爷子负责通知其他家人小孩醒过来了,通知到唐泓俊和夏野那边的时候,两人都只说了一句"立刻过去"就挂断了电话。

夏野来得要快一些,到病房门口的时候还在喘,额头上都是细密的汗珠。

陈老太太看到他问道:"怎么出这么多汗?快坐下歇歇,这边还有一杯果汁,医生说小瑜现在不能喝这个,你喝了吧,解渴。"

夏野没接,眼睛盯着病床上坐起来喝粥的小孩,声音比他还要沙哑:"醒了?"

陈老太太笑道:"醒了,醒了!刚才还找你来着,快过去吧。"

夏野如梦初醒，走过去几步，站在那里看他，唐瑾瑜抬头冲他笑，陈素玲再喂他一勺粥的时候他就摇摇头，低声道："妈妈，我吃饱了，一会儿再吃。"

陈素玲连忙答应了，她瞧见唐瑾瑜嘴角还有残渣，想拿纸巾给他擦了，夏野却快她一步，伸手捧起小孩的脸，认认真真看了一遍。

夏野这动作太霸道，陈素玲都抢不过他，只能端着碗起身，把位置让了出来。

夏野没坐，弯腰捧着唐瑾瑜的脸看了好一会儿，哑声问："还疼不疼？"

"不疼，哥，我又说梦话了？"

"没有，你什么都没说，只是哭。"小孩紧闭着眼睛，大颗大颗的眼泪滚落，哭得睫毛都湿漉漉的，又咬紧了牙关一个字也不肯说，哭得他心都疼了。

夏野看着他，一言未发，但唐瑾瑜瞬间就明白过来他的心思了，他从小就对夏野的情绪极为敏感，现在更是如此。

夏野瘦了一圈，眼底青黑，看着人也憔悴了许多，他低头看着小孩，忍了几次，还是没忍住，弯腰给了他一个拥抱。

唐瑾瑜抱着他："我在这儿，哥，我回来了。"

唐泓俊很快也赶了过来，他这么多年一直没变，儿子昏迷不醒的时候他哭过，现在儿子醒了也没能忍住，当爹的形象也不顾及了，哭得比妻子还厉害，还是当年的那个傻爸爸。

唐瑾瑜反过来安抚他，唐泓俊听到他的声音更控制不住，抱了他一下，不停地喊他名字。

唐瑾瑜轻声道："爸爸，我想喝水。"

唐泓俊立刻擦了眼泪，起身去给他倒水，唐瑾瑜其实也不渴，就是这会儿病房里医生护士都在，他想维护一下爸爸的颜面，岔开话题让他去做点别的事分散一下，就不会这么难过了。

其实唐瑾瑜想多了，唐泓俊现在尊严什么的都不要了，他只要宝贝儿子，要是哭两声能让儿子早一天醒过来，让他天天来病房哭都成。

很快，夏唐两家，还有陈家的亲人都来了。

唐齐先生前两天就从齐州过来了，他年纪大了，最见不得这种场面，老唐家一家子泪点低，老先生虽然没在外面失态，回到住处也红过几次眼圈。他看到小孙子身体好了，过去摸了摸他的手，又摸摸他的头发，像是对待一件易碎品，小心翼翼。

唐瑾瑜笑道："爷爷，我好了，没事了。"

唐齐先生心疼道："现在还说不准，咱们都听医生的，在医院多住一段时间观察观察。"

唐瑾瑜点点头，答应了一声。

陈家二老也留在沪市陪了一阵，尤其是陈老太太，她实在放心不下，每天都炖好补品带过来，恨不得马上把小外孙这几天瘦下去的肉给补回来。

陈老爷子没有把那个"福"字锦囊收回去，老人做了一辈子生意，总是有些迷信，再加上之前听和尚说的话，这次干脆把锦囊留在了唐瑾瑜身边，权当是一个护身符，保佑小孩平安。

陈老爷子道："小瑜，你把这个贴身收好，要是不方便带，放在卧室也行，姥爷问过了，这是好东西，带着一准没错。"

唐瑾瑜好奇："姥爷，这个是哪里来的？我好像见过，也是绑的流苏坠儿……"

陈老爷子道："不可能，这是独一份的，这上面的坠儿是我亲手绑的，瞧见没有，这边的绳结是我怕它掉，拴了好几个死扣儿。"他指给唐瑾瑜看，唐瑾瑜觉得更奇怪了，他之前在另一个时空收拾爷爷东西的时候就找到过一个这样的锦囊，刚开始他还觉得只是巧合，但是看到这串拴得紧紧的绳扣，他确定它们是同一个锦囊。

"姥爷，你从哪儿求来的锦囊？"

"这话说起来可就远了，好多年前，那会儿你才一岁多不到两岁，也是病得厉害，你妈抱着你来找医生，姥爷也帮不上什么忙，就去给你求了一个小福袋。"陈老爷子避重就轻，点了点外孙的鼻尖，笑道，"专门求了来保佑我乖宝，身体健康，事事如意。"

唐瑾瑜握着那个"福"字锦囊也跟着笑了。

锦囊留了下来，陈素玲怕弄脏它，还另外找了一个布袋装好，小心地放在唐瑾瑜枕头下面。现在只要是对小孩好的事，她什么都做。

唐瑾瑜有时候趁没人在，会拿出来看一下，他对这个"福"字锦囊还挺感兴趣，但是打开看了，里面是空的，只剩下一个锦囊袋子。他在心里算了一下姥爷说的那个时间，突然想起爷爷说在医院捡到他的时候，好像也是两岁左右的年纪，那时父母家人都不在身边，与其说丢了，倒像是不小心穿过了一段时空，特意被送出来一样……唐瑾瑜摆弄着那个锦囊想了半天，也没想明白。

"福"字锦囊有些年岁了，看起来半旧，不太结实，他捏着的时候不小心拽下来一根流苏，有点心虚地赶紧把它放回了布袋中，又塞到了枕头下面。

夏野这几天也没闲着，他按照原计划请了全国最好的医生来给唐瑾瑜会诊，并没有因为他醒过来而放松，那根弦一直绷得紧紧的。

可是医生也未能找出原因，只能先给唐瑾瑜进一步调养身体。

在医院休养了一段时间，唐瑾瑜的气色恢复了一些，身体也慢慢好起来，夏野才没那么紧张了。

小孩生病的这段时间，唐泓俊对夏野的态度有了很大的改变，俨然已经把夏野当成了"候补家长"，当他心思乱拿不定主意的时候，还会主动去找夏野商量。

比起家人的紧张，唐瑾瑜的心情要放松一些。

他知道自己不会再有事了，现在的身体虽然还有些弱，但能感觉到一切在往好的方向发展。他不再那么没力气了，身体里有一股生机勃勃的劲儿，如果以后恢复得好，说不定还会和他在另一个时空一样能跑能跳，打篮球都不在话下。

医院人多，夏野又总是带医生过来，唐瑾瑜找不到机会和他单独说话，不过想想也没什么，反正他留在这里的日子还长，慢慢来就是了。

在医院住了一段时间，就快到高考的日子了。

唐瑾瑜想回学校，他刚跟陈素玲提了一句，陈素玲的眼泪都要落下来了，她连声安抚道："不去了，宝宝我们不去了啊，没事的，你生病了，不用去考试。"

"可是我的身体已经没事了，妈妈，后天就要去考场，我想先去学校看看。"

"咱们明年再考也一样。"

唐瑾瑜还想说话，夏野正好进来听到他们的对话，开口道："别去了，学校今天放假，让学生回家休息了。"

唐瑾瑜抬头看他，夏野被他看了一阵，又道："就算没放假，就还有一天的时间，你过去也没什么用。"

唐瑾瑜道："我想试试，我之前复习得很好。"

陈素玲知道自己劝不住，留了夏野在这边，正好抽空回去给儿子煮粥。她今天早上煮了小米粥，唐瑾瑜一直说好吃，多吃了一小碗。

等房间没有其他人，夏野关了门走过来坐在他床边，伸手摸了一下他的额头："你知不知道，你烧了好几天？"

唐瑾瑜摇摇头，他对昏睡的那几天一点感知都没有："哥，我不是故意吓你的，我也不知道会这样，我……"他想了想，又笑了一声，"等我考完试跟你说吧，反正也没两天了。"

夏野挑眉："什么？"

唐瑾瑜小声道："我怕我说了之后，你压力太大，比我还紧张。"

"……"

夏野叹了一声，声音放缓了试着跟他商量："你不用想那么多，你身体刚好，现在什么都没身体重要，咱们明年再考也一样，不碍事。"

唐瑾瑜笑道："哥，我觉得我复习得挺好的，我想试试。"

"一定要今年考？"

"嗯！"

唐瑾瑜期待地看着他，他在另一个时空已经复习够久了，还实战了一场，现在干劲儿十足。而且还有一个最重要的原因，他想高考之后去找爷爷，到时候就能把大学录取通知书给老人看，还能带他一起去看他的校园，实现他们祖孙俩之前的约定。

夏野还皱着眉头，唐瑾瑜感觉到他的犹豫了，他凑过去："哥，你帮我把准考证领来呗！"

夏野看了他一会儿，还是轻叹了一声，答应了。

两天后，唐瑾瑜又一次参加了高考。

说来也巧，这一次他还是从医院出发去的考场，不过这次条件要好很多。考试前唐齐先生和夏野一起帮他押题，临阵磨枪。另外陈素玲和唐泓俊给他准备了书包，里面有学校规定的所有文具，唐泓俊还给小孩买了一块手表，方便他看时间，陈素玲给他准备了一个保温杯，装好了水。

陈素玲比儿子还要紧张，早餐检查了好几遍才给小孩端过去，瞧着他吃了，想问又不敢多说话，努力保持镇定。

全家人一起陪唐瑾瑜去了考场，等到中午，夏野接他们一起去附近的酒店。

夏野对他弟有信心，只是担心他的身体，生怕小孩累着，包了酒店最顶层的总统套房让他休息。在他看来，中午多吃半碗饭，午睡质量好一点，这些比考试还要重要。

唐瑾瑜被全家人呵护着，这两天考试非常顺利。

他考完最后一科，走出校门时脚步都轻快了许多，夏野没在原地等，走了几步逆着出来的人群迎上去，唐瑾瑜隔老远看到他，跑过来给了他一个大大的拥抱："哥，我考完了，这次的题目我都写上了，肯定考得特别棒！"

夏野伸手揉了揉他的脑袋，笑了一声。

高考结束，终于可以彻底放松休息了。

唐瑾瑜结束了两个时空的高三生活，睡了一觉，醒来精神饱满，他在床上伸了个懒腰，一翻身就碰到了床边坐着的人。

唐瑾瑜眯着眼睛去看："哥，这么早就过来了啊……"

夏野摸他脑袋："不早了，九点多了。"

唐瑾瑜含糊道："我昨天做了一个特别好的梦，就是一睁眼忘了，记不起来了。"

夏野笑了一声，轻声问："有我吗？"

"有啊。"

"这么肯定？"

"那是，你是我的幸运星呀，哥，我每次只要想到有你在，就什么都不着急了，特别踏实。"

夏野被他几句话哄得心里高兴："先起来，带你去吃点好的。"

唐瑾瑜道："要出去吗？"

"不出去，就在楼下。"

唐瑾瑜答应了一声，起身去洗漱，夏野全程跟着，唐瑾瑜起初还有点奇怪，但是看到他哥眼底还未散去的青黑，心里就明白过来了，他哥被他那几天昏睡弄得有了心理阴影，估计要再观察几天才放心。这事他小时候也发生过一两回，基本上每年冬天他感冒发烧，全家人都会这么小心一阵，尤其是他爸，更是忧心忡忡，他去哪儿都跟着，就连他洗澡的时候都站在浴帘外面隔几分钟问一次。

他哥现在就有点类似的架势。

唐瑾瑜含着牙刷笑了一声，差点把牙膏咽下去。

夏野看他："怎么了？"

唐瑾瑜摇摇头，加快速度洗漱。

夏野一直对家里的小朋友照顾有加，经历了这件事对他更是百依百顺。他知道唐瑾瑜想找人，但是这次没有再带小孩到处跑，而是对他道："我让宋益去找了，这两天就有消息，人找到之后我立刻陪你过去。"

唐瑾瑜很是惊喜："哥，真的找到了？"

夏野点头道："是，在一个小镇上，宋益核实完身份我就陪你过去。你在家好好吃饭，把身体养好一点，不然我都找不到理由带你出去玩。"他伸手摸了摸唐瑾瑜的脸颊，小孩这段时间在医院昏迷，又清瘦了一些，也不怪长辈们盯得紧。

唐瑾瑜点头道："好。"

夏野这两天也不去公司了，他搬了电脑回家来陪唐瑾瑜，除了晚上不睡在一个房间里，其余时间都守着，哪里都不去。他被吓到了，不会再轻易放手，恨不得一天二十四小时都把小孩放在眼皮子底下看着，以前他不懂唐泓俊的心情，直到现在才彻底明白过来。

夏野在唐瑾瑜昏睡的那几天想了很多，他甚至还想过，只要对方醒过来，他可以给他他自己拥有的一切。

包括自由在内，什么都可以。

他最大的愿望就是他家小朋友平平安安、健健康康的，只要随时能看到他家小朋友，就满足了。

他想要这个人好好的,就生活在自己身边。

夏野沉默惯了,他不喜欢用语言来表达,更多的是落实在实际行动中。

他白天在家陪唐瑾瑜吃饭,傍晚陪他出去散步、锻炼身体,比所有人付出的时间都多。

唐瑾瑜恢复得很快,性格还是和之前一样开朗,像是一个小开心果,更多时候都是他在哄夏野和长辈,有他在的地方,总能听到笑声。

这样过了一段时间,大家逐渐放松下来,生活慢慢恢复了常态。

唐瑾瑜跟夏野出去散步的时候,小声道:"哥,我好了。"

"嗯?"

"我不发烧了,身体也挺好,医生都说我已经好了。"唐瑾瑜抬头看他,努力暗示。

夏野没说话。

过了好一会儿唐瑾瑜才下定决心道:"哥,我有事想跟你说。"

前段时间高考,有些话没来得及跟夏野讲,这几天他发现之前那些无法开口说出来的,现在已经不再受到限制,终于可以如实把自己经历的都说出来了。

夏野带他回去,两个人待在房间里,唐瑾瑜坐在床上,夏野推了把椅子过来和他面对面坐着,他不知道唐瑾瑜要说什么,但是他弟现在的表情看起来有些严肃。

唐瑾瑜清了清喉咙,开口试着说了几个字,之前那种束缚的力量弱了许多,几近于无。他松了口气,慢慢跟夏野说了自己的事情。

"这要从一本书开始说起。我有一本很想要的书,我为了买那本书攒了好久的钱,有一天终于凑够了就下单把书买了下来。那本书是半自传,里面讲了一个人的生平往事……"

他从另一个时空的小时候开始讲,一直讲到翻开那本书的事,一五一十,全都跟夏野说了。

夏野起初没有听懂,但慢慢听下来神情逐渐凝重。

唐瑾瑜讲得口干舌燥,夏野给他倒了一杯水,看他喝了,又皱眉道:"你的意思是,你可以通过做梦的方式来到这个时空?然后在这边,你也会通过做梦回到另一个时空?那你怎么确定哪边才是真实的存在?"

唐瑾瑜摇摇头,诚实道:"我也不知道。"

他想了下,又道:"哥,我觉得两边都是真的,应该是平行时空,时间裂缝一类的。"

夏野看了他片刻,道:"这事不要跟其他人说,只有我知道就够了。"

唐瑾瑜点点头:"哦,好。"

夏野看他茫然的样子，安抚道："别想那么多，你只要知道，不管你要什么我都会给你就行了。"

唐瑾瑜点点头，小声说"好"。

"哥，我想找到爷爷，以后接他一起过好日子……"

"好，我帮你找，有消息了就带你过去。"

"嗯。"

宋益发来消息，在一个叫山海镇的地方找到了唐正德这个人，核实过身份，确定就是他们要找的那位老人。对方在山海镇一处旅游景区里，依旧在后厨工作，给景区工作人员提供餐食服务。

夏野带唐瑾瑜直接去了山海镇。

他们到的时候，老人刚好出去采买，第二天才回来。

宋益也在这里，夏野跟他聊了几句，唐瑾瑜待不住，又去找了景区的工作人员打听。

景区的工作人员对他道："德叔一般都是周末去采购，这边挺偏的，离镇上还有一段路，而且前两年景区重建，拆迁了一部分，不少人家都搬走了，得去远一点的地方买东西。"

唐瑾瑜问："他去哪里了？有固定去的菜场吗？"

"哟，这可真不好说，有时候是去镇上菜场，有时候赶上集市了也在外面多买些，这都没准。德叔前阵子还跑去农家收了一些菜，都是当季的，特别新鲜。"

老头对做菜要求高，手艺也好，景区这边的人都爱吃，再加上他也不多花钱，就是多费点时间去挑，景区领导也就答应了，并不怎么管。

唐瑾瑜问得越多，越觉得这就是他要找的人。

不论是说话还是行事风格，都和养他的那个倔老头一模一样。

"爷爷……我是说唐爷爷，他什么时候回来？"

"有时候礼拜六晚上回来，有时候礼拜天晚上，反正周一之前他肯定会回来，早上还要上班呢。"

唐瑾瑜跟对方道谢，跑去找夏野，夏野看到他过来招招手道："问好了？"

唐瑾瑜一脸兴奋，夏野光是看到他这样就知道这次找对了，笑了一声道："那就先回酒店。"

唐瑾瑜小声道："哥，我能不能就住在景区里？"

夏野顺着他的视线看了一眼，摇头道："这里没有住的地方。"

"我可以住员工宿舍，他们说还有空着的房间，咱们租一间好不好……"

宋益安抚道："小瑜，你别担心，酒店就在镇上，离这里不远，而且我留了电话，等人一回来就能收到消息，到时候我开车带你过来好不好？顶多就十几分钟的车程。"

唐瑾瑜点点头，跟他们一起回了酒店。

第二天，唐瑾瑜吃过早餐就在酒店坐不住了，夏野理解他的心情，开车带他出去转了一下。

这边景区布置得还不错，不少设施都是新建的，有些地方划分了区域，标注清楚前方有落石，不让游人通行。夏野对这些潜在危险很在意，看到之后就带唐瑾瑜绕得远远的，还去另一边山脚下的香樟林走了走。

那片香樟林很大，这个季节林木郁郁葱葱，枝繁叶茂。

夏野带唐瑾瑜在近处有碎石路的地方走了一会儿，还遇到了护林员，护林员拦住他们道："你们是来旅游的吧？这边再往里走就不好出去了，里面路还没修好。"

夏野点头道谢，想带唐瑾瑜走，唐瑾瑜却站在那里看着护林员身边一个二十多岁的女人，一脸疑惑。

护林员也瞧见了，误会了他的意思，立刻解释道："这位不是游客，是我们专门请来的园林老师，做景观布置的。"

年轻女人面容和善，冲唐瑾瑜他们笑了一下。

唐瑾瑜看着她已经可以确认了，他见过这个人，或者说他曾经在电视上见过这个人。

唐爷爷住院的最后一段时间，老人唯一的娱乐就是看调解节目，当时这个女人的调解事件还是他和唐爷爷一起看的。老人生平最看不上对女人和孩子动粗的人，这个女人的丈夫是家暴男，而且家里极度重男轻女，因为没有上过什么学，因此在镜头里永远都是蛮横且刁钻的样子。那男人不但打老婆，还打小孩，把家里一个七八岁的小女孩打破了额头，也因为这件事，一直唯唯诺诺的女人彻底清醒，坚持要离婚。

这个女人最后的结局并不好，她没能离婚，记者报警后也未能解决问题，再去的时候，她的女儿没有了，女人的眼神涣散，已经对生活失去了希望。

唐瑾瑜当时怕爷爷听到难过，还编造了一段故事念给老人听。

他印象里的女人要更瘦弱更憔悴一些，所以看到她站在护林员身边的时候，一时没有认出来。毕竟精神面貌全都变了，用焕然一新来说也不为过，虽然晒得要黑一点，但瞧着气色很好，眉宇里透着自信，已经不是另一个时空里那个挨打受苦的女人了。

唐瑾瑜跟他们一起走出去，在路上和年轻女人交谈了几句，在得知对方的名字叫王叶青后，他基本可以肯定这个人就是当初他和爷爷在电视上看到的女人。

王叶青也感觉到同行的这个男孩一直在看自己，不过对方大大方方地看过来，跟她视线对上的时候还会笑一下，别说，笑得还挺甜。

十七八岁的男孩正是清爽帅气的年纪，眼里的善意又远大于好奇，王叶青感觉不到什么压力，坦然接受了对方的打量，顺便也冲他笑了下。

　　唐瑾瑜对她好感更多了，一边走一边问："青姐，你也在景区工作吗？"

　　王叶青点头道："嗯，我调到这边有几个月了。"

　　"那你对这里一定很了解吧？"

　　"还行，这边景区规划得差不多了，去年就开始动工，现在除西边那一片还封锁以外，其余的已经修建好了，要是你们想在周边游玩，建议从景区大门开车进来，那边有索道，山上风景还是挺不错的。"

　　唐瑾瑜又问："西边还没有开发吗？"

　　王叶青笑道："那边是老景区了，半山腰有条溪流，这两年下雨多，当地管理局特别预警了几次，怕游客去那边遇到危险，不过也没听说遇到什么事。"

　　一旁的护林员是当地人，听见他们的对话，道："还是出过事的，那是好些年前的时候了，有学生自己跑去山里玩，遇到河水暴涨。你别看那条小溪也就半人深啊，这水裹着泥沙冲下来一眨眼就能把人冲没影！也就是因为出了那件事，咱们镇上才特意请了好多专家教授来看，重新划分了景区，西边那一片原本还有不少人家住着呢，也都拆迁搬走啦。"

　　唐瑾瑜点点头，恍然大悟："难怪我们过来的时候瞧见那边还有一些老房子，挺旧的，看着也不像有人在住。"

　　护林员笑道："可不是，大家都搬到镇郊去了，留在这边的也就是在景区上班的人，平时就巡山的时候来查看一下，确保没事。"

　　唐瑾瑜觉得"巡山"这个词挺有意思，他和夏野跟在护林员身后，努力走出巡山的感觉。大概是离爷爷越来越近，唐瑾瑜放松了不少，脸上笑容都变多了，心情愉快。

　　夏野带他在景区附近转了一下，他们也不知道老人什么时候回来，怕走岔了，就在这里一直等着。

　　中午吃饭的时候，沪市那边来了电话，是陈素玲打来的。

　　陈素玲先问了唐瑾瑜的身体情况，又笑道："宝宝，你的成绩下来了，考了音乐学院第一名呢！专业课和文化课都是第一，录取通知书已经寄送出来了，等你回来就能看到。你爸正忙着给家里打电话，等你回来咱们热热闹闹地庆祝一下。不过要辛苦你多跑几个地方，你爷爷要请学校的老朋友们，你姥爷那边也说要摆几天酒席，到时候咱们全家一起过去……"

　　唐瑾瑜听着点头，全都答应下来，他知道自己考得不错，但是这个成绩还是让他高兴了一阵。

　　为了庆祝，夏野特意点了一道糖醋鱼，给他碗里夹了一块肥美的鱼肉："多吃点，你考得这么好,我也得想想怎么奖励你。"

唐瑾瑜道:"哥,你千万别在公司也摆几桌!"

夏野想了想,道:"公司还没有餐厅,我准备这个月就筹备一个。"

唐瑾瑜:"啊?"

夏野又给他夹了一块鱼肉,细心挑去鱼刺,对他道:"你不是说唐爷爷是大厨吗?我请他回来,让他去公司继续做大厨,你想他了,随时都能来看他,好不好?"

唐瑾瑜看着他,眼圈又要红了,不过很快就点点头:"哥,你最好了!"

夏野捏了捏他的脸,笑了一声。

下午下起了小雨,夏天山海镇下雨再正常不过,这边山林多,又一边靠海,每年总要下上几场大雨,一连几天都不停也是常事。

今天的雨就有转成暴雨的趋势,不过下午三点左右,天色就已经黑下来。

雷声滚滚,暴雨如注。

到了傍晚地面上的积水已经没过脚面,雨还没有停,一直下了整夜。

唐瑾瑜在酒店里有些焦虑地看着外面,又转头看着电视上的天气报道,上面说明天会是晴天,但现在怎么看都觉得不太像。

夏野走过去坐在他身边,对他道:"我打电话问过了,出去采买的车要明天才回来。"

唐瑾瑜松了口气:"不冒雨回来就好,雨太大了,我总担心他路上遇到什么事。哥,以前我和爷爷一起住,有一年也是下这么大的雨,为了多赚点钱,爷爷早上去给人踩三轮车进菜,在路上被一辆车撞了一下,连人带车翻到路边的沟里去了,幸好两边有草,人没怎么伤着,就是崴了脚,脚腕还被荜草割伤了,流了好多血……"

夏野只听他简单说起过在另一个时空和老人的事,但是没听过这么详细的情节,越听越忍不住皱眉:"你们以前住在哪里?"

唐瑾瑜道:"就是上回,咱们去平城的时候找的那几个地方,我老围着那个出租房转,你还说过我几次来着。"唐瑾瑜说得随意,夏野听到心里却不是滋味。他们去的都是老城区,环境并不好,他无法想象他弟在那种环境里生活了十几年。

夏野对他道:"以后这些事不会发生了。"

唐瑾瑜乐呵呵道:"我也觉得,现在好多都变了,跟以前特别不一样!哥,你不知道,其实最难受的是我刚想起来的时候,我特别想跟你说,但是一个字也说不出来,可憋坏我了,我以后什么都不瞒着你,都告诉你!"

夏野笑道:"好。"

这场大雨一直下到了半夜才慢慢停下来。

唐瑾瑜躺在床上听着外面没有雨滴的声音了，放心地翻了个身，睡了。

可是快要天亮的时候，就听到外面远远地传来一阵轰鸣声，紧跟着像是地震了一样，酒店房间都跟着震动和摇晃起来，房间窗上的玻璃被震得发出响声，桌上放着的一个水杯"啪"的一声掉到了地上，摔得粉碎。

夏野一瞬间清醒过来，护着唐瑾瑜先出去，他们反应快一些，跑出来在庭院中也未多停留，迅速去了外面广场。广场那边已经聚集了不少人，宋益披着浴袍站在其中，脸上戴着一副歪了的眼镜，正在找他们，瞧见他俩后松了一口气，连忙过来道："我还想回去找你们，没事吧？"

夏野摇摇头："没事，是地震了？"

宋益道："还不清楚，酒店的人正在疏散人员，我也是刚出来。"

唐瑾瑜被周围的人挤得跟跄了一下，夏野立刻揽着他的肩膀，对那人斥责了几句。他长得高，严厉起来极有气势，对方慌乱之下也觉察出自己不对，连忙低声向他道歉。

夏野脸色依旧难看，一直护着唐瑾瑜，生怕他再有什么磕碰。

唐瑾瑜探头去看，过了好一会儿他只听到周围人低声说话的嘈杂声，并没有再感受到震动，他疑惑道："哥，好像不是地震。"

夏野点点头，但还是没松开他。他们等了一阵，酒店的负责人出来做了解释，说是附近旅游景区的山上发生了山体滑坡，有巨石滚落。

唐瑾瑜听到之后就有些慌，问道："是景区哪里出事了？离员工住处近吗？"唐爷爷就在那边的食堂，算起来今天早上就要到了。

酒店的人道："这个还不太清楚，现在景区那边刚封锁，听说山石塌方了好大一片，路都被砸坏了，堵着过不来。"

唐瑾瑜听着一颗心都被提起来了，昨天半夜雨才停，这会儿爷爷回来十有八九也是在路上，他在这里等不下去，但又不知道该怎么办，他经不起再一次失去老人，抬手揉了一下红了的眼睛看向夏野，喊了一声"哥哥"。

夏野没有犹豫，先联系了消防救援队的人，得知镇上车辆不够后，立刻申请参与救援，把开来的两辆车都调了过去，帮忙救助伤者并送往医院。

等到中午，景区的灾情已经稳定下来，没再有碎石落下。

救援的人陆续增多，也有人自发去帮忙，夏野带了唐瑾瑜过去，隔老远就看到拉起来的警戒线，还有工程局的救援人员在滑坡现场用重型机械开展搜救。山脚下几处老旧房屋被掩埋，整座山都发生了变化，半边山峰被削掉似的连山石带树木全都垮塌下来，情况看起来很糟糕。

还有一些房屋未被掩埋，但是有山石滚落的地方正好在员工板房附近，白墙蓝顶的房子现在已经被压塌了一半，外面的车也损毁了几辆，有救援人员正在现场挖掘，还时不时对地下喊话，询问是否有人。

唐瑾瑜还要过去，救援人员拦住他："前面不能去！"

唐瑾瑜道："我爷爷可能在里面啊！"

"你爷爷叫什么？"

"唐正德！"

救援人员理解家属的情绪，让他去临时搭建的帐篷里查找已经搜救出来的人员名单，唐瑾瑜和夏野过去查了一下名单，这次虽然看起来严重，但是目前还未有人员死亡，救出来的十几人大多是景区的巡查员工，只有一个受了重伤，其余都是轻伤，已经被送去医院急救。

路面上有滚落下来的碎石，车辆不好通过，唐瑾瑜心急如焚，根本坐不住，挽起袖子和镇上赶来的其他志愿者一起开始帮忙清理道路，他不知道自己能做什么，只能尽量帮忙。夏野同他一起，始终护着他，陪他一起清理路面，并不时留意着救治人员的名单。

爷爷的电话一直打不通，夏野有些担心，但还是尽可能地安抚道："暂时没有信号也是正常的，这里山多，而且刚出了事故，刚才不是送了几部卫星电话过来吗？联络起来是要困难一些，我们再等等看。"

又有一些村民被救了出来，送往医院，唐瑾瑜一个个看过去，没有找到爷爷，眼神也带着失望。

天色暗淡下来，又开始淅沥沥地下起小雨，救援人员争分夺秒，生怕这次的雨水引起第二次滑坡，抓紧一切时间搜寻抢救。

清理山脚下公路的时候，有消息传来说发现了一辆被压着的小货车。

唐瑾瑜一颗心都提到了嗓子眼儿，腿脚发软，下意识就要跟过去。

夏野拽住他的手，唐瑾瑜焦急道："哥，我得过去看看！"

夏野沉声道："我和你一起过去。"

公路被一层泥土覆盖，有几处断裂，树木混着巨石压在上面，一辆小货车被夹在几棵树之下，车顶已经变形。救援人员将车门破拆，成功从里面救出一个中年人，把他扶上担架连忙送了出去。

唐瑾瑜站在警戒线外努力看着，生怕错过什么，他看清从那个货车下来的人的脸后松了口气，对方没有穿着景区员工的制服，年纪只有四十岁左右，并不是爷爷。

他们出来没有带伞，小雨浸湿了衣服，夏野想伸手替他遮挡，发现自己手上都是泥土，雨水混着泥滴落，更狼狈了。他弟也没好到哪里去，早上从酒店跑出来的时候穿着T恤和长裤，蹭了不少泥土，胳膊上也不知道什么时候擦红了一块，他跟什么都感觉不出来似的，只知道盯着警戒线内的人看，努力寻找老人的身影。

有车开了过来，送了一些盒饭给救援的人吃。

唐瑾瑜一点胃口都没有，他尽可能地去做一点事，身上又脏又狼狈，夏野给他找了一副手套过来，他就戴着手套努力搬开散落在路边的石头，希望和大家一起尽快清理出一条能供车辆通行的路。

参与救援的人们轮流吃饭，他身边陆续有人奔跑经过，偶尔还会有人用担架抬着伤员过去，每到这时唐瑾瑜立刻停下手中的活儿，只要瞧见头发花白年纪略大一点的人就凑过去看。

又有担架抬过来，唐瑾瑜想要起身去看，却腿脚发软，一下跪坐在地上，夏野立刻扶住他："你在这儿等着，哪里都不要去，我去看看。"

唐瑾瑜哑声道："哥，你注意安全。"

他腿脚麻了，坐在地上看着夏野走过去跟救援队的人询问，不时用手胡乱擦模糊的双眼，继续抬头去看，他现在没有伤感的时间。

耳边是车辆的鸣笛声，周围是步伐匆匆的救援人员，唐瑾瑜的肩膀忽然被人轻轻拍了一下。

他回头，就看到了老人。

第十二章

阖家团圆

老人依旧和他记忆里的一样，灰白的头发和一脸络腮胡，眼神慈祥，佝偻着腰背看向他的时候先笑了。老人手里拿着一份盒饭往他这边递了递："小伙子，我在那边问了一圈，就你这儿没吃饭了，先吃两口垫垫肚子啊。"

这边的公路封了，唐爷爷耽搁了一阵绕了远路回来，一回来就听说了事故，马不停蹄地做了一顿饭随餐车一起给救援队的人送了过来，他别的也做不了什么，给大家送一些热汤热饭总能办到。

老人也没给救援队的人添麻烦，听到那边有男孩还没吃东西就亲自送了过来。可是对方没接他手里的盒饭，只呆呆地盯着他，看了片刻忽然抱着他就哭了，嘴里含糊不清地说着他听不懂的话。

老人看他身上那么狼狈，还以为他也是当地受灾的人，连忙拍了拍他的后背安抚道："小伙子别哭啊，只要人活着就好，没什么迈不过来的门槛。"

唐瑾瑜用力点头，抱着他不放，起初是呜咽，后面放声哭了一场。

老人瞧见他胳膊上有伤，从兜里拿了块手绢给他包扎了一下，他也不知道为什么，瞧见这孩子哭就心软，跟他天生带着亲近感似的，他关切道："孩子，没事了啊，一会儿爷爷带你去给胳膊擦点药，你还伤到哪里了？"

唐瑾瑜摇头，眼泪止不住地滚下来，他想哭又想笑，看着老人哽咽道："爷爷，我，我念大学了。"

老人看着他愣了下，不过很快笑着夸奖道："是吗？大学生啊，那可真好！"

"我成绩很好，考了沪市的音乐学院，我还会弹钢琴，我比赛拿了奖，好多好多奖……我现在过得特别好……"他哭着说了很多话，语无伦次，抱着老人不放。

老人以为他是灾后应激反应，一直在安慰他，粗糙的大手抚过他的发顶，小声跟他说话。

夏野回来的时候，就看到这一幕。

他站在一旁看着，一直等唐瑾瑜的情绪平静下来，才扶他起身，对老人道："麻烦您帮帮忙，一起帮我扶他去帐篷那边行吗？"

老人自然是答应的，但是他基本上也没出什么力气，夏野只是想让他一起过来。

到了帐篷，夏野拿了一瓶水替唐瑾瑜冲洗了手，老人也拿来医药箱，简单地给他上了药。

唐瑾瑜一直看着老人，吃饭的时候老人给他夹什么，他就吃什么，特别听话。吃了两口，又去看夏野，看到他手边也拿了盒饭，这才继续吃自己的。

这次滑坡没有什么征兆，万幸山石压垮的大部分都是废弃的老旧房屋，里面的住户已经搬走。在确定过没有生命迹象之后，救援队用大型机械开挖，简单疏通道路，确认没有遗漏人员后，就先停下，等待雨后继续。

送去医院的人里，除景区工作人员还有部分当地居民，大部分只是骨折，只有一位伤情比较严重，但抢救之后生命体征基本稳定。

景区每年有专人进行检测，也会进行提前预警，山体滑坡区域恰巧是之前拆迁后的山脚，因此受到的损失很小，损失最大的是西边那一大片香樟林，山石滚落，把树林覆盖了大半，已经看不出原来的样子了。

镇上民风淳朴，当地救援队基本上也都是这里的人，听到消息后人们纷纷出力，镇上各商家也捐赠了一批器械，送了搜救设备过来。

不过两天灾情得到全面控制，形势彻底稳定下来。

唐瑾瑜住进了医院，他胳膊上那点擦伤并无大碍，住医院是夏野帮他想的托词。夏野在想怎么让爷爷留下，目前的情况只能暂时让小孩装病，装出一副离不开老人的样子，顺带把老人带到医院先做一次身体检查。

唐瑾瑜根本不用装，他现在是真的离不开爷爷，去哪儿都跟着。老人不爱用手机，但是离开几步唐瑾瑜就要找他，为此夏野还送来一部手机，方便老人同他联系。

夏野对此的说法简洁明了，顺着老人的思维说道："这是灾后应激障碍，您帮帮忙，我就这一个弟弟，他要是有什么事，我们全家都撑不住。"

老人点头答应了。

唐正德心里其实也奇怪，他很喜欢病房里那个叫唐瑾瑜的小孩，尤其是听他喊一声"爷爷"，心里更是和吃了蜜一样甜，忍不住就眉开眼笑地连声答应。他这几天跑医院都特别勤快，亲自做了饭菜炖了汤送过去，小朋友吃了一口又要哭，刚开始把他吓一跳，后面瞧他吃得狼吞虎咽，唐正德才放心。

夏野在山体滑坡当天就给沪市家中打电话报了平安，这两天顶着巨大压力坚持在山海镇多留了两天，他没让唐瑾瑜为难，全都自己担了下来。

在医院走廊打过电话，他推开门瞧见房间里一老一少一起吃饭的样子，视线落在小孩弯起来的眼睛上，心里也跟着变软几分。

什么都值得了。

唐正德来医院送了几天饭，瞧着唐瑾瑜觉得很亲切，跟他特别谈得来，那是一种久违的熟悉感，好像俩人并不是第一次见面，而是特别熟悉的人。他心里欢喜，又不好意思跟小孩直接这么说，突然认个孙子什么的，搞不好还以为他倚老卖老，要占人家孩子家里便宜。

唐瑾瑜却叫得顺口，瞧见老人一口一个"爷爷"，跟他亲得不得了。

夏野瞧他们祖孙俩感情不错，就带着唐瑾瑜搬回了酒店去住，果然唐正德照旧把饭送来了这边，和唐瑾瑜在医院的时候一样每天都过来看他。

唐瑾瑜看老人下班后来回奔波，有点不好意思，想过去探望爷爷，却被夏野拦住了。

夏野对他道："你忘了你现在还在装病了？"

唐瑾瑜茫然道："哥，我不就是脑袋有点问题，脚好像没事？"他在爷爷面前的人设好像是这样的。

唐瑾瑜还是克制住了想往外跑的冲动，决定留在酒店等老人过来。

唐正德做饭很好吃，做的那些菜不管是什么唐瑾瑜都特别喜欢，毕竟是他从小吃到大的口味，现在还能尝到，光想想他就眼里泛泪光。

唐正德瞧见了还以为他噎住了，连忙给他倒了一杯水："小瑜啊，慢点吃，喝点水顺下去。"

唐瑾瑜坐在爷爷身边，觉得喝水都特别甜。

他们一老一少坐在客厅里一起吃饭看电视，唐瑾瑜刚开始发现老人并不认识他的时候略微有点小失望，不过现在已经振奋起来。他搬了一个小板凳挨着老人坐下，跟他一起看电视，并且找到了这边的一个地方台，播出的也是当地各种热闹的节目。这是老人多少年的习惯了，他对老人太了解，总顺着老人的喜好让他开心。也不怪老人瞧见他就喜欢，实在像他亲手养大的孙儿一般，让他事事瞧着都顺心，都如意。

唐瑾瑜跟他一起看电视，电视上在播前几日山体滑坡的事。

"滑坡发生后，由于滑坡体四周为低洼护林带，阻挡了山石冲击，下午两点左右主干路一带已经清除碎石。山海镇相关部门第一时间启动应急响应，迅速开展现场救治、伤员转运和医院收治工作。专家称此次应属于高速远程滑坡，垂直落差大，运动速度快，破坏力巨大。当地景区工作人员和居民及时疏散转移，并未造成人员死亡……"

老人感慨道："幸好没有死人，活着就是福大命大，其他都不算什么啦。"

唐瑾瑜点头答应着："对，爷爷，我也这么想。"

夏野今天没回来吃饭，老人做的菜有些多，唐瑾瑜努力多吃了一些，怕剩下让老人觉得浪费。

老人看到，问了一句："你哥呢？"

"我哥出去了，有点事。"

老人笑道："哟，这可真难得，平时看你们焦不离孟的，你哥还有舍得跟你分开的时候呢？"

唐瑾瑜揉揉鼻尖，也笑了。

夏野今天是去找景区那边的负责人，他想给老人做身体检查，但是又不好只给他一个人做检查，愿意自己拿出一笔钱给这边所有员工都做一遍检查，顺便再进行一次心理辅导，毕竟不少人头一次经历这些事，多少都受了惊吓。

景区接受了他的好意，很快就安排下来。

老人去做体检那天，唐瑾瑜和夏野一起陪着，老人的体检和其他人不一样，做得格外详细。大约检查的时间还早，并未在肺部发现肿瘤，只发现了一两处轻微钙化斑点，大约是以前的老毛病留下的，需要多调养休息。

医生给他开了一些中成药，也是以单位福利为由，让老人带了回去。

唐瑾瑜听到这个消息，暂时松了口气，但依旧有些担心。

夏野这段时间也和老人熟悉了不少，想办法单独找老人谈了一次，开门见山地提了请求。

老人疑惑道："去沪市工作？"

夏野道："是，我想求您帮帮忙。您也看出来了，我弟现在受了挺大的刺激，他以前身体就不太好，我们全家都是小心养着，前阵子还昏倒来着。"

"去看过医生没有？"

夏野没有瞒他，对他道："小瑜从小身体就不好，没少求医问药，我姨为了他费尽了心思，以前医生说能养活到十岁就很好了。"

唐爷爷脸色都变了，先是焦急紧跟着又道："这医生说的也不准啊，我看小瑜现在身体还挺好，能跑能跳的，怎么说得这么严重？"

夏野道："不瞒您说，我们家里所有人都在想办法让他身体好一点，但是这种事说不准，他前段时间无缘无故昏睡过去好几天，差点就醒不过来。他是一个特别懂事的小孩，我本来想带他出来散心几天，谁知道又遇到这样的事……他现在受了刺激，就只认您一个，我真的不敢让他再出什么事了。"他叹了一声，最后一句说的是真心话，"当我求您吧，能不能帮我们一个忙，我想聘请您回沪市，我们公司有个食堂，正缺大厨，如果您能来就再好不过了。"

老人之前就在沪市工作过，对那个城市也熟悉，但是此刻却有些犹豫。

夏野又道："小瑜就在沪市上大学，他经常来公司，您要是不介意的话，我们还想认您当亲人，当长辈，他是真的喜欢您。"

老人有些纠结："你们这么做，问过家里长辈没有？"

夏野笑道："这事我可以做主。"

"你能做他的主？"

"能。"

夏野这话说得肯定，他已经下定决心，无论如何都要帮弟弟完成心愿。

小孩想做的事，就是他想要做的事。

夏野开了丰厚的条件，老人听了并没有立刻答应下来，依旧拧着眉头，说要回去再考虑一下。

夏野起身送他出去，态度恭敬。

老人回去之后，晚上翻来覆去地睡不着，好不容易睡了一会儿，倒是做了一个稀奇古怪的梦。

他梦到自己身边有个小不点，跟在自己身边一点点长大，他看着小家伙长成少年，心里又是宽慰又有些骄傲，只是陪伴的时间并不算长，他忽然想起有件事要出远门，背上行囊准备离开。可他刚走了几步，男孩就跟在后面追过来，哭着不停地喊爷爷，声音也不大，哽在喉咙里一样只能听到一点声音，可越是这样他越是心疼……

老人醒过来的时候，梦里的情景还历历在目。

他感觉心被掏空了似的，很难受，看了一眼天色刚刚泛白，也睡不着了，干脆起来在景区一边散步一边想了半天。

他也不知道自己怎么了，刚认识几天的孩子，怎么就放不下呢？

可要是真去沪市工作，山海镇这边还有许多事需要安顿。

老人背着手走了一阵，忽然在香樟林那边瞧见一个人，喊了一声："谁在那儿呢？"

路边是一个年轻人，瞧模样是一个长得不错的小伙子，二十来岁，怀里抱着东西正站在那里四处打量。青年瞧见老人也笑了一声，打招呼道："您好，我是这镇上的人，我叫米阳，那边的程家是我姥姥家，就是挨着白家不远的那个……"

老人看着他摇头道："我是这边景区食堂的，刚来上班没几个月，不认识镇上的人。"

米阳挠了挠头，也笑了："真对不住，我不常回来，还怕这边的熟人认不出我。"他没想到对方是新来的，闹了个笑话。

老人笑呵呵地摆摆手："没事，小伙子你别过去了，那边前几天出了事故，山体滑坡，路上不安全，你要是不认识路就跟我一道走，我送你过去。"

米阳摇摇头："不用，我认得，这边我熟。"他笑着跟老人解释道，"我爷爷以前是这片的护林员。"

老人点头道："难怪，你是来找他的？"

米阳愣了一下，想了一会儿忽然笑了，语气和缓道："对，我是来找他的。"

他抬头站在那里看着不远处那片缺失了一半的山壁，大半山壁塌下来盖住了那片香樟林，连同他爷爷奶奶曾经住过的那座小木屋一起，形成了一座新的"山"。

或者说，香樟林被覆盖于下，连同木屋已经和山融为一体了。

老人跟他聊了几句就走了，米阳看着他佝偻着离开的背影，却有些出神。

他的爷爷也是这样一个倔老头，不过没对方脾气好，还知道对陌生人笑一笑，他家那个爷爷除了看到奶奶，对别人从来不笑的，是特别严肃古怪的一个小老头。

米阳笑了一声，又抬头看向那片被山石覆盖的地方，目光里充满了怀念。

有马蹄声响起，一人骑着一匹身形矫健的黑马向他跑来，米阳瞧见靠边让了位置。在临近他的地方白洛川勒住缰绳，面容气急败坏，胸口急剧起伏，不客气地问他："你跑去哪里了，我找了你一早上！"

米阳把怀里的东西打开给他看，是一把三弦琴："我去拿了点东西。"

白洛川哑声，从马上下来看了一眼，摘了皮手套小心地抚过，声音小了几分："你该跟我说一下，我陪你过来一起取琴。"

米阳脾气好，笑笑道："不用啊，顺路的事，我还想一会儿过去瞧瞧乌乐。"

"只看乌乐？"

"也看你。"

白洛川笑了一下，牵着马和他并肩走着："那个木屋，现在找不到了，如果你想的话我可以想办法再……"

米阳摇头道："不用了，现在这样也挺好的，他们再也不会分开了。"他笑了一声，摸了一下手里的三弦琴道，"我把这个带回去就行了，留着做个念想。"

"好。"

黑马乌乐打了一个喷嚏，甩了甩脑袋蹭了另外的一个主人一下，似是想安抚他又像想引起他的注意。米阳回神，笑着伸手摸摸它宽阔的鼻梁，从兜里掏出一块糖喂给它吃。

乌乐吃了糖和他更亲昵，挨挨蹭蹭地想靠近，却被白洛川低声训斥了几句，黑马性子随主人，和白洛川一样的傲气，被训斥之后歪歪头打了个响鼻，以示抗议。

老人散步回来，白天工作的时候也在想怎么答复。

等到晚上老人做了一些小菜带去看望唐瑾瑜，进门之后，唐瑾瑜立刻跑过来，一边接过他手里的东西一边扶着他的胳膊。老人顿了一下，他左边的腿脚有些不太利索，平时看不出来，走多了路就会隐隐作痛。他一般都会忍着不特意显露出来，这孩子却好像知道他腿痛似的，搀住了他的胳膊。

老人抬头去看他，却瞧见唐瑾瑜低头在看台阶："爷爷，台阶上有水，小心滑，我扶着您慢点走。"

老人心里动容，他早年间失去了所有家人，已经很久没有体会到这样的关切了。

唐瑾瑜扶他走到客厅，等老人坐下才高高兴兴地打开他带来的小菜。今天天气热，老人带来的都是小凉菜，还有一份煮好的面，几样小菜拌在面里，酸辣口味儿的鸡丝凉拌面就成了，爽口又去暑气。

唐瑾瑜加了一大勺花生在上面，油炸之后的花生带着些许盐粒，酥脆极了，吃凉拌面的时候不时咬上一颗，那感觉别提多美味了。

夏野也喜欢吃面食，他学着唐瑾瑜的样子拌了一份儿，两个人的口味不同，唐瑾瑜那份小菜多，夏野碗里则是面多。凉拌面的好处就在这里，哪怕口味不同，也不担心吃不到一处去，只要挑自己喜欢吃的几样小菜加进去就成了。

老人坐在沙发上等他们吃完，叹了一声道："我现在不能跟你们过去。"

唐瑾瑜："爷爷，为什么啊？"

老人沉默片刻，开口道："我来这边是因为一个人，我也不瞒你们，我一个孤老头子十几年前就没有亲人了，一个人吃饱了全家不饿，有点手艺多少能赚点钱，只是我这钱攒下来也没什么用，我就拿出来资助了一部分学生，我这次来就是为了帮其中一个，她叫王叶青，也在这边景区工作。"

唐瑾瑜看着他，等他说下去。

老人不太爱提起别人的事，斟酌一下道："叶青这孩子挺好，有志气，是他们那里第一个考上大学的人，我瞧着她从初中一直念到大学，眼瞅着毕业了，没想到她被家里骗回去结了婚。她嘴硬，这些都没跟我说过，还是今年其他孩子不小心说漏了嘴，我这才觉察出来，追问之后，她才跟我说了实话。"

"她丈夫不是什么体面人，又懒又赖，还打女人。她想办法找律师和对方打官司离婚，抱着一岁多的孩子逃了出来，好歹人没什么事，但是亲情没有了，和老家那边断得干干净净。硬熬了一年，现在她一个人带着娃娃在这边上班，平时她去工作，就把娃娃一个人锁在宿舍房间里，就算是单间也不行啊，怕孩子有什么事，水电全都关了，回来的时候再打开，我刚来的时候去瞧了，叶青下班回来她家娃娃路都走不稳，还知道给她拿拖鞋哪！"

唐瑾瑜怔了一下，问道："青姐结婚了？"

唐爷爷长吁短叹："是啊，她家里人也够狠心，亲生闺女都不要了。"

唐瑾瑜想起一点什么，连忙又问："青姐带出来的是不是一个小女孩？"

老人点点头："对，一个小丫头，娃娃才那么一点大，就特别懂事了。我之前在沪市找了份工作，原本打算在那边养老的，听说这事特意找过来帮她们的，要是我走了，她一个人带着娃娃可怎么办啊。我在食堂不忙，空闲时候多少还能帮着带带孩子，等过两年娃娃再大一点，念幼儿园就行了。"老人看着唐瑾瑜，心里很不舍，他心里是真的喜欢眼前这个男孩，但是他也心疼过去资助过的学生，想再帮一帮她。

唐瑾瑜沉默了片刻，他心里其实也同情王叶青母女。

他以为这个世界改变了很多，但是听唐爷爷说了之后，他发现改变的也只是王叶青自己。她在唐爷爷的资助下念了书，没有留在那个贫穷落后的山里，但还是被同样的命运牵扯。不过万幸的是，她念过大学，不肯再回去接受那样愚昧的生活，还带着女儿一起逃了出来。

唐瑾瑜至今还记得那档调解节目，还记得王叶青失去女儿后万念俱灰的眼神。

她是真的很爱那个孩子。

唐瑾瑜呼出一口气，正准备说些什么，他身旁的夏野忽然开口道："我听说景区这边要盖员工托儿所，专门接收还不到上幼儿园年龄的小孩，等年龄够了，就可以和镇上的孩子们一起念幼儿园。"

老人有些心动："什么时候建啊？"

夏野道："下周。"

老人茫然，他在这里工作几个月了，还真没听过这事。

唐瑾瑜抬头去看他哥，夏野说得认真，神情平静。

老人知道夏野是做生意的，貌似还是个大老板，以为他和景区这边的人认识，能知道一些内部消息，很高兴地打听了一些托儿所的事，夏野说得和真的一样，修建的地址都很精确。

等送走了老人，唐瑾瑜问他："哥，这边真要建托儿所吗？"

"嗯。"

唐瑾瑜也跟着高兴起来，他伸了个懒腰，感慨道："真想快一点建好，没准这个暑假弄好了，爷爷就能跟咱们一起回沪市啦！"

夏野笑了一声，回头趁唐瑾瑜去洗澡的时候，给宋益打了一个电话。

唐瑾瑜"金口玉言"，没几天托儿所就开始动工。

从单位得知这件事，最高兴的莫过于王叶青母女和唐爷爷。

唐瑾瑜还特意去探望了她们，理由是"慢慢探索并适应外界环境"，这是夏野帮他找的，据说是对付应激反应的方法之一。

唐爷爷工作的地方还是后厨，他是这边的大厨，手下就两个打杂的小工，要干的活儿挺多，但是老人安排得好，从来不耽误事。

唐瑾瑜过去的时候，正好看到王叶青的小孩坐在外面的小板凳上帮老人剥豆子，两岁大的一个小丫头，扎着两个羊角辫，穿着件小罩衫认认真真地剥豆，手边的小碗已经装了大半，看得出这孩子很听话，就算没人监督，她也不偷懒。

小丫头瞧见他们有点慌，她很少见到外人，唐瑾瑜刚弯腰跟她说话，小丫头立刻扶着小桌站起来，绕着桌子躲他。

唐瑾瑜尽量放轻声音，笑着问："你多大啦？叫什么……"

还没问完，小丫头就迈着短腿往后厨去了，带着哭腔喊了一声"爷爷"。

唐瑾瑜："……"

唐瑾瑜瞧见小丫头揉着眼睛被老人抱起来，心酸得忍不住看。

老人哄了小丫头几句，摸了摸她的羊角辫。

唐瑾瑜嘀咕了一句。

夏野笑了一声，也摸了摸他的脑袋，轻声哄道："怎么还跟人家小孩吃醋？"

"本来就是我爷爷。"

夏野被他逗得不行，瞧见老人出来，轻轻拍了拍唐瑾瑜的后背，示意他上前"争宠"。唐瑾瑜当着老人的面反而不好意思这么做了，他把来的理由跟老人说了一遍，又看了四周，瞧见小丫头那半碗豆子，立刻卷起衣袖道："爷爷，我也来帮您吧！"

爷爷有点惊讶："你？你不行。"

唐瑾瑜不服："为什么啊？"

爷爷笑道："你是个小少爷，那双手是写字弹琴的，厨房里的事你可不懂。"

唐瑾瑜乐了："爷爷，那您可真是太不了解我了，我觉得我今天必须留下做点事，让您重新认识一下我，我会的可不止弹琴！"

论起在厨房做事，他可厉害了，毕竟他从小就跟着爷爷在厨房里长大。

爷爷以为他就是说说，没想到唐瑾瑜做起事来还挺麻利，在厨房看一圈就能给自己找到活，都不用老人提醒，做得恰到好处。中午有道手撕包菜，一般人做这个唐爷爷都不太满意，但是唐瑾瑜一上手，老人就觉得刚刚好。

唐瑾瑜还想拿刀切菜，这次不用爷爷阻止，夏野就先拦住了，低声劝了两句。

唐瑾瑜道："哥，没事，这个我挺熟的……"

爷爷递给他一小盆豆角，笑道："你帮我把这个洗了，一会儿蒸了咱们做麻汁豆角，切丝这活还是我来，你肯定没我熟。"

唐瑾瑜笑着答应了，豆角洗干净，又掐头去尾，把中间的丝络也顺手去了，动作特别利索。

爷爷在切胡萝卜，见他过来，检查了一下他择好的豆角，惊讶道："行啊，这活做得挺熟，看来在家没少帮着干活，是我小瞧你了。"

唐瑾瑜得意道："那是，我从小就有名师指导，做菜一绝！"

"哦？你这是跟谁学的？"

"跟……跟我爷爷。"

唐瑾瑜不好说就是他，揉了鼻尖，含糊道："跟我家里的爷爷，我爷爷对我特别好，他还教我做松鼠鳜鱼，特别好吃。"这话他说得真心实意，不管是眼前的爷爷，还是远在齐州市的唐齐先生，两个爷爷对他都好得没话说。

爷爷点点头，顺着他说下去："那菜不好做，改天要去拜访一下，瞧瞧你爷爷的本事。"

唐瑾瑜连忙点头答应，笑出一口小白牙："您随时来，提前跟我说，我去接您！"

爷爷这边切好了胡萝卜片，还没切丝，唐瑾瑜习惯性地伸手拿了案板边上的几片萝卜皮放在了嘴里。他咬了一口才想起不对，抬头果然瞧见爷爷和夏野都在看他，一时有点心虚，但是他都咬了一口，也不好再拿出来，只能不好意思地笑了笑："我瞧着这片这么红，应该挺甜的。"

爷爷笑呵呵地给他单独削了一根小的，让他拿去吃。

唐瑾瑜接过来去了外面，一边吃一边等。

后厨分两部分，一边是唐爷爷他们开灶做饭的地方，另一边就是唐瑾瑜他们坐着的地方，这里摆了几张桌子当工作台，上面堆放了一些蔬菜米面。唐瑾瑜和夏野坐在椅子上，那个小丫头就坐在小板凳上，她很少出来见外人，这会儿瞧着有点胆小，拖着自己的小板凳往唐爷爷那边靠拢，瞧都不敢瞧唐瑾瑜一眼。

唐瑾瑜咬着胡萝卜吃得脆响，手指粗细的一根，老人挑得也好，特别清甜。

那边的小丫头没有胡萝卜，咬着自己的手指等在那儿，一点交流的意思都没有。

唐瑾瑜吃了一会儿，也有点不好意思了，把声音放低一些。

夏野倒了一杯水，抬眼看他，似笑非笑道："怎么不咬那么响了？"

唐瑾瑜道："它本来就脆，我……我也没咬特别响。"

夏野瞧见他手里的胡萝卜，问道："怎么突然喜欢吃这个了？"

唐瑾瑜道："哦，我小时候，我是说以前跟爷爷生活的时候，那会儿也是在厨房，爷爷一直做大厨工作来着，我从小跟她一样给爷爷帮忙。"他指了指那边板凳上的小丫头，笑了一声，眼里有几分怀念，"那个时候也没有什么好吃的，家里穷嘛，买水果好贵，但是后厨菜多，爷爷经常给我吃胡萝卜和小番茄什么的。"

夏野可没那么好骗，他刚才可是亲眼看到他弟伸手拿案板边不要的那些，拧眉道："你以前吃萝卜皮？"

唐瑾瑜挠头："我就是顺手，拿习惯了……"

他看夏野脸色不好，忙把手里的胡萝卜凑到他嘴边，讨好道："哥，你尝尝？真的挺甜的。"

夏野绷着脸，盯着他看了一会儿："你没跟我说过这个。"

唐瑾瑜把胡萝卜收回来自己吃了，笑了笑，道："就一点小事，其实没你想的那么辛苦，挺好玩儿的，爷爷把我照顾得特别好。"

夏野还想问他，那边一个小工从灶间推门出来，看起来像是过来搬东西，唐瑾瑜瞧见了站起身热情道："要拿什么？米吗？我和你一起吧，我刚还瞧见糯米了，蒸饭也要加一点那个吧？"

夏野一直看着他，好像在后厨的环境里，他家小朋友整个人都放松下来了。

那都是小孩在他看不到的地方学会的技能，也不知道吃了多少苦，才能懂这么多。

夏野心情复杂，抿唇一言不发。

中午他们在这边一起吃了饭，食堂里也有招待的雅间，一般游客不来这里，也就是单位有什么临时应酬才会摆上两桌，爷爷亲自掏腰包请他们吃了一餐。一起来吃饭的还有王叶青母女，王叶青拿老人当自己长辈一样尊敬，她身边的小丫头话虽然少，但看着也很乖巧，吃饭都不用人喂。

热乎的饭菜比爷爷前几天送去的要好吃许多，毕竟都是刚出锅的，老人记得唐瑾瑜身体不好，特意按照他的饮食来，做得清淡，油盐都放得很少。

唐瑾瑜只要能陪着老人，吃什么都很香。

夏野陪着一起吃了，看了对面的王叶青母女，忽然开口道："小瑜跟她那么大的时候，特别不好养，他身体不好一直生病，五岁多的时候才慢慢学会用筷子。"

唐瑾瑜脸红了一下，他哥说的有美化成分，他还记得以前家里大人轮流给他喂饭，他能独立做的也就是喝奶。

王叶青顺着夏野的话题聊了几句，起初以为只是家中娇养，后来听到夏野说唐瑾瑜每年冬天都住在医院治疗的时候"啊"了一声，有些歉意道："我不知道是这样，以为只是小毛病。"

夏野道："没事，现在好一些了。"

爷爷听着忍不住心疼，他不知道这个"好一些"是怎样的概念，前些时候还昏迷了好几天，以前小孩身体得多差？

夏野把话题从唐瑾瑜身上又转到了老人这边，还聊了几句托儿所的事。他还没提请老人回沪市，坐在一旁的王叶青就开始催促起来："德叔，我也听说托儿所的事了，以后丫丫我可以一个人带。您回去吧，前两天不是还有公司请您去做大厨吗，多好的机会。您在这里我都觉得亏欠您，辛苦一辈子了，陪我在这么偏远的地方怎么行呢？这边离医院也远，您年纪大了，要真出点什么事我也不放心啊。"

她不知道聘请老人的是夏野，一再劝说，是真心实意为老人考虑。

夏野和王叶青一同劝说，爷爷那边犹豫之下，慢慢点了点头。

王叶青身边的小丫头懵懵懂懂的，听她妈妈低头说了两遍才听懂，咬字不清地问："爷爷，走吗？"

王叶青道："嗯，爷爷去别的地方，等放假了就来瞧你好不好？"

小丫头这次听懂了，难过地哭起来。

她一哭，唐瑾瑜就有些过意不去，等吃完饭还去景区商店买了一大兜零食提过去送给小丫头。

爷爷他是不会让给她的，多买一些零食就当补偿了。

托儿所还未建好，爷爷决定在这里多待一段时间，等小丫头能送过去的时候再去沪市。

夏野自然是答应的，他跟老人保证道："会修建得很快，您放心。"

临走的时候，王叶青也来送他们。爷爷舍不得唐瑾瑜，爷孙俩跟失散多年一般握着对方的手，特别不舍，叮嘱的话说个没完。另一边，王叶青和夏野也互相看了对方一眼，因为老人的关系，王叶青对他们更加热情了，她对夏野道："我没想到德叔要去你们公司，以后还要麻烦你多多照顾了。"

夏野道："应该的。"

王叶青叹了一声："德叔人真的很好，我跟他说我自己在这儿能行，他还是不放心，坚持过来照顾我们，我心里拿他当我的亲长辈一样看待，他供我读书，还特意赶来山海镇，说真的，他比我父母给予我的还要多。"她咬了咬唇，低声恳求道，"如果方便的话，能不能麻烦你们监督他一年体检一次？德叔有咳嗽的老毛病，一直都拖着没怎么治疗，他年纪大了，又对自己不怎么在意，体检之后我才能放心……德叔什么都好，就是脾气太倔，他把钱都花在我们身上，资助了好多学生，但是我们也希望他能对自己好一点。"

夏野道："体检包含在公司福利中，你放心。"

王叶青点点头，她抬头看向老人，眼里有笑意也有不舍。

夏野想起他弟说给他听的那个结局，这次是真的改变了。

就像他没有遇到飞机事故一样，即便这次他们没有赶来山海镇找回老人，老人也不会再轻易地输给病魔，他的结局已经改变了。

唐瑾瑜和老人约好了暑假后见面，拍着胸脯许诺道："爷爷，到时候你来，我带你去我们学校看看，我们学校可大了！"

老人不住地点头，笑着说好。

他舍不得放手，虽然只相处了很短的一段时间，他却跟这个男孩极为投缘。

老人有时候会想，或许这世上真的有缘分这种东西，上一世没相处够，这辈子又找来继续相处，所以才会一见面就这么亲。

这么一会儿的工夫，夏野的手机又响了，是齐州打来的电话。

家中长辈担心他们。唐齐先生这次倒不是催他们兄弟回去，老先生只是担心孙儿的身体。上一次唐瑾瑜昏睡几天，唐泓俊和陈素玲为了不让家中长辈担心，没有第一时间告诉他们，最后时间太长瞒不住了才跟他们说。这次小孩出来的时间长，老先生总担心再出什么事，怕他们不告诉自己。

夏野也安抚不了家中长辈了，跟家中商量后，决定先带唐瑾瑜去齐州市。

他们这次乘坐飞机过去，唐瑾瑜经历了这些事后，对飞机不再有抗拒心理。唐瑾瑜看到过一些关于未来的只言片语，上面提过夏野会一直工作到七十多岁，还会将事业版图扩展到国外，这让他心里特别踏实。

宋益同他们一起去机场，他还有工作，要先回沪市。

在去机场的路上，宋益一直跟夏野低声交谈，他和这边的白家搭上了线，互相见了一面。

夏野有点惊讶："你怎么认识的？"

宋益看着他眼神复杂，最终凝练为一句饱含深意的话："经人介绍，白总是做地产生意的。"

夏野："……辛苦了。"

投资托儿所需要地皮，这事其他人不知道，夏野再清楚不过，这么短时间内拿到批文并协调各方，对宋益来说也是不小的挑战。不过宋经理是工作狂，压力越大，能力越大，这次不但搭上了白家，还见了白洛川本人。

"刚好白总也回山海镇探亲，说来也巧，我们住的那家酒店就是白家的产业之一。"

夏野有点意外："他还做酒店生意？"

宋益笑道："做，据说还投了几个酒庄，还买了小岛种葡萄。"

夏野对白洛川略知一二，这位是做地产生意起家的，在沪市白骆两家很有名气，而骆氏公司就是白洛川的母亲掌权。当初不少人以为白洛川要接手骆氏公司，没想到他自己创业成功，再加上他父亲那边的身份背景，在圈子里比较有名。

夏野出席酒会的时候很少，但也有必须出面的场合，像乔佐等人来了他也会陪宋益一同去聚一下。

每次去多少都能听到一些关于白洛川的消息。

宋益道："我跟那边接触后，才知道这镇上一半的地皮连带着后面几座山都是白家的，据说这只是其中一部分，是家中老人来这里养老的住处，主场还是在沪市，最近还有向京城发展的趋势，我听说白洛川在京城买了座四合院。"

夏野："投资？"

宋益摇头："不是，好像是拿来做生意，据说门店是用来做修复古籍、古董一类的，具体的我还没有打听清楚，要问问吗？"

夏野对这些无所谓，他是做互联网技术的，和其他生意不同，单枪匹马也能闯天下。一旁的唐瑾瑜听了却挺激动，趴在副驾驶座椅上好奇道："宋哥，你说的那个白总真的买了一座四合院吗？"见宋益点头又"哇"了一声，羡慕道，"他家一定特别有钱吧，真厉害！"

宋益笑出声，看他一眼道："你比他厉害。"

唐瑾瑜："啊？"

"他是自己拿钱买，你的房子基本靠拆出来。"

宋益说这个也是有原因的，他还记得唐瑾瑜来沪市念了两年书，夏野给他买的那几套学区房就拆迁了，他以为那就是运气，但是前两天他帮他们找唐正德老人时接到消息，几年前拆迁后唐瑾瑜挑的地方，又划了新的规划区域，估计还要拆。

宋益有点服气唐瑾瑜的这份运气了。

从某种意义上来说，运气也算是实力的一种。

宋经理在心里下定主意，他打算等唐瑾瑜再挑地方买房子的时候也跟着买一套。唐瑾瑜读三年书的工夫，顺带拆出了他几年的工资，这还不用上一天班，实在让人羡慕。

宋益跟夏野说起白家的时候，顺带还提到了一个叫米阳的人。夏野只知道这位是白洛川的朋友，并没有特别在意。

唐瑾瑜听到后却很惊喜："啊，宋哥我知道他！他以前在博物馆做文创，好多东西做得可漂亮了！"

宋益讶异道："博物馆？"

唐瑾瑜："是啊，他特别有名，我还关注他来着，博物馆网红讲解，就发了几个小视频，但是讲得特别好，我们学校的同学都很喜欢他。他推荐的几个博物馆小手办特别有意思，有个小台历特别漂亮，胶带也好看，还有一个朝珠做的耳机，戴上去可逗了！"

夏野没见家里有这些，问道："你买过？"

唐瑾瑜摇摇头："没有，我以前……唔，我是说之前有点穷，一件都买不起，不过我看别的同学用过。"他这才想起自己有点兴奋，不小心多说了一些，一时也拿不准米阳现在是不是和以前一样还在为文物事业奋斗。

宋益的注意力都放在他身上，没在意他说的那些文创产品，反而逗他："你还穷呢？你要是穷，我和你韩哥他们也不用过了，大家排队领救济吧。"

唐瑾瑜听了直乐。

坐在一旁的夏野却高兴不起来。

他不知道对方在他看不到的地方，过着怎样的日子，光是想一下就忍不住皱眉。

唐瑾瑜看他哥脸色不好，凑过去小声地喊了他一声。

夏野抬头看过去，就看到对方冲自己笑，便抬手揉了一把他脑袋："你说的那些，我回头都买给你。"

唐瑾瑜眼睛亮了一下："好！"

宋益在路上听夏野给他安排工作，虽然工作多一些，但这很正常，他觉得夏野这是恢复了平时的工作状态，连连点头答应。

等到了机场，夏野看了一眼文件，递给他："这些你亲自跑一趟，等处理完再进行下一步，辛苦了。"

宋益点头："分内事。"

等取了票，宋益才知道夏野去齐州市，并没有打算跟他回去。

夏野把自己的机票和唐瑾瑜的合在一处，拿在手里道："我还有些事，可能要晚回去几天，不过我已经让人叫韩亦辰回来，公司的事你和他商量着办，技术上他可以解决，我核对过了，不会有太大困扰。"

宋益："……"

宋经理觉得夏野这太不应该了！

怎么回事，小瑜放个假，怎么把他们大老板的心都一起给放野了？这眼瞅着就是打算两三个月不回来的架势啊！

夏野一脸平静地看着他，宋益也只能硬着头皮点头说"行"。

去齐州市的飞机上，唐瑾瑜和夏野并排坐着，夏野有些轻微晕机，唐瑾瑜跟空姐要了几块薄荷糖，拿了一块给他，夏野含了薄荷糖之后好一些了。

唐瑾瑜也吃了一块，把其余的放在兜里，以备不时之需。

唐瑾瑜小声跟他聊天，帮他转移注意力："哥，你以前就晕机吗？"唐瑾瑜记得小时候全家一起去椰城玩，他哥也不舒服。

夏野"嗯"了一声。

"你什么时候发现的啊？"

"搬家的时候。"

"嗯？"

"我跟我爸搬家来小城的时候。"

夏野说得平静，但唐瑾瑜有点后悔问了。他之前听李赫说过，夏伯伯当初离婚的事闹得很难堪，几乎是狼狈出逃，他们父子除了彼此，几乎一无所有。

唐瑾瑜心里难受，对夏野照顾得越发周到起来，夏野动一下他就立刻看过去，小声问道："哥，还难受吗？要不要吃糖？"

夏野道："要。"

这次含着糖闭上眼睛，胸口处那种沉闷的感觉散去不少，已经不像以前那样难以忍受了。

"哥，我和爷爷说好了，等暑假结束他就来沪市。"

夏野答应一声，握着他的手道："你只管放心，我答应你的事一定做好。"

"真好，到时候爷爷就在公司上班，我去找你的时候，就能经常看见他了，光这么想就好高兴啊。"

夏野道："嗯，你想的话还可以再快一点。"

唐瑾瑜看他片刻，凑过去小声问："哥，托儿所是你建的吧？"

夏野笑着没说话。

宋益回了公司，正好赶上韩亦辰过来。

韩亦辰被夏野叫回来，还以为能遇到他们俩问个清楚，他之前回来做汇报几次都碰不到夏野，心里正在奇怪，这会儿逮着宋益不放，追问道："老宋，你和夏野这段时间都忙什么了？我回来两三次都找不到你们人，老实交代，你们这是偷着搞什么大动作？"

宋益道："出去投资。"

"投资什么？"

"……教育培训。"

"教育方面？这个好啊，哪家公司？上市了没有？"韩亦辰来劲儿了，一边跟他走一边兴致勃勃地追问，"最近这个行业特别热门，咱们上次不是和一家综合性教育培训公司合作吗，我给他们做网站防护的时候还特意去看了下，现在跟以前不一样，不仅培训外语，还有在线教育和出国咨询，对了，图书出版方面也不少，网络图书馆你听过没有？时代真是变了，我以前读书那会儿只刷卡借书，现在都能借电子书了。老宋，你还没说咱们投的什么！"

宋益实在不好意思说投了个托儿所，只能含糊道："基础教育方向的。"

韩亦辰兴致不减，还想追问，宋益把他带到办公室给他倒了一杯咖啡把他嘴堵上。

韩亦辰一边喝着一边感慨道："我妹考上大学，我终于可以歇歇了。你不知道她之前备考，我们全家都不敢大声说话，这大半年可憋死我了。"

宋益道："看出来了，星星考得怎么样？"

韩亦辰得意道："那还用说，绝对第一志愿录取啊！我妹比我强点，喜欢数学，我们全家商量了一下，报了S大数院，离家也近，她自己也喜欢。"

宋益笑道："那是比你强，老猿念叨你这么多年数学不及格，一定没想到你把星星辅导进了数院。"

韩亦辰一提这个就兴奋，拍腿道："可不是！星星刚拿通知书那天我就给老猿打电话了！他考一辈子都没考上，我妹一下就考中了，啧，这事我能吹一辈子！"

宋益笑着摇头，韩亦辰和老猿这俩欢喜冤家，这么多年老猿最爱拿韩亦辰59分清北生这事逗他，现在星星考上S大数院，韩亦辰估计也要见面就提，不念叨十年不算完。毕竟老猿这么多年，一直都是数院编外人员，韩亦辰这口气算是彻底出了。

韩亦辰说了一会儿自己的事，还没忘了问夏野："对了，前阵子老夏忙什么了？我怎么也找不到他人？"

"小瑜身体不太好，他在家陪着。"

"严重吗？"

"好一些了。"宋益这次学聪明了，韩亦辰还想问他就立刻催道，"你什么时候调回来？"

韩亦辰吓了一跳："调回哪儿？"

宋益："沪市，你之前出去的时候说的可是三年，我没记错的话，这边应该还有你签字的合同。"

宋益作势要找合同，韩亦辰顾不得问夏野的事了，连忙过去按着他的手，讨好地笑道："哎，老宋，别这样，你摸着良心说说，我这两年业务做得不错吧？什么事都没耽误，也没影响公司的运作，再加上我还陪夏野和老猿他们去执行了一趟秘密任务，这才刚回来多久啊，没有功劳也有苦劳吧？你这么着急把我调回来干什么，你让我在外面多锻炼锻炼。"

韩亦辰开始想方设法地耍赖，他在外面天高皇帝远，只要完成任务基本没有任何规矩，就算有那也都是他自己定下的，小日子过得实在舒坦，压根儿舍不得回来。

宋益也只是想岔开话题，目的达成，神色镇定许多："那我们先谈谈这几天的工作吧。"

"对，咱们谈工作，公事要紧！"

另一边，夏野陪唐瑾瑜到了齐州。

唐泓俊和陈素玲已经提前在齐州等他们了，等门铃一响，陈素玲就过去给他们开了门，她先仔细打量了一下他们，又伸手摸了摸唐瑾瑜的脸，笑道："是胖一点了，你哥在电话里说你这几天能多吃一碗饭我还不信呢，现在瞧着是真的。"

唐齐先生被唐泓俊扶着走出来，也是满面笑容，先拍拍夏野的肩膀又抱抱唐瑾瑜，笑得合不拢嘴："可算是来了，我给你爸爸那里打了几个电话，他们来得比你还快，要是你和你哥再不来，我就要去找你们喽！"

之前全靠夏野一个人撑着，到了这边，唐齐先生也在不停追问，唐瑾瑜是个老实孩子，说不上来就去看夏野，夏野站在一旁，不等他求助，自己全接了过去。

唐齐先生听得一愣一愣的，夏野说得滴水不漏，他也找不出什么错来。

陈素玲在一旁笑道："爸，您别问了，前阵子他们不是在外面吗，我和泓俊隔三岔五打电话过去，小瑜还没开口呢，小野就站在旁边一口一句说是他的错，这些都是他安排的，横竖我们是挑不出什么错来，小野现在这张嘴我都说不过他了，护得紧呢！"

唐齐先生也乐了，点头道："是，这两年就他护得最严实。"

老先生也不是故意找他们麻烦，只是担心小孩身体，他不知道山海镇上发生山体滑坡的事，只当他们出去旅游了一趟。他不知道，夏野也就没跟他说，这些事不让家中长辈担心也好。

唐齐先生在这边安排的庆祝仪式简单又不失隆重。他摆了几桌酒，通知了几位老朋友一起来热闹了一下。

老人做了一辈子学术研究，认识的朋友也大多是做学问的老先生，这次来的都是学术圈的大佬，一帮老头坐在那里，几乎每个人身上都带着几个勋章和院士的名号，随便一人都是圈内的指路明灯。老猿厚着脸皮硬挤过来，打着帮忙的旗号在宴席上"追星"，追得特别上头，红光满面的，兴奋极了。

老猿倒茶的时候手都在发抖，提着壶去加水的时候脚步都是轻飘飘的，一脸傻笑。

夏野瞧见，问道："还行吗？"

老猿长吸一口气，声音都发颤："不太行，我心脏有点受不了！"

夏野看了那边宴会厅一眼，没有什么太大的感觉。

老猿压低声音道："你不混学术圈你不懂，这里头坐着的都是什么人，你知道吗？"他逐一给夏野点出来，从唐瑾瑜身边挨着的那两位院士开始，一圈说完捂着胸口道，"我不成了，第一次跟这么多大佬近距离接触，我心脏要撑不住了……这么说吧，你追过星吗？你能想象一桌全都是一线最红的明星，不，比那个还要厉害，每个人怕都是奖杯拿到手软，哪个都是影视歌三栖巨星，简直万丈光辉啊！"

夏野想了一下，道："我不追星。"

老猿："……"

老猿觉得这人太不接地气了。

正好唐瑾瑜出来，老猿又跟他说了一遍，小殿下果然特别捧场："哇，这么厉害啊，难怪刚才爷爷介绍的时候一直说那个老爷爷的研究方向特别厉害，可惜我不学数学，不然还能跟着多学习好多知识，光坐在那里听就觉得他们懂得好多啊！"

老猿感同身受，握着小殿下的手激动得不行："对，我也是这样想的啊！"

夏野不动声色地挡开，对他道："你出来要什么？"

唐瑾瑜道："哦，我要几块手帕，爷爷他们聊得太高兴，拿手指蘸着茶水在桌上写公式来着。"一帮人老小孩一样，特别有意思。

老猿自告奋勇要去拿东西，夏野弹了一下他捧着的水壶："我刚才好像听着里面那几位老先生咳嗽了两声，不如你先倒水。"

老猿信以为真，就没跟他们过去。

唐瑾瑜走的时候拍了拍老猿的肩膀，跟他比了下大拇指，做了个"加油"的动作，老猿眉开眼笑，比了一个回给他。

夏野陪着唐瑾瑜过去要了几块手帕，问道："你追星？"

"不啊，哥，你忘了上次在哈市的时候李赫带我去看晴姐拍戏了吗？他追星特别厉害！"唐瑾瑜乐呵呵的，"他追得可有意思了，特别有仪式感，每天还打卡呢！"

夏野道："如果有喜欢的明星也可以告诉我。"

唐瑾瑜好奇道："你要带我去看演唱会吗？"

夏野道："不，至少今年不行，你身体还没康复，太累了，实在想去看的话，我可以请对方来家里唱几首。"

唐瑾瑜在走廊上笑了一声，他轻轻碰了下夏野的肩膀，小声道："我最崇拜的那颗'星'已经找到了。"

夏野起初没反应过来，走了两步才转头看他。

唐瑾瑜看着前面，笑得眼睛都弯起来了。

夏野看着他，一瞬间自己的心情都变好了不少，唇角扬起来都未察觉。

他们回宴会厅坐下，唐瑾瑜挨着爷爷，瞧见小孩给他们拿手帕过来，更觉得贴心。

齐州市这边的大佬们虽然互相知道彼此，但没怎么深入接触过，只偶尔开会时简单打过招呼，这还是头一次在放松的场合面对面坐在一起。唐齐先生人缘好，借着这次机会把大家聚到一处，宾主相谈甚欢。

有人也会乐器，跟唐瑾瑜聊起钢琴演奏，什么都聊得来。

有个农学院的老教授扶了扶鼻梁上的眼镜，看着他道："我记得你，你爸以前还来跟我们要过瓜苗……"

唐泓俊一口茶差点呛着，连声咳嗽，救场都来不及。

夏野接过去，道："原来是您，还没来得及跟您道谢，农科院这两年的育种都特别好，瓜苗壮实，瓜也长得很大，我们全家每年夏天最期待的就是这个，瓜特别甜。"他生怕再出什么纰漏，又接着道，"现在家里开了两片地方，瓜苗旁边还种了一株牡丹。"

夏野有意把话引到牡丹身上，那花是陈老太太从养在庭院里十来年的一株花王身上分株过来的，那株花王在整个郑城都小有名气，身价金贵，如今身价只增不减。老教授果然很感兴趣，问了之后特别开心道："我们今年最新研究的方向就是带芳香气味的瓜果，带花香的也做了几种，先育种了带玫瑰和茉莉花香的葡萄，努力把口味做得更好一些，你们要葡萄不要？"

只要不提瓜苗，夏野什么都愿意聊，立刻点头道："要，巧了，家里院子正准备搭一架葡萄藤。"

老教授道："那刚好，今年新品种育种有多的，回头给你们分一株过去，刚好沪市环境也理想，雨量和温度也合适。"

夏野点头答应了，跟对方道谢，唐瑾瑜乖巧地给老人倒了一杯茶，跟着道："谢谢爷爷！"

在座的老先生都跟唐齐先生一个辈分，唐瑾瑜也认不出谁是谁，统一喊"爷爷"准没错。

夏野成功打了圆场，他趁机看了一下唐泓俊，那边果然一脸欣慰。

唐泓俊觉得夏野这小子真不错，颇有他当年的风范。

在齐州市待了两天，唐瑾瑜又跟家人去了郑城。

住在郑城的姥姥已经等了他一段时间了，没少念叨，等人来了更是笑着留他们多住些日子，把后面那套房子收拾出来让他们住下。

这次姥姥没有摆得那么夸张，老太太虽然喜欢热闹，但也不是那么爱出风头的人，唯一一次摆了三天宴席也就是唐瑾瑜小时候第一次钢琴得奖那回，她只为了给女儿争口气，再之后都是他们一家人关起门来庆祝了。

唐瑾瑜这次考上大学，按照陈家这边的惯例，姥姥请了走得近的几家亲戚过来吃了酒席。当初老大陈秋果和老二陈文骞家的女儿也是这样庆祝的，老太太还单独送了礼物，华雁和陈德芸两个女孩给的都是小姑娘喜欢的东西，一人一只上好的紫翡翠镯子，用料厚实，更是难得一见的一对，寓意特别好。

轮到唐瑾瑜，老太太也不想亏待他，给的是尚珊斋的一个羊脂玉葫芦，讨个福禄双全的好彩头，除此之外还有一串南红玛瑙的手串。姥姥招手让他过来，亲自把东西交给他，笑着叮嘱道："乖宝，那个玉葫芦是你的，这个是奖给你妈妈的，你一会儿去给她戴上，谢谢她这么多年来把你照顾得这么好，以后一定要对她好，知道吗？"

陈素玲起身拦着道："妈，这些太贵重了，都超过给大姐和二哥家的了，您别给他那么多。"

老太太不听她的，推了推唐瑾瑜，在他耳边小声说了两句，示意他过去。唐瑾瑜捧着那串南红玛瑙手串就过去了，一边给陈素玲戴上，一边道："妈妈，您戴吧，我跟姥姥说好了，等以后我赚了钱再买一串孝敬姥姥，这个就当我跟姥姥借的，这么多年您和爸爸辛苦了……"多余的话他也说不出来，戴好之后，拥抱了一下陈素玲，又转身去抱了抱唐泓俊，笑道，"爸爸，你也辛苦啦！"

手串就一份，唐泓俊一点都不眼馋，戴到老婆手上比给他都高兴，他嘴里说着不辛苦，但是眼眶却发红。

他是真的没有想到，他们夫妻俩还会有这么一天。

比梦里想的还要美。

陈素玲收了手串很高兴，但还是有些小心地提起哥哥姐姐，大姐宽厚不会多想，但二嫂裴筠如果听说了，怕是会多心一阵。

老太太不在意道："你管她，我这边自己的私房钱，他们还管得着？小瑜，别听你妈妈的话，听姥姥的。"老太太捏了一下外孙的小脸，笑得眼角皱纹都叠起来，"我们乖宝以后要做大音乐家，当那个什么钢琴首席，以后还要出唱片，姥姥就等着享你的福呢。"

唐瑾瑜点点头，认真说"好"。

陈素玲本来还想说两句，看到他们祖孙俩一唱一和的，自己忍不住笑了。

陈老爷子也单独给他送了一份礼物。

陈老爷子是做生意的，送的东西也就是那几样，不是黄金就是房子，每年都是这些。唐瑾瑜在矿山投的那一份如今已经涨了不知道多少倍，陈老爷子一直给他攒着，这两年楼市看涨，他也没再给小外孙继续存钱，而是给他换成了房子。

陈老爷子叫唐瑾瑜去书房，给了他一串钥匙。

这些房子老人找了专人给他打理，唐瑾瑜接到钥匙后还不知道怎么回事："姥爷，今年这么多备用钥匙呀，真好，我给我爸我妈一把，还能给夏叔和哥哥一把。"

"啥备用钥匙，姥爷给你买了一栋楼。"

"啊？"

"你之前那些钱姥爷拿去给你做投资了，别说，这段时间赚了不少呢！这钱放着也是可惜，你不是喜欢海边吗？正好最近椰城的房价降了一些，比前两年还便宜，姥爷就给你在椰城挑了一个小区的房子。那小区环境不错，楼下有个大游泳池，离海边也近，散散步就能走过去。"陈姥爷笑呵呵道，"你舅舅亲自跑了一趟，给你挑了最好的一栋，拿着吧！"

"姥爷，这太多了……"

"不多，那边现在房价便宜，过几年还会涨一些，毕竟是省会，多买一点也保值。姥爷趁这两年身子骨硬朗，多干点，给我乖宝攒点钱，留着以后吃房租啊。"陈姥爷前阵子也受了惊吓，老人一直心里有愧，总觉得自己没有保护好那个锦囊，现在看到小外孙好好站在这里才舒了一口气。他招手让唐瑾瑜过来，握着他的手又叮嘱几句："你什么都不用管，每天好好的，书读到大学也就成了，回头想怎么过就怎么过，甭操心其他的，知道吗？"

唐瑾瑜乐了，点点头。

他觉得自己在这样的家庭氛围里竟然没长歪，也算是意志坚定了。

晚上，唐瑾瑜去找夏野。

陈老太太这次准备的客房足够，但是他们兄弟两个还是住在了同一个房间。

唐瑾瑜回到房间，把钥匙拿给夏野看："哥，你瞧，姥爷给我买了栋楼！"

夏野抬起手指从钥匙上划过，听到清脆的碰撞声响，他笑了一声，道："挺好，这么多房子。"

几个月后，唐瑾瑜大学开学不久，唐正德从山海镇赶来了沪市。

唐瑾瑜去车站接他，他穿了一件印着音乐学院名字的T恤，举着牌子，像是等新生一样在站口迎接，这是他以前和爷爷想象过无数次的场景。那个时候老人一边忍受病痛一边笑着听他畅谈大学的事，唐瑾瑜说得眉飞色舞，把从老师口中听到的大学讲给他听——

"爷爷，我听老师说，大学还有迎新，每年都会有人穿着学校的衣服等在车站接人，举着牌子，特别神气！

"等以后我念大学了，我就带您一起去念书！

"大学听说也发校服，爷爷，等到时候有校服了，咱们就一人一身，一瞧就是亲祖孙俩！

"您可看好了，到时候穿校服的人那么多，您别认错我呀！"

…………

唐正德老人拖着一个简单的小行李箱，风尘仆仆地赶到沪市，他在车站隔老远就看到了一个穿着校服的学生。

那么多人，他眼睛里只瞧得见男孩一个，周围人群拥挤，等在出站口的人也各式各样，唯独那个孩子穿了一身干净利落的校服，白色 T 恤上印着一行学校的名字，绝对不会认错。

唐瑾瑜手里举着牌子，正在踮脚眺望着找他，隔着人群像是有所感应，转头就和老人四目相对，双方脸上都忍不住浮现出笑意。

老人往前走了两步，唐瑾瑜便笑着跑过来给了他一个大大的拥抱！

老人把手放在他肩上轻轻拍了两下，前几个月的不安感都烟消云散了。这孩子一直记得他，心里有他，光是这么想着，老人手上又略微用了点力气拍了两下，笑道："我回来啦，这次等你放假了，就可以来爷爷这边吃饭，好不好？"

唐瑾瑜帮他拎着箱子，惊讶道："爷爷，我给您发短信您一定没看吧？"

"什么短信？"

"我念大学也每天回家吃饭，学校离我哥那边的公司挺近的，对了，我哥给您安排了一套员工房，先带您过去看看……我哥就在门口等着，这边不好停车，他和我一起来接您的。我们都可想您了！"

老人被唐瑾瑜搀扶着走出人群，没几步就看到迎面走来一个高大的男人，提起唐瑾瑜手边的皮箱，低声道："我来。"紧跟着又跟老人问好，喊的也是"爷爷"。

老人看看他，又看看手边的男孩，一颗漂泊多年的心忽然一点点从半空中落下来，稳稳地，不那么空虚了。

他好像，找到亲人了。

——正文完——

番外一

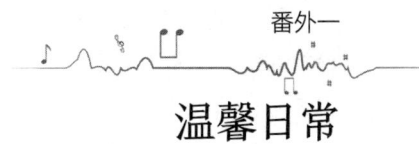

温馨日常

小机器人

老猿最近升级当准爸爸了,小宝宝还在老婆肚子里,这会儿完全是妻奴一个,三句话离不开他家一大一小两个宝贝。

韩亦辰不过是打个电话过去,老猿那边立刻拨了视频电话过来,接通后手机屏幕上显出老猿那张忠厚老实的脸来,他笑呵呵地举着手里的两件小衣服问他:"小韩,你正好帮我瞧瞧,这两件哪件好看?"

韩亦辰长得白净书生模样,内里却有一颗江湖游侠的心,读书的时候最喜欢看的就是武侠小说。他以前虽然嘴里嫌弃他妹披着纱巾装小仙女,但是自己内心也喜欢纱裙飘飘的仙女,看到老猿举着的小衣服毫不犹豫道:"粉色那件!"

老猿喜滋滋道:"我也觉得这件好!"

"老猿,你家宝宝离预产期还早吧,现在就准备衣服了?要是男孩怎么办?"

"一样啊,我每种都买了些,粉蓝和粉红的都有,反正不是男孩就是女孩嘛,一样穿,都可爱!"

"那你让我挑啥?"

"我刚学了丝带绣,打算再装饰一下,爸爸牌爱心小衣服,你不懂!"

韩亦辰觉得自己被老猿一头按在狗粮桶里,不吃就不让起来的那种。

他们又把话题转到夏野身上,老猿道:"说起来,夏野都二十大几了,也应该解决一下个人问题了。"

韩亦辰道:"我比他还大一岁呢,你怎么也不替我着急?"

老猿:"你?你找不到对象也正常。"

韩亦辰:"……"

小韩总经历了一连串打击，像斗败了的公鸡，毛都被啄去大半，再也无法趾高气扬地跟老朋友们交流了。他觉得自己这是进入了最底层的鄙视链，这种比较，简直太残酷了。

夏野的办公时间其实没有韩亦辰想的那么长，处理完手头的事情，更多时间是用来看诗集——这是老猿推荐给他的，据说当初老猿一边看一边学习写诗，写了一年多终于追上了媳妇。

夏野翻着手头的诗集，里面的文字并不多，他翻一遍就能背了，但要说有什么感悟就很难讲了，他对这些完全没有共情。老猿当初拍着胸脯说看完会让人热泪盈眶，夏野现在看完却依旧保持着和平时一般的淡漠。

这书不行。

夏野皱眉，一边上网问老猿，让他介绍新的诗集给自己，一边又顺便查看了一下他弟的定位。

唐瑾瑜和他用的是同款手机，夏野分别在里面装了一个小玩意儿——铁皮小机器人，可以在"道路"上显示一连串小脚印，他们可以通过它看到对方所在的位置，对方和自己的距离有多远，再过多少分钟的路程可以见面。

代表唐瑾瑜的那个小机器人已经到了公司，但是没有上来，而是去了十楼的餐厅。

夏野笑了一声，点了点图上那个因为距离变近而开心地转圈圈的小机器人，拿了外套起身出去。

公司餐厅运营了近一年，唐正德老爷子来这边也已有一段时间了，他在餐厅做大厨，各式的菜都很拿手，尤其是北方菜系，做得相当地道。食堂刚开始接待员工的时候，唐泓俊还跟他们一起吃了几次，瞧见是他们单位的大厨吓了一跳，上去又握手又拥抱，关系好得不得了，临走还问老人要了一份新菜谱，喜滋滋地回去琢磨去了。

现在夏唐两家和唐正德都熟，平时有什么野营一类的活动，尤其是唐瑾瑜放假的时候，准会拖着老人来。有几次正巧赶上唐齐先生也来，唐瑾瑜喊一声"爷爷"，俩人都答应了，回头瞧着对方，一时也分辨不出在喊谁，都眼巴巴地去看小孙子。

起初唐老先生还吃过一回醋，不过接触多了，发现唐正德很直爽，人虽然没什么文化，但走南闯北见识颇多，说起见过的那些事也十分有趣，两位老人交上了朋友，因为唐正德小了几岁，所以一口一个"老哥哥"地喊唐齐先生，老先生也应了，脸上都是笑呵呵的。

唐瑾瑜大学不住在学校，他几乎有一半的空余时间都跑来夏野这边，中午最爱在公司餐厅吃，有几道菜每天吃都吃不腻。

公司餐厅做得比较智能化，有小机器人来回奔波帮忙点单和送餐，还能和人直接对话，是那种带着机械感认真又奶气的小朋友的声音，特别萌。

夏野过去的时候，唐瑾瑜正在和小机器人对话。

小机器人的电子屏上除了眼睛和嘴巴，还有两团粉色，瞧着是个害羞的小家伙。唐瑾瑜坐在椅子上逗它："你是男孩还是女孩？"

"我这么可爱，当然是男孩子呀！"

"你工资多少？"

"没有工资，工资都交电费啦。"

"可是昨天那个'小美'说它有工资！"

"真的假的？那我要去问问它。"

"哈哈哈哈哈！"

夏野走过去点了点屏幕，小机器人立刻尽职尽责地展示出菜单并询问他要吃什么："我可以推荐哦，今天有特别好吃的糖醋里脊！"

夏野没理它，输入了一串代码，找出里面的一个隐藏菜单，这是他专门给唐瑾瑜和唐爷爷写的，这样他们在外面点餐，后厨的唐大厨就能看到，每天会给小孩单独准备一份饭菜。

夏野点好之后，又要了一碟坚果饼干让它先送来，小机器人骨碌碌地滑走了，灵活地避开所有障碍物，轻车熟路地去了后厨，一边小跑一边欢快道："下单啦，下单啦，有新的点餐呀——"

唐瑾瑜每次都被它逗得不行，趴在椅背上津津有味地看了一会儿。夏野坐在一旁倒了一杯水给他，问道："喜欢这个？回头弄一台放家里给你玩。"

唐瑾瑜摇摇头，笑道："不了，它们凑在一起才好玩！哥，你不知道它们还会吵架呢，那个'小美'是它们队长，因为它一个可以吵赢三个，而且特别霸道。"

夏野道："是吗？下次看看。"

菜上得特别快，像是踩着点一早就准备好了的，很快就上来了四菜一汤：一个松鼠鳜鱼，一个腰果西芹，一个酿肉豆腐，一个蚝油菠菜，还有一份冬瓜排骨汤。

松鼠鳜鱼外焦里嫩，汤汁浓郁，咬在嘴里嘎吱响，夹一块鱼肉蘸一点盘子里的汤汁特别下饭；豆腐做得也格外讲究，拿瘦肉、冬笋、香菇炒熟做馅儿，豆腐先炸再蒸，外皮很有韧劲儿，但依旧有特别细腻的口感，咬一口特香，唐瑾瑜平时不怎么爱吃豆制品，但喜欢吃这道菜，每次都能吃上小半盘。

后厨的唐爷爷准备周到，除两小碗米饭，还有一小碟可乐饼，老人拿唐瑾瑜当小孩一样宠着，还给他做小朋友喜欢吃的菜。

夏野陪着一起吃了饭，瞧他吃得差不多了，问道："下午没课吧，一会儿去哪儿？"

唐瑾瑜道："我去找爷爷玩儿。"

夏野立刻道:"我也去。"

上次唐瑾瑜就这么说的,说去找爷爷玩一会儿,结果一天都不见人影,后来还是在电影院找到了祖孙俩。爷爷说没看过 3D(三维立体)电影,唐瑾瑜就带他去看了一场,一老一少看得太投入一时忘了时间,手机也被调成了静音,难怪怎么找都找不到。

夏野这次打算盯紧点,跟着一起去了后厨。

餐厅后厨,唐瑾瑜找过去的时候,发现老人在和一个小机器人聊天。

就是那个小美。

"又给我弄成审核,你每次就知道审核,我菜单明明写得特别清楚嘛!实在不行我改改菜名……"

"后台审核期间,不能修改哦!"

"我自己写的,改改也不行啦?"

"不行哦!"

"那你自己看看,我这次的菜式和昨天哪里一样了!这是豆腐脑,是咸口的,这是甜豆花,光听名字就知道是甜的啊!这一看就和昨天不一样嘛,你自己看,来,你扭头看看,我这儿还有刚做好的一份甜豆花呢,你自己回头看!"

"在哪里呀?我看不见。"

"就在你后面,你回头看一眼啊!"

两边完全没有办法沟通,爷爷气得把它抱过去看了,小机器人叽叽喳喳地跟他说话,什么都能回复上几句,丝毫不落下风。

唐瑾瑜觉得他爷爷快要跟人工智能吵起来了,特别逗。不过他也舍不得让老人真的着急,忙过去问了下,得知有一份菜单录入出了点小问题,就帮着处理了一下。他负责和爷爷沟通,夏野负责和小机器人沟通,现场给修改了一下程序,不过几分钟就处理完毕。

这次小美果然很快就能分辨清楚两个菜式了,顺利完成审核。

小机器人底盘的四个轮子飞快转动,一路放着音乐小跑出去,声音欢快:"有新的菜单啦,有新的菜单啦!明天有好吃又健康的菜菜呀——"

爷爷站在那里佯怒:"啥新菜单,昨天就给它看过了,人家其他几个小机器人都能记住,就它每回都记不住,还老爱跑到后厨来充电!"

过了饭点,后厨也清闲下来,唐瑾瑜陪着老人聊天:"上回跟您学的菜家里人都爱吃,我爷爷也喜欢,还让我多来学,以后过年拿手菜就能轮到我做了!"

老人笑道:"喜欢就好,还没谢谢你爷爷上次送来的那份棋谱,真挺有用,我现在能下赢好几盘啦！"老人周末的时候喜欢和其他老头凑在一起下棋，只是刚开始学老输，越输瘾头越大，只能抓耳挠腮地找外援，万幸他身边的外援一个比一个厉害，都能帮着出出主意。

唐瑾瑜下午没课，留下跟老人学做菜，夏野陪了一会儿就接到四五通电话，老人看到对他说："小夏，你要是忙就先回去，等傍晚的时候再来接他，这么大的人了，我替你看着呢，丢不了！"

唐瑾瑜也抬头看过来："哥，我一会儿上去找你。"

夏野没办法，只能先回了办公室。

唐瑾瑜留在后厨一边学做菜，一边拿手机帮老人拍短视频。这两年短视频特别流行，大家都会建立一个账号录制身边的日常趣事放上去。老人这个账号就是专门分享做饭小技巧的，最火的一条视频下面有两千多条评论，其中唐瑾瑜的留言牢牢占据了第一名的位置。

今天唐爷爷讲的是蒸米饭，他一边淘米一边道："蒸米饭每家都会，但要做得跟馆子里那样漂亮还有点小窍门，洗米很重要，这洗的时候也有讲究……小瑜，开始录了吗？"

对面男孩笑了一声，爽朗道："录着了，爷爷，您接着往下说吧！"

"你拿近点，我教大家淘米，一定要洗掉一些淀粉，这样米饭蒸出来才能透亮，嚼着也弹牙。"唐爷爷洗了两三遍，一边洗米一边跟唐瑾瑜唠家常，老人也就是和小孩凑在一起图个乐和，当带个小徒弟似的手把手教他，顺带跟评论区的网友们偶尔互动一下，不过主要精力还是放在唐瑾瑜身上，"你瞧见没有，小瑜你试试？"

唐瑾瑜因为在录像，就洗了一只手按老爷子的说法试了试。不过就拨弄了两下淘米盆，唐爷爷就开始夸了：

"对，就是这样，小瑜做得特别好，好些人上手就爱搓，那就弄错了，一定要这样轻轻地洗，哪怕再多洗一遍也比搓强。

"北方大米不怎么吃水，一斤大米搁一斤半的水，刚刚好。这米要用五常大米，正宗东北大米，那吃着才叫一个香！先泡二十分钟，接下来就是小绝招了，咱们不用普通的水，用矿泉水，然后再来点橄榄油，要想吃软一点的饭就略微搁一两滴白醋。"

…………

唐瑾瑜全程陪着录完，蒸米饭的时候还停下来帮老人收拾了一下厨房，老人手边几个小工连忙跑过来抢着干："这活儿不用你来，你陪着我们大师傅就成了，现在我们每天都盼着大师傅教一个做饭的小窍门，大家伙都在偷师呢，这可是真正的硬本事，比以前培训学校教得都好！"

他们几个人抢着干活，对老人也特别尊重，唐瑾瑜也没拦着，冲他们笑笑就又回老人身边去了。

米饭很快就蒸好了，刚出锅的米饭油润透亮，粒粒晶莹，老人先拌匀了，等热气略微散了一点，紧跟着给唐瑾瑜盛了一碗，这次换老人拿手机，把碗递给他："你尝尝看。"

唐瑾瑜接过碗筷，刚蒸出来的米饭还带着喧腾的蒸汽，米香四溢，他夹了一筷子放进嘴里就能感觉到香味在口腔里蔓延开，光吃饭就能吃完一小碗。

唐瑾瑜吃得开心，一边吃一边道："爷爷，这个饭好吃，不用配菜都成！"

老人笑呵呵道："那不成，今天你是吃饱了，等回头你过来想吃什么小菜了，爷爷提前做好，搭配着吃才香！"

"好！"

唐瑾瑜吃完了小半碗饭，顺手用手机编辑好视频就发了出去，他经常都做这些，老人的账号一直都是他在打理，做得特别顺手。

弄完了，老人也要休息了，后厨的人一般都是饭点忙，下午还有午休，比较清闲。唐瑾瑜也没多打扰他，从餐厅出来坐电梯直接去了顶楼。

夏野在办公室里看诗集，听到敲门还以为是宋益他们，随口应了一声，瞧见是唐瑾瑜想藏书已经来不及了，只能合拢了书本挑眉道："这么快就回来了？"

唐瑾瑜道："爷爷要休息了，我就上来……哥，你往抽屉里放什么了？"

"文件。"

"什么书？"

"……"

两人同时开口，回答的人尽管淡定，但手上塞书的动作却出卖了他。问话的人也有点尴尬，他都能瞧见那本书卡在那里还没塞进去。

夏野咳了一声，道："一本讲文件怎么处理的书，提高工作效率的。"

唐瑾瑜走过来，抽出那本书看了一下，又抬头去看他哥，夏野抿唇没有回应，唐瑾瑜乐得不行，跟他挤在一张椅子上翻了一下诗集，问道："哥，你跟我说说，看诗怎么提高工作效率？"

夏野认真道："大概是心情好。"

"心情好就能提高工作效率？"

"嗯。"

这个理由唐瑾瑜倒是一时无法反驳。

你真好看

唐瑾瑜大二那年，韩亦星的恋情被发现了。

韩亦星长大了，已经从小仙女变成了一个漂亮姑娘，可能不算校花，但是院花一类绝对当之无愧，又是唐齐先生收的关门学生，在 S 大拥有众多追求者。

韩亦辰为此一直没有放松警惕，他不但自己打电话查岗，还叮嘱了老猿，让他帮忙照顾妹妹，生怕自己妹妹在外面出点什么事，受欺负。

老猿每天都往数院跑，恨不得把数院当自己家，那必然是看得牢牢的。

第一年的时候，老猿发现小姑娘没有接受学校里任何追求者，一心扑在学习上，偶尔在走廊上听到她打电话也都是和同学探讨题目，好像还辅导着一个人。

第二年的时候，小姑娘斗志高昂，去图书馆的频率都增加了不少，似乎交了一个笔友，在这个电子信息爆炸的年代还挺复古。

但没过多久小姑娘哭哭啼啼地来找岳瑗，说她失恋了。

岳瑗安抚了她好一阵，岳瑗比韩亦星年长几岁，一直拿小姑娘当自己妹妹看待，俩人关系很好。韩亦星从岳瑗这里走的时候，眼睛都哭肿了，小姑娘失恋后的表现也特别要强，咬着唇道："学姐，我不信，我想去亲口问问他。"

岳瑗叹了口气，但也点点头，替她拢了拢耳边的头发道："好，我帮你请假，不过你要快去快回，顶多就给你两天时间，竞赛的事不能耽误，知道吗？"

韩亦星吸了吸鼻子，点头道："好。"

老猿在一旁全程震惊，等韩亦星走了还无法消化她们的对话，颤抖着声音问道："星星谈对象啦？"

岳瑗道："是呀，你刚才不是听到了吗？"

老猿："怎么回事？我从来没见过她在学校和男生接触啊！"

岳瑗道："她谈的是外校的嘛，男孩挺不错的，读的军校，我还见过一次呢。他和星星一起请我吃饭，人挺腼腆，但是也不装，特别实在的一个小伙子，我瞧着挺好，还以为他们毕业就要在一起了，怎么也没想到会突然分开。"

老猿更震惊了："你怎么知道这么多啊？"

岳瑗笑道："我们女孩子说的悄悄话多了，这有什么大惊小怪的。"

老猿整个人都崩溃了，他还担负着替韩亦辰照看妹妹的职责，从来没想到自己会失职，急得团团转："星星谈的那个人叫啥？什么时候开始谈的啊？"

岳瑗想了一下，道："叫季元杰，我听星星喊他小季，他们早就在一起了，好些年了，青梅竹马，感情特别好。"

老猿一下就不慌了。

他停下脚步想了想，如果是很早就在一起了，那明显是韩亦辰自己的责任，跟他没啥关系，想通之后他就舒了口气，顿时放心下来。

他去跟韩亦辰汇报了一下，小韩同志订了当天的飞机票立刻冲了过来！

但他还是晚了一步，韩亦星已经动身北上，前往季元杰所在的军校了。

韩亦辰绷着脸给妹妹打电话："星星，你在哪儿呢？"

"哥，这事你别管，我自己解决。"

"……你怎么解决？你先回来，哥哥替你想办法好不好啊？"小韩哥哥卑微极了。

韩亦星依旧拒绝了他，冷酷道："我自己的事情我能处理好，两天就回来。"

"那你也不能一个人去啊！"

"我不是一个人，小瑜也陪我来了。"

韩亦辰倒吸一口冷气："你怎么把他也拐跑了？！"

小姑娘那边说了一句"信号不好"就挂断了电话。韩亦辰慌张极了，打电话对方也不接，只能一边打听季元杰考了哪个学校，一边去找夏野。

夏野起初还不信，看了一下手机才发现有几条未读短信，他上午开会都没来得及看，匆匆看了一眼短信脸都黑了，打开手机定位查找片刻才确定人都跑远了。他拿起外套立刻起身道："他们应该是坐火车过去的，现在赶过去还来得及。"

另一边，火车上。

唐瑾瑜倒了一杯热水拿回卧铺车厢，靠窗抱着膝盖坐在那儿的小姑娘眼睛里还泛着泪花，鼻尖也红红的，丝毫没有刚才跟哥哥讲电话时候的硬气。

唐瑾瑜坐在一旁安慰她："别生气了，小季可能说的也不是那个意思，再说只是写信，或许中间有误会呢。你先喝点水，一会儿洗把脸睡一觉，等到了我陪你过去找他问清楚好不好？"

韩亦星咬唇不说话，眼睛盯着前面的小桌，没一会儿又抬手擦了擦涌出来的眼泪，倔强道："我没看错，他就是那么写的。"

唐瑾瑜："小季写什么了？要不你拿给我看看，方便吗？"

韩亦星没给他看，但也不吭声了。

唐瑾瑜安抚了片刻，韩亦星倒是也听他的，喝了一些水，又去洗了脸，略微吃了一点东西，很早就睡了。

她睡得也不安稳，一直梦到过去的事。

她梦到小季给她写的那些信。

她刚开始念大学的时候，小季因为复读正在准备高考，两个人打电话也只讨论各种题目，她一心一意想帮小季考上大学，想让他和自己一样，有更广阔的人生。

小季选了军校，并且成功考入，她真的很开心。

季元杰临去学校的时候，她和季妈妈一起送他去了车站，韩亦星第一次发觉自己需要抬头看这个男孩。他长高了，也长得很好看，瞧她的时候眼神温柔，总是带着笑意，虽然会害羞，但从来不会移开视线。

小季跟她说："星星，我记下了之前所有帮过我的人的名字，他们捐赠的钱我都记在本子上了，等到了部队，我就可以用津贴偿还。"

韩亦星又心疼又骄傲，看着她的男孩点点头，故意凶巴巴道："你做得对，不过也不能太节省，慢慢还，还有很多时间的！你要珍惜机会，好好学习，好好努力，报效祖国！"

"我会的，星星。"小季笑了一下，趁没人注意小心摸了一下她的头发，温柔道，"我会好好努力，报效祖国。"

也是从那时候起，她和小季开始互通书信，因为学校的特殊性，小季不能随意接听电话，她在数院学业也忙，他们想对方了就写信，她写很多封，而小季每封信都写得很长。

男孩子不擅表达的心事，变成了厚厚的一沓信纸，每一封都装满了喜欢。

小季喜欢星星。

喜欢得毫不隐瞒。

他曾经度过了人生中最苦的一个暑假，那时的他以为再也回不到正常的生活，他去工地搬砖，想帮家里减轻一点负担。第一个发现他家出事的人是星星，那次她只是路过，看到之后便立刻跑来一声不吭地帮忙，任凭他怎么劝她都不听，最后小姑娘又累又痛，忍不住蹲在那儿哭了一场。

她又娇气又坚强，是他见过最可爱的小姑娘。

小季在信里写了这些，他写道：

"星星，你一定不知道你那个时候有多可爱，我以前只觉得喜欢你，但那个时候，我想我开始爱上你。'爱'这个字很重，像那个暑假我搬过的所有砖块垒起来压在肩膀上那么重，但是我每次看到你，都能从你身上看到光。因为喜欢你，我也有了自己的微光，不管做什么都能坚持下来……"

"星星，我们的手机都收上去了，刚开始的时候我特别紧张，还担心班长会检查手机呢！我在里面存了你的照片，你穿红裙子扎两根马尾辫的样子特别可爱，我不敢让别人看到，我怕看到的人都会喜欢你。"

"星星，告诉你一件好消息，我提升为班长了。这次我也当了一回班长，不过没有你经验丰富，希望你以后多教教我……"

"星星，你喜欢的歌我趁休假的时候也去听了，真的很好听，还有你最喜欢的那部电影，其实我很早之前就偷偷看过了，你一定不知道吧，你感兴趣的东西我都会尝试着去听、去看、去喜欢它们。"

"星星，其实我比你看到的更喜欢你呀。"

…………

每一封信都让她欢呼雀跃，脸红心跳，梦里想到对方时有多甜蜜，醒来的时候就有多失落。

韩亦星坚持了两年，她觉得还能再坚持下去，但她怎么也没想到先放手的会是小季。

火车轰隆隆驶过隧道，走廊里有旅客走过和交谈的声音，经过黑暗的隧道时一线光照在脸上，韩亦星慢慢睁开眼睛，她双眼发红，夜里哭过的痕迹还在，早上醒来又忍不住鼻尖发酸。

唐瑾瑜起得很早，去餐车吃了早饭，顺便给夏野打过电话，又给小姑娘带了一份饭回来。

韩亦星吃不下，勉强喝了一点粥。

唐瑾瑜一边哄她，一边哄手机另一边的人，忙得不可开交。

韩亦星看了他一眼，有些愧疚道："小瑜，这次太麻烦你了，夏野哥知道了吧？他一定很生气，对不起啊，我昨天真的昏头了，什么都没想就硬把你喊出来……"

唐瑾瑜收起手机，笑道："没事啊，朋友本来就是互相帮助的，而且我去过那边，上次还跟老师一起去演出过一个礼拜呢，特别熟，你带我去正合适。"

唐瑾瑜没说假话，他是真的来过。他和韩亦星一路奔波找到季元杰所在的地方，却发现那是一处军区医院。

小季的右腿从膝盖以下打了石膏，他在病床上看到他们两个的时候一脸惊讶，视线转了一下很快又落在小姑娘身上："星星，你们怎么来了？"

韩亦星红了眼圈道："我本来想过来问你是不是真要分开，但是现在我改主意了。季元杰，如果我没来，你还要瞒我多久？"

小季脾气好，挠了挠头，跟他们说了。

他们外出训练的时候，周围的一个村子遇到暴雨，上方是一个堤坝，随时都有坍塌的风险。队里抽调懂水性的学生前去抢险救灾、增援前方，这个时候一分一秒都在和死神赛跑，能多救出一个老乡都是好的。

小季水性好，又是班长，很快带人过去了。

他用橡皮艇救了一家四口，推着他们出来了，但在折回去救助另一个人的时候，堤坝坍塌了一个口子，时间紧急，工程车完全无法作业，全靠人力拿沙袋顶在最前面。

小季就是在堤坝那边出了意外，人被冲下来的浮木和石块撞击，在水里漂出去十几米，万幸被队友救了出来。

但他的腿也骨折了，打了钢板钢钉，医生说还需要再观察，可能会留下后遗症。

韩亦星听哭好几次，心疼得不得了。

小季却笑了一声，对她道："星星，你看，我做到了，我没有给你丢脸。"

韩亦星嗓子都哑了，瞪着他又气又难过，只是没等说话，小季就握着她的手开口道："我可以对别人很好，但是我怕，我对你不好。"

他皱了皱眉，说得很艰难："星星，你可以找一个更好的人，我的腿还在治疗……"

"我不管，我就要你一个，你一定要好起来！"韩亦星凶他，眼泪就滚下来，粗鲁地擦了一下道，"我会跟学校请假，多留几天在这里照顾你，你这么胆小，肯定没敢跟家里人说，对不对？"

小季被戳中了心事，笑了笑，轻轻点头。

唐瑾瑜看着他们两个，自己提着的一颗心也放下了，只要小季和星星两人感情没出问题就好。唐瑾瑜口袋里的手机振动两下，他低头看了眼，悄悄退出病房把空间留给他们，自己去走廊接电话去了。

他哥和韩亦辰找了过来，估计病房里面小情侣单独相处的时间不多了。

韩亦辰和夏野很快赶到了军区医院。韩亦辰昨天就和唐瑾瑜联系上了，他也趁机向唐瑾瑜问了不少关于他妹妹的事，一路上都心急火燎，担心得不行。

到了医院，他隔老远就在走廊上看到了唐瑾瑜，快走了几步问："小瑜，星星呢？"

唐瑾瑜指了指里面，道："星星在里面，小季腿伤了，她……"

韩亦辰没等他说话，就匆匆找过去了。

夏野停在唐瑾瑜面前，不满地看着他，但也没说什么。

他越是这样，唐瑾瑜越是心虚起来，小声说软话道："哥，我错了，我以后出来一定提前申请，星星第一次哭得那么厉害，我也吓着了，不过你放心，肯定没有第二回了！你不知道，小季对她可好了，绝对不舍得让她再伤心……"

夏野捏一下他耳朵，不悦道："那你呢？"

唐瑾瑜眨眨眼："我以后也绝对不让哥哥担心，我保证！"

夏野道："以后不要偷偷往外跑了。"

"嗯，我知道，哥你最好了！"

夏野不轻不重地弹了他一个脑瓜崩。

韩亦辰进到病房的时候，就看到他妹在哭，韩亦星瞧见他之后便伸手把病床上的那个人挡在了后面，红着眼圈道："哥，你不许打他，是我想跟他在一起的！"

"我打他干什么，"韩亦辰干巴巴道，"我就是过来看看他。"

他想看看是什么人，把他宝贝妹妹的心抢走了。

病床上躺着休养的年轻人模样斯文，有点腼腆，看到他之后紧张极了，略微笑了一下，伸手抓着薄被一时不知道该说什么，干巴巴地喊了一声："韩大哥。"

韩亦辰把人打量了一遍，认出他是季元杰，但对他不了解。

这个男孩在和星星一起玩的那帮孩子里一直都不怎么起眼，韩亦辰以前连他名字都不太记得住，后来记住了，是因为小季做事认真老实，脾气好。但韩亦辰一直不怎么喜欢这样的人，觉得这种男孩瞧着懦弱，没什么本事。后来知道小季去念军校，他还挺意外，正好宋益没空过来，让他代替颁发了奖学金，他还跟小季在台上握了握手，叮嘱他好好念书。

谁知道这才一年的工夫，就把他妹妹拐跑了啊！

韩亦辰绷着脸，看了病床上的人又转头去瞧他妹妹："星星，你先出去，我跟他单独说两句。"

韩亦星还想护着，但是小季却努力坐直了身体，尽量表现得得体一点，低声劝道："星星，你出去吧，我跟韩大哥说。"

小姑娘咬唇看他："你行吗？"

小季笑了一声，点点头。

韩亦星就三步一回头地出去了，她也没走远，偷偷留了门缝想偷听。但是兄妹连心，这么多年韩亦辰太了解自己妹妹了，小姑娘刚出去，他后脚就把病房的门关上并且反锁，气得韩亦星在外面跺脚。

病房里的两个人开始了男人之间的对话。

韩亦辰就这么一个妹妹，恨不得刨根问底把所有事都问清楚，关了门就开始审问。小季有点紧张，但是说的都是实话，慢慢地就不怎么紧张了："我和星星从幼儿园就认识，她对我很好，教了我好多事，也是她告诉我怎么交朋友，那时候我个头有点矮，被人抢了玩具还是星星给我抢回来的……"

小季说得很慢，语气平缓，像他的人一样不急不躁，跟他接触一会儿心情也会放松下来。

韩亦辰的表情一直没有放松，但是听了一会儿之后，他就知道妹妹为什么会喜欢这样的一个人了。大概是互补吧，他们老韩家的人脾气都急，有时候真的挺需要有这么一个四平八稳的人在身边。

而且韩亦辰问得越多，听着越像是他妹妹主动的。

小季一口否认道："不是，是我先喜欢的星星，我追的她。"

韩亦辰心里舒服了一点，看着眼前的臭小子也略微顺眼了一些。

小季一提到心上人就会脸红，说话磕磕巴巴的："韩大哥你不知道，星星真的太好了，我一看到她就高兴得脑袋里一片空白，只知道傻笑，什么都想不起来，但是我会努力变得更好一些，我会努力提高自己，学业和工作都会努力，将来赚了钱工资卡也都交给星星，我会赚好多钱，别的女孩有的我也会给星星，我把我的全部都给她……"

韩亦辰冷声道："我们老韩家图你钱了？"

小季连忙红着脸摆手："没有，没有！"

韩亦辰心气儿已经顺了不少，但语气依旧冷硬："你要好起来，知道吗？我妹妹从小到大要什么有什么，她要你好起来，你就得赶紧好。"他看着小季打了石膏的腿有些担心，忍不住追问道，"你这腿真没事？将来能当家里的顶梁柱吗？"

小季愣了一下，脸上立刻浮现出笑容："您放心，我一定好好复健，我能照顾好她！"

韩亦辰不爽道："我就随便问问，你先复健吧，好了再说。"

"我知道了哥哥。"

"谁是你哥？"

韩亦辰佯怒，但病床上坐着的小季就只笑笑，看着特别开心。

小季心想，星星说的果然没错，她哥哥是一个特别容易心软的人，只是嘴巴有那么一点点硬。

小季需要休养，韩亦星想要留下来照顾他。

韩亦辰没答应，给他在医院找了一个特护，他妹妹留在这边两天时间他全程盯死了不放，连手都不让小情侣牵。

其实小姑娘偶尔递水杯或者拿碗给小季的时候，他们的手指会碰一下。不过只是很轻地擦过，小季的脸都红了，立刻低头，不好意思说话。

韩亦辰全都瞧在眼里，因为是他妹妹先出手，男孩坐在病床上一动不敢动，他也不好意思发作。

但等到私下，他出了医院就跟夏野吐槽，说小季是尿包。

夏野困惑道："……你到底是想让他牵星星的手，还是不想让他牵？"

韩亦辰嘴巴张张合合，最后眼圈红了，粗声道："我不知道！为什么女孩子长大了要结婚嫁人？烦死了！谁定的破规矩啊？"

这个问题夏野回答不了他，但是也理解他此刻的心情，陪着他喝了一点酒，安抚了下这位多年单身的老朋友。

回到沪市，唐瑾瑜又因为私自离家太远被家里长辈一起批评了。

唐泓俊对他道："你不方便带我们，好歹把你哥带上啊！"

唐瑾瑜举手发誓，再三保证不敢乱来了，家里长辈们才勉强点头，放过他。

晚上唐瑾瑜为了让长辈消气，特别好好表现了一下，卷起袖子去厨房烧了几道拿手好菜。唐泓俊还有一点生气，难得没有跟进去，只肯坐在餐厅剥毛豆，剥好豆子还让夏老师帮忙递进厨房去。

厨房里，唐瑾瑜有点担心地看着外面，陈素玲帮他一起做饭，瞧见笑道："别管你爸，他自己过一会儿就好了，你长大了，以后打个电话跟我们说下，想去哪儿都成。"

唐瑾瑜手上都是面粉，也不好拥抱，就用脑袋蹭了两下妈妈的肩膀算是撒娇："妈，我哪儿也不去，我就在家陪着你和爸爸。"

陈素玲点点他鼻尖，也笑了。

母子俩一边做饭，一边聊天，陈素玲问起他这次出去的事，听了星星和小季谈恋爱也有些唏嘘，她叹了一声道："小季这孩子挺不错，就是太苦了，真是不容易。"

"是，他这次其实有点怕了，因为他家境一般，再加上腿受伤，不敢承诺未来。妈，小季真的特别喜欢星星，想给她最好的。"

陈素玲道："女孩不怕这个的。"

唐瑾瑜道："啊？"

陈素玲用筷子夹了红糖小花卷，笑道："你年纪还小呢，不知道这些，其实女孩不怕你说的那些穷啊苦的，即使对方刚开始一无所有也没事，她们最怕的是将来没有希望，这日子啊，就活的是盼头，要不然还图什么呢？"她放了一笼小花卷蒸上，拍了拍手上的面粉道，"你说的那个小季，他会让星星没有希望地跟他这样过一辈子吗？"

唐瑾瑜立刻摇头，他都能感觉到小季身上拼搏的劲儿，他一定会准备最好的给星星，别人有的，小季一样都不会亏了星星。

陈素玲笑道："这就对了，他应该好好跟人家姑娘认个错，赔个不是，现如今愿意跟着一起吃苦的女孩都是宝贝呢。"

唐瑾瑜笑了一声，点头道："我也想这么劝小季来着，可他刚一见了星星就结巴，星星还没哭呢，他就开始不停道歉，好话说了一箩筐。"

陈素玲好些年没有听到这些年轻人之间的趣事了，颇有些新鲜，被逗笑了好几次。

两年后，韩亦星毕业去了小季所在的城市工作，虽然假期很少，但能经常和小季见面了。

小季毕业后提干，正式成了一名军人，他腿伤好了许多，但不能继续在野战部队工作，转去了文职单位，他在哪里都认真踏实，上个月刚刚又提职了。

韩亦星来探望他，小季每次都跑来军营门口等她，陪她一起登记，再慢慢走回去，他如今还是改不了以前的老毛病，见了星星就害羞，有时候走在路上还会傻笑。

韩亦星挠他痒痒，小季就躲，红着脸道："星星别，别这样，不好。"

"你怕他们看到不好？"

"嗯，以后不好带兵……"

正说着，有穿着军装的人路过，抬手行礼大声喊"嫂子好"。

韩亦星大方地摆手，应下了，她回过头来发现季元杰在看自己，摸了一下脸，奇怪道："你看什么呢？"

"看你。"小季笑着道，"星星，你真好看。"

韩亦星轻轻捶他一拳，难得有点害羞起来。

他们并肩走着，小季伸出手跟她牵着，这么多年了，只要牵手他就紧张到手心冒汗，韩亦星抬头看他，咬唇笑道："其实我脾气很大。"

"没有，星星特别温柔。"

"你听我说完呀，"女孩晃了晃他的手，轻笑道，"我脾气真的很大，但是如果我每天都对你很温柔，那一定是因为我特别喜欢你。"

小季握着她的手，也笑了起来。

他从初中开始，就一直用同一个网名，叫"一闪一闪亮晶晶"。

一闪一闪亮晶晶，满心都是小星星。

夏日悠长

唐瑾瑜二十二岁那年大学毕业，考入了夏老师所在的交响乐团，终于追梦成功。

夏老师为此特意庆祝，两家一起外出旅行了几天，去的依旧是往年常去的海岛，住在之前的珊瑚酒店里。

岛上有不少露营地，可以自己驱车前往，唐瑾瑜这两年一直都住在靠海的酒店，没怎么深入游玩过海岛，这次来的时间长，夏野特意带他一起过去体验了一下。

夏野找的是一个高档旅行社，专门做私人出行的，有超过二百人的服务团队，但是一期旅行里只招待七八个人，其余都是为出行人提供服务的人员，隐私性和舒适性都是最高的，当然要价不菲。

唐瑾瑜对里面的漂流项目很感兴趣，夏野就选了这个团队，报名参加了。

他临去的时候，刚好宋益打电话来谈事，两人聊起来宋益惊讶道："要去山里？私密度高吗？"

夏野道："还不错，乔佐推荐的。"

宋益笑道："那保密级别一定是最高了，乔家人的照片可是从来不外传的，方便再加两个人吗？"

夏野道："你也来？"

"嗯，我之前欠殷晴一个休假，正好有两天没什么事，跟你们一起好了，人多也热闹。"

都是认识的人,夏野欣然应允。

宋益带女朋友殷晴一起过来,因为殷晴身份特殊,如今又是正当红,宋益特意跟服务团队询问了一下,得知工作人员全程不携带手机才放心,又问道:"这次同行的名单方便提供吗?"

接待人员笑道:"宋总,没有其他人了,夏总已经包团,这次只有您几位。"

第一天是在山顶露营,扎了十几顶帐篷并几辆拖车停放在营地,像是一座移动小镇,还挺热闹。

夏野正在那边挑选蔬菜,车上携带了不少蔬菜水果,也有一流的厨师随时为他们服务,他选了两样抬头看向宋益,笑道:"就你们两个?我以为韩亦辰也会跟着一起来,昨天是他来汇报的日子。"

宋益道:"我邀请过,他一听就拒绝了。"

"怎么了?"

"急急火火地回去相亲了,说不想当单身狗。"宋益笑了一声,"其实我觉得他现在状态也不错,工作效率很高。"

"我记得你之前许诺给他介绍对象,"夏野看了他和他身边的殷晴,问道,"找到合适的人了吗?"

宋益摇头:"小韩说的不太好找。"

夏野好奇:"要什么样的?"

这次没等宋益开口,一旁的殷晴就迫不及待地道:"他让我给介绍能跟他一起看球赛的,还得懂各种足球规则,最好自己也爱踢足球,这让我上哪儿找去?"韩亦辰这个黄金单身汉确实有点急了,一口一个"嫂子"喊她,让她帮忙介绍对象,但问题是他们剧组都是娇滴滴的妹子,别说踢球,看球的都没几个呀。

夏野失笑,摇摇头没说话。

唐瑾瑜拿了一捧新鲜的小番茄过来分给大家,他和殷晴见过很多次,俩人特别熟,多给了殷晴一些,笑道:"晴姐,要不要去挑今天晚上的菜?大厨说晚上可以烧烤,东西可多了!"

殷晴挺感兴趣,立刻跟他过去了,两个人一边走一边嘀咕。殷晴真心实意喜欢宋益,对老宋抓得紧,最爱让唐瑾瑜传达公司里的情报,偶尔还会跟唐瑾瑜说一点剧组里的八卦,唐瑾瑜特别捧场,两个八卦小能手一副满足的神情。

宋益和夏野一起过去布置了帐篷,虽然有专门的工作人员帮忙,夏野还是自己动手,难度不大,做一遍就很熟练了。

晚上,大厨现场烧烤,各种蔬菜和肉类都有,海鲜也有一些,烧烤的摊子离着稍远，他们点了会有人分几盘送过来，还有冰镇黄油、啤酒和可乐。

山里带着夏天夜晚特有的凉爽，唐瑾瑜坐在支起来的椅子上一边吃烤串一边喝冰可乐，抬头就能看到星空，特别满足。

夏野拿了几串玉米粒给他，把他手里的冰可乐换成了水。

唐瑾瑜刚才已经趁机喝了大半杯，被拿走了也不恼，喜滋滋地继续吃烤串。他吃了一会儿，忽然好奇道："哥，这里没有蚊子！"

夏野喂他吃了一块火腿："旁边点了驱蚊灯，再吃一点，别老看可乐，今天没有了。"

"哦。"

宋益已经对他们兄弟俩的相处模式习以为常，殷晴倒是第一次这么近距离地瞧见，以前无论是在公开场合还是私下聚会，她都没见夏野说过这么多话，今天简直像是在照顾小孩一样，想不到夏野竟然还有这一面。

殷晴看了周围点的十几盏驱蚊灯，笑了一下。

要整个营地都没有蚊虫可不是几盏灯就能办到的，怕是在来之前负责的工作人员就已经做好了驱蛇和驱蚊虫的准备，而且也已经彻底检查过周围的安全了。

吃过东西，宋益和殷晴听工作人员说附近有个溶洞，就跟着一起去看，权当散步。

唐瑾瑜没有去，他喜欢看星星，早早回了帐篷，枕着胳膊躺下，透过帐篷上面透明的顶窗看出去，眼里映着星光。

夏野陪他一起躺着看星星，能听到周围风吹过树叶的声响和阵阵虫鸣。

唐瑾瑜看了一会儿，转头小声问他："哥，晚上可以在帐篷里睡吗？"

"当然，喜欢看星星？"

"嗯，感觉比在家里看得清楚！"

夏野笑了一声，低声道："城里灯太多太亮了，就看不清星星了。"

唐瑾瑜点点头又继续看，他抬手数了一会儿，又找了几个比较好认的星座，拿不准的就问夏野。

第二天，是一个好天气。

他们又换了一处地方，这里临近一条小溪，溪流清澈见底，水也不深，环境很好。

夏野带唐瑾瑜一起去小溪钓鱼，天气晴朗，溪水里倒映着大片白云的影子，水里的鱼偶尔受到惊吓慌张地摆摆尾巴游走了。

唐瑾瑜童心未泯，瞧见河边有几块漂亮的小石头，干脆卷起裤脚下水捡了起来，夏野瞧见喊了他一声，唐瑾瑜一边答应着一边走上岸，踩着半湿的鞋子跑过来的时候脸上都是笑意："哥，给你！我刚才瞧见它在水里一闪一闪地发光，可好看了！"他说着递了一块小石头过来，还未放到夏野手中又收回来，用自己衣摆擦了擦才递给夏野，一副等夸奖的模样。

　　夏野接了东西，这是一块白色半透明的小石头，在阳光下微微闪光，也不知道是什么材质，确实挺漂亮。

　　夏野看了一会儿，把它收进口袋里放好，准备带回家去。他弟从小就是这样，但凡有什么好东西都会给他留着，五六岁的时候会送他巴掌大的小燕子风筝，再之后还会有树叶标本、名牌手表，偶尔还会有学校里奖励的一些小奖牌、钢琴比赛得的奖杯……只要是小孩自己喜欢的，拿着当宝贝的，都会给他送来。

　　鱼竿就撑在一旁，随意放着，水里一群鱼时不时游过。

　　兄弟俩站在溪边，夏野低声笑道："小鱼看小鱼。"

　　唐瑾瑜笑了一声。

　　有团队负责人过来检查，又叮嘱大家特别注意，因为听说这次来的几位客人里有一位钢琴家，买了巨额保险。

　　工作人员悄悄问道："姐，你是说那个钢琴家买了手指的保险吗？上千万那种？"

　　负责人摇头道："不止，我听到的消息是全身保险。"价格不方便透露，她也只听到一个模糊的价位，但也挺可怕了。

　　工作人员咋舌，她观察过这次来旅行的人，排除掉殷晴，好像唯一对乐器在行的就是那个叫小瑜的男孩。

　　她默默给那个小帅哥打了一个"凭亿近人"的标签。

　　第二天傍晚，他们的营地来了另一批来玩的人，瞧着规模略小，但帐篷和拖车等设备一个不少，很快就在附近安营扎寨。

　　一般来说两个营地的人不会遇到，但也架不住有任性的雇主私自改路线，只要不涉及人身安危，旅行团队也就硬着头皮认了。

　　两边的工作人员互相交涉一番，为夏总服务的负责人非常不满，过去低声问："你们怎么过来了？这里三天内都是我们团队在使用。"

　　那边也一脸无奈，摊手道："没办法，那边给钱的少爷非要来，我们跟上面请示后才搬过来的。"对方苦笑一下，"你不知道，我们接待的这位少爷是玩无线电的，也不知道是满山找信号还是怎么的，反正就认准了这边，坚持要过来。"

　　"你们团队其他人能答应？"

　　"他包团。"

　　"……"

　　负责人也没办法了，又是一位富家少爷，而且瞧着还比较任性，是最难接待那种。

　　当天傍晚，营地上燃起篝火，隔壁扎营的阔少溜达着过来跟夏野他们打招呼。

来人穿着一身宽松亚麻布料的衣服，踩着一双拖鞋，手里还抱着一台形状奇怪的小收音机，人长得挺帅，鼻梁高挺，唇很薄，就是瞧着懒洋洋的没骨头一样，正是之前一直在网上寻找"一尾小鱼"的秦珂。

秦珂跟夏野打了声招呼，瞧对方的脸色，立刻举手笑道："老大，我可是跟你一起工作半年多，你就算不认可我这个副手，怎么也算是同事吧？来打个招呼而已，不要这么紧张。"

夏野道："你怎么找过来的？"

秦珂惊讶道："什么找来啊，我就是凑巧碰上……"

宋益起身过来，低声在夏野耳边询问几句，见夏野摇头才退到一旁。他扶了扶鼻梁上的眼镜，对这位秦少也很警惕，他刚才可是听得清楚，这人口口声声说什么"副手"，他才是夏野这么多年来唯一的副手！

秦珂完全没想到一来就踩到了宋益的警戒线，还在四处打量，瞧见殷晴也没什么反应，直到夏野住宿的那辆房车里钻出来一个年轻漂亮的大男孩，这才眼睛一亮。

秦珂第一时间就知道对方就是"一尾小鱼"，真的太好认了，这人跟周围所有人都不一样。

夏野不动声色地挡住他的视线，皱眉道："你到底来做什么的？"

秦珂收回视线，笑道："就是他吧？"

"跟你无关。"

"你这么说，那肯定就是他了，他叫什么？能不能介绍给我认识？"

"别惹我发火。"

…………

两个人像打哑谜一样，宋益都听不太懂他们在说什么，唐瑾瑜的社交账号被入侵已经是几年前的事了，宋经理对技术的事并不熟练，遗忘了那个曾经的盗号贼也正常。

夏野脸上明白写着一个"滚"字，但是秦珂脸皮厚，视若无睹，硬是留下来蹭了一顿晚饭。

桌子不大，几个人围坐在一处吃饭，夏野黑着脸，连对秦珂的介绍都没有，秦珂跟宋益他们说了自己名字，想了想又报了秦氏的家门，不管怎么说，他家的这块金字招牌确实挺好用。

宋益略微颔首，老猿和韩亦辰之前完成任务回来的时候跟他提过这个人，他当时就已经查过了，确实是秦家的小少爷，含着金汤匙出生。秦珂的家世说是很多人一生的追求也不为过，但是宋益更关注他和庄雅、秦书玮之间的联系，对他一直保持警惕。

殷晴在外人面前总是习惯性地保持职业微笑，像戴了一张面具，并没有多交流的意思。

秦珂的重心也没放在宋益和殷晴身上，他一直在打量夏野挡着的那个人，偶尔瞥一眼，看到那张白皙的脸，以及懵懂又好奇的眼睛，就忍不住对对方笑一笑。

他用了几年时间，终于找到了。

一顿饭吃完，秦珂慢吞吞地吃水果，眼神还在打量夏野那边，他也是第一次瞧见夏野说这么多话。秦珂"啧"了一声，不过很快又了然，他一边瞧唐瑾瑜吃东西一边想，难怪夏野要把这人藏起来。

唐瑾瑜也在看秦珂，他当然知道这个人，夏野的头号粉丝啊！

唐瑾瑜迅速把秦珂规划到自己阵营，他现在特别得意，秦珂这个"头号粉丝"的名称如今已经被他抢过来了，简直不能太自豪！

晚上秦珂赖着不走，唐瑾瑜对他也好奇，俩人隔着夏野开始交谈起来。

秦珂感受到小孩对他的热情，一时有些错愕，他看了看夏野，又看向唐瑾瑜："夏野跟你提过我？"

"嗯，算是吧，你本来就很有名啊！"小唐同学习惯性捧人，一句话说得秦珂眉开眼笑。

夏野低头看了他一眼，眼神里带着点疑惑，不过在他弟努力在桌子下面抓着他的手，在他手心写了几个字之后，他也就放心下来，未来的事会变，但人很难改变，既然他弟觉得秦珂是好人，那么将来也有合作的可能。

唐瑾瑜已经迫不及待地问起来："几年前，有个黑客大赛你是不是也参加了？"

秦珂参加了好几回，不太清楚他问的是哪个。

唐瑾瑜道："就是那个海信网页的，有五十万奖金那个！"

秦珂想了一会儿才想起来，对他笑道："那算什么黑客大赛……"对面的夏野不轻不重地咳了一声，秦珂赶紧改口，"只能算是一个小比赛吧，怎么了？"

唐瑾瑜："你那次攻击错了网页！哈哈哈。"

秦珂："……"

秦珂想跟他谈谈其他事，但是夏野在一旁盯着，他也不敢造次，只能解释道："我不图钱，只是看他们不爽而已，太夸大其词了，就是搞噱头，拿人当枪使呢，我最瞧不惯的就是这种不择手段打广告的。"

唐瑾瑜点点头，道："我懂。"

秦珂好奇道："你懂我说的意思吗？"

"懂！追随夏神的脚步对不对？对了，我能问问你吗？你为什么对我哥这么执着啊？"

"……"

他这话一问，旁边两个男人都沉默了。

秦珂觉得对方误解了自己的挑衅，矢口否认道："你别瞎说，谁对他执着了，我那是有原因的！"

这下不仅唐瑾瑜竖起小耳朵，连一旁假装来拿水果盘的殷晴也不走了，努力听八卦。

秦珂不爽道："这事说来话长，黑客挑战那次不是我跟他第一次交锋，可能夏神平时太忙，没记住我吧，我们第一次交手应该是在九几年。那时候我读小学，普遍用的还是拨号上网……拨号上网你知道吧？就是用电话线的那种。"

唐瑾瑜点点头："我知道，用那个上网就不能打电话。"

秦珂点点头，道："我那个时候，确实不太懂规矩，刚接触木马和傀儡机，觉得好玩，就在网上找几个人比试了下。"他虽然斟酌了说辞，但听着还是挺欠揍的，可想而知当时还是小学生的秦少在网上几乎没有朋友了，不过接下来秦珂的脸色变臭了，他撇嘴道，"也是倒霉，遇到你哥，然后输了一次，我不服，紧跟着又输了第二次。"

秦珂大概说了一下他们交战的过程，其实也称不上交战，完全是一边倒，他被夏野碾压着"打"了一顿，被彻底"打"崩溃了。

那会儿秦珂研究了不少东西，从傀儡机到洪水攻击，以及初步涉及的蜜罐和堡垒，但夏野对付他永远只有一招，那就是：反弹。

秦珂简直被弹得焦头烂额啊！

他从小顺风顺水，哪里受得了这个，咬死了不松口，直到夏野认真起来，把他的全部傀儡机都黑了，还顺着秦珂留下的痕迹找过去，把秦氏一层楼的电脑都黑到断网、拔电话线。

秦珂也是第一次意识到，只要通过这么一根线，对方真的可以做到任何事。

秦珂那时候就想，这个x报复心真的太重了，他从来就没见过这么小气的人，因为x的攻击，他被家里的哥哥赶出公司不允许在这儿玩电脑。秦珂也消停了一阵，直到初中建立了坏孩子俱乐部，逐步在网络上拥有自己的一席之地。

这段往事对秦珂打击太大，导致他至今仍有些不爽。

唐瑾瑜低声跟夏野询问，夏野微微皱眉，点头道："好像是有这么回事，我主要是嫌他烦。"

秦珂："……"

秦珂看向唐瑾瑜："小瑜，你喜欢吃甜食吧？"

唐瑾瑜点点头："你怎么知道的？"

秦珂笑道："我关注了你的社交账号啊，看到你经常发一些甜品的图，八宝饭爷爷找到了对不对？我看到他经常给你做好吃的，如果有机会的话，能不能也请我尝尝？我一直很好奇是什么味道的，想必很好吃。"他靠近一点，对唐瑾瑜道，"我也喜欢吃甜食，而且和你有很多共同爱好，我们年龄也差不多……交个朋友怎么样？你把你的电话号码给我？"

唐瑾瑜摸了一下口袋，一本正经道："我手机在我哥那儿了，你有他电话吧？你给他打就成，我俩一般都在一起。"

秦珂："……"

夏野听着他们一人一句这么聊，倒是一点都不担心了。

宋益陪了一阵，发现秦珂没有什么敌意，就带着殷晴先离开了，只留他们三人在这里交谈电脑技术。宋经理什么都做得来，唯独技术真的不行，留在这里也聊不了几句。

秦珂有意显摆，但是夏野在，他也不敢太明目张胆，捡着之前出任务的时候有趣的事跟唐瑾瑜说了一下，说到后面又觉得没意思了，因为最后赢的一方永远是夏野。

秦珂干巴巴道："大概就这些吧，你不玩电脑说多了也不懂……"

"我懂啊！"唐瑾瑜用胳膊碰了碰夏野，兴奋道，"我哥教我好多！"

"哦？他都教你什么了？"

"蜜罐，对付傀儡机可好使啦！"

"……"

秦珂怀疑他在嘲讽，但是看着对方一脸认真又快乐的表情，一时也有些拿不准。

夏野的唇角扬起一点，没想到小朋友还有这么淘气的时候。秦珂从他弟这边占不到一点便宜，甚至他弟一边八卦的同时，还在想方设法地护着他，跟圈地盘的小狗一样，瞧着还挺讨人喜欢。

因为这样，夏野也就不怎么排斥秦珂，难得看他顺眼了一些。

晚上山里有些凉意，唐瑾瑜打了个喷嚏，夏野摸了一下他的手臂，起身去房车给他拿外套。

秦珂坐在那里没动，还在想办法"套鱼"，想把人套到自己这边来："我发现一个秘密。"

唐瑾瑜道："什么秘密？"

"我有段时间看到老大留的名字是 Xy，当时我还好奇过一阵，出任务的时候听到他本名以为他特别自恋，直接留自己名字，后来发现不是，"秦珂凑近了，冲他眨眨眼，"是'一尾小鱼'里的小鱼吧？"

唐瑾瑜完全没想到这个！

他开心之余，主动夸奖秦珂："你心真细，我都没想到，不过按你这个也能读通顺。"

秦珂，你们学编程的都这么厉害吗？我真的挺崇拜学这专业的人……你还从商学院退学去学了画画吗？原来是搞艺术的，我也算是，我弹钢琴，但会的没你这么多，你这是全才啊！"

"一般吧。"秦珂被捧得挺高兴。

唐瑾瑜又问："我听说你家是做酒店生意的，是吗？"

"对。"秦珂随意说了几个，都是国内外颇有名气的酒店。

唐瑾瑜立刻捧场道："我住过，特别好，服务也周到，我老师每次带我们出去比赛，为了让我们休息得好一些，都特意订这两家！没想到这两家也是秦氏集团的，那沪市那家同名的游乐场也是吗？"

"对。"

唐瑾瑜没去过，但这不妨碍他闭着眼睛瞎捧一通。秦珂自己也没去过，他只知道有这么一家游乐场而已，被捧得飘飘然，心里越来越喜欢夏野这个弟子了。秦珂瞧着对方，觉得眼前这人长得好看，嘴又甜，还会说话，每一句夸人的话都说得真心实意的，哪怕明知道他在捧你，也心里舒坦。

唐瑾瑜夸了一通，一边留意房车那边的动静，一边主动凑过去小声打听庄雅的事。

秦珂看他一眼，笑道："你想问的是那件事吧？"

唐瑾瑜眨眨眼，有点不好意思道："我只是隐约听说过，但是不太清楚到底发生了什么事。你不是秦氏的人吗，我就想或许你知道一点……"他哥从来不提关于自己母亲的事，但唐瑾瑜总是担心这个庄雅会惹出一点麻烦，毕竟宋益和秦珂都在有意无意针对她，庄雅即便身在秦氏集团，日子也不好过。

秦珂却误会了，现如今他并没有创业，也没有很高调，能查到他身份的人并没有几个，他只当夏野已经跟对方说过了，对他道："确实知道一些，以前只是瞧不惯秦书玮，现在觉得庄雅手才够黑的，这女人真的挺厉害，为了自己什么都舍得踩过去。"

"秦书玮？"

"是啊，就是秦书玮。当年那件事其实也挺简单，庄雅从华尔街出来就结婚了，一直在家相夫教子，别人以为她找了一个大音乐家过得不错，但是她却不满足，想做回以前那样的工作，但过去十年，格局早就变了，她当年的那些手腕哪儿还能站住脚，就有人给她搭线，介绍了秦城，哦，就是秦书玮的父亲。"

秦珂知道这事，也是从秦书玮开始。

那个时候他刚刚组建坏孩子俱乐部，从一开始就是带着玩票性质，召集了一些人，但也踢出去不少，反正他一个人可以开无数台傀儡机，人手方面从来不缺。

秦书玮是秦家旁支的人，原本跟秦珂也搭不上什么关系，但秦书玮善于钻营，得知秦珂喜欢玩电脑，扮了一个黑客大神的人设来找他，一边暗示他就是当年攻入通信系统的第一人，一边给秦珂纳投名状，想加入坏孩子俱乐部——秦书玮压根就不懂电脑技术，他只想以此接近本家罢了，他以为秦珂崇拜 x，丝毫没想到，秦珂想要的只是一场挑战。

秦珂想取代 x，成为新一任的首领，秦书玮的讨好对他毫无用处，那场较量秦书玮坚持了一分钟不到，狼狈不堪。事后，秦书玮为了找回面子，只说自己比秦珂大，要让着他，各种捧着，却让秦珂心生腻味。

秦书玮这人连加入坏孩子俱乐部的第一关都没能通过，秦珂就对他产生了怀疑。网上一切都靠技术说话，秦书玮没过多久就被秦珂扒了个底掉，只能狼狈承认当年写出那段代码的人不是自己，至于 x 的真实身份是谁，也不知他出于什么心理，咬死都没说。

秦珂这么多年来依旧搭理他的一个原因，就是想问出 x 是谁。

后来秦珂去参加了那项保密任务，见到了夏野。

秦珂在拿到手机之后，立刻就给家里打了一个电话，他丝毫不在乎监控，毕竟他问的只是家族一些人员的关系而已，这些情况在他们来的时候就已经被姜部长查清楚了。秦珂问了有关秦书玮父子的事，还问了庄雅的过去，秦家对庄雅的事知道得不多，但秦珂听到"夏野"这个名字之后，立刻就明白过来。

秦书玮之所以咬死了不说，不仅是为了虚荣，还因为有人替他顶了罪。

"当初是你哥写了那段代码，但是被秦书玮拿去用了，这才出的事。"

唐瑾瑜道："秦书玮这么跟你说的吗？"

秦珂懒散道："怎么可能，他那么爱虚荣又怕事，这种好事肯定要吹，但绝对不是这么吹。"尽管夏野当时年纪小，但一个人的本性很难改变，他一直觉得夏野不会做这样的事，顶多就是保管不当或者被人骗了代码拿去用，但他查了一些，却发现所有罪责都安到了夏野身上。

唐瑾瑜郁闷道："现在还能查到吗？"

秦珂笑道："查谁？秦书玮吗？他今年犯了点事，还等着保释呢！"

"什么事啊？"

"网络偷窃罪，你们小孩不懂，"秦珂点点他脑袋，笑嘻嘻道，"你只要知道你哥小气会报仇，欠他的不管过了多久，他都会讨回来就成了。"

唐瑾瑜心里高兴了，还想再问。夏野拿了外套过来，瞧见秦珂不客气道："坐远点。"

秦珂举手无辜道："老大，不是吧？你一来就这么说我，我心都凉了，本来还想告诉你一件好消息来着。"

夏野没搭理他，让唐瑾瑜把外套穿上，唐瑾瑜好奇道："什么好消息啊？"

秦珂道:"我们秦氏不是有个挺会经营自己……不是,挺出名的庄总吗?她今年连着关了三家酒店,手头资金链快断了,还跟人签了对赌协议,啧,四十多个亿呢!还有最后几个月的时间了,怕是现在急得要疯了。"

夏野表情平静,像是在听一个陌生人的事:"她的事和我无关。"

秦珂看他们一眼,试探道:"你不会帮她吧?"

"不会。"夏野皱眉,"你们秦氏自己的产业自己不着急,我一个外人为什么要帮?"

"这你就错了,我们养狼,又不是养蛊。"秦珂摸着下巴笑道,"没本事的就踢出局,秦氏旗下不止她一个牌子,难道每个都要搭上百年基业去救回来?说到底,全凭本事罢了。"

夏野对庄雅的事并不怎么感兴趣,略坐了一下就要带唐瑾瑜回房车休息。

秦珂问道:"不再聊一会儿了?我还挺喜欢你家小朋友的,跟他说话挺有意思。"

夏野道:"你和他有代沟。"

秦珂挑眉道:"哦,老大你不也有吗?你有三个代沟我才一个,不碍事。"

夏野直接带人走了,理都没理他。

秦珂溜达着回自己那边去了,他今天来也是试探一下夏野的态度。秦书玮的事就算没有夏野出手,他早晚也要给这人一个教训,不过现在看来夏野也没放过这人就是了。至于庄雅,他原本想看看夏野是否还会心软,他搭把手把庄雅再扶起来也不是不行,现在看来,夏野舍弃了那段过去,不再纠缠,干脆利落地脱身,倒也算是一件好事。

秦珂伸了个懒腰,一边走一边抬头看着满天星光,他一直都喜欢星空,觉得在这样的深沉和浩瀚之下人显得特别渺小。

每个人都会经历非常短暂的一生,如果还要抽出那么多时间精力去记恨,去复仇,真的太不值得了。

大约是见了秦珂,晚上夏野做了一个不太愉快的梦。

他在梦里看到了和现在完全不同的另一种人生。

梦里,庄雅费尽心力在秦氏站稳了脚跟,她斗得很厉害,得罪了不少人,终于进入她梦寐以求的阶层,尽管付出了很大代价,但还是赢了。

夏野孤身一人,在短时间内完成学业,之后宋益找到他,两个人有着同样的目标,很快就结成了同盟,开始一起创业。

创业开始非常困难,但他和宋益都撑住了,公司刚有所好转的时候,庄雅找到了他。

庄雅是来认回他这个儿子的,她难得有些憔悴,但下巴依旧抬得高高的,对他道:"还做什么网络?我之前就跟你说过,你十岁那年的教训还没吃够是不是?别再做那些见不得人的事了,你到我的公司来,我会慢慢教你,等以后公司也会给你。"

夏野冷声道:"我的事和你无关。"

庄雅怒道:"我是你妈妈!"

"你转了一圈,现在又想要亲情了?"

"夏野!"

夏野冷冷地看着她,眸子里没有丝毫温度。

他觉得眼前这个女人心是冷的,血也是冷的,她如果真的拿自己当儿子,就应该去查一下,他的互联网公司今年刚刚起步,他投的心血也才刚刚有所回报。她怎么能一口就否定他的一切?

庄雅执拗地想要他进入自己的公司,为此不惜对夏野和宋益的那家公司围追堵截,使了不少绊子,但夏野都咬牙撑过来了。他展露出的商业天才让庄雅更为激动,她终于发现硬碰硬行不通,亲自过来找了夏野。

"我有非你不可的理由。"这次她放低了姿态,缓声道,"我生病了,癌症。去年查出是胃癌,不知道还有多长时间可以活。夏野,那家公司是我二十年的心血,我为它付出了太多,我知道当年是我对不起你爸和你,但是妈妈现在知道错了,我愿意用它做补偿,我把它给你好不好?"

夏野看了她一会儿,摇头道:"不需要,你不是用它补偿我,而是让我去为它活着。"

庄雅表情错愕:"怎么会呢?那么好的一份事业,那么多的产业,我都给你,你怎么不要?"

"你已经被它吞噬了,它不是你的事业,那是你心里的一个怪物。"

庄雅为了她的事业疯了。

她不肯把自己的心血便宜给秦家父子,坚持要给自己的儿子夏野,她认为只有夏野才能把它做得更好,为此甚至要挟夏野要曝光他的黑客身份。

庄雅疯狂道:"你哪里也去不了,只能来我这里!早知道今天,我当年就不应该心软,就应该坚持跟你爸争夺抚养权,你初中毕业就把你接到我身边教养,就不会发生今天这种事!"

她说的话刺激到了夏野,他盯着庄雅,一字一句问道:"你什么时候联系的我爸?"

"你初三的时候……"

夏野狠狠一拳砸在桌面上,杯盏都碎了,茶水混着他手上的血流了一桌面,夏野眼睛赤红,盯着她咬牙道:"你不配做我妈。"

初三，是他爸心脏病突发的那一年。

他记得很清楚，他爸的病已经稳定了许多年，却在他初三的时候突然严重起来，他们没有钱做手术，没有任何依靠，他想尽了一切办法却还是没能挽留住父亲的生命。而这个口口声声说要争夺抚养权的女人，在跟他爸发泄一通之后，再没出现。

她永远只为自己。

不来的理由，也无非就是自己。

夏野对她彻底死心，跟庄雅断绝了往来。

与此同时，网上开始出现他黑客身份的流言，夏野为了不影响公司运作，安顿好一切，把公司托付给宋益，只身去了国外。那一年，代号为"x"的黑客大神第一次出现在公众面前，也是那一年，他在国外转乘航班的时候遇到了空难。

后面的梦境断断续续，他像是融入了一片白雾之中。

他在白雾里等了许多年，终于等到了一个小孩。

他陪着那个孩子长大，看着小孩和他的爷爷住在简陋的房子里快乐生活，一直到他长成十来岁的年纪。

可笑的是，那个号称得了绝症的庄总，多年来依旧活得好好的。

庄雅一直和癌症抗争，她这种人求生欲望太过强烈，死不了。

只是日子过得并不好就是了，秦家父子和她反目成仇，秦氏在观望一阵之后，果断出手帮了秦家父子，庄雅私心太重，一人无法抗衡这样一个百年家族，被踢出局只是早晚的事，只是在勉强撑着一点颜面罢了。

梦里情节断断续续，这些画面慢慢散开，又融成另外一个场景。

依旧是那个小孩，五岁左右的年纪，蹒跚学步，磕磕绊绊地踮起脚来透过窗玻璃偷偷看外面，夏野路过的时候无意和他对视了一眼，小家伙睁大了眼睛，傻乎乎地只知道看他。

像是一个住在隔壁的小傻子。

…………

夏野被梦中的事弄得疲惫，很早就起了，唐瑾瑜也跟着醒了，他一边揉眼睛一边带着鼻音道："哥，你去哪儿……"

"还早，我出去走走，你再睡一会儿。"

唐瑾瑜摇摇头，坐起身道："我睡饱了，跟你一起出去。"

"好。"

两人一起看日出，山里空气清新，夏野看着一轮缓缓升起的太阳，闻着身边草木的清香，心里的郁结之气也慢慢呼出。

夏野的心情变好了不少，过去的一切都不重要了，他可以毫无负担地开始期待新的生活，期待那些即将拥有的美好。

回到营地的时候，宋益和殷晴正在下厨，殷晴的厨艺和她的美貌成正比，做得一手好菜，她做了一些早点端来和大家一起吃。朋友们聚在一起总是欢笑更多一些，宋益吃饭的时候说起沪市的房子："小瑜那几套房子的拆迁已经批下来了，下次要在哪里买房告诉我一声，我也跟着买，简直就是一换二的生意。"

夏野道："你也迷信？"

宋益摇头，笑道："我只是比较信运气，事情做到一个阶段之后，真的也要靠几分运气才行。"

夏野转头看了身边的小朋友一眼，唐瑾瑜还以为他在监督自己吃饭，大口吃了手中的面包，还喝了半杯牛奶。

夏野轻笑。

三天野营很快就结束了，夏野带唐瑾瑜回了珊瑚酒店，和家里长辈们碰头，之后一同返回沪市。

在回去的路上，他们在机场遇到了一群由老师带队来参加比赛的初中生。

学生们十来岁的年纪，穿着统一的校服，唐瑾瑜瞧见款式就觉得眼熟，看了一会儿才发现是平城那家中学的校服，和他当年穿过的一模一样。

有一个高高壮壮的男同学拿着两个鸡腿面包跑过来，旁边几个跟他关系好的立刻围上去，大家分着吃了一口，那男同学大方道："你们吃啊，我刚才自己吃了俩，这面包太软了，两个都不饱。"

唐瑾瑜听着声音熟悉，认真看了下，忽然乐了。

为首的是他们班最喜欢烤饼的那个，以前他还在平城念书的时候，晚自习时这人一定要偷着跑去校门口买一份夹肉烤饼。一起分吃面包的那几个他看着也熟悉，有几个记得名字，也有几个记不太清楚了。

唐瑾瑜一直看那边，夏野也忍不住看了一眼，低声问道："怎么了？"

唐瑾瑜踮脚在他哥耳边说了几句，夏野看着那边的一群学生表情变缓和了许多，他揉了揉唐瑾瑜的脑袋："知道了，我去办。"

几分钟后，宋经理过去和对方带队老师交涉了一番。

宋益已经给不少学校捐助了助学金，再加上他们公司如今名声响亮，几乎没有人不知道，宋益跟老师交涉了一下，就开了一张支票，给这些孩子捐了一笔钱，让他们能在这次比赛之余，好好玩一下。

老师万万没想到会遇到这样幸运的事，带着同学们跟他道谢，宋益摆摆手道："没事，之后我会去贵校设立奖学金，鼓励同学们努力学习。"他看了一下那些学生，视线落在那个最高大的男生身上，问道："你就是王辉？"

那个男生愣了下，点点头答应了一声。

宋益把提着的那个袋子给他，笑道："我刚才听你的老师说，你这次进步很大，奖励给你的。"

王辉有些错愕，接过来的时候脸都红了，看了看老师，见老师点头了才接过来，小声跟他道谢。

宋益没有多留，很快就离开了。

不少同学围拢过来，想看看王辉得到了什么奖励。

王辉打开袋子，那里装着的是一部最新款的手机，瞬间引起不少同学羡慕。王辉抬头看着宋益离开的背影，觉得有些奇怪，但心里还是激动，果然好好学习就会有好事发生啊！他妈妈没有骗他，简直不要太开心！

唐瑾瑜躲在一旁偷看了一会儿，看到对方高兴，也跟着笑弯了眼睛，他把手机小票折起来放进口袋里，当初爷爷生病住院的最后一段时间，这帮同学在学校帮了他很多，也是那个叫王辉的同学两百块就卖了他一部智能手机，因为那部手机，病房里才多了一点欢乐笑声。

他现在，终于可以回报他们了。

夏野在一旁陪着他，等唐瑾瑜看完了，才带着他离开。

他们的旅行结束，是时候回家了。

番外二

弟弟的创业

唐瑾瑜读大学那会儿，就有点焦虑。

他周围的人都太厉害了，几乎没有一个人只从事一份职业，即便是对音乐非常热爱的夏老师，也在今年开启了线上钢琴课的教学，开始努力接触年轻人喜爱的短视频，推广和普及乐器知识。

唐瑾瑜认真想了想自己能做的事。

他苦恼地发现，好像自己会的技能并不多，而且因为幼年时常生病的关系，家里人把他看得很紧，好像他是瓷娃娃一样，生怕他一不小心操劳过度就生病。他这边刚有一点小心思，他哥很快就发现了，二话不说放下手头的工作，以"近日工作太累，放松一下心情"为由，带他去露营。

虽然夏野是打着自己想休息的旗号来的，但是明眼人都能瞧出来，他明显是让弟弟来度假的。

为了让家里的小朋友彻底放松心情，夏野还让唐瑾瑜邀请了几个同龄小伙伴，他这边也叫了一些熟人，大家凑在一处，一起找了个有山有水的地方休假两天。

夏野穿了一身户外服，认真搭建了帐篷，他们要在这里住两晚，因此帐篷的稳固性十分重要。唐瑾瑜想要帮忙，夏野没让，打发他去做一些简单的事："你去接点水过来，一会儿烧水做饭。"

"好！"

唐瑾瑜刚要走，又被他叫住，这次夏野把身上穿着的冲锋衣脱下来给他："多穿点，山里冷。"

唐瑾瑜乖乖套上。夏野的衣服比他身上的大，冲锋衣一上身他就像偷穿了家长衣服的小孩一样，袖子要卷起来，衣摆也盖到了大腿，整个人看起来更显小。他拿了水桶去附近溪边打水，刚到那里就听到吵吵嚷嚷的声音，原来山涧溪流旁有两个人正在钓鱼。

李赫握紧了鱼竿，一脸不耐烦道："你别扒拉我。"

一旁的乔佐比他还要不高兴："你这样不对，路亚不是这么用的，而且这么浅的水也不能用这款路亚……你还把鱼线收那么紧，你会不会啊？"

李赫不会钓鱼，但他会气人，立刻顶嘴道："你少管我！"

乔佐一辈子要强，都是他做气人的幼稚大王，尽管已经是一家游戏公司的总裁了，但还是孩子心性，听到这句话立刻爆炸，当场就跟李赫吵起来。

唐瑾瑜看着他俩针锋相对的样子，识趣地找了一个偏僻的角落取水，努力降低存在感。

乔佐不愿意跟这个"大聪明"一起钓鱼，起身去找唐瑾瑜："哎，那谁，夏野的弟弟，钓鱼去不去？我多带了一副鱼竿，可以给你用。"

李赫跟上来："别跟他过去，来，你用我的！"

唐瑾瑜被他俩架在中间，想走也走不了。

两副顶配鱼竿同时递到他面前，唐瑾瑜为难道："我不会钓鱼……"

李赫道："没事，你试试，就当玩儿了。"

唐瑾瑜没办法，只能硬着头皮接到手里。

另一边，搭好帐篷的夏野迟迟等不来唐瑾瑜，担心之下，起身去溪边找人。

溪边，唐瑾瑜带来的那个打水的桶已经满了，里面装满了鱼。

乔佐一脸惊讶，旁边的李赫则高兴极了，炫耀道："怎么样，我同学厉害吧？"

乔佐道："这不科学，你这靠的全是运气……"

"运气也是实力的一种！"李赫昂首挺胸，比唐瑾瑜还得意。

唐瑾瑜浅钓了一下，看着那桶装不下了才客气收竿："今天就这些吧，再多我们也吃不了，挺浪费的。"

乔佐："……"

他长这么大，第一次见到比他还嚣张的人，尤其是他亲眼瞧见唐瑾瑜作为一个新手钓满了一桶鱼，全程根本没作假，唐瑾瑜简直是幸运大满贯。

夏野走到旁边的时候，就听见乔佐问他弟想不想去澳城旅游，包吃包住。夏野不客气地过去抓人，提起那桶鱼就带唐瑾瑜走了。

做饭的时候也不消停，李赫做了一锅煲仔饭，当代大学生创新能力十分出色，他还往里放了辣条。他和唐瑾瑜关系最好，盛了一大碗先给了同学，盯着他问："尝尝，怎么样，有没有妈妈的味道？"

一旁的乔佐不乐意了，抬头看他："不是，你占便宜的心理能不能克制一下？"

唐瑾瑜的勺子刚举起来，那碗饭就被夏野拿走了，夏野没敢让他弟吃，但是旁边的乔佐吃了，原本还在和李赫吵个不停，一勺饭吃到嘴里，颇为惊讶："李赫，你是个天才啊，怎么想到把辣条加进去的？"

唐瑾瑜有点好奇，夏野替他试了试，吃在嘴里品了品，皱眉咽下去道："不好吃，他们的味觉坏了。"

唐瑾瑜很乖，他哥不让吃，他就老老实实坐在那里吃烤鱼。带来的东西很多，他不挑食。

乔佐因为一碗饭和李赫冰释前嫌，吃完后太过开心，还跟李赫说起了投资的事："你这个煲仔饭创意不错，要不要开个连锁餐饮店？"

唐瑾瑜竖起耳朵去听，他感觉那是大人的世界，融入进去就能长大了。

李赫得意道："开不了，不是我亲手调配的就不是这个味，这个技术难度有点高。不过你可以投资点别的，我最近还做了小手工，给你看看。"他掏出手机，里面是一张穿着鲨鱼铠甲的小狗图片，"你看这个怎么样，远看是鲨鱼，近看是狗，叫鲨狗。"

唐瑾瑜："……"

乔佐被逗得哈哈大笑，他热情且直率，私下和朋友聊天都是直来直去："可以，这项目我投了！"他对喜欢的东西很舍得花钱，聊天的时候说起前段时间和朋友出资收购了一支球队，准备参加乙级联赛，"我自己偶尔也踢球，是业余前锋，前些年玩儿，后来就不怎么玩了。"

乔佐沉吟片刻道："球队是我的精神寄托，只是这个体育项目暂时发展得不太顺利而已。"

暂时？唐瑾瑜一脸同情地看着他。太惨了，这人的精神世界估计已经崩盘了吧。

乔佐一扭头就看到夏野带来的小孩看着他，小孩实在奇怪，那眼神跟其他人的眼神都不一样，好像是在……同情他？

他心里不服，又对唐瑾瑜道："小孩，我跟你说，花钱投资，最重要的还是要有参与的乐趣，你要找到你擅长的领域，好好发挥。"

夏野低声对唐瑾瑜道："听听就好，不用放在心里。"

"嗯？"

"你读书认真，会弹琴，会修自行车。"夏野轻声道，"今天还学会了钓鱼，对吧？运气这么好，可以来我这里做吉祥物。"

唐瑾瑜哭笑不得："哥，这怎么能行……"

夏野想了片刻："你可以坐在我的办公桌上。"

唐瑾瑜以为他在开玩笑，又听夏野认真道："一周来上一次班，一个月出勤四天就可以了,每月给你十三万。"

唐瑾瑜:"啊?"

夏野抬手揉了揉他的脑袋,低声笑道:"你可以慢慢长大,不急,还有一辈子的时间做你喜欢的事儿。"

——全书完——